GENTOSHA
OUTLAW
BUNKO

命知らず
筑豊どまぐれやくざ一代

本 堂 淳 一 郎

幻冬舎アウトロー文庫

命知らず

筑豊どまぐれやくざ一代

目次

筑豊の風と土

平成六年三月二十一日、九州では珍しく大きな兄弟盃の儀式が執り行われた。五分《ごぶ》の兄弟分になった二人は、一方が田川市の二代目太州会《たいしゅうかい》・会長代行の松岡正勝。そして一方が北九州市小倉《こくら》の二代目工藤連合草野一家・総長代行の天野義孝《あまのよしたか》（現四代目工藤會・会長代行…27ページ参照）、本篇の主人公である。このとき天野七十歳、松岡はひと回り若いが、旧制田川中学・現田川高校の先輩後輩であり、年齢なりに極道歴も古く、昔から名前で呼び合うほどの付き合いだったから、兄弟盃も当然といえた。

まして双方の初代、故・草野高明《たかあき》と太田州春《くにはる》は兄弟分であり、その下交渉を詰めたのがこの両人だったうえ、ともに二代目になって縁が薄くなりがちなときだけに、お互い有事の際の捨て石になる覚悟の盃と受け取れた。いわば組織に殉じる決意だが、どまぐれ一代としては奔放な生き方を縛られる窮屈感があるとはいえ、その有終へ向けての意義ある儀式だったといえる。

なにしろ草野高明は、平成二年に山口組顧問・故伊豆健児との対談で、当時の舎弟頭・天野義孝を評して言っているのだ。

《うちに「あれが来たら早うさよならせい」ちゅうのが一人おる。兄弟も知っとるやろ、一匹狼でな。それがころっと生まれ変わった。そしたらわしも好きになって、時にこっちから電話させたりね、あれだけ変わると人間もええなと思う。上の者は人間が当たり前の道を歩いてくれると嬉しいんですよ》

「どまぐれ」とは道紛《どうまぎ》れ、あるいはド紛《まぎ》れだろうか。紛る、紛れるとは「見分けにくくなる」「心が他に移る」であり、通じては「迷う」の意味にもなろう。方言辞典などによれば「本道を踏み外す、非行に走る」とそっけなくとも、意味は似通うからである。

もちろん筑豊一帯でいうそれは、後述するようにニュアンスを異にするが、道を踏み外すことはその本質であり、だからこそ警察の調書に「暴力団ではなく侠客と書け」と譲らなかった草野も、「当たり前の道を歩いてくれる」天野に嬉しくなったのだろう。そしてその帰結がこの日の決意であり、四カ月前の事始め式であった。

事始めは十二月十三日に行われる。本来は新年を迎える準備をはじめる日だったが、正月に忙しい職業がこの日に蔭祝いをするようになり、盆正月には賭博が半公認だったことと、堅気衆に遠慮すべきとの立場から、博徒などもこの日に一般の年賀にあたる儀式をするようになって、現在に至っている。

ところが十二月十三日の事始めを、工藤連合草野一家は平成五年に限り二日繰り上げて十二月十一日に行った。理由はこの日、総長代行・天野義孝が七十歳の誕生日を迎えたからであり、一家の総意として古希の祝いと元旦の祝賀を一つの行事と意義づけたからである。

一家から記念品を贈呈された天野は、「こんなもん貰いおったら、また長生きしとうなるばい、今度くれるときは若い女にしてくれんか」とどまぐれぶりを強調したというが、その頃にはすでに兄弟盃の件は進んでいて、組織に殉ずる決意も固めていたからこその祝意であったろう。天野がほやーっとした笑顔のまま眠りに就いている草野へ、なにを語りかけたかは想像に難くない。

そうして春を迎えての兄弟盃だった。

暴対法が施行されて二年、祝儀《しゅうぎ》、不祝儀とも組織だって行うものは資金源になるとの理由から極度に抑圧されるなかで、この儀式は盛大ななかにも厳粛に執り行われた。

取持人・広島の四代目共政会会長・沖本勲。特別推薦人・唐津の西部連合総裁・西山久雄。そして後見人が二代目太州会会長・田中義人と二代目工藤連合草野一家総長・溝下秀男。奔走人は二代目太州会若頭・大馬雷太郎と二代目工藤連合草野一家若頭・野村悟。媒酌人・二代目工藤連合草野一家事務局長・原田信臣。

場所は事始めが古希の祝いを兼ねて行われた工藤連合草野一家本部の草野会館三階・百八十畳の大広間だった。溝下が若頭時代、かねてこういう冬の時代も来るだろうと、どんな式場にもなるように用意した部屋である。

その会場へ和服正装の出席者がぎっしりと詰め、盃事は午前九時半からはじまり、十時十分、二代目工藤連合草野一家最高顧問・林武男の手締めで終了、祝宴に移ってからは新しく兄弟分になった二人が「無法松の一生」を熱唱して終わった。

「本人たちのことを思うと、もっと盛大にしてやりたかったんやが、こんな時期やから、親戚付き合いの広島と唐津に頼んだだけで、内輪にせざるを得なかった。ほかに声をかけると迷惑かけることになるけん」

溝下は式の前にそう語っていたが、時節がらでは珍しく盛大な盃儀式といえた。

そうして式終了後、総長・溝下と代行・天野の胸に去来していた想いはなんだったろうか。

溝下が生を享《う》けたとき天野二十二歳。歳は離れていても、二人はその後、それぞれが住む町の境界、通称・地獄谷といわれた小峠《ことうげ》を越えて相知ることになるのだ。

筑豊地帯のど真ん中に位置する二つの町、頴田《かいた》町の炭坑住宅、俗称・炭住《たんじゅう》に妹と住んでいた小学四年生の溝下が、小峠を越えて赤池《あかいけ》町の天野宅へ行き、風呂を貰って飯を馳走になり、赤池の映画館へ行くのである。

爾来風雪三十有余年。草野一家入りも天野が少し早いだけで、二人は工藤連合草野一家の中枢をになっていく。溝下の若頭昇格、二代目襲名にも天野の存在が大きく関わった。草野が「あれだけ変わると人間もええな」と思ったのもその頃だろう。もちろんその心の底には、筑豊なりのどまぐれ精神を愛し、無鉄砲ゆえの力を信じていたからに違いない。

それはまた溝下も同じである。

「代行が死んでも火葬にはせんち。剝製にして会館に飾っとくたい」

溝下一流の冗談だが、その真意もまた、どまぐれにこそ象徴される筑豊魂を愛《いと》しみ、先代・草野の眼になり切っているからだろう。

天野義孝、七十歳。いま総長代行として外交をこなし、会話は縦横無尽、酒の席は宴会部長、そして速歩は壮年そのもの。

「でもな、わしゃやっぱり組織は合わん。ストレス溜まって、家へ帰るとファミコンのキー叩いとる。頭を使うアダルトのゲームやから、ボケる暇もないいち」

そのどまぐれ一代を辿ってみたい。

筑豊地帯とは、福岡県北九州市の南方に位置する直方《のおがた》市を二等辺三角形の頂点に見立てれば、その左下が飯塚市、右下が田川市となり、その三角形の中心に嘉穂郡頴田《かいた》町、田川郡赤池町、金田町、糸田町、方城町《ほうじょう》が位置することになる。中央を貫くのが遠賀川《おんが》だ。

もちろん筑豊全図となれば、直方市の北に隣接する中間市《なかま》、鞍手郡、さらに北方、響灘に面する遠賀郡、そして南は田川市に隣接する山田市や、飯塚市と田川市の間から、南は甘木《あまぎ》市に接するまで広い嘉穂郡、東に香春岳《かわらだけ》で名高い香春町などの田川郡となるが、本篇の場合は前記二等辺三角形一帯が中心となろう。

いうまでもなく、筑豊は筑豊炭田として名高かった。その広さは前記五市、中間、直方、飯塚、田川、山田市を中心に約八百平方キロ、埋蔵量は約二十五億トンとされる。

炭田開発の歴史は日本では最も古く、十五世紀末には地元農家の家庭用として採炭がはじまり、享保年間（一七一六〜三六）に製塩用に利用されるようになって、天保二（一八三一）年には田川郡の石炭採掘が許可制になっているほどだ。

本格的な開発は明治十年代（一八七七〜）から。もちろん近代産業の展開、とくに八幡製鉄所の創業が発展を加速させたのはいうまでもないが、明治十四（一八八一）年に揚水ポンプの実用化に成功したことも大きな要素であった。明治末期には全国出炭量の過半を占め、昭和十五（一九四〇）年には史上最高の二千七十七万トンの出炭量を記録して、北九州工業地帯はいうに及ばず、日本産業全体の発展にも大きな役割を果たすのである。

しかし、第二次大戦による福岡県都市部大空襲の打撃に筑豊炭田も影響を受け、昭和三十二（一九五七）年に千五百万トンの出炭量まで回復したが、それをピークに昭和三十五（一九六〇）年頃から、石炭産業の合理化政策の推進もあって、最盛期には三百近くあった炭鉱も次つぎに閉山、昭和五十八（一九八三）年には稼行《かこう》中の炭鉱はほぼ皆無となり、筑豊炭田の灯は消えたのである。本格的開発から百年余、筑豊炭田は燃え尽きぬまま、石油エネルギーに取って代わられたのだ。

しかし、風土が育てた川筋気質まで消えたわけではない。すでにご存知と思うが、明治の吉田磯吉時代に、遠賀川を石炭を積んで若松まで下る艜《ひらた》乗りの荒くれ気質は、明治二十四（一八九一）年の若松―直方間における筑豊興業鉄道の開通によって消えたわけでなく、ボタ山を吹く風や、黒ダイヤを埋蔵した土がそれら伝統を受け継ぎ育んだというべきだろうか、その苛酷な仕事と相俟《あいま》って生き続けてきたのである。

斬った張ったの喧嘩は日常茶飯事、時には炭鉱同士の大がかりな競《せ》り合いもあった。しかし、ここでそれら荒くれの歴史を語っていては本題に行きつかない。ここは出炭量が戦後のピークを迎える昭和三十年前後、それも前記した小峠を境に頴田、赤池一帯で見聞された凄惨ななかにもおかし味を含んだ事件で代表してみよう。

秋の稲刈りが済んだ季節だった。

日頃から仲の悪い二人が、田圃《たんぼ》道などで出会ったのかもしれない。一人は安藤某、一人は名うての悪い奴で、双方とも一匹狼のヤクザだったが、安藤某はそれほど名が売れてなかったというから、日頃からチンピラ扱いされて恨みもあったのだろう。

喧嘩になったとき、安藤某は咄嗟《とっさ》にトウシャクを手にしていた。刈り取った稲束をかつぐための棒で、両先端が尖っているから、それは槍としても通用する。

彼はそれを手にするや、まるで戦国時代の雑兵のごとく突っかけて行き、トウシャクは男を貫き倒し、勢い余って積み重ねた稲藁へと押し倒した。ギャーッと悲鳴が秋の空気を揺らし、噴出した血が稲束を染める。

男がガクッと首を垂れたのを見た安藤某は、興奮状態のまま近くの区長の家へと走った。事の顛末を訊いた区長は言う。

「起きたことはしゃあない。ほんなら飯塚署へ連れて行くけん、いっぺん家へ帰って用意してこい」

区長は安藤某に付き添う形で家を出た。

「どこで突いたちゅうんかい」

歩きながら訊く区長へ、安藤某は黙って指さした。そこには突き倒されたままの格好で血だらけの男が座っていた。顔はすでに血の気もなく蒼白である。

「うわーっ、もう出たかあ」

幽霊と勘違いした区長は、その場にへたり込んだという。

小峠池の堤上の決闘も凄まじかった。小学生の溝下が住んでいた炭住近くの灌漑《かんがい》用の池で、かなり大きいから堤防の幅も広い。

道具は破れ日本刀と仕操斧《しくりおき》。破れとは刃が鋸《のこぎり》のようにこぼれた状態だが、当時の筑豊では槍とともに貴重な喧嘩用具だった。一方の仕操斧とは、坑道の補修作業に必要な木枠を作るための用具である。斧《おの》を筑豊ではヨウキといい、正確にはシクリヨウキだろう。木の楔《くさび》も作るから斧の部分は二十センチほどと小さいが、刃先は研ぎ澄まされていて、髭《ひげ》もそれるほどの鋭さだ。

破れ日本刀が林某、仕操斧が長谷部某。果たし合いがはじまった頃は、炭住側の高い土手には見物人が集まったという。衆目のなかの斬り合いは、双方がわめき合いながら続き、やがて二人の間に間隔ができたとき、長谷部某がチャンスとみたのだろうか、仕操斧を相手めがけて投げ付けた。くるくると二回転ほどして勢いよく飛んだ仕操斧は、必殺の飛び道具のはずだった。

しかし、投げ損ったか相手の避《よ》けるのが達人なみだったのか、仕操斧は空を切ってしまう。もちろんそうなれば破れでも日本刀がものをいう。素手で立ち向かった長谷部某は、一太刀、二太刀と浴びせられるうちに、やがて膾《なます》のごとく切り刻まれて血まみれとなった。それでも破れだけに致命傷とはならず、また止《とど》めを刺さなかったのも筑豊の喧嘩作法だろう。やがて傷も癒え全快祝いの博奕の場が立ち、そこで天野義孝が活躍するが、それはまた後の話である。

極め付きは高山房太郎という伝説的人物だろう。明治生まれの大阪相撲あがり、大男で鬼《おに》瓦《がわら》なみの顔のうえ、頭は刀傷だらけで梨の食いかけのよう、しかも中身はまったくの単細胞だったという。一応は土屋新蔵親分の舎弟分ということになっていたが、現在のように組織立っているわけではないから、当時そういう人が多かったように一匹狼のヤクザだった。そしてなぜ伝説的かといえば、強腕の暴れ者のうえに、やることがハグリ専門なのだ。

ハグリとは剝《は》ぐりだろうか。賭場の金を剝ぎ取ってしまうことで、つかみともいうように賭博強盗なのである。高山房太郎の場合はその専門で、当時の赤池一帯は親分の吹き溜まりといわれたほどだが、房太郎につかまれなかった親分はいないといわれたほどだった。なにしろ明治生まれだから、活躍していた期間は昭和の初期から終わりまで。古老の話によれば戦前ではこんなこともあったという。

土屋の親分の博奕に房太郎が来ているとの報を警察の密偵がつかんだのだろう。容疑はハグリ事件に違いなく、逃亡中のところをついに発見したから田川警察も勇み立った。

賭場をこっそりと包囲、そして踏み込むと同時に大男で目立つ房太郎を逮捕した。逮捕の報が外の包囲網へ届く。そのときには田川警察署と書かれた縦長の提灯に火が入り、腰にはサーベルを下げ、脚にはゲートルを巻いた警官らが、後ろに房太郎を従えながら、誇らしげに声高く叫んで歩いたという。

「高山房太郎を召し捕ったあ。ついに高山を召し捕ったぞぉ」

いってみれば捕物帖の世界だが、三十代の房太郎はそれだけ大物のワルだったということになろう。

戦時中ではこんな逸話も残している。

顕田の鹿毛馬《かけのうま》の近くで賭場が立った。嗅ぎつけた房太郎は何喰わぬ顔で入り込み、博奕をしているのをごろりと横になって肘枕で眺めながら、金の一番の出盛りにつかもうとタイミングを待っていた。

ところがもう一人、そういう房太郎に対してタイミングをはかっている男がいた。草相撲あがりのヤクザだが、房太郎は大阪相撲あがりということもあって、なにかにつけては金をせしめたりするなど苛《いじ》め抜いていたから、それを恨みにいつかは殺《や》ってやろうと狙っていたのに違いない。そしてその夜がやってきたというわけだった。

男は房太郎が賭場に入るのを確認すると、房太郎の全神経が盆の動きに注がれている時期を狙い、背後がまったく不用心になっているところを踏み込むなり、肘枕の上の肩胛骨《けんこうこつ》へ出刃を思い切り突き刺したのだ。

「うぎゃあ、なんじゃあ」

大声で叫ぶと同時に飛び跳ねた房太郎は、すぐ懐中からハグリ用の匕首《あいくち》を出して身構えたが、そうなれば敵《かな》わないと知っている男は、そのときはもう裏口を走り出していた。

「ぐおーっ、待てち、殺してやるき」

腹の底から絞り出すような声で房太郎も駆け出したが、噴き出した血もその後を追う。房太郎はさすがに途中で痛みと出血に気づいたのだろう。少しばかり逡巡すると近くにあった診療所を叩き起こした。

「傷はどうでもええ、血をちょっと止めとけ。わしゃ今から行かなならんき」

吠えるように言って血止めの手当てを受けると、再び地下足袋で男を追った。行き先は男の逃げ込みそうな所で、それは直方市の溝堀と見当をつけていたのだろう。溝堀は彦山川と遠賀川が合流して大きな流れになる少し手前で、鹿毛馬からは直線でも二里、約八キロだから、道を辿れば十キロ以上はある。

そこを深傷で鬼瓦のような顔をしかめ、なお憎悪の眼を光らせて夜の道を歩く大男の性根は、想像するだに怖ろしいものがある。結局その夜は男を探し出すことができず、男側が後に詫びを入れて収まったという。房太郎はそういうことから憎まれながらも、殺り損なったら自分が殺られることから、何度か狙われることはあっても「鬼のスター」の異名を奉られ、戦後もハグリを繰り返している。

なにしろ賭博強盗以外にも暴力沙汰は絶え間なく、懲役もその度であり、最高は十一年の刑というから娑婆にいる日数も限られているが、房太郎が帰ったとなると博奕も用心しなければならない。

そのためボタ山の上の平らな部分、広いところでは野球が出来るほどという場所で博奕をやることさえあった。簡単な盆を作り、その周囲に深い落とし穴を作るのだ。溝の上に木を渡し、蓆《むしろ》を掛けて上からボタを少しのせれば、月明りや星明りでは見分けがつかない。盆のところは炭坑用のカンテラで照らせばムードも満点であり、房太郎がたとえ嗅ぎつけて来たとしても、落とし穴で外へはなかなか出られないから安全でもある。

実は若い頃の天野義孝も、誤まって落ちて助け上げられたことがあるというから、いくら博奕好きの筑豊といってもおかしい。

房太郎は八十歳を過ぎた晩年でも有名な事件を起こしている。

すでに養老院で余生を送っていた房太郎は、なんのきっかけか飯塚のオートレースへ行きたくなった。外部の人の話か、テレビかラジオで案内放送を聴いて刺激を受けたのだろう。

しかし交通費ぐらいはあっても車券を買うだけの金はない。といって思い立ったら我慢できない性分だ。

　彼は金を借りることに思い至った。相手はかねてから耳にしていた金貸しである。

「兄ちゃん、オート行くき、なんぼか回してくれんかい」

　房太郎は八十過ぎとは思えない矍鑠《かくしゃく》とした態度で言った。さすがにハグリをするようなわけにはいかないが、口調は往年のそれだったろう。しかし担保もない老人に金は貸せない。

「爺さん、あんたに貸す金はないけん」

　高山房太郎の名を知っていたら、応対は少しは違っていたろうが、その返事を聞くなり、

「おう、そげんことかい」とだけ言った彼は、すぐさまタクシーで養老院へ取って返し、部屋に隠し持っていた匕首を取り出して再び金貸しのもとへやってくるのだ。

「兄ちゃん、さっき貸す金はないちゅうたろうが。お前、死ね」

　房太郎は言うなり相手へズブッと匕首をぶち込んだのである。恐るべき余生というしかないが、結局は傷害事件で警察沙汰になったものの、老齢ということで務めは免除になり、平成に入ってすぐの頃に亡くなったという。

　この房太郎に対して、若松出身の芥川賞作家で「花と龍」でも著名な火野葦平《ひのあしへい》が取材に来たことがあった。「オール讀物」連作小説の主人公の一人として、その凄まじい生き方をモ

デルにしようとしたのだが、取材はまったく物にならなかったという。理由は余りにも単細胞というか、インタビューに対して受け答えがままならず、自らの行動も説明できないからであった。

この伝説の男もまた、後に天野と対立して本篇に深くかかわってくる。

いま、筑豊に炭鉱全盛期の面影はない。

ボタ山は消え、名残《なご》りはあっても衰退からすでに三十五年、黒い山には樹木や草が繁って緑の小山でしかなく、いまなお削られて造成中のところもあるが、多くはならされて工業団地となった。昭和三十六（一九六一）年の産炭地域振興臨時措置法などによって企業誘致が進んだからである。

同時に付随施設として有名だった炭坑住宅もほとんど消えた。取材の折りに火災で焼け残った炭住を見たが、一カ月後に再訪したときは片付けられ、きれいに整地されていたほどである。炭住は一般住宅にかわり、またボタ山が削られたあとには、工業団地ばかりでなく町営住宅も並んでいた。

かつて全国の炭住は、石炭生産という目的のためだけに企業が作り、従業員の生活圏として工、商、運輸から教育、娯楽にまで、その維持と発展を目標に存在していた。もちろん福祉もそうだが、終掘後は無価値になることもあって、いわばバラックふう長屋が現実の姿だった。

しかしそこに住む人たちは、山間僻地という立地条件から、外界との付き合いが限られているため、一種独特な住民気質を持つに至っている。生活面ではお互いのご内所が丸見えであることから、親しく細やかな近所付き合いをし、一方で数多くの事故にみられるように、日々生命を賭けた苛酷な仕事が荒々しい気質を生んで、それらが相俟って日々楽天的に暮らす気風になったといえよう。

しかし、筑豊ではそこに明治以来の川筋気質が息づいている。古くから「なんちかんち言いなんな、理屈じゃなかたい、理屈じゃなか」が決まり文句であり、飲む打つ買うは男の甲斐性とばかり、宵越しの銭を持たぬ誇りも受け継がれていたから、筑豊の男は総じて淡白で潔《いさぎよ》く、女性もまた古くから女親分を多く輩出したように、情に厚い鉄火肌の性分が代表することになった。そして特徴は動作がきびきびとしていて、気性が底抜けに明るいことだろう。

天野義孝も、そういう伝統気質を色濃く受け継いだようである。もちろん色濃くとは、頭抜けて色濃くであり、それがどまぐれを際立たせることになるようだ。

だから、前記したどまぐれの意味から陰湿めいたニュアンスを除き、淡白で底抜けの明るさを加えたのが筑豊どまぐれの真の意味であり、なぜそうなるかといえば、そこには常に身体を張っている男の爽快感が漂うからだろう。

まさに筑豊炭田の灯は消えても、筑豊気質は残ったのである。

天野のどまぐれ的エピソードは数多いが、たとえば車に関するものを二、三拾い出してみよう。暴対法は遠い先の話、いわばよき時代のことである。

天野がまだ田川にいた頃、一時ハーレー・ダビッドソンに凝っていたことがあった。例の「イージー・ライダー」以来、伝説となったオートバイであり、当然ながら遠賀川の堤防などを猛烈なスピードで風を切る。しかし時に検問もあった。そういうときに天野は停まらないのである。少しスピードを落としながら、自分の頬をぴしゃりと叩いて、あっという間に走り抜けるのだ。つまり「俺の顔が免許証よ」というわけで、係官も追ってはこなかったという証言がある。

無免許で許されたこともあった。

サンダーバードに女連れで福岡から小倉まで高速を飛ばした。時速百八十キロ。後方にパトカーの赤色灯が迫ってきても、関係ないのがどまぐれのどまぐれたるゆえんだ。しかし、高速を降りるべき小倉へ入って少しスピードを落とすと赤色灯が距離を詰め、業を煮やして「ナンバー××、車を左に寄せて停まりなさい」と連呼する。そこは草野一家の旧本部事務所の近くだった。空から降ってくる声に、天野のナンバーを知っている当番たちが「なんちゅうこつ、叔父貴がパクられよった」と大騒ぎになった。

一方、高速の降り口で車を停めた天野は、フィリピンで取得した国際免許証を提出する。全文英語でも日付け切れの紙切れだが、天野義孝と名前はわかるから、「仕事は？」「なーんもしとらん」などとやっているとと、その間に運転手役の巡査が警察本部へ照会、草野一家の者とわかったところで、巡査長が、「今日はもう前科に敬意を表して、なーんもなかったことにしましょう」。

さばけた警官もいたもので、翌日、当番の報告から真相がわかったが、いまでは考えられない話である。

酒酔い運転を見逃されたこともあった。

三人でヘネシーを三本ほどあけ、そのあと女と二人でホテルへ行こうとしたが、出たところは一方通行で遠回りになる。そこで少しだからと突っ込んで、右折しようと車の流れの切れるのを待っていると、そこにパトカーがいて「免許証」となった。

窓を開けると酒の匂いが充満している。当然のこと天野の口も酒臭い。警官は天野を見知っていて、例の紙切れ国際免許についても、酒の匂いについても触れず、「どこへ行くんですか」「これとそこのホテルへ行きよる」「気をつけて行ってください」。

天野、五十代後半当時のことである。

しかし、ついに務めをする破目《はめ》になった。

リンカーンの小型が出たばかりの頃、すぐさま購入して田川から小倉へ向かう。途中、都市高速四号線に入ってすぐ、馬場山ランプで検問があった。「免許証を」「ない」「無免許ですか」「そう」で終わりである。例の紙切れはさすがに携帯していない。そこで係官は切符を切るとともに「ほたら誰か車を取りにくる人を呼んでください」となった。

場所は八幡西区で、当時近かったのは中間市に極政会事務所を置いていた若頭・溝下秀男のところである。電話をすると、溝下はあきれたような口ぶりながらも、「すぐ迎えにやるけん」と若い者を寄越して無事帰れたが、翌々日、再び同じ馬場山ランプで同じ問答、同じ電話だった。「なんち！」と溝下は絶句したそうである。そして当番が一昼夜交代ということもあって、再び同じ若い者が車を取りに来ることになったが、無免許はほかにもあることから四カ月の刑を打たれることになったのだ。まさに「なんち！」だが、これこそどまぐれの真髄というべきだろう。

そしてその出所がまたおかしい。先代の草野が溝下に、厳粛な顔で「天野はまだ大きな放免祝いしとらんやろけん、都合ようしてやったらどうかい」と言ったのだ。溝下としても同じ気持ちである。

このときよりかなり前、溝下の宮崎刑務所出所に際しては、天野の陣頭指揮で頴田と糸田の町境い、香春岳を望む烏尾《からすお》峠の広い場所に発電機まで設置、警察の裏をかいて盛大に放免祝いを行ったことがあるのだ。その返礼の意味もあり、まして四カ月の小便刑に対する放免祝いであった。私感をはさめば、盛大にすることでどまぐれぶりへの愉快な敬愛を表すつもりだったと思われる。

伝聞によれば、飯塚市鯰田《なまずだ》の山を削って場所を作り、冬の寒い時期ゆえ炭住の廃屋を薪《まき》にして火を焚いたなかへ、千五百人ほどが集まったという。千個用意した弁当があっという間になくなったほどで、天野は用意された白大島に袴《はかま》姿で壇上へ立ったものの、「わしゃ四カ月ぐらいのもんやき、尻こそばゆうなって、もう逃げて帰ろう思うた」。

まさに天野の周囲も、それなりのどまぐれが多いようである。

天野義孝、大正十二（一九二三）年十二月十一日生まれ。父・友次郎、母・ハルコの次男だったが、筑豊・赤池町の何不自由ない家系に生を享けたように、玉のような男の子ながら、すでに次男坊としてのきかん気が顔に出ていたとの証言も耳にした。

そして徐々に芽を出しはじめたどまぐれぶりは、小学校五年にして転校をうながされるほどに育って行く。

※注　平成十一（一九九九）年一月、三代目工藤會と名称変更。翌十二年一月に四代目工藤會となり溝下秀男総裁、野村悟会長、天野義孝会長代行となっているが、呼称は記述当時のままとした。

萌芽

天野義孝が尋常小学校に入学したのは昭和五（一九三〇）年春である。十月には東京―神戸間で特急つばめ号が運転を開始し、その平均時速が六七・四キロ、九時間で行けると話題になった年であった。また「祇園小唄」や「酒は涙か溜息か」が流行した頃であり、昭和初期のよき時代といえるが、すでに農業恐慌は一般に波及し、二年前の張作霖《ちょうさくりん》爆死事件が旧満州に翳《かげ》りを投げかけていた頃でもあった。

もちろん小学一年生にとって、そんな時代背景は無関係である。しかし、そうした時代を微妙に感じ取っていたのは、天野家の祖父や父のほうだった。天野が入学したのは父のいる赤池町ではなく、田川市に隣接し、駅で二つ離れた祖父のいる糸田町の小学校だったのだ。

当時の筑豊地帯では、現在のように優秀な成績をわが子に期待するという考え方はあまりなかった。まして炭坑《やま》で生活する人たちは、男の子には侠気が育つことを望みこそすれ、学業は期待せず、それより頑強な肉体と人に対する思いやりが育つことを願った。

逆に彼らは脆弱な肉体に卑怯と利己主義が育つことを拒んだ。それは子供が成長して炭坑に入るとき、人に迷惑をかけるばかりか、自分だけ危険を避け、同僚を見殺しにすることになるからであり、彼らはそれを炭坑で働く者の最大の敵として憎んだのである。

いわば筑豊気質の底流だが、といって一部の階層では、それらに加えてやはり学業成績を望んでいたことも事実だった。経営者や町の富裕層がそれで、彼らは軍部の擡頭《たいとう》にみる将校、また大手会社の役職社員の優雅な生活から、時代がゆるやかに学歴社会へ向かっていることを察知していたからである。

天野家もその階層に属していた。旧制中学以上の高等教育を子供に課し、実際に二つ違いの兄はその通り歩んでいる。もちろん義孝にも同じ期待がかけられていた。まして幼い義孝は兄と同様に才気煥発でありながら、次男特有の気の強さが先に立つ子だった。祖父の虎吉はそこに己れの血筋をみたのかもしれない。糸田から赤池の家へ来てはよちよち歩きの義孝の手を取り、胡座《あぐら》の膝の間から離さず可愛がったあげく、義孝は三歳にして祖父母と糸田の家で暮らすようになるのである。

義孝に二つ下の妹ができたこともあった。しかしそのとき、祖父・虎吉と父・友次郎の間でどんな会話が交わされたかは想像に難くない。

「どうや、義孝を糸田に預けんかい」

「あれも爺ちゃんになっとるき、もう決めてもよか。学校のことも考えよるけん」

「田川中学なら歩いても通えるばい。小学校出る頃にはその気になるち」

実際に糸田から田川中学までは五キロほどで、電車では場合によって二つの乗り換えがあるため、現在なら自転車通学のほうが便利なほどである。それが赤池からでは電車で三十分以上かかり、徒歩では三角形の一辺を近道して歩いても十キロ以上になるのだ。

後年の話になるが、自民党の政調会長、官房長官などを歴任した故・田中六助氏は、生家が赤池の天野家と三百メートルほどと近く、田川中学でも一級上になる因縁はともかく、その田中氏が中学の五年間を徒歩通学した話は有名である。

そういう時代だったゆえの祖父と父の会話だったろうか。

しかし、そうして入学した糸田小学校で、義孝のどまぐれぶりは学校に馴れるに従って次第に芽を出して行った。

二年に進級した頃には、すでにこんな話が語り草になっている。

当時の便所は、もちろんすべて汲み取り式であった。便器の下には、いわば肥溜め式の大きな瓶《かめ》があり、そこに溜まった糞尿を外から柄杓《ひしゃく》で汲み取って肥料にするわけで、その汲み取り口はきちんと板の蓋で塞がれている。

ところが彼はそこに目をつけるのだ。蓋を外しておいて、昼休みなどに女の先生が入るのを物陰から窺い、袴《はかま》をたくし上げて金隠しのついた便器に跨《また》った頃を見計らっては、用意しておいた十センチ強の石を投げ込むのである。

ドッボーンと上がる糞尿の飛沫は確実に便器に達し、下半身と袴を濡らすと同時にキャーッという悲鳴があがるが、もうそのとき彼は走り去っているのだ。

だいたいが泣いて帰ったらどつかれるのが筑豊の風習であり、天野家もそれは例外でないうえ、後述するように祖父と父の血を色濃く受け、さらに才気煥発である。餓鬼大将は当然だから、ドッボーン事件が続くとやがて天野義孝の名前が囁《ささや》かれるようになった。

そうしてある日、彼は現場を見つかってこっぴどく叱られることになるが、ほとぼりがさめた頃にはまたドッボーンである。やがて職員室で天野の名を知らない者はいなくなり、五年生になる頃は数々の悪戯で二日に一度は教室で立たされるか、職員室で小突かれない日はなくなっていた。

担任の先生は天野を目の敵にした。勉強はできるほうだけに始末が悪い。ほかの者がした悪戯でも叱られるのは天野であり、そうなれば子供なりに復讐心も湧いてこようというものである。

彼は幼心にも一計を案じた。その先生が通勤する道には切り通しがある。小高い丘の下が急な崖になっていて、そこに登れば先生が自転車で通るのが真下に見下ろせるのだ。

そこで彼が用意したのは再び石である。といってドッボーン用の石では危険だから、今度は沢山の小石だった。そして夕闇に紛れ、先生の自転車が崖下へ差しかかるのを待って、ドドーッと落とすのだ。

先生のほうは驚いたろう。小石の飛沫が体に当たり、自転車に当たってカチンカチンと跳ね返る。慌てて避けながら崖を見上げてもそれきりだった。なにかの偶然で落下したのだろうとその日は帰ったが、それが翌日も続くのである。しかも三日、四日。

さすがに先生は悪意と気づき、石が落下するのを注意深く視線を走らせ、寸前で止めて方向転換で躱《かわ》すようになったところで、今度はその時刻に崖上で誰が細工しているのか待ち伏せすることにしたのである。

一方の天野は、石を落としては逃げ去っていたから、そんなことには気づいていない。いかにもどまぐれ萌芽期らしいが、毎日、石は命中していると思い、今宵《こよい》もと石を用意してきたところで逮捕となるのである。

「こらあ天野、やっぱりお前かあ」

夕闇に響く声に天野は観念したが、先生は怒っても体罰は加えなかった。そのかわり命じられたのが登校無用である。つまり義務教育で退学も停学もできないから、祖父と父へ向けての転校のすすめであった。

彼は祖父と父から懇々と諭《さと》されたが、転校先といってもそもそも行くはずの赤池へ戻ればいいのである。落魄の心を持つでもなく、彼は明るく母や兄妹たちの家へ戻った。

昭和十年冬、義孝十一歳のときである。

天野家がいまの核家族のように、糸田町と赤池に分かれて暮らしていたのは仕事上の理由からだった。

基礎を築いたのは祖父・天野虎吉である。兵役のあと近衛《このえ》兵に選ばれ、明治三十七（一九〇四）年の日露戦争出征の経歴を持つ。

近衛兵とは近衛師団に属し、師団司令部を皇居北の丸に置いたように、いわば天皇の親兵である。全国から選抜した優秀な兵士によって構成され、皇室の守護と儀仗《ぎじょう》が主任務だったが、明治二十七（一八九四）年の日清戦争から出征するようになり、虎吉も日露戦争参戦が自慢だったのだろう、刀などの記念品が数多くあってよく見せたという。

近衛兵の選抜に当たっては氏素姓はもとより、身長、容姿までが厳しい審査の対象になったから、若い頃の義孝の風貌と合わせて想像できるが、そういう虎吉だけに退役後の進路も比較的容易だったようだ。右翼の草分け的存在、頭山満《とうやまみつる》の興した玄洋社の有力人物の紹介で、安川財閥の仕事を回して貰うようになるのである。

安川敬一郎は炭鉱企業家として知られ、明治十（一八七七）年にはすでに炭坑経営から石炭販売に着手、日露戦争後の明治四十一年には明治鉱業を興し、赤池、明治、豊国《ほうこく》などの有力鉱を経営するに至っていた。

頭山、安川とも福岡藩士の出であり、とくに安川は玄洋社の社員でもあったから、宗像《むなかた》郡津屋崎から県で何人という近衛兵に選ばれた虎吉は信用が篤かったのだろう。前記した赤池の赤池炭坑、糸田の豊国炭坑の職員寮、病院の賄《まかな》い、つまり食事全般を一手に任せて貰うことになるのである。そして後には篠栗《ささぐり》参りで有名な篠栗の高田炭坑、大倉財閥系と共同経営ではあったが海の中道にある西戸崎《さいとざき》鉱業所など四カ所を一族が同じ形で一手に賄いをするようになるばかりか、赤池では友次郎が小さい炭坑も経営することになるのだ。

もちろん、それだけの信用を得るには虎吉なりの手腕もあった。

糸田の豊国炭坑に分坑が出来た当時のことだった。本坑へ石炭を流すのは相変わらずトロッコの木箱を使ったエンドレス方式に頼らざるを得ない。しかしそれでは、どうしても出炭量と運搬量に差が出てしまう。

そこで立ち上がったのが虎吉である。当時からトラックに目をつけていたが、彼はフォードの特別仕様を五台入れたのだ。特別仕様とは、いまならよく目にする荷台を上げると積荷が下のポケットへ流れ落ちるもので、五台がフル回転すれば悩みは一挙解決である。

昭和初期のフォード車全盛当時のことだが、このトラックが稼ぎ出した金額は相当のものだったようだ。なにしろ虎吉が炭坑の会計で手にする運搬費は、当時で三百万から四百万円にもなったというから凄まじい。

そうしてこの金の使い方がまた輪をかけて凄まじかったようだ。女好きは虎吉から義孝へ遺伝子がきっちり運んだようだが、博多の芸者を揚げて一週間ほど流連《いつづ》けるのである。

その頃は博多にまだ馬賊芸者の伝統が残っていた時代だった。なぜ馬賊かといえば、小遣いをねだる芸者に、客が財布から紙幣を一、二枚抜いて渡そうものなら「ケチケチしんしゃんね」とばかり財布ごとひったくってしまうからだというが、その博多芸者を相手に六十を過ぎて一週間の流連けなのだ。どのくらい使ったかは計りしれない。

しかも虎吉は酒を飲みだしたら一切の食事を受け付けなくなる。そのため最後は一過性の胃潰瘍になるのだろうか、血を吐いて大勢の芸者や仲居に送られ、タクシーで帰館となるのである。

それでいて妻のツルは文句もいわず、また彼女たちにチップを与え、あとは虎吉の看護にあたるのだ。当時の富裕層ではよく見られた光景だが、明治は男ばかりか女まで凄かったといわねばなるまい。馬賊芸者の流れを汲む彼女たちも、客から巻き上げた金を貯めるような真似はせず、パッとみんなにばらまいたというから、その明るい気性と心意気は任侠の風があったというべきだろう。

天野の小学生時代、虎吉はまだトラック運送を続けていたが、昭和の初期には糸田の豊国炭坑が虎吉、赤池の赤池炭坑は友次郎、そして西戸崎、篠栗を友次郎の弟、従兄弟などと一族の分担はきっちり決まることになった。いずれも職員寮の管理、賄い、病院の賄いなど規模が大きいだけに収入も多かったが、友次郎はさらに赤池で五十人ほどを使う炭坑を持つに至っている。虎吉の功績があったとはいえ、友次郎の力なしでできることではなかった。

なにしろ坑夫の歴史を辿れば、かつては藩の下罪人という囚人にはじまり、それが需要の多さから遠隔地の浮浪者、罪人、駆落ち者、ならず者を集めるようになったあと、筑豊で一旗あげたいという各地の次男坊以下が集結してくるようになったわけだから、いわば西部劇にみる開拓史さながらであり、そこに前章で述べたように筑豊の風土が根づいていくのである。なまじの胆力では彼らを統御できないのだ。

友次郎も明治生まれで虎吉と同じく気骨のある男だった。義孝が喧嘩で負けて帰ろうものなら、怒鳴りまくったあげく、「お前なんか家におらんとよか!」と追い出し、そのたびに母のハルコが取りなすなど、それは筑豊の風習を上回って家中の大騒動となるのである。

土佐犬をはじめ闘犬用の犬を飼育していたのも有名で、その賭け闘犬に行くときは、ひそかに愛用のモーゼル型拳銃をしのばせたほどだった。もちろん発砲事件は起こしていないが、当然ながら試し撃ちはやっていただろう。理に強いうえに胆力がないと、荒くれ坑夫は抑えていけないのである。

その友次郎を支えたのがハルコだった。夫が炭坑《やま》に関わっている分、赤池炭坑の職員寮を管理するかたわら、その寮と病院の賄いを一手に引き受け、朝は暗いうちから家の調理場に自ら立って陣頭指揮に当たるのだ。後年、小学生の溝下秀男が風呂に入って飯を食って行くのはこの家である。

明るいうえに優しいから人に好かれ、交際範囲も広かったから、戦前のどまぐれ時代、義孝は何度かこの母に救われることになった。芯は強かったらしく、その当時、夫へたった一度、「義孝がこげんなったんはあんたのせいね」と言ったという。母性愛の塊《かたま》りのような人だったというべきだろう。

昭和十（一九三五）年春、糸田小学校を追われた義孝は、その家から赤池町の市場小学校六年生に編入することになった。そこで父から命じられたのが入試準備である。

目標は田川中学だった。すでに兄の祐成《すけなり》は直方《のおがた》の鞍手《くらて》中学（現鞍手高校）二年生、筑豊ではともに名門として聞こえていた。通学距離からいえば鞍手は北、田川は南とわかれるが、ほぼ同じようなものである。それでも義孝に田川中学を目指させたのは、やがては赤池を長男の祐成、糸田を義孝に継がせようとする諒解事項が虎吉と友次郎にあったからだろうか。

張作霖爆死事件は満州事変につながり、昭和七年に五・一五の犬養毅《いぬかいつよし》暗殺事件はあっても、まだ戦火の予感は遠く、当時の家父長意識としては家を守るためにそう考えて当然であり、地域性からいっても義孝の田川中学選択は妥当といえた。

しかし、そのためには受験勉強が必要だった。当時、進学希望者は六年生の新学期に担任の先生へ届け出ることになっていた。そうしてはじめて、放課後に先生から補習授業を受けて入試に備えるのである。

義孝も始業式の日に父から厳命されていた。だから翌日には念を押されることになる。

「義孝、もう先生に届けばしたろうな」

「うん、昨日ちゃんと出しよった。先生が頑張れ言うとったばい」

しかし彼は届けなぞ出してはいない。いかにも補習授業を受けたふりで暗くなるまで遊んで帰るのだ。下校路とは別のボタ山のあたりで遊ぶときもあれば、黒い水が流れていた彦山川の土手で暴れ回ることもあった。

彼は市場小へ転校して間もなく、仲のよい友達ができていた。机が隣同士になった重本満《しげもとみつる》という少年で、剣道が滅法強いので有名だった。五段の免許を持っていた担任の先生が一目置いていたほどで、六年生にはもう相手になる者がいない。二年後の高等科二年で三段になるのだから、当時で初段ぐらいの腕前はあったのかもしれない。

剣道の時間になると、さすがの餓鬼大将も重本には一方的に打ち込まれる。しかし、そこでも負けていないのがどまぐれのどまぐれたるゆえんである。彼は竹刀《しない》を片手持ちでぶんぶん振り回し、横なぐりに足を叩き、手を打ち、大声でわめきながら滅多やたらと突きまくるのだ。

「参ったあ。義《よし》やんには敵わんき」

いわば破れ剣法、喧嘩殺法だろうが、小学生ではいかに強くとも破れを防ぐ術はない。さすがの重本も口惜しそうに叫ぶことになるが、もちろん正式の試合や練習で天野は敵でなく、そういうこともあって芽生えた友情であった。

その重本たちと放課後も遊び回っては、勉強してきたふりで夕暮れに帰るのである。

これも後年のことになるが、その重本とは戦後の一時期、土屋新蔵親分のところで一緒につるみ、そのあと五十歳を過ぎて草野一家入りするときは仲立ちの労を取って貰うのだから、まさに奇《く》しき因縁というべきだろう。この当時も二代目工藤連合草野一家相談役として、竹馬の友の縁は六十年も続いていた。

しかし、その頃は当然ながらそんなことを知るはずもなく、義孝は来る日も来る日も遊び呆けて過ごした。帰れば食事をしてもう寝るだけである。勉強するふりはしても瞼《まぶた》のほうがついていかない。そういうとき目敏《めざと》く気がつくのは母親である。登校前にハルコが訊いた。

「義孝、お前しゃんは本当に届けば出したんか。勉強して帰っとるいうんは嘘じゃなかろうね」

「そげんことなか。毎日ちゃーんとしとる。どげんして人を疑うか」

「どげんしていうて、毎日お前は真っ黒になって帰っとろうが。勉強じゃあんなに汚れはせん」

「体操の時間と昼休みたい。汗かきゃ黒くもなるくさ」

義孝は最後のほうを駆け出しながら空に向かって言い、なんとか母の質問を躱したが、心中では別のことを思っていた。中学なんか行かんき、俺はもっと自由に、やりたいことをやれる道に進むたい。勉強なんてたまらん。

しかしそうは思っても、義孝にはっきりした前途が見えているわけではなかった。

当時から一帯には自由気儘《きまま》な遊び人と称する人たち、つまり一匹狼のヤクザが多く、彼らは日々を博奕に明け暮れていた。

また親分といわれた人も数多かった。子分が五人もいれば大親分といわれたように、子分なしでも親分であり、戦後ほどではなくとも市や町の議員にも親分がいて、それぞれに地域の世話役として潤滑油の役割を果たすかたわら、博奕やヤクザの面倒をみていたが、彼は小学生の頃からそんな生き方に憧れていたわけではなく、ただひたすら、人から強制されることに対して嫌悪感を持つようになっていたのである。

それは目覚めかけた自我と同時に、早熟な肉体そのものも反発したといえばいいだろうか。

だが、事態は義孝が思うように簡単に進みはしなかった。母の疑念が学校へ確かめられたことで、義孝が遊び呆けていたことがわかってしまうのである。彼はまたこっぴどく叱られ諭されることになった。

そうして学校での補習がはじまったが、遊んだ報いはきつく、今度は勉強が追いついて行かない。いくら成績がいいとはいえ、入試となれば群を抜いたレベルが求められる。このときばかりは彼も必死だったろう。

しかし、いかにも時間がなかった。満十二歳の誕生日が過ぎ、ボタ山が雪化粧する。そして入試の日が迫ってくる頃、虎吉の心配もあったのだろう、友次郎の命令が下った。

「祐成、義孝に教えんか。面倒みてやれ。嘘ばついとったツケがきとろうが」

母のハルも口添えする。

「今度はしゃんとしんしゃいよ、おいしい夜食作ってあげるけん」

もう一家総がかりである。そうしてはじまった特訓は、最後に祐成が断を下した。

「先は見えたこつなったろうもん、ここは一つ念のためヤマかけとこうかい」

いうなら賭けである。こういうことになると義孝の心は躍る。ラストスパートは兄の作成した問題に弟が挑み、そして模範解答をしっかり記憶して終了となった。

そして迎えた入試だったが、義孝はしっかりと手応えを感じていた。なにしろ祐成がかけたヤマは見事であり、ほかの問題も実力でこなせたからである。「兄貴はヤマ師やな」と彼は思ったそうだが、発表の日、天野義孝は二百五十人中三番で合格したのだ。家中が歓喜の声をあげたのはいうまでもないが、とくに虎吉の喜びはいかばかりだったろうか。

しかし、天野家の喜びは半年も続かなかった。義孝の受験勉強で蓄えた学力がもったのは一学期までであり、学年で四十番以内には入ったものの、その頃には勉強も放り出したばかりか、遊び心を抑え切れなくなってしまうのである。

遊びといっても、もう小学生のそれではない。田川の街で玉突き《ビリヤード》の面白さを覚えたのが病みつきになり、そういう溜り場で今度は、当時でいう女郎買いに夢中になるのだ。

場所は田川の栄町である。田川市は昭和十八（一九四三）年に伊田《いた》、後藤寺《ごとうじ》の二町が合併して市制施行されるから、このときは伊田の栄町だったわけだが、その頃から田川郡一帯の歓楽街として有名であり、義孝はなんとそこへ繰り出してしまうのだ。

そうして夏休みが終わった二学期、彼は学校をサボって栄町へ通い、授業が終わって徒歩通学の同級生が栄町を抜けて帰路につく頃には、通りに面した女郎屋の二階の窓から着崩した浴衣姿で彼らに向かって、「おうい、学校でなんかあったかあ」と呼びかけるのである。

驚いたのは同級生のほうだろう。

入学したのが昭和十一（一九三六）年四月。本当に食べてしまいたいほど可愛い入学式の新入生の容姿からは想像もつかない。教師たちはよく、後に不良生徒が出ると、あのときやはり食べてしまえばよかったと冗談まじりの溜息を吐くというが、天野の場合はまさにそれだったろう。

十二月が来てやっと満十三歳。まだ十二歳で女の味など、いくら数え年の頃とはいえ、さらに性に関してあけっぴろげな筑豊の環境や周囲の影響があったとはいえ、やはり早熟そのものであり、前述したように祖父譲りの血というしかあるまい。ともかく田川中の一年生に凄いどまぐれがおるという噂は、栄町の天野を目撃した同級生の間からたちまち広まることになった。

前後して何度も補導を受ける。

定年退職をした元教師らが、不良学生の監視にあたる教護連盟にもよく引っ張られた。

学校へ行かず映画館へ行く。ちょうど林長二郎（長谷川一夫）と入江たか子の「お夏清十郎」の頃である。スクリーンに惹き込まれていると、後ろからポンポンと肩を叩かれ、「学校は?」。

「見りゃわかるやろ、田川中」

「そうやない、なぜ行かんのか」

「わしの勝手やろうもん」

「なんちゅう奴か貴様は! ちょっと来い」

そういうことで補導されるが、続きを観たくてその足で映画館へ逆戻りする。

赤池—金田—糸田から田川後藤寺を結ぶ汽車通学の生徒は金田学友区と選別され、やはり風紀を監視する担任の先生がいた。痩せて色が牛蒡《ごぼう》のようだったから、仇名はゴンボといったが、この先生にもよく職員室へ呼びつけられた。しかしここでも彼のどまぐれぶりは復讐を計画する。

お説教のはずみでゴンボが、L字型の黄色い大きな定規で彼の頭をポーンとやった。ちょうど間が悪く直角の部分が当たって、痛っと手で押さえると少し血が出ている。彼は掌に付いた血をゴンボに見せると黙って職員室を出るや家へ一直線に帰るのだ。そうして父に無実を訴えて頭の傷を見せる。

友次郎も血の気は多かった。その足で学校へ駆けつけ、「どげんして定規で叩くんか」と職員室へ怒鳴り込むのである。ゴンボの知らせで校長、教頭も出てきて、三人が平身低頭したというのも語り継がれている話だ。

もちろん、朝礼のとき週に一回ある服装検査でも、彼は配属将校にど突かれることになる。なにしろ規定の制服では見栄えが悪いとばかり、学校指定の店に注文して、海軍の制服、つまり後の予科練のように上着はベルトあたりまで短くし、ズボンは裾を広くして、ポケットを横ではなく前に付けたのだ。さらに学帽もワセリンを塗ってテカテカにしてある。ど突かれないほうがおかしい。

二年生になる頃には、成績の急降下と反比例して田川中学で天野義孝の名を知らない者はいなくなった。

もちろん喧嘩もする。天野の態度に目をつけた上級生、主として金田学友区の四、五年一組、つまり進学しない者が集められるクラスだが、彼らは残る学生生活を存分に楽しむから下級生に威張り、それに対して屈しない天野をどやしつけようとしたのだ。帰りの汽車の中で、彼らが天野を取り囲み、お前の態度はなんかとなった。

相手は背の低かった彼からみればみんな大男だが、そんなことで怖じけづく天野ではない。そっぽを向いて彼らがごたくを並べるのを聞きもせず、彼はいきなり囲みを突破すると手にしていた工作袋から鉋《かんな》をつかみ出し、彼らへ向かって投げつけるのだ。

鉋は一人の男の上着をかすめ、ボギッと音立てて座席の背もたれにめり込んだ。列車の座席の背が板張りだった頃だが、それで大男たちの顔は蒼ざめた。

「まだうじゃうじゃ言うかあ。なんや上級生ちゅうて威張りくさって、この野郎。やるんなら相手になってやるけん」

天野は大声のあと声を低くしてドスをきかせた。彼らはみな黙っている。

「なにも、天野、お前、悪気はないけん」

そのうち一人がバツの悪そうに言うと、彼らは顔を見合わせるようにして、やがてこそこそと後ろの車輛へ移って行った。

以後はもう怖いものなしである。

編上げ靴にゲートル巻きの規定も糞喰らえだった。特別製の制服に朴歯《ほおば》の高下駄を履いて闊歩しても、文句どころか注意する者は誰もいない。いわば二年生にして田川農林中学を含めた金田通学区の番長どころか、全校生が天野の闊歩を避けるようになるのだ。

なんとも恐るべき十三歳であり、いってみればどまぐれは完全に萌芽しきったというべきだろう。

そのため彼は愉快な恩返しのある人助けもするが、やがてそのどまぐれぶりは退学になる事件を起こしてしまう。

退学事件

二年生にして校内外を闊歩するようになった天野義孝は、毎日楽しく登校していた。上級生を含めて怖いものなしということは、勉強に興味が出て面白くなるのとは、また別の意味で楽しいことなのである。

しかし、十二月が来てやっと十四歳であった。女を知り、煙草を吸い、玉を突いていても、まだ十三歳の中学生に変わりはなく、ちょっぴり怖いのが先生や補導だった。

とくに天野に目をつけていたのが漢文の教師である。授業が主として二、三時間目にあり、教科書を立てて早弁を食べているのをよく見つかるのだ。背丈の順で席が前のほうにあるためだが、マークもされていたのに違いない。しかし、その時間に自分のを食べてしまわなければ、昼休みに級友の弁当をたかれないから、天野はマークを承知で公然と無視した。その結果が、「放課後に職員室へ来い」である。

無視して帰ってしまうことはあっても、何回かに一回は顔を出す。

「天野、なにが悪いかわかっちょろうな」

「はい」

「ふーん、ほんなら立って反省しちょれ」

そうなると、まず一時間以上は覚悟しなければならない。ふてくされて立っていると、入ってくる教師たちが、口々に言うのだ。

「またか、天野」

もちろん汽車通学の生徒は定刻通り三時の列車に乗るが、天野だけは五時の列車である。

ところが、それが思いがけない人助けにつながる場面に遭遇する結果になった。

梅雨明けの暑い陽がまだ西に残る頃、天野は下車駅の宮床《みやとこ》で降りた。すでに廃駅となったが、いまも九州日通の工場があるように、駅前には日本通運の倉庫が軒を並べて建っていて、そこに田川中学や田川農林の生徒たちが群がっている。

「どしたん、なにかあったんか」

好奇心まる出しの天野が訊くと、顔なじみの一人が米置場の倉庫を指して言った。

「さっきから、高橋の奴が呼びつけられとるばい。もう長いことたつが出てこんき、心配して待っちょるんよ」

天野は咄嗟に事態を悟った。リンチに違いなかった。相手は天野が鉋《かんな》で黙らせた四、五年一組の連中だろう。

高橋は学年でも一番という優秀な級友だった。父は田川西女学校の教頭をしていて、母は糸田小学校の先生である。つまり小学生の義孝が糞尿ドッボーンで狙ったなかの一人でもあった。そんな縁もあって、後に述べるが、同じ宮床から通うようになった天野は、往々にして優等生とどまぐれが気が合うように、高橋とは仲が良かったから、そう聞いただけでもう倉庫の入り口へ向かった。

薄暗い倉庫には、むっとする熱気が立ち籠めていた。なるほど四、五年一組のワルどもが高橋を囲んで眼をぎらつかせている。

「おい、天野が来た」

天野が朴歯の高下駄を床に響かせながら入って行くと、そんな声も聞こえたが、天野は彼らを無視して高橋の横へ並んだ。見れば目尻が腫れ、めくれた唇からは血も流れている。天野は上級生らをひと睨みして訊いた。

「どげんしたか、高橋、そげん顔になって。なんで叩かれたんか」

まず理由を訊いてみなければはじまらない。言い掛かりに決まっているが、その理由次第では天野はもう一戦する心構えでいたのだ。高橋は天野のほうをちらりと見て、理路整然と答えた。

「どげんしたかて天野、僕は先輩が来たから、おっすちゅうて敬礼したのに、先輩は全然しとらんぞ言うたい。だけど僕はしたから悪いことないち。謝れいうたかて、悪いことしとらんのに、どしてでくる思うか、天野」

なるほど、時間が長引いたのは、「謝れ」「謝らん」だったのかと天野は思いながら、先輩のワルどもも頑固さに音を上げているに違いないとみて、双方を見渡しながら言った。

「もうええやろが。高橋、もうええ。ちょこっと頭下げて帰ろう」

しかし、高橋は筋も骨も一本太く通っていた。

「いや、ちょこっとでもせん。僕は悪くないけん」

天野という味方を得たせいもあるが、上級生を睨みつけて動かないのである。ワルどもも天野が出てきたことで口がきけない。引っ込みがつかず、焦ってもいるのだ。天野も倉庫に入った以上、下手《へた》は打てない。そこで天野はワルどもを下から睨《ね》め上げ、精一杯ドスをきかせた。

「もうよかろうぜ、お前ら。いつまでも下級生いじめしとると、またわしが相手になるけんな。ええか、高橋を連れて帰るぞ」

上級生たちは無言だった。天野は高橋の腕をつかむと、くるりと背を向け再び高下駄の音を高く立てて倉庫を出た。心配そうに見守っていた仲間たちから歓声が上がったのはいうまでもない。

ところで、この出来事には愉快な後日談がある。高橋はその後、旧東京帝大法科、つまりいまの東大法学部へすすみ、在学中に高等文官試験に合格したばかりか、成績上位三番までが天皇から下賜される銀時計組に入ったのだ。

高等文官試験、いわゆる高文は、現在の国家公務員法が昭和二十二年に改正される前のものであり、官吏はすべて天皇の任官大権に基づいた勅令によったから、いまの分類された国家試験では例にあげるものが見当たらず、いわば総合的な最上級国家試験というところだろうか。

もちろん、当該地方では出身者の名前はトップニュースであり、それで知った天野らは「高橋のやつ、高文パスしたっちゅうが、どこぞ行きよったかね」とその落ち着き先を噂したものであった。

ところが戦後、天野は高橋と思わぬ再会をすることになるのである。時期は昭和二十九年に改正される現行警察制度になる以前、つまり人口五千人以上の市町村が市町村警察を持ち、それ以外を国家警察が管轄するという法律が施行されたばかりというから、昭和二十三年春だろうか。

昭和十二年の出来事から十一年あまりの歳月が流れたことになるが、天野のどまぐれぶりは、多くの舎弟を抱えながら愚連隊《ぐれんたい》の一匹狼としてのし歩き、その日も日曜日というのに糸田署で取り調べを受けていたところであった。

「おい天野、何度いうたらわかる。いい加減に白状したらどうか！」

「あんたらこそ何度も言わせるなっ。知らんものは知らんち。いい加減にせいっ」

「なにい、警察を甘くみちょって」

「甘くも塩辛くもないわい。そっちこそなーんもないのに連れて来よるやないか」

些細な事件に対しての売り言葉に買い言葉である。ところが、そのときだった。糸田署のお偉方が小走りに玄関へと向かうと、上官を迎える挙手の礼を一斉にする。

取調官と天野も視線を向けた。玄関を入ってくるのは高橋に間違いなかった。

「おーい、高橋！」

このあたりが天野の面目躍如のところだろう。係官が慌てて天野の口を塞ぐ。

「天野、なに言うんか、お前」

「なに言うんかて、高橋やないか」と天野はその手を払いながら、「おーい、高橋」。

「なんや、天野君やないか、久しぶりだな。それよりどしたんか」

「どしたかもこしたんかもない。これらがわからんごつ言うちょるき」

「そうか、ま、そう言いなんな。事情はあとで聞くけん。今日は日曜やろ、明日には僕がいいようにしよるから」

高橋は苦笑しながら言うと、風呂敷に包んだ書類を抱えて奥の部屋へと去った。

もちろん翌朝、彼は釈放されることになったが、その際に知ったことによれば、高橋はいまでいう福岡県警の会計課長、そしていわば国家公務員にあたるから警視正に該当するわけで、当時の糸田署などにとっては鶴の一声だったろう。

その後の高橋は警察庁の幹部となり、人物を見込まれて他省へ行き地位を昇りつめることになる。つまりその道程での小さな道草的出来事であったとはいえ、日曜に糸田の実家へ帰ったことで天野に恩返しができたことになろう。古き良き時代ゆえの愉快な恩返しであった。


天野義孝が赤池から糸田へ戻り、宮床駅から通学するようになったのは、中学二年になって早々のことである。といって祖父の虎吉が引き取ったのではなく、そうなるには、背景に一族の大移動という事情があってのことだった。

最初の原因は、前年の昭和十一年十月に祖母のツルが亡くなったことにあった。慶応三（一八六七）年生まれの六十九歳、いわゆる行年七十歳であり、古来稀《まれ》なりの古希、当時としては長生きだったが、それで力を落としたのが夫の虎吉である。同じ慶応三年生まれ、翌年が明治元年であり、ともに近代日本の黎明期を生き、天野一族の基盤を築いたとはいえ、九月で数えの七十、古希の祝いをして一カ月後の伴侶の死だった。

虎吉が若い頃に習った論語によれば、「十有五にして学に志す、三十にして立つ、四十にして惑わず、五十にして天命を知る、六十にして耳順《みみしたが》う」となり、そして「七十にして、心の欲する所に従えども、矩《のり》を踰《こ》えず」、つまり従心《じゅうしん》である。虎吉としては体力、気力ともに充実していても、このあたりが引き際と考えたのに違いなかった。

加えて糸田の豊国炭坑のほうを継がせようとした可愛い義孝のどまぐれぶりだった。家へ来て小遣いをせびるのはいいが、軍国調が色濃くなるなか、ゲートルも巻かず朴歯の高下駄である。しかも友次郎によれば、学校へ怒鳴り込むどころか、呼び付けられる回数が増えたという。あとのことは長男と次男一家に任せ、自分は隠居となるのが一番いい、虎吉がそう考えて当然であった。

虎吉はツルのため大きな葬儀を営み、戒名も「鶴誉《かくよ》大姉」とツルに因《ちな》んだ大姉号にして貰い、四十九日の法要が済んだところで、一族に隠居を表明した。

隠居先は出身地の宗像郡津屋崎《つやざき》。玄界灘に面した風光明媚の地であり、海水浴場としても知られるように保養地としては最適である。虎吉はその海辺りに隠居の住まいを建てることにしたのだった。そして隠居所へ移るにあたって、長男の友次郎に大きいほうの糸田・豊国炭坑の病院、寮、その他の管理、賄いを任せ、あいた赤池へ次男一家を入れたのである。あとの篠栗や西戸崎へは順ぐりに親族を入れた。その準備がすべて整ったのが、義孝の中学二年早々の春だったのだ。

虎吉の心中を推測してみれば、兄の祐成は間違いなく上級学校へ進み、いずれは学問を生かした技術系の仕事に就く可能性が強く、そうなれば糸田は義孝が継ぐはずだという思いがあったのに違いない。それが後事を息子たちに托し、孫を思う祖父の偽らざる心境ではないだろうか。

しかし義孝は、そういう親族の思いなどわかるはずもなく、毎日をひたすら愉快に過ごすだけである。

硬派を自任していただけに、遊郭へは行っても女学生との浮名はなかったが、それでも不良がかった女学生にはよくもてた。

祖父譲りの鼻筋の通ったきりりとした顔に、坊ちゃん育ちの雰囲気が漂い、そのうえで制服を海軍ふうにした服装なのだ。

田川には現在の西田川高、田川東高が田川西、東の女学校としてあり、とくに高橋の父親が教頭をしていた西女学校の生徒にもてたようである。やはり派手なマドンナふうの生徒もいて、彼女らは昔も今も変わらず、ロングスカートの襞《ひだ》を小さくして、デッキで煙草を小粋に吸うのである。そして天野が車中を我がもの顔で歩いてデッキへくると、濃艶な流し目のあとウインクをするのだ。

もちろん天野は無視するが、心中は狼狽して顔を赤らめたに違いない。いわばどまぐれゆえの純真さであり、だからどまぐれは愛されこそすれ憎めないのである。

ラブレターもずいぶん貰った。

「天野さんに憧れています。凛々《りり》しいお姿を思い浮かべるだけで、妾《わたし》のハートは焦げる思いです。一度二人きりでお逢いして下さい」

「天野さんも煙草がお好きのようですね。今度一緒に、中元寺川の土手で吸いませんか」

「汽車の中だけでお姿を拝見するより、お付き合いしてくれませんか。一緒に烏尾峠あたりへハイキングしましょう」

いろいろな文面はあったが、だいたいが同じ調子なのがラブレターの特徴だろう。しかしここでも天野は一人で照れまくって返事は書かないのである。

しかし、楽しいことばかりではなかった。天野に目をつけていた漢文の教師が、陰険にも天野を目の仇のように憎み出したのだ。

時代も急激に動き出していた。

義侠心もあって高橋を助けたあと、つまり昭和十二年七月七日、満州事変からの流れは、ついに盧溝橋《ろこうきょう》事件となり、中国大陸の戦火は渡洋爆撃の敢行から上海上陸へと一気に拡大してゆくのだ。

戦時色は翌十三年四月の国家総動員法へつながるが、気分はもう法律があるかないかだけである。ちなみに国家総動員法とは、戦争のためにはすべての資源、資本、労働力からあらゆる経済部門に国家統制を加え、国民の徴用、争議禁止、言論統制まで、政府へ白紙委任したようなものなのだ。いわば戦争のためならどんな法律でも可なのである。

軍需景気は前年から顕著になって、世間ははなやいでいても、軍部やそれに準ずる組織の締めつけは強くなった。警察や一部の教師たちがそれで、なかでも漢文の教師は軍国色をいいことに天野へ対した。

もう「立って反省しちょれ」では済まない。鉄拳制裁が容赦なく加えられ、天野は職員室の中を丸太のように転がされた。だいたいが教え子に手をつけ、隣市にはいられなくなって田川中に流れてきた教師なのだ。陰湿なうえ、そういう陰口を天野が言っていると受け取ったのかもしれない。夏休みが終わって二学期が十月に入る頃には、天野と教師の間は険悪なものとなった。

友次郎が呼びつけられるのに加え、自宅謹慎も何度かに及んだ。天野も悪かったとはいえ、やはり敵愾心《てきがい》だってむくむくと芽生えてくる。

そこで天野が取ったのは抗議行動だった。ある日、彼は二時間目が終わると同時に、クラス全員に号令をかけるのだ。級長もなにもあったものではない。ボスとしての命令だった。

「おいみんな、次の漢文の時間をわしにくれ。わしは授業出んぞ。みんなも一緒にわしについてきてくれんか。あの女たらしに思い知らせてやるち。大騒ぎになって、クビになっても知らんけんな。いま懲らしめんと、先が思いやられるやろう。みんな賛成してくれよるな。ほたら体操服に着替えてわしについてきてくれい。香春岳へ籠《こも》るけん」

クラス全員のどよめきとともに、「おう」という鬨《とき》の声も上がった。どまぐれとはいえ、これだけのことをするからには、覚悟と同時に何人かと示し合わせてあったろうが、クラス全員の教師に対する反感が強かったのも事実だろう。

クラス五十名は天野を先頭に体操服に素早く着替えると、校舎裏の土手を下りて香春岳を目指すのである。

香春岳はボタ山とともに田川郷愁の山で、糸田のほうから眺めると一の岳から三の岳までの三つの峰が聳《そび》え、まことに雄大な山並みだが、田川中学からは正面の一の岳のみで、二の岳が右に少し顔を出しているにすぎない。

その正面の一の岳は全山がセメントの原料である石灰石が豊富で、現在では外側を残して内部はがらんどうといわれているほど。もちろん当時はそれほどではなくとも、山麓には日本セメントの工場などが林立していたことに変わりはなく、天野たちはその麓へ向けて歩いて行った。

彦山川へ合流し、遠賀川に至る金辺《かなべ》川の橋を渡れば山麓はすぐだった。秋の陽差しは柔らかく、刈り取ったあとがまばらな田圃の上を飛んでいた蜻蛉《とんぼ》が肩先をかすめて行く。白い体操服の一団は、行軍というよりピクニックに行くように見えただろうか。

しかしその頃、校内は大騒動だった。学校から山麓までは二キロ強。つまり十分間の休みのあと漢文の教師が教室へ来たところ生徒は消え、教師がおろおろと職員室へ戻ったところで同盟休校ではないかとなり、遠くはないとばかり屋上から探し見て香春岳へ向かう一団を発見するのだ。

焦った教師が同僚を伴って駆けだす頃、天野らは山の中腹に陣取っていた。そして教師らが麓に近づくと、大合唱である。

「女たらしなんかが来ても戻らんぞぉ。校長か教頭を呼べー」

下からは必死の声が返ってくる。

「なに言うちょるかあ、大事になるぞー」

今度は天野が叫び返す。

「どうなっても構わんぞー。お前の態度が変わらんき、もう戻らんわーい」

そして合唱で「校長か教頭を呼べー」。

その頃には校舎の北窓は鈴生《すずな》りになった。教師らが駆け戻って校長に報告、教頭の出馬となったのが四時間目。天野たちが説得を受けて校内に戻ったのは昼休みだった。

「全員はわしが脅して連れて行きよったです。そやけこれらに罪はありません。処罰はわしだけでええですけん、どんなことでも覚悟ばしとります。何度も言いますき、みんなに罪はありません」

天野は教頭に対して堂々と言った。理由については、漢文の教師に訊いてほしいと述べたのみである。

時節柄、いわばストライキの首謀者であった。校内を騒がせたうえ、日頃の不良性も加味され、ここに天野義孝は退学に処されたが、半ば自ら望んだようなものだろうか。その後に聞こえたことによれば、漢文の教師は縮んだようになって目立たなくなったという。

昭和十二年十月、まだ十三歳のときの事件であった。天野は気が晴れたろうが、父母や祖父の嘆きはいかばかりだったろうか。

天野は毎日を遊び呆けた。

父の友次郎は飯塚の中学か工業への編入を考えていても、義孝にその気がまったくないのだから仕方ない。母のハルコは本当に母性愛の塊《かたま》りのような人で、義孝が可愛くてたまらないのか、退学と決まったときにきつく叱っただけで、あとは義孝の言いなりである。

彼は朝寝をたっぷりと楽しんで起き出し、午後は三時近くなると宮床の駅までぶらぶら出掛けて行く。通学組の同級生や上級生が帰ってくるのを待つためで、そこで彼は煙草をたかったり、中学の情報を仕入れたりして過ごすのだ。

夜は夜で賭場が立つという情報を耳にすると、ちょこまかと出掛けて行く。本来なら入れて貰えないが、そこは虎吉の威光が残っているし、天野自身の早熟ぶりや素行の悪さも響き渡っているから、相手も無下《むげ》には扱わない。大金を賭けるのではなく、遊び程度に仲間へ入れて貰えるのである。

博奕は子供のときから好きだった。筑豊という風土のなかで、日常的に垣間《かいま》見ていれば、そういう才能はすぐに開花するようである。彼は博奕と聞いただけでわくわくするようになっていく。

しかし、十二月の誕生日が来て十四歳になり、さらに三月になってみれば、尋常小学校から高等科へ進んだ者は卒業となる。小卒ですでに働いている者もいるが、高小卒となると立派な働き手なのだ。炭坑《やま》に入る者もいれば、手に職をつけるべく、徒弟制度のなかへ、伝手《つて》を頼って町を出る者もいた。

天野も遊んでばかりもいられない。宮床駅にしても、五年生は卒業し、新しく四、五年一組の番長グループが結成されたとはいえ、同級生を含めた彼らは、天野の姿をみると途端にこそこそ逃げて行くのである。

「おーい、待てちゅうの」

「家に急用がありますばいね」

「なんちゅうか、この」

毎日がこんな感じでは面白くもない。そういうとき人伝てに世話してくれた働き口があった。田川の土木請負や運送業をしている会社、といっても社長の姓を組名にした個人会社で、いわば町の顔役だったり親分だったりする例が多いのだが、そこで英彦山《ひこさん》のほうへの肥料運びに人手がいるというのだ。

いまの化学肥料と違って、当時の肥料といえば人肥である。つまり集めた糞尿を肥桶《こえおけ》に入れ、それを十コほど馬車に積んで運ぶ役目だった。多少は臭いが、馬車に乗って馬を操りながら田川と英彦山麓を往復すればいい。

退屈するよりは、と彼はその仕事を受けることにした。秘境といわれる英彦山の山麓一帯を眺めてみるのも悪くはないし、なにより春から初夏へかけての季候で気分もいいのだ。天野はいまでいうバイト気分でその仕事を続けることになった。肥桶に入った糞尿が、コッポンコッポンと揺れる音を背に、彼は山道の往復を繰り返した。

ところが走り梅雨に入った頃の、ある日の午後のことである。空はいまにも降りそうに曇り、山道の木下闇《こしたやみ》は夕暮れを思わせるほど暗かった。もちろん行き交う人もいない。

しかしそのとき、彼は前方に人の姿を認めて首を傾げた。どうやら白い手拭《てぬぐ》いを姉さんかぶりにした女らしい。こんな山道を一人で、と彼は心持ち馬車を急がせた。女好きでなくとも、好奇心から美人かどうかぐらいは見定めてみたい。

そうして近づくにつれ、彼の心は躍った。後ろ姿ながら三味線箱を抱えたそれは、流しの三味線弾きに違いなかったからだ。

声ば掛けてみちゃろうか、なぜこげん誰もおらんところ流しとるのか、と彼が思ったときだった。彼女は右にある杣道《そまみち》へ降りて行く。彼はそこまで行くと馬車を駐めた。

見れば少し下に待合《まちあい》らしき家があって、彼女はそこへ入ったらしい。なんち、いつこげんとこに待合ができたんやろか、そうは思ったが好奇心はとまらない。彼は振りかかる枝を払いながら杣道を降りた。すると目の前に待合の丸窓があって、三味の音がそこから洩れてくる。彼は本能的に指を舐めた。そして丸窓の障子に穴を開けた途端だった。柔らかい箒《ほうき》のようなもので顔面を殴られたのである。

彼はしばし呆然としてから我に返った。まさになんち、としか言いようがないが、彼は馬車を駐め、目の前の馬の尻尾を持ち上げ、牝馬のそこへ指を突っ込んでいたのだ。そして手を離れた尻尾はまだ彼を襲っている——。

夢か狐かはわからない。よく狐につままれて、風呂に入っていたと思ったら肥溜だったという話があった頃で、もし狐としたら天野のどまぐれを見抜いてのことだろうか。

そのあと間もなく彼は、馬鹿らしくなったことと、飽きや暑さもあって仕事をやめた。そして夏を遊び過ごしたのち、忽然と家出するのである。いつまでもこうしていられないという気持ちと、筑豊以外へ出てみたくなったからだった。

その最初が佐賀であり、鹿児島本線で鳥栖《とす》へ出て、そこから長崎本線に乗った。大きい街なら仕事もあると考えたからだが、佐賀で天野は二、三日ぶらついただけで仕事に就くことになった。掘削《くっさく》事業の会社で、掘削機を使って土砂や岩石を掘ったり、井戸を掘ったりするのが仕事だった。

当初は事務見習いということでも、人手が足りなければ現場へ駆り出され、やがてそれが当然のようになって肉体労働の毎日がやってくる。それはそれでもいいが、今度は日々が単調で面白くない。そこでまた彼は忽然とそこを辞め、再び鹿児島本線に戻って南下する。すでに昭和も十四年、天野も十六歳になる寸前だった。数えの十七となってはもう一人前であり、肉体労働も体験していれば、どんな仕事でも自信はあったが、寒い季節だけに南下がよかろうと考えたのだ。

天野が下車したのは水俣の先の出水《いずみ》である。不知火海《しらぬい》に近く、郊外には鶴の飛来地があるところとしても知られていたが、彼はそこが軍需景気で人手を欲していると耳にしてきたのだ。そして来てみると出水にある航空隊が格納庫を造っていて、確かに人手は必要としていた。しかしそれはカシメ若衆だったのである。

カシメについては、大西政寛が主人公の「悪魔のキューピー」で読まれた方もいるかも知れない。「一程《ひとほど》」といわれる四人がチームを組み、鉄骨をつないで交《か》い締めるからカシメで、いまは電気溶接で消えたが、いわば近代建築の鳶職《とび》といえばいいだろうか。「一ホド」の長はボーシン、またはカシメ師と呼ばれる鋲打《びょう》ちで、その下にホド番、取り次ぎ、当て番の三人がつく。

つまりホド番が真っ赤に焼いたボルトを鋲焼き箸でつかんで二階以上の高さへ投げ、それを取り次ぎがミットのような鋲受け缶でキャッチ、同時に鉄箸でつかんでボルト穴へ差し込むと、向こう側で待っている当て番がそれを支え、今度はボーシンがエアハンマーで打ち込み、焼けたボルトの両端が丸型につぶれて鉄骨が交い締められるのである。

ボルトが冷めたら打ち込めないから、一つが二、三秒で行われ、火の箭《や》がめまぐるしく飛び、エアハンマーの音が鳴り止まぬ凄まじい現場となり、それだけに給金のいい当時の花形職業の一つでもあった。

先生を殴って高等小学校を追われた大西政寛が、はじめて職業に就いたのがこのカシメであり、もうお気づきかも知れないが、その大西と天野は同じ大正十二年生まれ、そして二歳上に隆寛、祐成という優秀な兄のいるのも同じである。そして同じカシメなのだ。因縁のようなものを感じないでもないが、それはまた子沢山当時の次男以下の典型的な生き方ともいえて、荒ぶる心を内奥に抱えた男が、必然的に辿る道ということになるのかも知れない。

そして大西が家庭環境の激変もあって、内へ籠りがちな性格となるのに対して、天野の家庭的背景や天性のどまぐれ的明るさが、両者の将来を対照的にしてしまうようである。

下宿した近くが遊郭であり、天野はもうどうにも止まらず埋没してしまうのだ。いくらカシメの給金がいいといっても、そうなれば金は続かない。そこからまた新しい展開がはじまるのである。

天野家の開戦

カシメ若衆となった天野義孝が受け持ったのは取り次ぎであった。つまり真っ赤に焼けたボルトが下から投げられるのを鋲受け缶で受け止め、それを素早く鉄箸でボルト穴へ差し込む役である。

四人一組のカシメはいずれも重要な役割を担い、一人でも乱れれば戦力は極端に落ち、それは出来高の給金に直結するから、全員が必死に役目を果たすべく仕事をした。まして鳶職と同じように三人は高い梁《はり》の上が仕事場だった。危険覚悟の仕事でもある。

ところが天野は、採用にあたって経験者だと胸を張ってしまったのだ。そのどまぐれぶりには呆れ返るしかないが、リーダーであるボーシンからみれば、そんなことは一発でわかってしまう。たちまち怒声の雨を浴びることになったが、そこからはカシメのチームワークだった。流れをスムーズにするためにも天野に対する特訓がはじまった。

梁上の歩き方から鋲受け缶の使い方、すべて手取り足取りで教えながらの仕事が続き、天野も若いだけに、すぐに要領をのみ込む。ビューンと火の箭《や》が飛んでくるのをカーンと受け止め、同時に鉄箸を使うと、ボーシンのエアハンマーがドドドッと鳴り、その音が止まる頃にはまた次のビューンだった。さすがの天野も真剣にならざるを得ない。

「どしたーっ、受け番」

「天野、もたもたするなっ」

そんな怒声が続くうちは、下宿へ帰って飯を食って寝るだけだったが、仕事に馴れて怒声が止みだせば遊び心が疼《うず》く。まして下宿の通り一本横が遊郭なのである。佐賀の頃も暇をみつけては遊んでいたが、出水の下宿はあまりに環境がよすぎたというべきだろうか。ちょっと冷やかしに出かけたところで、天野は日を置かず通い詰めることになった。

馴染みの女もできたうえに、筑豊弁で剽軽《ひょうきん》なことを言って笑わせるどまぐれ的明るさは、坊ちゃん的風貌もあってもてるのである。

「わしはいまでこそカシメやっとるけんな、もとはええとこのボンボンち。なにせ学校へ行くのに人様の土地踏まんで行きよった。いまはもう没落してなかごとなったがな」

女が憐憫《れんびん》の目付きで頷くとすかさずだ。

「でも、なんのことないち。隣が学校ばい、塀乗り越えて行きよった」

彼はいまでも同じことを言っては笑わせるが、当時では斬新なユーモアだったから、女たちは天野が来ると歓迎するのである。天野も、もうどうにも止まらなくなった。

昭和十五年も春が過ぎ夏がゆく。

昼間は格納庫の現場で働いているから、毎晩というわけにはいかなくとも、そうしていくらカシメの給金がいいとはいえ、金には詰まってくる。信用ができてツケはきいたが、それも次第に積み重なって、もう働くだけでは返済不能な額にまでふくらんできた。

そこで彼はどうしたかというと、夜逃げするでも遊びをやめるでもなく、実家へ手紙を出すのである。つまり送金依頼だった。

一週間もしないで金はきた。しかしそれは使用人が持参したもので、同時に糸田へ連れ戻すべく強制命令つきだったのだ。

友次郎やハルコにしても、筑豊を出てみたいという義孝の言葉に納得したとはいえ、やはり音信不通が続けば心配だったろう。長男の祐成は鞍手中学を卒業、そのまま秋田工業専門学校へ進学している。

赤池炭坑や糸田の豊国炭坑を持つ安川財閥は、明治四十（一九〇七）年には、現在の九州工業大学となる明治専門学校を創立しているが、同じような系統に秋田工専があり、学力優秀だった祐成は当時でも優秀な技術者を輩出した秋田工専を選んだのだ。もちろん、筑豊からは遠く離れた秋田へ長男を手放した友次郎夫婦は寂しくなっただろうが、そのうえ義孝の音信不通なのである。大金の無心とはいえ、居所がわかれば連れ戻すのは当然だった。

天野のほうもまた、武者修行的家出の潮時といえた。だから借金を払い、職場のボーシンをはじめ仲間に挨拶して、鹿児島本線を戻ることにしたのである。借金を清算しに行ったとき、遊郭の女性らは口々に「天野さんはほんまによか家のボンボンやったのね」と言ったというが、そんなことで後ろ髪を引かれないのがどまぐれ精神でもあった。

そうして筑豊・糸田へ帰っても、またぶらぶらする毎日である。

時代はその間も急テンポで動いていた。すでに国家総動員法が成立、石油などが切符制になったばかりか、石炭も軍需産業用に多く使用するため民間では切符制になり、東京の銭湯では朝風呂が消えたほどである。

昭和十五年には、高度国防国家体制の政治的中心組織である大政翼賛会が結成され、やがては生活必需品などの配給機構も翼賛会の世話役・町内会長が兼ねるように、日常生活まで支配を受けて、ファシズム的国民支配組織に発展するのだ。

この年には米も切符制になった。一人一日三合だったが、翌年には二合三勺、外食券制度も設けられた。食券を持参すれば食堂で米のご飯が食べられる制度だった。

中国大陸の戦火に、ドイツ軍のポーランド侵入による第二次世界大戦の戦火が重なり、日本は駆け足で太平洋戦争に近づいて行く。

しかし、これら緊迫しつつある世界状勢も天野義孝にとっては無関係であった。

石炭が切符制になったといっても、筑豊では生活に困ることはなく、米の配給制も寮の管理や病院の入院患者の食事には、それぞれから移動証明と配給手帳が預けられるから、米に不自由するなどということはまるでない。

大政翼賛会にしても父の友次郎らは関係あったろうが、内務官僚や警察が権威を示すのはもう少し後だし、すでに「ぜいたくは敵だ」というスローガンはたてられていたが、天野に至ってはいい服を着て、たらふく食っている毎日である。

しかし、さすがにぶらぶらばかりしていれば、やはり周囲の眼が気になり、彼はしばらく祖父・虎吉の隠居所である津屋崎で過ごすことにした。

ところが、ここにも女はいた。虎吉が無聊《ぶりょう》を持て余し、来れば小遣銭でも与えていたのだろう、ポン太という芸者が暇があると隠居所を訪ねるのである。天野より年齢は一つか二つ上で、彼女にとっては小遣いは祖父のほうから貰うにしても、遊ぶならよく似た顔立ちながら若いほうがいいに違いない。

「どうか、爺ちゃんよりわしのほうがよかろうが。爺ちゃんはもう立たんやろ」

「うわあ、義やん助べたいね。そげんことなかよ、鍛え方が違うもん」

「わしかて鍛えとるばい。中学一年から田川の栄町にあがっとる。いろいろ教えて貰うたもん」

「そげいに早くでくるとね」

「女も同じたい。なんなら試してみようか」

「わあ、くすぐったいやんか」

「好いとうならええやろ」

そんなこんなで虎吉の目を盗んでの日々が続くのである。生物は遺伝子の乗り物《ビークル》というが、まさに血筋としか言いようがない。

しかし、津屋崎にも長くいられない事件が起きる。

津屋崎での天野は、虎吉の出生地ということもあって傍若無人に過ごしていた。近衛兵に選抜されたうえ、筑豊で一代を築いたあと隠居として戻ってきた虎吉は、一族のなかでも重い存在だったし、周囲もそれを認めていたからだが、なかには孫にまで大きい顔をされてたまるかという反骨者もいる。なにかと天野に楯突き、そのどまぐれぶりを嘲笑う漁師の青年もその一人だった。

天野も最初は無視していた。しかし、面と向かって小馬鹿にされては黙っていられない。

「おい義《よし》、今日もぶらぶらかい。この非常時ちゅうに毎日よか身分ね」

「……なにが言いたいんか、貴様」

「なにがちゅうて、ほんまのこと言うただけじゃろうが」

「なにい、もう一回言うてみい」

「おう、何度でも言うたるわ」

言いざま彼は近くにあった竹竿を手に身構えたのだ。天野が前へ出る。しかし振り回す竹竿が邪魔で踏み込めない。

「待っとれ、貴様」

天野は言いながら走り、隠居所へ飛び込んで床の間の日本刀を手にすぐさま戻った。虎吉の日露戦争記念品であり、すでに鞘《さや》を払った抜身である。驚いたのは漁師のほうだろう。陽を受けて眩しく光る刀身に震えたのか、竿を手にしたまま物凄い勢いで逃げ出したのだ。白刃を振りかざした天野が追う。

追いつめたのは魚市場のところだった。その頃には大勢の人たちが二人を遠巻きにしていた。天野が横なぐりに斬りかかる。やっと飛び退《さが》った漁師の袢纏《はんてん》が裂かれ、彼は真っ蒼な顔でへたり込んだ。そのときだった。

「こら、やめい言うの聞こえんか」

二人の間に割って入ったのは派出所の巡査であり、天野が気付いてみれば、そこは交番の表側だったのである。

「喧嘩売ったのはそいつじゃき」

天野がまくしたてるが、漁師は成り行きに震えるのみだった。

「ええから二人とも来いち」

喧嘩両成敗とはいえ、日本刀を振り回したのは天野であり、傷をつけている以上は傷害罪が成り立つ。しかし天野を救ってくれたのは博徒の顔役だった。虎吉の顔もあったのだろうが、仲に入って示談として納め、天野は前科とならず釈放されることになった。

昭和十六年、天野義孝十七歳のいわば初事件である。退学になる事件、出水の遊郭、そしてこの事件と、進んだら後戻りできない性格は次第に顕著になっていく。


一方で津屋崎を離れ、戻った糸田でも大事件が出来《しゅったい》していた。兄の祐成が秋田で警察沙汰を起こしたと連絡がきたのだ。

糸田の家では、義孝に心煩《わずら》いすることはあっても、祐成だけは安心していた。秋田工専の機械科へ入学して以来、ハルコが毎月百円という過分な額を送金してやっていたのも、祐成を信用していたればこそであった。実際は半分以上を芸者買いなどに費《つか》っていたというから、やっぱり血筋というしかないが、それでも届く報せは両親や親族を満足させるものばかりだった。

秋田工専でも成績が上位というのがそれだし、戦前の優秀とされる条件の文武の武のほうでも、祐成は資格を十分に満たしていた。

昭和十四年の入学と同時に柔道部に入り、十六年には四段の免許を取って主将に選ばれたばかりか、全国大会に出場、昭和天皇の天覧試合出場という栄誉を受けたのだ。この報せには近衛兵出身の虎吉が歓び、両親も大いに鼻を高くしたと思われる。

ところが一転、警察沙汰という報せだった。詳細はわからないが、サーカスのオートバイ乗り、つまり巨大な樽状の中を猛スピードでぐるぐる走るオートバイショーの乗り手と喧嘩、相手に大怪我を負わせたらしい。これまた傷害事件である。

あとでわかったことによれば、柔道部の連中と酒の上で揉め、主将の祐成が責任者となったらしく、これも、喧嘩両成敗だが、なにを置いても貰い下げて退学という事態は避けねばならない。

その頃の友次郎は、風邪をこじらせたのが悪く、食欲不振や時に微熱が出るなど体調は万全でなかった。しかし、父親の出番しか祐成の危機を救う道はなく、彼は秋田を目指して旅立って行った。

山陽線、東海道線、東北線、奥羽本線を、特急つばめをはさみ夜行列車で乗り継いだか、あるいは山陰本線から北陸本線を経て日本海沿いを辿ったのかは不明だが、いずれにしてもこの時代では二日がかりの秋田行きだった。

しかも友次郎は麦飯嫌いに野菜嫌いときている。幸い米には不足しなかったから、ハルコが白米のお握りを多く作って持たせ、往きは急を要するからともかく、帰路は途中下車して泊まりながら戻る予定でも強行軍に変わりはなかった。

そうして友次郎が戻ったのは一週間後である。サーカス団と話をつけて示談にし、祐成を貰い下げて学校側に謝罪、すべてを収めたわけだが、帰ってから疲れも溜まったのか時折りは寝込むようになった。それも胸苦しさがつのって、いきなり寝床の上に座り込んでしまう。思えば大病のはじまりであった。

そういうなかで、友次郎がもう一つ重要な役目をしたのが義孝の身の振り方だった。ある夜、友次郎は病床に豊国炭坑労務課長の友人に来て貰って頼むのである。

「知っての通り、義孝も中学続けとったら卒業たい。同期の連中は糸田の高橋さんの息子、ほれ東京帝大受かっちょるの聞いたろうが、みんな進学やら就職やらしとるんよ。どやろか、無理な願いじゃ思うけん、中卒ということで、明治鉱業へなんとかならんか思うちょるんやが。なあに、場合によったら中退扱いでもよかたい」

「友さん、わかっちょる。あんた具合悪いけん心配しとるんじゃろうが、具合は養生すりゃようなろうもん、まず義孝君のことはでくるかどうかやってみるばい。まあ、わしにも心算《こころづも》りはあるけん、ここは一つ任せておきんしゃい」

「あげなどまぐれでも、少しは働いてみて苦労しちょったようやし、お願いじゃ」

「言うなんな、友さん。弱気のごと吐いたらいけんばい。義孝君は根っから明るいけん、勤め出しゃあおもしろいかもしれんぞ」

「そう言うてくれると有難い。わしも寝てなんかおれんな」

「ほうれみんしゃい。要は気や。時局もこんなやし、お国のため働かないかんき」

友次郎は寝床から立ち上がり、しっかりした足取りで友人を送ったが、その願いが実るのはそれから間もなく、昭和十六年秋のことであった。

天野義孝の就職先は、明治鉱業保健課と決定した。といっても場所は病院と隣合わせの棟であり、歩いてすぐ、昼食も家へ帰って食べて戻ればいいのである。

仕事の内容は、いってみれば受付のようなもので、豊国炭坑など明治鉱業系の本人及び家族が受診するとき、持参した保険証を確認、カルテなどと照合して次の係から病院へ回すだけである。患者は風邪、手足の挫傷、胃腸病などが主で、炭坑事故などはまた別の係となるから簡単といえば簡単で、彼は一カ月ほどでもう馴れてしまった。

思えば天野にとって、この頃が最も安穏な日々だったろう。父も小康を取り戻し、祐成も事件以降なにも問題はない。母は義孝が事務を執っているのが嬉しいのか、毎朝のように賄い所で食事したあと、外まで出て送り出してくれるし、昼食も笑顔で迎えてくれた。義孝も小博奕はやっても、父の容態を気づかって遊び歩くようなことはない。

いってみれば、季節と同じ小春日のようなものだったろうか。ここから事態は急転回、時代もまた急テンポで進み出すのである。

天野が満十八歳の誕生日を迎える三日前の朝七時、NHKラジオの臨時ニュースが慌ただしい声で重大事を伝えた。

「臨時ニュースを申し上げます。臨時ニュースを申し上げます。大本営陸海軍部午前六時発表――、帝国陸海軍部隊は本八日未明、西太平洋においてアメリカ、イギリス軍と戦闘状態に入れり。繰り返し申し上げます……」

天野は母に起こされてそれを知った。出社しても全員が興奮気味だった。午後になってラジオは、さらに「本八日未明、ハワイ方面の米国艦隊並びに航空兵力に対し、決死的大空襲を敢行せり」と続き、上海、シンガポール、グアムなどの戦果が報告された。

いわゆるパールハーバー攻撃、グアム、シンガポールなどの空襲、マレー半島奇襲攻撃であり、新聞は「米英膺懲《ようちょう》、世紀の決戦！」の見出しで、さらなる興奮を誘ったのである。

時を置かず、祐成の繰り上げ卒業が決まった。就職先は満鉄系の満州炭坑東京本社の機械課だった。慌ただしい帰郷と上京で祐成はすぐさま糸田をあとにした。

八日の開戦から翌十七年の六月にかけては戦勝ニュースばかりが続く。グアム上陸、フィリピンのルソン島上陸、一月にはマニラ占領、ラバウル上陸と続き、六月に北のアリューシャン列島のキスカ、アッツ島占領まで、もう戦勝気分の横溢である。

そういうなかで二月、祐成の入営が決定した。前年の八月、すでに二十歳になって兵役義務の生じていた祐成は、この時点で特別幹部候補生になり、甲幹、つまり甲種で合格したのである。一定の訓練を経れば下士官になれる制度で、かつての陸軍少尉、いまの自衛隊でいえば三等陸尉にあたるため、虎吉が近衛兵になったときのように、やはり氏素姓などの家庭調査が必要だった。

心配は義孝だけだったが、明治鉱業保健課勤務は立派な肩書で問題はなく、久留米《くるめ》の四八連隊で訓練を受けることになった。ハルコは戦地へ行くことも近いと聞き、内心では胸を痛めたとはいえ、表面上は赤飯で祝って送り出した。虎吉は戦勝ニュースとともに、甲種幹部候補生の祐成を誇りに思ったことだろう。

ハルコと義孝による祐成への慰問がはじまった。日曜日ごとの久留米行きであり、二人揃って行くことも、交替で一人ずつ行くこともあった。

ハルコは早朝の賄い仕度のとき、昨夜から煮ておいた小豆で餡《あん》を作り、餅米を蒸《ふか》しておはぎにして重箱に詰めた。義孝も母の準備ができる頃には、いつもより早く起きて父のトンビを着る。インバネス、二重回しともいうが、一般には商人コートといい、袖の形が鳶の両翼に似ているところからトンビとなったのだろう。コートの身頃がたっぷりとってあるため、物を隠して持ち歩くには便利なのだ。

久留米までは鹿児島本線である。当時で往復六時間はかかったろうか。だからお昼時に着くためには八時過ぎには家を出なければならない。そうして兵営に入るとき、義孝のトンビの中に隠された重箱は、まだ温かみを残したまま面会所や営庭の昼食場所へと持ち込まれることになるのである。

さまざまなことが語られた。訓練の様子や同輩のこと、毎週になれば祐成の秋田での思い出も話題になった。義孝だけのときには、雪深い秋田のこと、また秋田美人の芸者の話もした。

しかし、毎週のように訊かれるのは友次郎の病状である。

春頃には友次郎の病名は心嚢炎《しんのうえん》と判明していた。心臓を包んでいる嚢、つまり心膜との間に水が溜まるもので、関筋リウマチや結核症、外傷、風邪のあとなどに起こる病であり、嚢に溜まる水の量が多くなるにつれて心臓が圧迫され、かなりの痛苦を伴う。

もちろん賄いをしている病院で寝たきりの日が続いているが、水の量が増えてくれば横になるとかえって苦しく、頭や胸を高くしたまま安静状態を保つなど、苦しい闘病生活を余儀なくされていた。

「父ちゃんの状態はどうか」

「一進一退ばい。水を抜いたあとはよか日が続くき、またすぐ溜まってしまうごとなりよるもんな。医者は首を傾げとる」

「わしが傍にいてやれんき、義孝、母ちゃんを助けて頼むぞ」

「わかっとる。それより今日は餅と餡こや。一週間分よーく食べちょくれと母ちゃんが言うとった。なにしろ百円送ってきよるし、家だけは食べ物の心配はいらんもんな」

百円とは祐成が満炭から貰う給料であり、出征中とあって会社が自宅宛て送金してくれるのである。当時の一般公務員の初任給が五十円前後だったし、義孝の給料もそのくらいだったからハルコは喜び、米や砂糖などが豊富なこともあって、甘味に乏しい軍隊生活を少しでも助けてやろうと、日曜ごとの慰問は天野家の定例行事となっていった。

友次郎の病状が悪化したのは梅雨に入った頃であった。塩分や水分の量の制限を守っているにもかかわらずむくみが取れず、医者も途方にくれているようだった。

いまなら抗生物質や手術の進歩でなんとかなったろうが、戦時中では医師の手も足りなくなっていて、病状は日に日に悪化するばかりとなった。

そうして危篤状態に入り、駆けつけた虎吉や祐成ら一族の者に看取られながら、友次郎が亡くなったのは、七月十六日の午前十一時過ぎであった。明治二十六（一八九三）年生まれの享年四十九歳、あまりにも若過ぎる死であり、家族は覚悟をしていたといえ哀しみに暮れた。

なかでも落胆したのは長男を失った虎吉だった。七十五歳にしてまだ矍鑠《かくしゃく》としていただけにどんな思いだったろう。祐成にしても思いは同じだった。いつ死地に赴任してもおかしくないのである。自らの死に対しての覚悟はできていても、残された家族のことを思えば、長男であるだけに心は揺らぐ。いくら気丈な母がいるとはいえ、この頃には三歳の妹を含め、義孝の下に五人の妹がいたのだ。

「心配しいしゃんな。母ちゃんに任せとき。義孝も落ち着いとるようやし、祐成はお国のために尽くすしかなか」

ハルコはそう言って戒名に院殿大居士を貰って大きな葬儀を営んだ。

そうして迎えた出棺のときだった。女学校へ行っていた一番上の妹が堪え切れずに嗚咽《おえつ》し出すと、次々と妹たちが声を上げて泣き出した。最期の別れであり、止めようにも止まらない涙だったが、義孝だけは違った。

「お前たち、泣くな！　泣いたらいけんぞ」

まるで叱咤《しった》するように言い、上の妹が真っ赤な眼で睨みながら「なして」と訊くのに彼は言うのだ。

「泣いたら親父が未練残って、往くとこにも往けんようになるやないか！」

義孝にしてみれば、愁嘆場にせず厳粛な儀式で父を送りたい思いと、兄が家長として参列していても出征中の身ということから、一族を支える男としての言葉のつもりだった。しかし周囲はそう受け取らなかった。親族のなかから、「きつか性根ね」「鬼みたいなごつ言うて」「ほんまや」という囁きが洩れたのである。天野は弁解しなかったが、これは後々までの語り草になった。

そのあと葬儀がすべて済み、祐成が久留米の連隊に戻って哀しみのうちにも再び慰問が続くことになったが、それも暮れには中止のやむなきに至った。戦局は大きな転換期を迎えていたのである。

友次郎の死と前後して、六月にはミッドウェー海戦、八月にはソロモン海戦があり、大本営発表は「赫々《かく》たる戦果」と伝えていても、十一月の第三次ソロモン海戦の頃には、すでに制海、制空権ともアメリカに握られてしまったのだ。

少尉に任官した祐成も戦地へ行くことになった。「南方へ行く」とのみ知らされたものの、のちにそれはフィリピンとわかる。この時期、日本は陸海軍とも一兵たりといえども戦力が欲しかったから、日本各地で臨時召集が相次ぎ、多くは輸送船で南下して行く。

天野も十二月の誕生日が来て満十九歳になった。あと一年で兵役である。しかも巷では、「欲しがりません、勝つまでは」の標語とともに、兵役義務が一年下がるのではないかと噂されていた。

しかし天野に悲壮感はなかった。家に食糧はたっぷりあり、勤めは楽である。家の仕事は母が人を使って仕切っているのに変わりはなく、迫る兵役にしてもなるようになれの心境で明るく過ごしていた。

だから思いがけない事件も起こる。年が明けて昭和十八年の正月だった。天野は父の形見となった大島の着物を着て、ぶらりと家を出た。友人宅へでも行って話の花を咲かせようとしたのだが、途中の橋の上で酔っ払いが絡んできたのだ。炭坑《やま》の男らしかった。

「兄ちゃん、社長のごつええ着物やんか。ステッキまで持っちょる。わしに貸してみ」

相手は千鳥足のうえ、言葉もろれつが回らないが、そう言いながら天野にしがみついてきたのだ。

「なにをするんか」と天野がステッキで払おうとすると、「なにくさ、この若造が」と殴りかかってくる。

「阿呆か、貴様は！」

　最初は避けようと思っていた天野も、殴りかかられては黙っていられない。ステッキで頭を一撃すると、あとは足蹴りにして滅多打ちである。なにしろ激情すると後戻りはできない。

「悪かったあ、やめてくれえ」という叫びで立ち去ったが、家へ帰ってみると羽織の紐がなかった。男に千切られて落としてきたかと思ったが、拾いに行く気にもなれない。

　その男と再会したのは、正月明けの仕事始めの日だった。奥さんに連れられて保健課に来た男は診察の手続きを頼みながら言った。

「酔うて喧嘩したんやが、どげん男にやられたかわからんばい」

「こんなやられてからに、口惜しか」

　奥さんも傍から口添えする。

　見れば額のあたりは内出血のあとがあり、手も擦過傷だらけで足は引きずっていた。

「そりゃ悪い奴がおったなあ」

　天野はとぼけて言いながら、保険証を確認して書類を作り、横の病院へ回した。もちろんそれで済んだと思っていたのだが、その頃にはすでに奥さんが夫を連れて警察へ駆け込んでいて、警察では男が握っていた羽織の紐を唯一の手掛りに捜査を開始していたのである。

「亡くなられた友次郎さんの大島の羽織、紐があるかどうか見たいんじゃが」

ハルコのもとへ訪れた交番の巡査が、そう切り出したのはそれから二日後のことであった。

彼女はなんとなく胸騒ぎを覚えながらも羽織を部屋から持参すると、確かにないばかりか引き千切られた痕跡がある。

「紐はこれじゃろうが」

「はあ、見覚えばありますき」

それで傷害事件は発覚である。天野はその日のうちに田川警察署へ引っ張られることになった。そしてここから時代もそうだが、天野の運命は大きく転換していく。取り調べの司法主任とも天野はやり合ってしまうのである。

腕斬り事件

酔漢への傷害事件容疑で田川署の留置場で一夜を明かした天野義孝は、ほとんど眠らないままに刑事室へ連れて行かれた。

眠れなかったのは、寒さと虱《しらみ》である。すべて板張りの留置場は隙間風が入って寒く、やっと身を縮めて眠りに就けたような気分になったとき、体中に違和感を覚えてぼんやりと目を覚ましたのだ。むずむずとした感覚が下着と肌の間にあった。虱だとわかったとき天野ははっきり目覚めていた。

取って潰すなどという生易しい数ではなかった。おそらく煎餅布団の縫い目には、夜目にも白い一〜二ミリほどの虱がぎっしりと棲息しているに違いない。

天野はおぞましさで思わず立ち上がり、痒《かゆ》みの出てきたあたりを掻きながら、下着を脱いでパサパサと振ったあと、縫い目に沿って指で揉み潰してみた。もちろんそんなことで虱がすべて潰せるかどうかわからなかったが、そうでもしなければいられない気分だった。

しかし今度は寒さで体が震えてくる。天野は脱いでいた服を着て、壁板に背を凭《も》たせて膝頭を抱え込んだ。そうして眠気が寒さに勝った頃に、いくらかはまどろんだろうか。

普通の人間なら、明日からの日々を考え、不安で眠れない夜を過ごすに違いなかった。しかし天野は、どまぐれ的開き直りで取り調べに臨んだのである。

刑事室もまた板張りだった。下駄の音を響かせながら入った天野は、取調官と机を挟んで向かい合ったとき、すでに寝不足による眠気は吹き飛んでいた。

当時の取り調べは署内の司法主任が行った。氏名、生年月日、本籍と型通りに進み、司法主任が筆で調書に書き込んで行き、ひと区切りついたところで読み上げ、「これで間違いないな」と釘を刺す。

ところが、事件に至って天野の供述と調書に喰い違いが出てきた。

「男がいい着物を着て、いいステッキを持っているので貸せと言いながら近寄って来たので、ステッキで叩いた——これに違いないな」

司法主任が読み上げた途端、天野は大声でその声を遮った。

「それは違う。酔っ払ってふらふらしながら、ろれつの回らんごと言いながらつかみかかってきよったんや。そやからステッキで、叩いたんやなくて除けるように払った——ずいぶん違う」

「なに、本官の調書に文句があるのか、貴様は。嘘ばっかり言いおって」

「嘘やない。嘘を書きよるのは主任さんのほうやないか」

天野も負けずに言い返す。以後の有利不利を考えたのではなく、天野の本心だった。

「貴様、言葉を慎め、本官は嘘など書かんぞ」

司法主任はそう言いながら、手にしていた筆の穂先で天野の額をポーンと突いた。

ベタッという感覚が、坊ちゃん育ちの天野のプライドを傷つけたというべきだろうか、その瞬間、天野は飛び上がって叫んだのである。

「ぎゃーっ、わーっ、痛っ痛っ痛い」

しかも下駄で板張りの床をドンドンと踏み鳴らしながらだった。

驚いたのは司法主任のほうだろう。呆っ気にとられたように天野をみながらも、落ち着きを取り戻すよう言った。

「この筆先がなぜそんなに痛いか」

「痛ーい、痛い言うたら痛いっ。主任さんは人の痛いのわからんのやろ」

天野の痛さは心の痛さでもあるのだが、そんなことは通じるはずもなかった。

「連れてけーっ」

司法主任のひと声で、天野はそのまま刑事によって留置場へ逆戻りしたばかりか、そこでバケツ三杯もの水を頭からかけられることになるのである。

さらに心証を悪くした報いは、それだけではなかった。当時は勾留期間がないも同然であり、二十九日間を取り調べ名目で拘置したうえ、今度は別の署へタライ回しにすることも可能だった。

たとえば天皇の御幸があるときなど、その地方一帯の浮浪者、不良などを浮浪《ふろう》罪で引っ張り、不敬罪などを未然に防ぐため、タライ回しで五十日ほどを拘置することも可能だったのである。

天野も危うくそれと同様の扱いにされかかったが、水をかけられたあとは、すぐに面会に訪れた母のハルコが差し入れてくれたオーバーにくるまって暖を取り、さらに目一杯の二十九日は置かれたものの、相手との示談などハルコの運動によって貰い下げが決まって難を逃れたのだった。

それにしても、一般的感覚からいえば反骨精神というよりやはりどまぐれそのものだろうが、その傾向はさらに強まって行く。

やっと糸田の家に戻った天野は、家の前で裸にされてすべての着替えを命じられた。下着類は燃やし、着られるものは釜で煮沸するのである。家の中にまで虱を持ち込まれたら一大事であり、戦後に進駐軍がDDTを持ち込むまでは、一般家庭での防禦はそれしかなかったのだ。

もちろんその前に入浴、髪も下の毛も入念に洗ったうえで、はじめて父の位牌に手を合わせ、ハルコの作った食事をしてひと息つくのだが、問題は目と鼻の先の勤務先である。

傷害事件の示談は、相手が前後不覚の酔漢であれば情状酌量の余地は十分あるが、それでなお叩きのめしたこと、また二十九日に及ぶ勾留内容と欠勤だった。それに甲幹として任官、南方戦線へ行っている祐成のこともあるうえ、近所の手前もある。

しかし、そのことでも子を思う母は、考えられるなかの最高の手を打っていた。義孝を保健課へ世話してくれた労務課長に話し、顔がきく西戸崎《さいとざき》鉱業所への入社を頼んだのである。西戸崎鉱業所は大倉財閥系と明治鉱業の共同経営であり、別会社ながら転勤という形がとれる。しかもそこの寮などの管理、賄いをしているのが一族のうえ、博多の海の中道にあるだけに寮住まいとなり、家を離れることができるのだ。ハルコにとって男手がいなくなることは辛いが、そうもいっていられないのである。

幸い労務課長の根回しが実り、天野は西戸崎鉱業所労務課勤務が決定した。もちろん新職場の労務課長もハルコと親しく、表裏一体となっての運動だった。

今度の仕事は、毎日のように机に向かってばかりはいられなかった。新入りとしては、下働きの人手確保をしなければならない。飛び込みといって、炭坑《やま》を休んだ者を訪ねて明日以降の出欠を確認する仕事である。

　つまり、その日の欠勤者が判明した段階で訪問先を分担、午後あたりから夜にかけて、炭坑住宅やら寮を訪ね歩くのだ。

　風邪や腹痛ならいつ出られるかを訊き、具合がよさそうだったら「明日は出ろよ」と励まし、仮病で博奕でもしていれば、「明日は出らんとつまらんぞ」と半ば脅したりして出勤へつなげさせるのである。

　いってみれば毎日が炭住や寮を巡回しているようなものだった。そうしているうちに、天野は面白いことに気づいた。勤労報国隊という名目で集められた韓国人鉱夫たちがいる韓国寮で、夜な夜なオイチョカブの博奕が行われているのをつかんだのだ。

　もちろん寮の規則には違反しているし、天野自身は正月以来というもの、勾留、西戸崎勤務などで五カ月ほど博奕に手を出していない。博奕好きの虫がうずくと同時に、好き勝手をやっている連中へ腹も立った。

　ようし見とれ、とばかり彼は五月末のある夜、飛び込みに行った帰り、かねてから見当をつけていたその大部屋へ木刀を持って乗り込んだ。

「貴様たちーっ、オイチョカブやっていいのかーっ、金銭賭けた博奕は禁止やー」

天野が叫ぶなり、慌てた彼らは別の出口から逃げ出した。冷静な奴が電気を消したらしく真っ暗になったが、天野は適当に追いかけたところで、ふと思い直して大部屋へ戻った。電気をつけると花札と一緒に張られた金がそのままだった。座布団をめくると、手持ちの金もちゃーんと残っている。

貰うとくに限るたい、天野は赤池で有名だった鬼のスターこと高山房太郎のハグリを思い出しながら、すべてをポケットに入れて意気揚々と引き揚げた。もちろん寮内は音もなく寝静まったままである。

初ハグリだった。

当時の天野は、給料とは別に五十円ほどをハルコから送金して貰っていた。祐成の百円が続いていたせいもあるが、彼女はあくまでも我が子に金の苦労はさせまいとしたのだ。優しいのは当然として、こうなると親の甘さだろうか。

しかし天野はそれでも金が足りなかった。というのも、その頃になると彼は会計課の女性と恋愛中であり、三日に一度は旅館代がかかったのである。もちろん多いときは連日ということもあった。人目を忍んでのことであり、金はいくらあってもよかった。

賭場の金を剝ぐハグリは、相手もやましいことをしているからバレないが、何度も重なればそうも言っていられない。

天野が何度かハグリをかけているうち、ついに彼らは上司に訴えたらしかった。そこから労務課長へ苦情がくる。

同時に、夜勤で飛び込みをやっているはずのときに、会計課の彼女と旅館へ入るところを、会計課の上司にみられてしまう。ここからも労務課長へ苦情がくることになった。

折りから戦線は急を告げていた。二月にガダルカナルから撤退のやむなきに至り、大本営はこの敗北を「転進」と表現したが、四月には連合艦隊司令長官・山本五十六の搭乗機が撃墜され、五月にはアッツ島二千五百人の守備隊が凄絶な「玉砕」と報じられたのだ。

昭和十八年は敗色を濃厚にしていくことになるが、国民はそんなふうには感じていない。いずれ神風が吹くと思い、むしろ「撃ちてし止まむ」の標語や、大政翼賛会の国民歌「みたみわれ」に鼓舞され、銃後の風紀が乱れるのをなによりも嫌っていたのだ。警察や憲兵、翼賛会の目もあったが、そういう風潮は蔓延していたのである。

そういうことにまったく無関係な一人が天野というべきで、その非国民的どまぐれぶりはともかく、苦情を聞いて放って置けなくなったのが労務課長だった。

赤池の明治鉱業へ用事があって来た際に、彼はハルコのところへ寄って言うのである。

「ハルさん、もう義孝君は帰らしたほうがよかばい。これは忠告じゃ」

「なしてじゃろう」とハルコは、また義孝が悪事をしたかと思いながらも、不安そうに「なんばしょったとでしょうか」。

「簡単にいえば、ハグリと女ごじゃ。こういうご時勢じゃけんな、続くとやがて処分ちゅうことになる思うたい。悪いことは言わん。もうじき兵隊検査やろう、戻したらよかろうもん」

彼はそう言ったあと、勤労報国隊の件と会計課の女性との情事を告げたのである。ハルコとしても決断しなくてはならない。結局は豊国炭坑のほうの寮の管理に人手が足りなくなったとの理由で、間もなく天野はハルコに連れ戻されることになった。勤務七カ月足らず、九月初旬のことであった。

もちろん天野にしても、ていのいい馘首《かくしゅ》であることはわかっていた。プライドはあったが、そういうプライドならこだわらないのが、またどまぐれたるゆえんでもある。こだわっていれば退学事件もそれ以後の転変もなかったろう。

しかし心中の鬱屈はあった。どっちを向いても戦時色一色であり、ラジオからは大本営発表の景気づけのニュースばかりだった。ぶらぶら遊んでいれば非国民扱いにされかねない。まして兵役も迫り、そうなれば兄のように見習い士官から少尉任官というわけにもいかず、古参上等兵らから苛め抜かれる二等兵から出発、輸送船で中支か南方へ行かされるのが落ちなのだ。

そういう苛立ちもあったのだろう、天野はまた事件を起こしてしまう。

相手は再び勤労報国隊の韓国人青年だった。きっかけは眼《ガン》をとばしただの、態度がでかいだのと些細なことだったが、相手が腕力自慢で殴りかかってきてたのが悪かった。

天野は当時よく持ち歩いていたメリケンを、咄嗟にポケットから出して握ると、いきなり相手の眼へ繰り出したのである。威嚇のつもりが半分だった。アルミニウムを細工し、指を入れる四つの穴を開けて握り易くしたうえで、一センチほどの厚みで攻撃用の刃先としたものだが、やはり咄嗟でも行き足の止まらないのが天野である。威嚇どころかメリケンは狙いたがわず相手の眼に伸び、男は殴りかかったはずみでもろに受けた。

「ギャーッ」

悲鳴をあげてもんどり打って倒れた男は、それでも起きあがるとかかってくるどころか、眼を押さえながら逃げ出した。天野は少し追ったところで、男の足の速さに諦めた。

ところが翌日になって、相手が失明して警察沙汰になったことがわかった。どうも犯人は天野義孝と判明しているらしい。

のちにわかったことだが、男は逃げながら天野が「待てーっ、ぶっ殺すき」と叫んだ言葉と目の痛みに縮み上がり、途中にあった地蔵堂に隠れてそのまま朝を迎えたのだという。寮へ戻って医者に診せれば失明は免れたのだが、恐怖がそれをさせなかったらしい。

しかし、それは後の話である。すぐにも交番の巡査が来るはずと知って天野は逃亡をきめ込んだ。赤池の友人宅あたりへ行っていれば、当分は捕まることもないはずだった。

ところが天野は、ここから再び信じられないどまぐれぶりを発揮する。

友人宅で一夜を明かした彼は、早朝に様子見とばかり糸田へ戻ったところで、ばったり派出所の部長巡査と出会《でくわ》すのだ。彼は背を丸めて逃げ出した。逃げながらも頭は素早く回転する。部長は剣道の高段者として名を轟かしているが、いまは結核を患ったあと復帰したばかりだ。息はそう続かないに違いない。

走って逃げる先には、炭坑の人たちが山の神と呼んでいる山祇《やまづみ》神社があった。真っすぐ行けば平坦だが、右へ細い道を辿れば、社宅の間を抜けて山祇神社へ向かう急勾配の登り坂となる。

天野はためらわずその道を選んだ。登り道へかかる。途端に背後まで迫っていた部長の足音が遠くなった。天野が振り返る。喘ぎながらも必死の部長が、顔を赤くして睨み、「待てえ、天野、待てえ」と叫ぶ足元がふらついていた。

「待つことなかろうもん」

天野は茶化して叫ぶと同時に、「ここまで来い来い」と言いながら尻を叩いたのである。

「貴様！　本官を侮辱する気か」

部長は口惜しそうに叫んだが、結核の病み上がりだけにもう息は続かない。立ち止まって肩で息をしている。

天野はずっと首を後ろに向けたまま、尻を叩きながら走り続け、ついに山祇神社の境内から逃げ切りに成功したのだった。

それからの部長巡査は鬼のようになったようだ。あとから知ったことによれば、その足で天野の家の近くに張り付いて動かなかったらしいが、そうとは知らぬ天野は、二日間を再び友人宅で過ごし、今度はさらに早い午前五時前に家へ戻り、使用人二人とともに賄いの朝食を作っているハルコに食事を用意して貰って食べ出したところ、いきなり現れた部長に手錠をはめられてしまうのである。

「貴様、なめおって。借りは返すけんの」

田川署まで送ってきた部長巡査に、天野が徹底的に痛めつけられたのはいうまでもない。

再びハルコの貰い下げ運動がはじまった。まず旧知の派出所の巡査に相談する。

「そりゃハルさん、今度はもう助からん。でも助かる方法は一つだけありよる。兵隊検査を待たんで、すぐ軍属の手続きをとること、これしかなかろう」

軍属とは、軍隊構成員であって軍人以外の者、つまり軍に属する民間人のことである。いろいろな役目はあるが、この当時は主として軍需工場で働くことを意味し、徴用が多かったが志願もできたのだ。

ハルコもこの意見には頷かざるを得なかった。明治鉱業、西戸崎鉱業所の労務課長らにも訊いたが、それ以外に道はないと言われたことで決心がついた。どうせ十二月になれば二十歳、いまの戦況下で即徴兵は避けられないし、祐成のこともあって軍属志願なら体裁も保てるのだ。

すぐさま手続きをとって派出所の巡査へ伝えると同時に、ハルコは酔漢事件の伝手《つて》を再び頼って貰い下げに走り回った。

警察でも失明は事後のことであり、また差別意識の強かった時代だったから、相手が韓国人青年ということもあって、国家のために働く正義を取ったのだろう。天野義孝の大村航空廠勤務はすぐさま決定となった。

昭和十八年九月末、折りから学徒出陣令も公布され、少し後の十月二十一日には明治神宮外苑競技場で学徒出陣壮行式が挙行されている。

ところが天野は、長崎県大村市にある航空廠へ入るのに、なんと福岡市のデパートで特別に誂えたポーラーの背広を着て行くのだ。

ポーラーとは最近でこそ名前を聞かなくなったが、ウールの練りをきつくして、細糸で織った薄い服地であり、英語のポーラス、穴の多いという意味からつけられた夏用の高級品である。しかも黒と白のチェックにネクタイ着用だった。

「この非常時に非国民が」

天野は門を入るなり上司から怒鳴られることになった。誰もが国民服の時代だったから、かなりの度胸がいったろうが、それもまたどまぐれならではのことだったろう。

しかし天野のどまぐれぶりは、こんなことでは終わらなかった。

仕事は単純な部品づくりである。近くに大村航空隊があり、大村航空廠ではゼロ戦の製作にも関わっていたから、その部品かも知れない。

天野は寮から工場、工場から寮の単調な生活に馴れるとともに、次第に先輩工員をおしのけて親分格になっていった。

天野の大きい態度に因縁をつけてきた男を、工具で一発殴って失神させれば、あとは文句を言う者もいない。まして話題が豊富であり、出水のカシメ時代の女のこと、田川栄町の遊郭から退学事件、それに二つの傷害事件と韓国寮のハグリなど、わいわいやるうちに話せば寮員全体の見る目も変わってくる。

一カ月もするうち、天野には舎弟分ができることになった。これまでも舎弟格は何人かいたが、正式な盃はしないとはいえ、天野を「兄貴」と呼ぶ男ははじめてである。

そうなると天野の頭は素早く働く。給料はだいたいが日給九十五銭だった。天野は旧制中学中退という学歴、それに明治鉱業、西戸崎鉱業所の職歴もプラスされたのか、二十銭高い一円十五銭である。

しかしこれでは、一カ月働いて日曜などを含めると三十円にもならない。女好きの天野にとって、遊郭へ行く金に不足するなど我慢できることではなかった。

ところが工員寮の生活に馴れると、個人的な小博奕が結構行われていることがわかってきた。天野はここに目をつけた。考えはすぐ実行に移される。

工員寮の消灯時間は九時だった。植松第一工員寮から第七工員寮まで、そのほかも含めて林立した寮がぴたりと真っ暗になる。

天野はその時刻を狙った。

つまり明かりの洩れる場所に毛布を貼り、外部からはわからないようにして、オイチョカブの賭場を開いたのだ。もちろんテラ銭を取る胴元というわけである。

好きな連中が集まり出した。バレないように他の工員寮へは固く口止めしたが、天野たちの寮だけでも部屋は溢れ返るようだった。もう大成功である。

天野は舎弟分を賭場の責任者とし、新たに見張り役を置いて五十銭を給金とした。九時から十二時あたりまでの約三時間でも、満席で入れない工員が、入れ替わり立ち替わりやってくるから、ひと晩でかなりの金額が動き、当然ながら胴の金も溜まる。儲かった者や損した者がいても、客がいる限り胴の金は減らない。

とくに給料が出た直後の一週間ほどは盛況が続いた。

そうなると天野の遊び好きは止まらない。

「お前、盆がはねたら来い。ええ女つけて待っちょるけん」

舎弟分に言って、彼はさっさと寮を抜け出して遊郭へ行くのである。金の心配がないだけに気楽な気分だった。もちろん後からやってきた舎弟分は、その夜の報告をしたうえで、天野が予約した女を抱くわけである。

まさにどまぐれ的大成功で、天野は日々を楽しく暮らしていた。

ところが賭場が立つようになって二カ月足らず、十二月の半ばのことだった。

「おい、今夜も待っちょるけんな」

天野が舎弟分にそう言って遊郭に行き、女といちゃついていたときだった。まだ賭場がはねた時刻でもないのに、部屋の外で舎弟分の慌ただしい声がした。

「兄貴、兄貴、聞こえますか」

「なんや、聞いちょる」

「つかまれたんです。大きい男で、わしには歯が立たんでした」

「なにい、つかまれた？」

「はい、皆の金も全部ですたい」

「ハグリやないか。よし、すぐ行くけん、下で待っちょらんかい」

天野は着替えも早々に部屋を飛び出した。ここはなんとしてでも片をつけねばならなかった。ハグるならともかくハグられるのは口惜しいし、また自分の経験、そうして高山房太郎のことでもわかっていたように、黙認すればまたつかまれるのである。

「その大男のいる寮と名前はわかっちょるのか、これから行って始末ばつけるけん」

「寮の奴が知っとりました」

「よし、案内させろ」

天野は寮に戻るなり、こういうときもあろうかと用意していた日本刀を隠し持って、その男の寮へ乗り込んだ。道々案内役の工員から、福岡県の南部から来た男ということも教えられたが、同県出身などということで許す気分は皆無だった。

部屋の番号を訊いたところで寮の前で案内役を帰すと、天野は舎弟分に男を呼びに行かせた。まだ一時間と経ってないので、男はハグった金でも眺めながら、にやついていたのだろう、悪びれずやってきた。

「お前か、博奕の金つかんだのは」

天野は押し殺した声で訊いた。普段の天野は甲高《かんだか》い大声だが、こういう場面になると凄味がでる。

「おう、そうよ。文句があるなら、博奕やってましたと届けりゃええやろが」

大男で体格もいいだけに、博奕もハグリも経験しているに違いなかった。禁制の弱点をきちんと衝いてくる。

「あほか。だからちゅうてつかんでええとは限らんわい。わしゃつかまれた金を取りにきたんじゃい。返せ、貴様」

「返せるわけがなか。それともわしがあっこで博奕やっとりますと届けちゃろうか」

「お前もへらず口叩く奴ちゃな。返せいうたら返せ」

「返せん、これ以上は無駄や。文句があるなら届け出てからにせい」

男はそういうなり、問答無用とばかり、くるりと背を見せて寮へ戻りかけた。

天野はコートの下に隠し持った日本刀を取り出した。行くとなったらもう止まれない。鞘《さや》を払うと抜身を振りかぶって男の背後にしのび寄った。

冬の星空に刀身が冷たく光った。

男の歩く背中が揺れる。

天野はその肩口へ向かって、振りかぶった日本刀を一気に振りおろした。すっと藁束を斬ったような手応えがあって、日本刀はそのまま振り抜けた。

「ギャーッ」

男の悲鳴があがった。しかし男はそのまま揺れながら歩いて行く。天野が星明かりに凝視すると、男の右腕は服のなかでだらりと下がって、左手でそこを押さえようとするが、体が左右に揺れて思うようにいかないらしかった。

ゆらゆら、ゆらゆら、男は二、三歩揺れながら歩いて行って、やがて、「やられたあ、誰か来てくれい」と大声で叫ぶと同時にどどーっと倒れ伏した。静寂な冬の空に響くような大きな音だった。

後にわかったことだが、男の右腕は肩口からすっぽりと斬り落とされていた。歩いて行くときの体が俎板《まないた》がわりのようになって切断されたらしい。そうして揺れながら歩いたのは、戦争で片腕を失った人によれば、左右均衡の人間の体が、片方失われたことでバランスを崩すのだという。馴れてしまえばなんとかなるが、咄嗟のときなどやはりバランスがとれないというから、男の場合も瞬間的に揺れながら歩いて、痛みに気づいたあと倒れたのだと思われる。

それにしても、前に「悪魔のキューピー」大西政寛との類似点に触れたが、前回のトンビは時代の流行としても、大西が戦後に二人の腕を斬ったと同じ腕斬り事件だった。やはり因縁めいたものを感じてならない。

一方の天野は、男が叫びながら倒れたのと同時に寮へ取って返すと、貴重品と金だけを持って脱走した。幸い大村線の最終に間に合い、行けるところまで行けとばかりに飛び乗った。そして隠れるようにして翌日は長崎本線に乗り継ぎ、佐賀、鳥栖を経て鹿児島本線に乗り、途中で時間を稼いで深夜に糸田の家に辿り着く。

しかし、ハルコらはすでに田川署からの連絡で事件を知っていて、いずれ憲兵隊が捜索に来るはずだという。軍属の場合、無断で三日間休めば、国家総動員法によって逃亡罪にあたるうえ、右腕斬り落としというまぎれもない傷害事件に賭博事件である。

待つのは刑務所しかないが、それでも天野はそのまま逃亡状態を決め込んだ。

脱獄と懲罰

糸田の天野家の周囲には、顔見知りの田川署の刑事ばかりか、憲兵隊と思われる不審な男もうろつくことになった。大村航空廠を脱走してすでに三日は過ぎ、国家総動員法による逃亡罪が成立しているうえ、片腕を斬り落とすという傷害事件である。憲兵隊としても早期逮捕が至上命令であった。

糸田へ天野義孝が戻った翌日、軍服もいかめしい憲兵がやってきて威丈高に母のハルコを詰問したが、その真摯な応対と、兄が甲幹として南方戦線に出征していることを知るとそれ以上は追及せず、「戻ったら知らせるように」と帰って行き、それからは炭坑の匂いのしない男の影がちらつくのである。逃亡先を求めて家を出ることもできなくなった。

天野は終日を押入れのなかで暮らした。知っているのはハルコと使用人だけであり、外部へ気配の洩れることを気遣って、食事もハルコが運んだものを摂った。便所だけは人の気配のないのを見澄まして行ったが、あとは押入れの戸を心持ち開けて、そこから入る明かりで本などを読んで暮らすのである。

五日目を過ぎたところで、天野はさすがに退屈を持て余すようになった。そもそもがどまぐれ的行動派であり、沈思黙考より行動しながら考えるタイプである。

ハルコはそのあたりを熟知していたというべきだろう。天野の苛立ちが限界にきたと見極めたところで、就寝前に説得を繰り返すようになるのだ。

「義孝、こげんことといつまでも続くことなかろうもん、ええ加減に自首を考えたらどうね。お前だって押入れ生活じゃ退屈で仕方なかろうが。それになあ義孝、祐成のことも考えてみい。甲種幹部候補生いうたら家の名誉たいね。それを弟のお前が、こげいなところで逃げ隠れしとって、憲兵隊に踏み込まれて捕まってみい。家の恥じゃなかと。わかっちょろうな、よーく考えんしゃい」

「言うなんな、母ちゃん。自首なんかでくるか。退屈もしとらんばい」

「ああ、そうね。母ちゃんには義孝が身悶えしとるごと見えよるけんね。まあ暇やから、よーく考えとき」

こんな会話が夜ごとに続くのである。天野の心は次第に自首へ固まっていった。

そして押入れ生活十日で、ついに天野は大村憲兵隊へ出頭することになった。その段階で、ハルコが明治鉱業や西戸崎鉱業所への就職で世話になった人に頼み、付添人になって貰ったのである。早朝の出立《しゅったつ》であった。

ところが、大村憲兵隊で待っていたのは地獄の処遇だった。

取り調べにあたった司法班長は、古参の憲兵曹長である。銃剣術五段、柔道四段をはじめ、武道の段数が計十六段になるのが自慢の叩き上げ組で、軍の警察としては自分より上の尉官クラスまで調べるほどの剛の者として有名であった。

もちろん天野たち二十前《はたち》の軍属など木端《こっぱ》扱いである。事件や逃亡の調べは事実確認のみで、あとは「性根を入れかえちゃる」のひと言だった。

道場の板の間に立たされたとき、すでに天野は稽古相手の藁人形になったも同然だったろう。

背負い投げからはじまる柔道の手技で、体落し、肩車。続いて腰技で大腰からはね腰、後腰。そして足技では膝車から大内刈り、大外刈りを経て内股。そのあと捨身技で巴投げ、浮き腰まで二十の投げ技を順序よく掛けるのだ。しかも荒っぽい。

天野としても、多少の受身は心得があったとはいえ、そんなものはすぐ通用しなくなった。胸倉をつかまれたかと思ったときは体が宙に浮き、すぐさまどしんと板の間に叩きつけられる。痛っと叫んだときはもう胸倉をつかんで引き起こされ、宙を飛んで叩きつけられるの連続なのだ。

二十の技が二度目に入ったあたりで天野は意識が遠くなったが、水をぶっかけられ、活を入れられて続き、今度は袈裟固めから腕ひしぎ腕固めまで十五の固め技で締められるのである。天野は何度か失神しかかったが、そのたびに水だった。

その間には罵声が浴びせられる。

「そんなんでよう腕斬れたな」

「二度と逃亡せんように、海軍魂を注入してやるたい」

「そげんやわな性根じゃ海軍刑務所は務まらんぞ。貴様、それでも軍属か」

天野としては喋る気力もなくなっていた。しかも柔道のあとは銃剣術だった。さすがに銃剣こそ持たなかったが、竹刀《しない》でトリャートーッとばかり、無防備の藁人形へ叩く突くの連続である。崩れ落ちるとまた水だ。

それが一時間続き、三十分の休憩をはさんでまた一時間だった。ぼったぼったと投げられては締められ、竹刀でぶっ叩かれど突かれては、厳寒のなか水をかけられる。体は痛さの感覚を通り越し、眼は開けようとしても開かず、無理に開ければ血の涙が出そうに思えた。藁人形どころか、意識はすでに藁屑だったろうか。

その取り調べが三日続いた。もちろん取り調べに名を借りた性根直しだったが、天野は生まれてはじめて朝の目覚めが怖いと思ったほどだった。

そうして送られたところが大村航空廠内の特別刑務所と呼ばれた留置場である。すでに起きたら座ることができず、座ったら起きることもかなわず、便所さえ行けないほどだったが、そこでも調べに名を借りて痛めつけられることになった。

留置場では死んだようになって、よくあのくそ曹長の荒技で死なんかったと思ったりしていたものの、気がついてみると隣の房にいるのが舎弟分だった。

ハグリ男の腕を斬ったあと一緒に逃走、途中で直方市の植木駅で降ろし、炭坑に隠れているはずの舎弟が、先に捕まって入っていたのである。言葉こそ交せなかったが、霞んだ眼で見るとやはり痣《あざ》だらけのようだった。

ようし、いまに見とれ、体が動けるようになったら逃げちょるけん。このままじゃほんまに殺さるるたい。

天野は舎弟へ向かって肚《はら》で呟いていた。

天野の狙いは、留置用に貸与された共和服にあった。中国人が着ているような詰襟の服で、咽喉にあたる部分に大きなホックがある。

ちょうどいま使われている缶のプルトップを一・五センチほどにしたものといえばいいだろうか。糸で縫い留める穴があいていて、その先端がホックなのだ。学生服の鉤ホックでは役に立たないが、これならうまくいくかもしれないと天野の感性は囁いていたのである。

特刑の留置場へ入れられて一週間が経った。体中は痣だらけだが、眼の霞みはいくらか晴れ、座り起きもなんとかできて便所も行けるようになったところで、天野は深夜に感性の囁きを実行に移してみた。

プルトップ型ホックを取り外し、その穴に箸を突っ込み、鍵へホックの先を入れ、少し力をこめて回してみる。

カシッ、カシャン。

小さな音がして鍵は開いた。

天野はにんまりと闇の中で笑いを浮かべた。顔にも痣があり、腫れて変形もしていたから、もし見ることができれば、それは悪魔の微笑みだったろうが、天野は悪魔的冷静さでそのときはもう次の行動に移っていた。

隣の房の鍵に手を掛け、再び鍵を開けると舎弟を静かに揺すった。

「おい、鍵があいた。お前も来い。逃げるあてはあるけんな」

耳元で囁くと舎弟もすぐ事態をのみ込んだようだった。忍び足で留置場を出る。

あとは勝手知った大村航空廠の中だった。外へ出る道筋は簡単であり、塀を乗り越えた足で街中へ向かい、遊郭で遊んでいたときに知り合った友人のところへ走った。

友人は大村湾の島の出身で実家は寺院と聞いていた。島育ちだけに船を扱えるし、島の寺院なら隠れるのに好都合だった。

友人は寝呆け顔ながら、天野たちと認めるとすべてを悟ってくれた。

「頼む、実家でかくまってくれんやろうか」

「事件のこつは耳にしとるばってん。でも、よう逃げたな。すぐ仕度するけんな」

友人は着替えて出てくると漁港へ走った。天野ら二人も背を丸めて寒気のなかを追う。

小さな漁船だったが、海へ逃げてしまえばもう追っ手はかからない。目的の島へは五十分たらずで着いた。手配はすべて友人がしてくれて、どういう話をつけたのか、陽の昇る前には大きな阿弥陀仏の蓮台下に蓆《むしろ》が敷かれ、即席の寝床がしつらえられた。

「これで安心じゃ。三日ほどしたら、また様子を見にくるけんな」

友人は大仕事に手を貸した興奮のまま、再び漁船で大村へと去った。

朝になると朝食が運ばれてきた。寺院だけに銘々膳で、味噌汁に干物の魚が付いていたのは島ならではだろう。しかし阿弥陀仏の背後の暗がりでは文字通り後ろめたく、しかも朝の勤行《ごんぎょう》のあとで、抹香臭いのもなんとなく気になった。

本堂からは一歩も出られない。

天野は舎弟と二人で、表を気にしながら内部をひとわたり見て回ったが、そんなことは十分間もかからないで終わってしまう。

あとは、なーんにもすることがない。また蓮台下の寝座《ねぐら》に戻ってみても、糸田の家の押入れとは違って本も雑誌もないのである。頼めば貸してくれるだろうが、仏教関係の本を読む気にはならないし、まして手慰みの花札などあるわけもないだろう。

声をひそめた雑談といっても、いつ人が本堂の表へ来るかわからないから、うかつに喋ってもいられない。仕方ないから眠れば、今度は舎弟の鼾《いびき》で目覚め、揺すり起こすことになる。

「おい、鼾かいたら人がおるのわかってしまうやろが。それに昼寝をあまりすると、夜寝られんごとなるばい」

「兄貴は寝よらんですか」

「寝らん。逃げてはみたけん、これじゃ辛いばかりたい」

「ほんまですのう。でも留置場でヤキ入れられるよりよかですけん」

ぼそぼそと呟いてみても、時間はなかなか過ぎてはくれないのだ。

晩飯が出て、翌日の朝、昼、晩と食事が運ばれてくる頃になって、天野の退屈は再び限界に達することになった。

三日ほどしたら、と友人は言ったが、それは今夜半のことなのか、それとも明日夜半のことかと舎弟と小声で話し合ったりして、やっと眠りに就いたところ、夜半になって二人は友人に起こされることになった。

「どうかいね、居心地は」

「もう退屈でたまらん。贅沢いうて済まんが、諫早《いさはや》に近いあたりへ戻してくれんやろか」

「ばってん、そげんことやろうと思うとった。なら、いまから戻ろうか」

「頼む、そうしてくれ、恩に着るち」

身仕度といっても、もともとなにもない。友人が去ってすぐ戻ってくると、再び漁船で大村湾に出る。そして島は諫早市寄りに位置していたのか、今度は四十分たらずで諫早に近い漁港へ着いて二人は降り、友人はそのまま大村の漁港へと去って行った。

友人に訊いた道筋を辿ると、間もなく長崎本線の鉄路があり、レールの枕木の上を諫早駅へ向かい、駅舎を避けて再び鉄路を辿って長崎本線を佐賀・鳥栖方面へ歩いた。

寒気はあったが、耳が痛いぐらいで寒さは感じなかった。夜明け前に寒さが一段と厳しくなっても、今度はその前にどこか身を隠すところを探さねばならない。寒さよりそのことのほうに神経を集中した。

枕木から降りて道路を北上していくと、どこかの町があって旅館の看板がみえる。商人宿とみえて、朝早い客が出立したところだったのだろう、お内儀《かみ》さんらしい人が玄関の前にいた。そうなれば渡りに舟である。

もちろん、船で大村湾とは逆の有明海を渡って着いたばかりとの理由で、天野は夕方までの宿を乞うた。服は友人のものに着替えているし、当座の金も借りている。お内儀は怪しみもせず部屋へ案内し、朝食と寝具を用意してくれた。

すでに予定は決めていた。長崎本線の夜行で鳥栖から小倉へ向かい、途中で筑豊線に乗り換え舎弟を直方市近くで降ろし、天野は糸田の家へ深夜に辿り着くまでである。

朝飯を食べ、ぐっすり眠った。

天野が糸田の家に着いたのは深夜だった。糸田や宮床の駅で降りると知り合いに会うことも考えられ、駅をずらして山越えしながら歩いて帰ったのだ。

「母ちゃん、わしじゃ、義孝たい」

戸を小さく叩いて天野が声をしのばせると、ハルコはすぐに起きてきた。憲兵の再訪で義孝の脱獄を知り、眠れぬ夜を過ごしていたのかもしれなかった。

「まあ、義孝、どげんばしたと」

招き入れたハルコは、そう言ったきり絶句した。驚きの眼にうっすら涙がにじむ。

「母ちゃん、逃げて来た。わしはもう出らんぞ。あげんとこ行かんたい」

「ずいぶん酷かことされたんやね。ま、今晩は早いとこ寝《やす》んで、明日はまた押入れに入りんしゃい。祐成のこともあろうもん、今度ばかりは母ちゃんも覚悟ば決めたとよ。明日のうちに小竹《こたけ》のほうへ話ばしてみよう思っちょるけんね」

ハルコが驚いて決心したのも無理はなかった。天野も鏡を見せられてはじめて知ったのだが、顔が腫れてゆがんでいるのは手で触れてわかっていても、目玉の白い部分は血がにじんで赤く、周囲は殴られたあとが紫色から黒に変色しているのだ。眼が霞んだのもそのせいで、もちろん瞼は腫れて垂れ下がっている。われながらおかしな面相だった。

商人宿のお内儀は、酷い喧嘩のあと船で逃れてきたとでも思ったのだろうか。天野はいまさらながら体罰の凄惨さを思い出して、よく生きて帰れたとしみじみ感じた。

翌日は天野が押入れにいる間、ハルコがすべてを手際よく運んでくれていた。

小竹というのは、田川郡の赤池町や糸田町に接する嘉穂郡頴田《かいた》町を挟んだ先の鞍手郡小竹町のことである。頴田町ではのちに溝下秀男が生を享け、やがて小竹や隣接する飯塚市でも少年時代に活躍することになり、天野との縁も深くなっていくことは前述したが、その小竹町に父の友次郎が懇意にしていた炭坑主がいるのだ。

小竹町といっても、頴田町と飯塚市に接するあたりの炭坑《やま》で、糸田の家からでも十キロほどと遠くなく、もちろん家族ぐるみの付き合いは父の死後も変わりなく続いている。

天野は夜陰に紛れて小竹の炭坑主の家を訪ねた。いわば凶状持ちの身だが、そんなことに馴れているのが筑豊の俠気であり人情だった。

「おう、義やん、来たかい。ここにいたらもう安心してよかろうが。昼は寝とっても働いても、どっちでもよかばい。でも義やんの博奕好きは聞いとるけん、ここはよか賭場がでくるき、どうなと好きにしてよかたい」

父と同年配の炭坑主は、義孝の逃亡や顔の痣については触れず、筑豊気質そのままの爽やかさで接してくれた。

「厄介になりますけん、なんかあったら注意してください」

天野としては一応の礼は尽くしたが、もう炭坑主の言葉そのままに過ごす気分である。その夜こそ殊勝に寝床へ行ったが、翌日からは炭坑の事務を手伝う素振りだけでぶらぶらし、夜になると誘われるまま賭場に顔を出した。

金はハルコから不自由しないように渡されていた。だから馴れてくると賭場の立つ夜は必ず顔を出す。根が明るい天野だけに顔馴染みは増えてきてますます楽しくなる。

炭坑主も坑長も遊び好きだった。よく働きよく遊ぶ炭坑《やま》の典型的な男たちである。賭場は小竹から近い飯塚市の目尾《しゃかのお》のあたりに立ったが、殺気立つような雰囲気ではなく、遊び人のたまり場的な感じだったから、時にはモルヒネなんぞを打つ人もいた。

そういうなかで博奕に勝って懐中が潤えば女好きの虫がうずく。近くに遊郭はないが、それに近い料理屋があって、そこへ通うようになった。

そうなると思い出すのは、大村で通った遊郭の女だった。すっかり気心が通じ、「アーさんが来んとさびしい」なあんて言っていたのに、舎弟がハグリ男の報告に来た段階で、なんにも言わずにおさらばだった。

まして面白半分でモルヒネを打って貰ってみれば、ほんわりとした至福感のなかで女がたまらなく恋しくなった。

天野は女に逢おうと思い立った。そうなるともう止まらない。大村の遊郭に電話をかける。かなり待たされて女が電話口に出た。

「俺や、天野や。いろいろあってな。なに、腕斬り事件を聞いとる？　それたい。うんにゃ、出たわけやないけど、いま飯塚のほうにおる。どうか、逢わんかい。そうじゃなか、大村へは行けんき、両方の間とって佐賀あたり、武雄温泉ちゅうのがよかろうが。なに、嬉しい？　殺し文句ば言いよって」

すぐさま、女が休みを取れる日の正午、場所は武雄温泉入口の朱塗りの楼門前と決まった。そのすぐ近くに知っている旅館があり、天野はそこで一夜を過ごすつもりだった。

しかし、天野は憲兵隊を甘くみていたというべきだろうか。

憲兵隊は、天野が腕斬り事件後に逃走した段階で、馴染みの遊郭ぐらいつかんだのに違いなく、脱獄となれば立ち回り先の一つとして、遊郭の女将に念を押していて当然なのだ。

おそらく、彼女に電話を取り次いだ女将が憲兵隊に連絡、彼女は問い詰められて逢う日時と場所を吐かせられたのだろう。

その日、前夜は博奕もせず早起きした天野は、駅からぶらぶらと楼門まできたところで、いきなり声をかけられるのだ。

「天野やな!」

そのときはもう天野の体は宙に飛んでいた。地面に叩きつけられてはじめて彼は、その声と投げ技で憎き憲兵曹長と知るのである。

起き上がろうとする天野を、憲兵曹長ともう一人が引き起こして両側からがっちりと腕を取った。

甘い夢は一瞬にして潰《つい》え、前面には朱塗りの楼門どころか暗黒の現実が待っていた。天野はそのまま佐賀署へ連行され、そこで少しばかりヤキを入れられたあと大村憲兵隊へと送られることになった。

天野は今度こそ死ぬかもしれないと覚悟した。脱獄、逃亡のうえ、この非常時に女と逢引《あいびき》しようとして逮捕されたのである。憲兵曹長の地獄の体罰がさらに激しくなって不思議はない。

しかし、天野の覚悟は簡単にはぐらかされた。おそらく、これ以上に痛めつければ再び脱獄を図るとでも考えたのだろう。天野はお説教だけで鎮守府がある佐世保の海軍刑務所送りとなった。

ところが、その分だけといえばいいだろうか、天野は送られたその夜から徹底的に海軍式の懲罰をくらうのだ。

天野が入れられた未決房には三人の韓国人が先住していた。

当時は炭坑もそうだが、軍需工場にも多くの韓国人がいて、徴用組は寮で食事をしていたとはいえ、家族持ちで集落を作っていた人たちは、食糧事情も家計もかなり逼迫しているのが実情だった。

大村でも彼らの集落では、朝になると昨夜の湯を落とした五右衛門風呂で芋を蒸《ふか》し、自分たちが食べる分を残して、あとを売って家計の足しにするような生活をしていたほどである。

当然ながら、彼らの食べ物に対する態度は厳しくならざるを得ない。

三人の先住者も同じだった。天野が一応の挨拶をして入ったあと、夕食の時間になったとき、三人のなかでも図体がでかく筋力逞ましい男が、天野をじろりと睨んで言ったのだ。

「おい新入り、その飯くれないか」

あとの二人も威圧するように、無言で天野の反応を待つ形だった。普段の天野ならたちまち爆発するところだが、なんといっても相手は三人のうえ、狭い未決房で武器もない。

「若いの、言葉わからないか。新入りは先輩をたてる決まり、知らないか」

大男の言いようは嵩にかかってくる。天野もそこで肚を決めた。

「おう、食べいや」

短い返事だったが、それを予期していたように大男の手は天野の食器に伸びていた。二人へ心持ち分けただけで、あとはガツガツと掻き込む。自分のと合わせて、あっという間の夕食終了で、満足そうな顔は見せたがお礼のひと言もなかった。

天野はその浅ましい食べぶりを横目で眺めながら、彼らが獄中にいるわけに思いあたった。大村の留置場にいるとき耳にしたもので、韓国人が房舎だか寮だかで食事待遇について暴動を起こし、多くが海軍刑務所送りになったというのである。そのなかの三人に違いなかった。

しかし、だからといって一方的に人の飯を巻き上げるのは許せない。天野は肚に決めた思いを秘めながら、じっと夜を待った。

やがて「就寝五分前」の号令がかかる。

海軍の場合は布団でなく毛布が常用であり、それは刑務所も同じだった。畳んだ厚い毛布を広げ、七枚ほどを使って端を折りながら寝袋状にしたうえで、就寝の号令と同時にそこへ入り込むのである。

「就寝！」

号令と同時に三人は足から寝床に入り出した。掛布団を持ち上げて体を滑り込ませるのと違って、体をよじりながら、足、腰、腹と順序よく、寝袋状態を整えながらでなければ入っていけない。

それは起きるときも同じだった。毛布が体に巻きついているから、布団をはねのけてという具合にはいかず、肩、胸、腹と足を使いながら抜け出さないと起きられないのだ。

それが天野の狙いであり、肚に決めた思いの実行のときだった。

天野は毛布に入るふりで、三人が完全に就寝状態になるのを待った。といっても一、二分のことだったが、三人はなんの疑念も抱かずに寝袋に納まったようだった。

ぴょんと飛び起きた天野は、素早く隅にあった水甕《みずがめ》を両手で持つと、まず端に就寝状態になっていた大男の頭へ思い切り振り降ろした。

ぎゃっという声へ、二度、三度。

続いて順に一度ずつ振り降ろし、今度は抜け出そうともがく順に思い切り叩きつけた。

その段階で三人は事態を悟ったのだろう。

「あー、殺さるるよ」

「助けてくれ」

「痛い、痛い、やめてくれ」

大声でわめくが、そんなことで手加減するような天野ではなかった。必死で起き出そうとする順に水甕を振り降ろす。ボコンボコンという音と悲鳴が交互に入り混った。すでに起きようとする努力はやめ、手で頭を抱え防禦するのが精一杯である。

もちろん五分ほどで悲鳴と物音を聞いた看守が駆けつけ、天野は三人がかりで房内から引きずり出されることになった。

そのときにもう、腹やら顔やらに何発か蹴りを入れられていたが、それからが海軍ならではの懲罰だった。

まず時代劇さながらの高手小手、つまり後ろ手にして高手の肘から肩までを縛り、肘と手首の間の小手を縛りあげたうえで梁の鉄棒から吊るされるのだ。

そのあとは精神注入棒より痛いとされるストッパーである。水で濡らした太いロープの先端を結んだもので、それで思い切り体を叩かれるのだ。乾いたものより遙かに打撃力は強い。ピーンと張ったロープがビシッと肉に食い込む。

しかし、それだけならなんとか耐えることもできたろう。息が詰まるほどの痛苦は、ストッパーの先端の結び目が、体を巻いて男の急所を直撃するときだった。

飛び上がる痛さといっても、天井から吊るされている身である。飛び上がることもできず、手で押えることもできない。ぎゃあっ、と叫び声を上げるのが、痛苦に対する生身ゆえの防禦反応で、それが精一杯だったろう。水を吸って重くなったロープが肉に食い込む痛さなら耐えることもできたとはいっても、本来ならそれだけでも耐えられないに違いないが、急所への一撃を知ってみればそうなるとしかいえないのだ。

もちろん懲罰を加えるほうも、その効果は十分に知り尽くしている。

ストッパーは、胸、腹、腰と三度に一回は必ず肉へ食い込みながら先端が急所を直撃するのだ。天野はそのたびにぎゃあっと叫び、やがて意識が遠くなった。

そうすると、再び水がかけられる。懲罰というより拷問に近かった。ふっと意識を回復して現実と痛みを思い出したとき、またストッパーはうなるのである。

一時間ほどして独居房へ放り投げられたが、天野は朝まで睡魔と疼痛の格闘で生きている気はしなかった。そうして朝の光のなかで気を取り直して急所を見てみると、そこは赤く腫れあがり、体には無数の紫色の痣の輪ができていた。

再び便座にしゃがむことができない日が続き、一週間ほどで別の未決房へ入れられたが、そこも三人が五畳ほどのなかで生活、今度は日本人同士で諍いはなかったとはいえ、厳しさに変わりはなかった。

着るものといえば長衣《ちょうい》一枚。いまでいえばバスローブに紐のないものといえばわかりやすいだろうか。もちろん褌《ふんどし》一つも許されず、それで運動といえば房内運動で、畳を上げた四畳半ほどの房内を、長衣を尻まではしょった形で、つまりフリチンのままドッド、ドッドと走らせるのである。

三人が連なって走るから、息を抜けばぶつかってしまう。それが約二十分。冬でも体から湯気が立つほどだった。

そうして天野は未決囚として、求刑までの間に、海軍刑務所の懲役たちの実態を垣間見ることになるが、そこは凄まじいところであった。

諫早刑務所

佐世保の海軍刑務所は、未決囚の舎房も懲役囚のそれも同じ所内にあった。もちろん舎房内の厳しさは変わらない。

房内運動のことはすでに述べたが、たとえば便ひとつとっても厳しい規則がある。大便は夜から早朝までの間に済ませておくというのもそのひとつだった。

起床五分前―起床の号令と同時に、看守が一斉に差し込み式の便器を替えて回る。一房三人分ほどの大便を始末するのも大変だが、そこは役目だから仕方ないとして、それから午後四時の点検まで大便はできないのだ。

もちろん出物、腫れ物は仕方がない。すると検問中に質《ただ》される。

「糞したのは誰か」

「はい、私であります」

「どしてしたんか」

「下痢気味でありました」

「よーし、絶食三日。わかったな」

つまり刑務所としては、腹具合がおかしいなら食べなければ治るという論理であり、大便が健康管理のバロメーターというわけだろうが、その便が下痢でなければ、いい看守でこうなるのだ。

「そうは言うても下痢はしとらんな。よーし、就寝後三時間の立ち番」

午後九時から十二時まで、直立不動で立たせられるのである。

朝食のあとゆっくりしゃがんでなどという生活は当然ながら許されない。海軍にいて法に触れるということは、それほど大変なことであり、軍律というものはそれほど厳しいものであった。

だから懲役囚はさらに厳しい。仕事をする場所は役場《えきば》といい、そこで一日を働くわけだが、一方で運動は海兵隊の一曹、つまり陸軍の曹長クラスが週に二回ほど教練にくるのがそれにあたる。

海兵隊は上陸作戦で地上戦をするのが任務だけに、教練もそれにのっとって行われるのだろう。

天野ら未決囚は一日を房内で暮らし、一歩も外へ出ないから、裏庭の練兵場で教練がはじまると視線は釘付けになる。といって窓からあからさまに見ているのが知られれば懲罰は目に見えているだけに、看守の気配を窺いながらのさりげない視線となった。

教練は重装備で行われていた。白い脚絆に重い軍靴、さらに砂のいっぱい詰まった海兵隊用の背嚢《はいのう》を背負い、手に小銃を持たせて広い練兵場を走らせるのだ。

それが延々と続く。すでに南国には春が来ていて、気温が上がるなかで汗が飛び散り、苦しそうに歪んだ表情も見てとれる。

「おい、あの尻を走っとるの、もうすぐ倒れるぞ」

先に入っていた未決囚が言う間もなく、最後尾で喘いでいた重装備の男がつんのめるようにして砂煙を上げた。背嚢が大きく波打っている。するとすぐさま近付いて行った教練係の一曹が、手にしていた銃の小尾板《しょうびばん》、つまり銃床部分でポーンと肩を突くのだ。

「立て貴様、立って走らんか。貴様の代わりは一銭五厘でいくらでもくるんやけんな。覚悟して走らんか」

肩が二度、三度と力をこめて突かれ、それでも立ち上がれないとみたら、小尾板を頭に振り降ろすのである。白い戦闘帽が飛び、頭から血が流れるのがわかった。

男はよろよろと立ち上がり、それでも二十メートルほどを走って、天野たちの近くへ来たところで、今度はながながと大地にのびた。顔は蒼白であり、すでに肩も波打ってはいない。

戦闘帽の血が生々しかった。

時間的には一時間ぐらいだったろう。

「全隊《ぜんたーい》、止まれ」

暫くして一曹が叫んだとき、房内で「また一人死んだか」という呟きが洩れた。

天野がその房舎にいた間に、あと二人が死んでいた。耳にしたことによれば、週二回の教練で三人死亡ということも珍しくなかったという。刑務所の医者といっても、看護兵曹長であり、下痢の手当ては絶食なのだから、教練で危篤状態になったからといって、懲役囚であれば手当てなどろくにしないのかもしれなかった。

未決囚では、海軍中将という人もいた。中国・上海の飛行場の鉄材を横流ししたという容疑だと耳にしたが、真偽のほどは明らかではない。もちろん本当に中将かどうかも確かめられないが、佐官クラス以上ということは、その態度から推察できた。

階級章は付いてなくても将校用のジャバラ式の服を身につけ、独居房でもつねに正座して寡黙、年嵩もあってなんともいえない雰囲気だった。

だいたいが、佐世保の海軍刑務所にある軍事法廷の裁判長が大佐で、刑務所長が大尉、検事にあたる法務官が中尉である。看守らも腫れ物にさわるように接していたほどだ。

天野はこのあとも何度となく刑務所を経験することになるが、海軍刑務所ほど苦しく、そして厳しいところはなく、また海軍中将といわれた人ほどの囚人は珍しく、記憶に鮮明に残ることになった。

そうして海軍刑務所内部に通じてくるにつれ、天野はやはり未決房に重本満がいることを知った。糸田小学校を追われ、赤池の市場小へ転校した六年生のとき、一年を一緒に遊び暮らした剣道の強い級友である。

重本は佐世保に隣接する川棚町の海軍工廠へ軍属として徴用され、やはりなにかをやらして、先に来ていたらしい。天野は入っていきなり三人相手の頭脳的奇襲で暴れ、懲罰にあったため知るのが遅れたが、重本のほうはすぐに気付いていたようだった。

天野がそうと知ってから、入浴のときに視線を送ると、重本はにやりとした。もちろん、天野ならやりかねないどまぐれぶりへの賛意であったが、やがて重本は海軍刑務所を出て話す機会はないままに過ぎた。

ハグリ男の腕斬り事件からはじまって、逃亡、自首、死ぬかと思った体罰、脱獄、そうして匿われたなかでの賭博と女の生活から、どまぐれぶりを発揮しての逮捕、海軍刑務所の凄絶な懲罰ときて、未決房暮らしも六週間を過ぎ、季節は厳寒から桜の咲きこぼれる季節へと移っていった。

四月末、いよいよ天野に裁判の順番が回ってきた。裁判といってもいわゆる暗闇裁判で弁護士一人いるわけではない。

軍事法廷へ呼び出され、法務官の中尉が罪状を読み上げる。傷害事件、国家総動員法による逃亡罪、自首、脱獄。そうして求刑はたったのひと言だった。

「おい、×号、求刑二年」

「よしっ」

裁判長の大佐もひと言。それで控えの監房へ連れられて行く。通称ポッポ小舎《ごや》。網で囲まれた鶏小舎のようなところで三、四十分ほども待たされたろうか。

その間、軍事法廷が休廷になっているのか、次の罪状認否が行われていたのかはわからない。もちろん罪状認否といっても、認否はなく読み上げられるだけなのだが。

やがて再び呼び出しがかかる。

法廷に立つと裁判長がひと言だった。

「おい、お前、懲役一年八月」

それだけである。待たされている間に裁判長が罪状について考察を加えていたとはとても思えなかった。

しかし刑の確定は事実であり、そうして軍属としての刑が決定すれば、その段階で軍属の身分は解除になるから、下獄は海軍刑務所ではなく民間の刑務所となる。

天野義孝の移送先は諫早刑務所と決定した。昭和十八（一九四三）年四月二十九日、天野は看守に連れられて諫早刑務所へと向かった。

福石《ふくいし》観音で知られる福石駅から列車に乗り、川棚を経て大村を通る。大村湾が車窓に光り、懐かしい大村市の市街も見えた。前年の九月末、大村航空廠にポーラーの背広を着て行き怒鳴られて以来、半年余の間で十年分ぐらい生きて来た気がする。

大村市を過ぎてさらに南下すると、大村港があり、そのあたりは脱獄のあとの逃亡で漁船を走らせた海だった。

誕生日も暮れも正月ものうなった日々やったき、仕方なかろうもん、いよいよ刑務所や。今度はどげんことば待っとろうかい。

感傷的になどなったことのない天野でも、護送付きとはいえやはりのんびり列車に揺られていると、転変続きゆえの感慨も湧いてくる。戦況について詳細はわからないが、厳しさの増していることは、後から入ってくる未決囚たちの口から伝えられた。しかし、いまの天野にとって、そんなことは遠い南方戦線のことだった。

兄の祐成に思いを馳せても、義孝自身どうなるものでもなく、起きてしまったことに対して、日々をどう過ごすかのみである。ハルコの顔も浮かんだが、女手ひとつで病院の賄いや寮の管理と賄いを切り盛りしているうえに、女学生を筆頭に四歳までの妹五人を抱えているのだ。これまた日々生きるのが精一杯だろう。しかしなんといっても食糧の心配がないのが大きい。

だからその礎を築き、いまは津屋崎に隠居している祖父・虎吉のことにも思いが至る。今度の件は知らせていないはずだから、虎吉は大村航空廠で働いていると思っているに違いなかった。

それが大村どころか、年末から大村—糸田を二往復、最後は大村湾を右にみる刑務所行きの旅になったばい。

天野にしては珍しく感慨に耽《ふけ》ったところで、諫早駅到着だった。有明海と大村湾の付け根に位置し、干潟のムツゴロウも有名なだけに、ホームを流れる風も爽やかだった。

本明川に架けられた眼鏡橋のあたりには、山桜がいっぱいに花をつけ、爽やかな風に花びらを散らしている。

ちなみに現在の眼鏡橋は、昭和三十二（一九五七）年の本明川大水害の際、流木をせき止めたため市街地の災害を大きくしたことから、諫早公園に移築して保存されているが、天保十（一八三九）年に建設されたアーチ型石橋として有名であり、当時で築百四年、ちなみに諫早が市制を敷いたのが昭和十五（一九四〇）年だったから、当時は市制施行三年ということになろう。

天野は間もなく吸えなくなる娑婆の風を胸いっぱいに吸って歩き、やがて諫早刑務所入りをした。

到着が午前十時半、検査やら所定の手続きを済ませて獄舎に入ると間もなく、昼食時になって看守がやってきた。

「おい、食器を出せ」

天野としては、留置場や未決房などいろいろと経験済みだが、正式の民間刑務所生活はこの日がはじめてである。面くらって入り口近くに痰壺のような容器があったから、その蓋を取って食器窓から差し出した。

「違う、早く覚えんか。お膳のなかに入っとる食器や」

いま入ったばかりやないか、と天野は口のなかで言いながら見ると、なるほどアルミの食器が入っている。

どうせ昼飯だった。期待もせず、ほいとばかり食器窓から大飯器《だいはんき》を出したところ、天野は思わず取り落としそうになって慌てた。ボサッという感覚で重いのである。

なんや、という思いでそっと大飯器を手許に引き寄せてみると、そこには金色の大きい握りがあった。ひと目で黄粉《きなこ》の牡丹餅《ぼたもち》とわかった。ためつすがめつしたあと、頬張ってみると餅米の粘りと黄粉の甘味が幸福感をもって口中に広がった。

民間の刑務所とはええところやな、感激した天野はそう思ったが、それがとんでもない勘違いであることはその夜にもわかった。

「どうか、天皇陛下の恩賜は心ゆくまで味わったか。有難く心のなかでお礼するんじゃぞ。貴様たち、御真影も拝めん身分やから」

偉そうに言う看守が差し出した夕食は、大豆入りの麦飯に一汁一菜、その一菜も捨てるような骨ばかりの雑魚を煮たものだった。

そうして看守の言葉で天野が思い当たったのは、その日が四月二十九日、つまり昭和天皇の誕生日「天長節」ということである。それゆえの特別食であり、翌年からはそれさえもなくなって、天野は生涯で一度の経験をしたことになるのだが、海軍刑務所に較べれば諫早が天国に近いことに変わりはなかった。

刑務所なりの厳しい戒律はあっても、当然ながら生理現象まで罰するようなことはなく、また監視の目が行き届いているといっても、佐世保ほどのことはなかったからである。

間もなく天野は八工場行きを命じられた。鍛冶・鉄工の工場であり、どうやら潜水艦の部品などを造っているらしかった。身分は拘束され、工場などでの私語は禁じられているとはいえ、仕事の中味は軍属と変わりない。天野は久しぶりに労働に就いて、なんとなく解放感を味わったほどである。

しかも八工場で待っていたのは、佐世保を先に出た重本満だった。

「義やん、また会うたな」

「おう、いずれな」

さりげなく寄ってきて、小声で挨拶して離れただけだが、意志は十分に通じ合った。佐世保と違って、そのぐらいの融通はきく。もちろん運動時間などで話もできた。

そういうところへ、思いがけずハルコが面会にやってきた。義孝には叔父にあたるハルコの弟を連れて早朝の面会だった。

「なんやと思うたら、母ちゃんか」

天野が金網越しに声をかけると、母は「義孝……」と言ったきり、みるみる眼をうるませた。あとはなかなか言葉にならない。

「いろいろ迷惑かけて済まん」

愁嘆場は苦手な天野も、さすがにそう言うより言葉がなかった。

「夜行で来たんで、冷とうなったけど。それでも切符が取れただけよか」

「何時に着いたんかい」

「諫早へ六時じゃ。昼のあとに作ったけん、もう昨日のごとばい、冷とうなって」

涙を拭おうともせず、ハルコは持参した風呂敷を広げ、重箱の蓋を取った。少なくなった砂糖をたっぷり使ったからか、黒紫の小豆餡《あずきあん》が艶やかに光る牡丹餅だった。同時に重箱に詰まっていた甘い香りも流れる。

天野は思わずごくりと唾《つば》を呑みながらも看守に視線を投げたが、そのときはすでに非情の声が轟いていた。

「なにをする！　ここは刑務所ぞ。なーんも知らんのか。早よ仕舞え」

ハルコは咄嗟にすべてを悟ったようだった。おろおろしながらも蓋を閉じて風呂敷を結び直した。その手がかすかに震えていた。無知という屈辱に加え、兄の祐成への面会と同じように、うまそうに食べる義孝を想像したことが裏切られたことへの口惜しさだったろう。しかもここまで辿り着くには、ハルコなりに懸命の努力をしてきたのだ。

当時はすでに列車の切符が自由に買えなくなりはじめていた。すべてに軍事が優先し、列車の本数が少なくなり出したこともあって、一人一枚制とはいっても、長距離の切符はすぐ売り切れたりして買えなかったのである。ハルコは炭坑関係の伝手を頼って、なんとか諫早往復の切符を手にすると、夕食と翌日の賄いの手配を済まし、午後に糸田を発って直方《のおがた》、折尾から鹿児島本線で鳥栖《とす》へ出、そこから長崎本線に乗り換え、佐賀を経て十二時間余もかけて諫早へ辿り着いたのだ。

折りから外出に防空頭巾は欠かせなくなっていた。いまの小学生が持っている防災頭巾と同じ型だが、当時は圧倒的に手縫いが多かった。その防空頭巾とモンぺの上の婦人服の襟の部分に、汽車の石炭殻がうっすらと黒く残っていた。初夏の風を入れようと窓を開けたためだろう。車内にスチーム暖房はあっても、冷房などない時代だった。

そんな苦労をしての面会なのに、はじめての刑務所で思いはすべて無駄になったばかりか、義孝は金網の向こうの身なのである。

ハルコは再び大粒の涙をこぼすばかりだった。

ハルコが二度目に諫早刑務所を訪れたのは七月の梅雨明け後のことである。今度は牡丹餅こそ持参しなかったが、暑くて乗客が窓を開け放ったからだろう、襟元ばかりでなく顔から首筋へかけて煤けたように石炭殻が汗でこびりついていた。

ハルコはまた泣くだけだった。その涙の跡がハルコの白い地肌を露わにしながら咽喉元へ落ちていく。ハルコはそれを拭いもせずに、ぽつりぽつりと話した。

「急行も自由に乗れんごとなった。もう客が一杯で窓から乗っちょる人もおるんよ。うちら座れたけん、三人掛けできつうてな。それに大きな町では防空壕掘りもはじまっちょる。義孝がおったら思うとなあ」

「母ちゃん、なったものは仕方なかばい。それより、もう面会は来んでよか。来よう思うても来れんごとなっとるのようわかるたい。わしなら心配いらんき、妹らのこともあるけん、家を守ってくれいや」

義孝がハルコの気持ちを察して言うと、ハルコはまた泣くのみである。

戦況は第二次、三次のソロモン海戦で米軍が制空権を握った昭和十七年末から、すでに傾くばかりになっていた。大本営発表は赫々《かく》たる戦果といっても、すでに十七年三月五日には東京で初の空襲警報が出され、四月十八日には空母から発進した十六機が、東京、名古屋、神戸を初空襲しているのである。

ハルコが言った防空壕づくりも、十八年六月に戦況を重くみた内務省通達によるものであり、それもこれも大規模な本土空襲必至とみたからであった。そうなれば大工業地帯である北九州一帯は間違いなく標的となって、面会などままならないのである。

ハルコが看守の耳を気にしながらも、ぽつりぽつりと話すのはそういう意味であり、義孝にしても、成績のいい服役囚が長崎の造船所へ行っていることなどから、娑婆の空気は少しずつ伝わってきていて、戦況が容易ならざる状況と知っての受け答えであった。母子ならではの以心伝心の会話でもあったが、義孝にしてみれば、これからも泣きに来られてはたまらんという思いもあったに違いなかった。天野にとってその頃は、はじめての服役生活ながら刑務所にも馴れ、苦しくはあってものびのびと暮らしはじめていたのである。

苦しいのは暑さであった。

夏へ向けての鍛冶・鉄工は、さながら我慢くらべ並みである。まして天野は火床《ひどこ》の担当だった。鋼を真っ赤に灼くため、鞴《ふいご》のコークスはつねに火を落とせず、風を送ると熱気がまともに身体へ吹きつける。

四級と三級は木綿の赤錆び色のシャツを着せられていたが、それは工場へ入るなり汗でぐっしょりになり、肌にへばりついた色は鮮やかな朱に変わった。

そうして外気の温度も上がる午後になれば、体内から水分が絞り出されるために出る汗が少なくなって、今度はシャツが乾いて浮き出た塩分が、白い塩となってパラパラと散るのである。そうかといって、塩を舐めさせるような甘いところでもない。

しかし天野の若さは苦しいはずの労働に耐え切った。

一方で憩いもあった。隠れて吸う一服である。

もちろん本物の煙草は手に入らない。しかし不自由刑ならではの知恵も湧くのだろう、代用品として選んだのが青桐の葉だった。

葉が大きいうえに、落ち葉をみれば わかるように、干しておくとたちまち乾燥するから、それを刻みにして煙管《きせる》で吸うのである。

煙管の羅宇《らう》は、花壇の支柱としての篠竹がいくらでもあった。刻みを詰める雁首《がんくび》や吸い口はどうするかといえば、そんなものは工場で簡単に作れるのだ。市販のような上等なものではなくとも、いずれ吸うのは青桐の葉なのである。贅沢はいっていられなかった。

しかし味や香りのほうは戴けない。咽喉にえがらっぽさが残り、煙りを深く吸うようなことはできなかったが、それでもくつろいで煙りを吐き出せば、なんとなく一服気分にはなるのである。

さらに隠れてする規律破りの愉悦感もあった。看守の眼を盗み、代用品とはいえ禁制の煙草をふかすのだ。当時はストレスなどという言葉はなかったが、そういう憩いのひと刻が疲れを癒すのである。

やがて夏が過ぎ、桐一葉落ちて天下の秋を知る、などと大袈裟ではなくとも、自然と青桐の枯れ葉が備蓄されるようになったところで寒さがやってくる。

そうなれば天野が担当する火床は逆に天国だった。真冬でもにじむ汗は、同じ八工場でも火床から離れている者に較べれば心地よいほどである。

そこで初の処罰をくらう事件が起きた。しかもすっかり昔の呼吸を取り戻した重本と一緒だった。

八工場は看守が眼を光らせる担当台を中心に二つにわかれていて、重本の持ち場は天野の火床から遠く離れたシェーファー、つまり金属を削る旋盤工の役で担当台の向こう側にあった。すぐ下が旋盤で、その先が電気溶接の係となっているが、火花では暖が取れず当然ながら寒い。

当時の履き物は、いまのようにスリッパではなく藁《わら》で編んだ草履《ぞうり》である。冬は足袋《たび》が支給されていたから、足袋と草履でいくらか寒さは防げたが、それでも寒さは足先から全身に伝わってきた。

一方の天野は足袋なぞいらない。だから重本にこっそり渡した。

「どうか、二足穿《は》けばいくらかぬくくなったろうが」

「いいや、寒いくさ。胴ぶるいがくるけん」

「じゃ、わしの綿入れも着んかい」

天野は自分の綿入れ袢纏も重本に貸してやった。重本はそれをジャンパーの下に着て、さらに自分の綿入れをその上に着た。少しばかり着ぶくれの感じになったが、それほど不自然にはみえない。ところが重本はそれでも寒いという。

そこで天野は考えた。懐炉《かいろ》か湯たんぽがわりになるものはないか、というわけだが、すぐに閃くのも天野らしい。いまの使い捨てカイロなみに小判型の厚い鉄を焼き、それをボロ布で包んで重本の背中に入れてやったのだ。

「どうか、今度はぬくかろうが」

「胴ぶるいは治まったくさ。でも足先が冷たいばい」

「よーし、ほんなら考えがあるけん」

そうして天野が作ったのが、足元へ敷く焼き鉄板である。草履の下から温かさがじわーっと伝わってくる仕組みだが、少しでも長持ちするように熱く焼きすぎたのが失敗だった。

「こらーっ、その煙りはなんか！」

担当台の大声は天野のところまで響いた。最初は何事かわからなかったが、そのうち重本が怒鳴られている言葉と、殴られている様子で天野はすべてを呑み込んだ。草履の底が焼けて煙りを出し、さらに綿入れの重ね着、懐炉がわりも発覚したようだった。担当台の下だけに、あまりに不用心だったというべきだろうか。

「鉄板は誰に焼いて貰ったか！」

「この袢纏は誰のか！」

「こらあ、なして答えんか！」

重本はすべて無言である。静まり返った工場に、重本が叩かれている音が響く。火床の前を離れて覗いてみると、太いロープが裸にされた重本の体にビシッ、ビシッと喰い込んでいた。

「誰のか言えんのか貴様！」

「これでも言えんか！」

その合い間に誰何《すいか》の怒鳴り声が入るが、重本としても僚友の名前は出せない。

たまりかねて天野は進み出た。

「全部わしのですき」

「なに、貴様がやった言うのか！」

「はい、その通りですけん」

「上衣脱いで並べ！」

天野がシャツを脱ぐ間もあらばこそ、鉄拳が顔面へ飛び、すぐさまロープが肩先へ喰い込んだ。それが二十数回続いたあとは、二人交互でロープの洗礼だった。

二十分ほどは続いたろうか。

しかし、海軍刑務所で天井から吊るされ、濡れたストッパーが急所を襲ったことを思えば痛さは耐え切れた。そうして懲罰房もなしに済んでみれば、やはり民間の刑務所は天野にとって地獄ではなかった。

このあと天野は何度か刑務所や留置場を経験することになるが、すべて地獄の苦しみは味わっていない。それどころか、たとえば戦後早々に小さな事件で留置場へ入れられたときはこんな経験さえしている。

差し入れで天野は必ず金を用意させた。すると待っていたように顔馴染みの看守がやってくる。親類に警察の幹部がいて、引きがあるせいか顔がきく男だった。

「義やん、その金で酒飲んでから女《おな》ご買い行こうか」

彼は囁くと同時に、当直中に上司が来ても入れないよう鍵をかけ、二人で窓から出て夜の街へと繰り出すのである。そうして飲んで抱いて、「義やん、ぼちぼち帰ろう」。

もちろん、諫早の場合は最初の刑務所体験であり、そんな自由も馴染みの看守もいなかったが、それでも天野は十二月十一日、満二十歳の誕生日には青桐の乾燥葉ながら刻み煙草をふかして祝ったほどだった。

やがて年が明けて昭和十九年、戦況の逼迫は長崎の造船所組からも伝えられたが、所内の食糧事情からもわかった。

ある日、小豆ご飯が出たので、今日はなんの旗日かいなと思いながら、型盛りの飯を食べようとした途端に、小豆は箸先でポロポロと崩れたのである。よくみればそれは小豆などではなく、満州などで採れる高粱《コーリャン》だった。しかも米は次第に少なくなってほんの僅か。さすがに大豆と高粱を混ぜるようなことはなかったが、以後は米が少しの高粱飯が主流となり、時折り大豆飯が混じることになった。

汁物は冬瓜《とうがん》の水っぽい吸まし汁。冬場はときに大豆を擂《す》った呉汁《ごじる》が出たが、思えば畑の肉といわれる大豆の栄養価が労働を支えたといえるだろうか。

しばらくして刑の軽かった重本が満期出所、天野も十九年末に出所が迫るが、その最後に天野は、大村航空廠空襲の凄まじさを天窓からみて己れの強運を知るのである。

八月十五日

大村航空廠が初空襲を受けたのは、昭和十九年十月二十五日のことである。

午前十時頃に警戒警報が出されると、直後にはすでに米軍機が上空に現れていて、一度は大村市を通過して東上するかに見えたが、反転した途端に爆撃ははじまった。

大村市に当時の正確な記録は見当たらないが、昭和四十六年十月二十四日、日曜のため一日繰り上げとなった慰霊祭が行われたのを機に、関係者が記した「第二十一（大村）海軍航空廠沿革史」によれば、それは凄まじい爆撃だったらしい。

医務部、共済組合病院、飛行機部、発動機部、材料部、補給部、会計部、総務部、大曲工員寄宿舎、植松第五、十三、十五寄宿舎など、主力生産工場や関連施設が延べ百八十七平方キロメートルを全焼または破壊され、生産は完全に不可能になったのだ。

そうして殉職者が二百五十二名、重軽傷者三百二十余名。

当時、大村航空廠では防空壕づくりが急ピッチで進められていたが、場所が二百～二百五十メートルと離れていて緊急避難に適していなかったり、まだ仕上がり途中だったりして存分に機能しなかったらしい。

もちろん直撃弾などもあって、死亡、負傷者には無念としか言いようがないが、市内に分散していた工場や施設にいた人員が約四万人とされるから、無差別都市爆撃などと違って犠牲者は少なかったといえよう。

このとき天野義孝らは八工場の騒音のなかにいて、遠くでなにやらドカンドカンという音がすると思ってはいても、外に出て見るわけではないから、知ったのは後のことである。箕島砲台、諏訪高台からの高射砲も届かず、迎撃の戦闘機も飛ばなかったと伝えられた。

天野が実際に見るのは一カ月余後の十一月三十日、三回目の空襲だった。

「沿革史」によれば、大村航空廠の主要空襲は九回と記録され、とくに二十年一月以降は頻繁になって被害調査を途中から中止しているため詳《つまび》らかではないが、天野が十九年末には出所していることから、被害の小さい十一月十日の二回目でなく、十一月三十日が妥当となるのである。

大村初空襲のあとは、教誨堂で典獄が改めて服役者たちへ訓示をしていた。

「空襲があった際は、施錠は開けても全員が枕を並べて討死するっ、わかったな」

そうしてその場合、耳と目と鼻を両手指を使って押さえ、伏せの体勢になるよう教えられた。直撃はともかく、爆撃の衝撃や大音響から身を守るためであった。

そういう訓示が二回ほどされて迎えたのがその夜だった。

房舎内に警戒警報が鳴ると同時に、看守たちが走り回って施錠を開けた。

「全員、廊下へ出て伏せの体勢！」

遠くで爆撃音らしいズシンと腹に響く音がする。天野は綿入れを羽織って房舎をつなぐコンクリートの廊下へ出た。ところがその廊下がなにやら明るい。

天野は伏せの体勢を取りながらも、そっと首を回して上を見上げた。天井には格子の入った天窓があるが、廊下が明るいのはそのせいなのである。

夜空に爆撃のための照明弾が、まるで尺玉花火のように煌《こう》々と輝くのだ。しかも、目標を外さないためには、寸時も暗黒状態にはしないとばかりに、次から次へと照明弾は落とされる。

その合い間に、途中でパッと炸裂するのは届かないと知っても発射する高射砲弾だったろうか。

大村市と諫早刑務所の距離は八キロ余だから、天窓の光景に爆撃地帯はなかったが、やがて夜空の底のほうが赤く感じられたのは、全焼の施設が広がったからに違いなかった。

天野は伏せの体勢も忘れて天窓を見続けた。その間も響くような衝撃音が廊下に伝わってくる。それがどのくらい続いたろうか。

照明弾の数が少なくなると同時に、夜の底の赤さが次第に上昇するように夜空に広がったとき、再び看守の号令だった。

「警報解除、全員、房舎へ戻れ」

天野らはその夜、興奮してなかなか寝つかれなかった。

「かなり被害が出たようじゃな」

「おう、わしは植松寄宿舎におったばい、同期の連中が心配ち。昼なら工場やけん、防空壕もあろうが、夜は寄宿舎や、どうなったろうかい」

「宿舎はやらんやろう、狙いは工場やけんな」

囁くような会話がいつまでも続いたが、前記「沿革史」によれば、十一月三十日の被害状況はこうなっている。

発動機部、補給部（とくに倉庫、格納庫）など十三が大中被、そして植松第二、六、八工員寄宿舎、官舎乙一、丁一が焼失、中被となって、延べ五十七平方キロメートルに被害が及んでいるのだ。

そして落とされた爆弾・焼夷弾の数は七十二個のほか、植松寄宿舎の九千九百平方メートルには数不明の記載である。

初空襲の第五、十三、十五寄宿舎の一万三千平方メートルと合わせ、植松寄宿舎は約二万三千平方メートルが全焼したのだ。

さらに主要九空襲を含め、約二十の空襲があったとされるが、大規模なのは初空襲とこの三回目であり、その後の殉職者三百二名のうち大部分がこのときのものと思われる。

のちに天野は、同期の者がほとんどやられたと元の同僚から聞くことになるが、おそらくこの夜のことだったのだろう。

そうして人生を皮相的に、また俯瞰的に捉えれば、天野は事件に次ぐ事件でついに諫早刑務所入りとなったため、植松寄宿舎での難を逃れたばかりか、その空襲を天窓から眺める巡り合わせとなったのである。まことに強運としかいいようがないが、それは以後も発揮されることになって行く。

ともかく天野は二十一歳の誕生日を迎えたあと、年末近くに満期出所、奇跡的に諫早から佐賀を経て鳥栖《とす》、折尾《おりお》、直方《のおがた》、糸田まで鉄路は分断されていず、混雑した列車ながら無事に帰り着いた。天野はその列車のなかで知ったが、半年前の六月十六日が北九州の初空襲であり、それは中国基地発進のB29編隊によるものだった。

その後の状況を考えれば、まさに空襲の合い間を縫って出所したことになろう。

糸田の家へ帰った天野は、ハルコの嬉し涙のなかで友次郎の仏前へ報告、形ばかりの祝いを済ませたあと、世話になった人へお礼の挨拶に回った。

折りから昭和二十（一九四五）年が明け、祐成の武運長久を祈ったあとは年始も兼ねることになり、時局はそういう風潮ではなくなっていたとはいえ、仕事とてない天野にしてみれば、挨拶に名を借りて遊びに行くほかはなかったのである。

近場を済ませたあとは、小竹《こたけ》町の炭坑主のところへも行った。

「おう、義やん帰ったかい。務めはどげんとね、大変やったろうが」

「いや、結構それらしくやっとりましたけん、なんとか満期ば務めました。それより世話になりながら、突然おらんようになって迷惑ばかけましたばい」

「なーんの、心配したごつだけたい。うちにおったちゅうのもわからんけん」

「ほんま、世話になりました」

筑豊気質の明るい応対に、天野は本心から頭を下げた。なにしろ武雄温泉で女に逢うと言って早朝に出たきり、いきなりの逮捕だったのである。ハルコがそうと知って連絡はしていても、やはり自ら世話になった礼はきちんとしなければならない。

「これ、心ばかりの砂糖ですき、どうか用立ててくださらんかと」

「それは有難うね。ハルさんにはいつも気ば遣うて貰うて、お礼いうんはこっちじゃ。それより義やんが戻ったら坑長も喜ぶぞ。このところ戦況が厳しいけん、あんまり賭場も立たんが、新年ともなりゃ別じゃ、ま、折角来たんやから、遊んで行きないね」

話が自然と好きな博奕に流れれば、天野としても望むところである。目尾《しゃかのお》の賭場で顔馴染みと久しぶりに会うことになった。もちろん近くの料理屋で二年ぶりに女も抱く。

そうして遊び呆けては糸田へ帰るのだが、天野には遊びながらも心に引っ掛かる懸念が一つだけあった。

すでに諫早で二十歳の兵隊検査の時期を迎え、いまやいつ赤紙が来てもいい二十一歳なのである。ところが兵隊検査の通知もないばかりか、召集の気配もない。

訊けば重本は出所後間もなく、福岡市の西方、糸島半島の付け根にある前原の海軍航空隊へ入隊したという。後に知ることになるが、この年の初夏からは人間魚雷の乗組員として訓練を開始することになるのだ。

人間魚雷は説明するまでもないが、全長十五メートル弱、胴径一メートルの改造した魚雷へ一人が乗り、潜望鏡と簡単な航法で操縦しながら、乗員もろとも敵艦に体当たりする特攻兵器のことである。十九年七月に完成、回天と名付けられたからご存知の人も多いだろう。

もちろん出撃した以上、体当たりに成功するしないにかかわらず生還の可能性は絶無であり、制空制海とも奪われた日本の起死回生の兵器といわれた。

もちろん当時の天野は、これら細部にわたる現実は知らない。知らないがこれからの兵役は戦死しかないと認識はしていた。周囲の状況も戦況もそう囁いていたからだった。

だから糸田へ帰ったあと、天野は話のはずみでハルコへ言った。

「母ちゃん、刑務所へ行った、無事に帰った。それで今度が兵隊じゃつまらん」

つまらんとは、面白くないというより生きて帰れない、死ぬというほどの意味である。

「そうじゃけんね。なんやかや戦死の公報ばっかしやもん、祐成も一年ほど便りがのうなって、母ちゃんも胸ば締め付けらるる毎日やったばい。本当なら義孝にもの、職業軍人じゃなかよ、せめて軍服ば着て貰うたらよかろう思うとったんじゃき、いまはそげん考えはちいともうなった。義孝、兵役の話は言うなんな。噂しょったら、ほんまに赤紙がくるちゅうこともあるけんね」

「わかっちょる。もう口が裂けても言わんたい。考えることもなかろうもん」

それきり兵役の話はしなくなったが、時局は十八年秋の学徒出陣から、十一月には兵役義務を四十歳から四十五歳へ延長、年末には徴兵年齢を一歳下げたばかりか、十九年の一月には十四歳から二十五歳までの未婚女性で女子挺身隊が結成されるなど、軍は一人でも召集したいことに変わりはないのである。

しかし結果からいえば、ついに天野に召集令状は来なかった。なぜかはまったくわからないが、考えられるのは役所の手落ちぐらいしかない。もちろん服役は重本の例でわかるように無関係であり、もう一つ残るとしたら伝染病か重病である。

当時は盛大な見送りで予科練に入隊したものの、入隊時の検査で肺結核の初期が判明、即帰郷となったが戻るに戻れず、友人宅でしばし時を稼いだなどという話もあったのだ。

そこで以上を踏まえたうえ、こうは考えられないだろうか。

ハルコは病院の賄いを一手にしている。病院はすぐ隣であり、先生に昵懇《じっこん》の人も多い。そこで義孝が肺浸潤か肺結核などで入院、兵隊検査もままならない状態とする——。勝手な推測だが、これまでの、そしてこの後のハルコの義孝への献身的な愛情とその実行力を考えれば、そういうこともまったくないとはいえないのだ。

もちろん単なる偶然かミスもあり、五十年前の真相はまったく藪の中だが、天野もわからないだけに、以上二つのうちどちらかの理由で天野は兵役を免れたと思われる。

そうして愉快なのは、召集令状が来ないかわりに婿入りの話が来たことだった。

先方は英彦山《ひこさん》地方の名家である。

祖父は勤王の志士として知られていた。最期は糸田の隣町である金田にあった小笠原藩の監獄に囚れの身となり、そこで罪人として首をうたれたが、辞世を紙縒《こよ》りにひねって遺したことでも名を高め、当時の監獄が拘置所の中にいまなお残されているほどである。

相手は二人姉妹の妹のほうだった。当時では珍しく東京・中野の写真専門学校を卒業、ライカやコンタックスなどを持ち歩く近代女性のうえ、色白で華奢《きゃしゃ》というより、すらりとした美人である。園子という名前のように、まさに花園にふさわしくみえた。

どちらかといえば、肉体的にふくよかな女が好みの天野だったが、さりげない出会いの場を持たされてみれば、まったく断る理由は見当たらなかった。

園子のほうも坊ちゃん育ちが漂う天野をみて、東京暮らしをしているとは思えないほど、しおらしく頬を染めた。パーマネント禁止のため、後ろで束ねただけの長い髪が匂うようでもあった。

さらに天野の機智に富んだ会話である。さすがに肥桶《こえおけ》運びと牝馬の穴は、運送の仕事と馬の腿とぼかしたが、狐につままれた話などをすれば、笑いのなかに心もほぐれる。

「そういうわけで、英彦山のほうへはよく足を延ばしよりました」

「そうですか、うちの祖父が金田町で亡くなって、縁はあるもんですね」

「おじいさんのことは知っとりますよ。田川中のとき、遺品の名刀ちゅうの知りました」

「あら、なんでもわかっちょるみたい」

よそ行き言葉がとれれば、もう心は開かれたようなものである。園子は天野に強く惹かれたようであった。

ところが、婿入り話がはじまって間もなくの二月中旬、思いがけない訃報が天野家に入った。天野祐成陸軍中尉の戦死公報がそれだった。

ハルコは顔色を失って絶句した。

名誉の戦死ということだったが、誇りにも頼りにもしていた長男の死だった。呆然と友次郎の位牌に向かったまま動かない。

さすがの天野も言葉はなかった。さまざまな思いが甦《よみがえ》った。

幼い頃の兄弟喧嘩では、負けるものかと祐成の鼻に嚙みついたこと。糸田と赤池に分かれて暮らしたのち、田川中受験では即席の勉強ばかりか、問題のヤマまでかけてくれ、それが三番の入試成績につながったこと。

そのあと秋田工専へ行って再び離れて暮らしたが、ちょうど三年前の昭和十七年二月、甲種の幹部候補生として久留米の四八連隊へ入隊してからのことは、なかでも思い出深く残った。面会へ行って、大人の兄弟としてははじめていろいろ語り合ったのだ。父の病状を憂い、家のことを話し、それぞれの女性体験のことまで話して笑い合った。

そうして父の死と葬儀。長男としてその務めを全うするのを待っていたかのような戦地赴任に際しては、くれぐれも母や幼い妹のことを託されたのに、あれから二年半のうち、一年半は刑務所暮らしだった。賢兄愚弟で済まんな、兄貴。でもなして戦死なんぞしたんや。先頭切って突っ込んだんやろう。

気がつくとハルコの肩が小刻みに震えていた。強い衝撃のあと、突き上げるような哀しみが襲ってきているのに違いなかった。

四十歳で十七年連れ添った夫を亡くし、いままた頼みの長男の死だった。銃後の守りとうたわれた女性たちが、等《ひと》し並に味わった痛苦や哀しみとはいえ、個人的立場になってみれば思いは別なのである。

「母ちゃん、泣くな。報せにきた人も、名誉の戦死ちゅうたろうが」

しばらくして義孝がその背を撫でて言うと、ハルコはそのまま突っ伏して声を上げて哭《な》き出した。二人の後ろで声を詰めていた使用人たちからも嗚咽が洩れる。

その声がハルコに立場を思い起こさせたのだろうか。しゃくりあげるような息を止め、今度は絞り出すように声を出したのだった。

「義孝の言う通りたいね。祐成は死んだんやない。お国のために戦い抜いたんや。お国のために生きたとね。志願してなった甲幹やもん、祐成の誇りを大切にしてやらないけんばい。とにかくいまは仕事の続きや」

眼を赤く腫らしながらも、ハルコが気丈に立ち上がったことで愁嘆場は二十分ほどで済んだが、もちろん哀しみに打ち克ったわけではなく、当時の母や妻が同じようにみせた世間への気配りに過ぎない。

しばらくして遺骨が還ることになったが、白木の箱の中は石ころ一つだった。ハルコは義孝と二人でその石を視つめながら、再び大粒の涙をこぼしたあと、ふと独り言のように呟いたのだ。

「祐成がこんな石ころになりおって。ああ、義孝が代わってくれとりゃよかったにね」

それは、母としての思いがポロリとこぼれた痛哭《つうこく》の言葉というべきだろうか。それにしても戦争とは、また国家とは、あまりに非情で無惨な仕打ちをするものである。

天野祐成陸軍中尉の戦死に至る様相は徐々にわかってきた。

最初はフィリピンのルソン島モンタルバンにて昭和二十年二月九日（時刻不詳）戦死、とのみ伝えられていたが、戦後になって部隊長だった阪東元《ばんどうはじめ》少佐という人が岡山から訪ねてきたのである。

墨跡も瑞々しい手紙で訪問の意志を書き送ってきたあと、墓参に訪れた元少佐は、戦闘がフィリピン最後のマニラ攻防戦だったことを告げた。

当時の大本営は決戦方面を比島正面として、昭和十九年十月には、第十四方面軍司令官をシンガポール攻略の勇将・マレーの虎こと山下奉文大将にかえたほどだが、すぐにもレイテ島に二十万のマッカーサー軍が殺到する。そして比島沖海戦を経て、二十年一月九日にはとうとうルソン島リンガエン湾から米軍は上陸、ここにマニラ攻防戦となるのだが、その一カ月後、マニラ近郊モンタルバンで祐成らの部隊は最後の失地回復を目指し、給水塔の夜間奪回作戦に参加したのだという。

生命線ともいうべき給水塔をめぐっての戦闘だけに、夜間に不意を衝かれたとはいえ米軍の抵抗は凄まじく、天野中隊長は先陣を切って米軍陣地へ迫ったところで敵弾に倒れたとのことだった。

しかも弾は鉄兜の正面から貫通していての即死状態。一センチずれれば弾は鉄兜に衝撃こそ与えながらも滑って行って助かったはずというが、それもこれも戦地ゆえの運不運だったろうか。

「正面からの勇敢な突撃でした。本当に名誉ある戦死です。混乱のため軍刀など遺品となるものも持ち帰れず、生きておめおめと顔を出すのもはばかられますが、こうして報告にあがるのも元上司としての務めかと、恥を忍んでとにかくご焼香をと思って参上した次第であります」

阪東元少佐は背筋を伸ばして語ったあと、涙ながらの墓参をして帰った。

もちろん天野中尉の軍での立派な務めぶりや部下思いの人柄なども話し、ハルコは本当に救われた思いになったと感謝したが、それは戦後のことであり、津屋崎の祖父・虎吉もやってきての盛大な葬儀を済ませた二月末の段階ではそれどころではなかった。

年末年始から東京など都会では空襲警報のサイレンが鳴り響き、二月十九日には硫黄島への上陸作戦が開始されたと伝えられた。本土決戦が近いという話も流れる。

そういう戦局もだが、天野家としては長男の戦死で義孝が跡継ぎとなり、必然的に婿へ行くことは難しくなってきたのである。

祐成戦死のことは、まだ正式な話ではないため先方へは伝えていないが、いずれ知らせねばならないことであった。

一方で園子は天野の明るさに惹かれたようだった。地方の名家であれば家庭は厳しく、むしろ暗い感じさえあったろう。無理を承知で東京へ出たのも、そういう家からの脱出の意味もあったから、戦況が厳しくなって帰郷したところで、たとえ婿取りの話とはいえ、天野に出会えたことは彼女にとって救いだったに違いない。

そして一緒にいて楽しいという思いは、時に恋心につながり易いものだが、遠く離れているだけに園子もその思いをつのらせていったようだ。

天野のもとへ日を置かず手紙が来るようになり、それは三通目にして一途な思いが記されるようになった。天野としても満更ではなく、そうすると兄の死も戦局も眼中になくなるのがどまぐれたるゆえんである。

連絡を取り合って田川市での逢引きが決まった。もちろん街中を二人で歩いたりしようものなら非国民呼ばわりされるが、人目のない川原や、知人、友人宅でなら問題はない。婦人服にモンペ姿とはいえ、細身の園子は際立って美しかった。後ろで束ねた髪に、目立たないようにつけたリボンも、楚々としていかにも名家の子女らしい感じだった。

天野も育ちのいいボンボンふうである。時に粗にして野が出ても、それは卑にはならずユーモアとなるのだ。そうして自然に女を歓ばせてしまうのが天野の天性でもある。

園子の思いは一気に昇りつめていった。何度目かに天野が唇を寄せると、華奢な体とは思えない強い力を天野の首にかけ、情熱的に自ら唇を開いた。

あとはもう成り行きまかせだったが、暇な天野はいいとしても、園子のほうは日を置かず出掛けさせるほど親は甘くない。

戦局もますます厳しさを増していった。

三月十日、マリアナ発進のB29最初の約百十機の大編隊が東京を大空襲した。のちに言われる東京大空襲がそれで、N69という焼夷弾は地上三百メートルの時点で蓋が割れ、中から七十二発の小型焼夷弾が降ってくる仕組みだった。

しかも零時十五分からはじまった空襲は、二時三十七分に解除になるまで二時間二十二分も続けられ、消防庁記録によれば落とされた爆弾は、百キロ級六発、油脂焼夷弾が四十五キロ級八千五百四十五発、同二十八キロ級十八万三百五発、エレクトロン焼夷弾一・七キロ級で七百四十発。まさに絨毯《じゅうたん》爆撃だった。

五月二十四日の再空襲とともに、東京が焼け野原と化した写真は、一度ならずどこかでお目にかかっていよう。阪神大震災の長田区の惨状が東京の山の手、下町一帯に広がったのだ。そういう状況は、三月十四日の大阪大空襲、五月十四日の名古屋大空襲と続き、ついに六月十九日には福岡市大空襲となった。

以後、北九州一帯は門司、大牟田、八幡、若松、久留米と続く。

赤池から糸田あたりも、上空を往くB29の飛行機雲が白く糸を引くばかりか、護衛役の戦闘機が無抵抗なのをいいことに、舞い降りては実射訓練をしているといわれたように、低空飛行で機銃掃射をしていった。選炭場のトタン屋根にいくつも穴を開けたときは、凄まじい爆音で人々を震え上がらせたし、炭坑の煙突を目標にすることもあった。

戦局は三月十七日、硫黄島の守備隊が全滅したあと、本土決戦と言われたように、四月一日、ついに沖縄上陸となり、多くの悲劇のなか六月二十一日に戦闘終了、本土は指呼の間となった。

本土決戦の武器としての竹槍訓練は前年から続けられていたが、この頃になってどれだけの人が本気でしたろうか。七月に入っては主食の一割減配、一日一人あたり二合一勺（三百十グラム）のうえ、副食もない。もちろん砂糖の配給も停止された。

しかし、これら惨状も天野にはまるで無関係だった。三月に国民勤労動員令が出され、体が不自由でない限り軍需工場へ駆り出す体制がとられたが、それにもお呼びがかからなかったばかりか、大都市空襲の無惨さはニュースで知っても、糸田あたりは飛行機雲と時に戦闘機であり、米も砂糖も家の倉庫にはたっぷりあったのである。

そうして園子の天野への熱は上がる一方だった。非常時体制は名家だけに娘が遊び歩くことを禁じたが、逢えなければ思いはつのるばかりなのだろう。だからなんとか理由をつけて逢えば、園子は驚くほど情熱的になっていった。

当然ながら男と女の仲にもなった。色の白い華奢な体だったが、感性が優れていたのだろうか、次第に歓びを知るようになって、その情熱が天野を喜ばせた。

園子は天野と結婚するものと決めていたようだった。立派なお婿さんとして、両家の縁組が成り立つのも早いと思い込んでいたのだろう、一度は英彦山の家へ遊びに来てくれないかと誘った。

天野としても断れない。夏になって遊びに行くと、先方は園子の言葉で入り婿候補と認めたような待遇だった。しかし、両家の正式な話ではない。まあ戦争もどげんなるやらわからんし、正式な話になったらなったで、どげんなろうとそんときのことたい。天野はどまぐれぶりを決め込んで再訪を約した。

そのうちに広島の新型爆弾がニュースになり、それがどんなものかわからないうちに長崎へと続いた。それでも天野は園子とは別に遊び歩く毎日を続けた。

そして快晴の八月十五日が再訪の日である。

昼前に着いた天野は、集まってきた付近の人たちと正午からの玉音放送を聴いた。

昭和天皇の声は、雑音まじりのなかで、低くなったり高くなったりしたが、なんとか要点はつかめた。

《……朕《ちん》は帝国政府をして、米英支蘇《そ》四国に対し、其の共同宣言を受諾する旨、通告せしめたり……朕何を以てか億兆の赤子《せきし》を保し、皇祖《こうそ》皇宗《こうそう》の神霊に謝せむや……是れ朕が……共同宣言に応せしむるに至れる所以《ゆえん》なり……朕は時運の趨《おもむ》く所、堪え難きを堪え、忍び難きを忍び以て万世の為に太平を開かむと欲す……国体の精華を発揚し、世界の進運に後れさらむことを期すべし、爾臣民《なんじ》、其れ克《よ》く朕が意を体せよ……》

戦争は負けた、戦争は終わった、降伏の受諾だ、いろいろな言葉が飛び交った。そんな馬鹿なと言う人もいた。

天野は早々に彼女の家を辞し、夜には糸田への家路を辿った。それまで電灯の笠の上から黒い布を筒状に垂らした灯火管制のうえ、警報下ではスイッチを切った暗い家々の窓が、一斉に明るくなっていた。明治鉱業や寮、炭坑住宅一帯が輝くようだったのである。

夜がこげん明るいもんやったのか、天野ははじめて戦争が終わったことを実感した。そうして天野の女と喧嘩に忙しい日々がはじまる。

天野売り出す

昭和二十（一九四五）年秋――。

全国的に雲一つなく晴れた玉音放送の日から一ヵ月余が経っていた。

天野義孝は、舎弟の一人を連れて久しぶりに田川へ出た。天野を兄貴と慕う舎弟分の数は、大村航空廠と海軍刑務所からの二度の逃亡を一緒にした男を含め、当時で五人を超えていた。敗戦を境に糸の切れた凧になって遊び回ったことから、行く先々で一人、二人と増えて行ったのである。

遊ぶのにもう遠慮はなかった。戦時中でもどまぐれぶりは発揮していたが、やはり兵役という目に見えない枷《かせ》はあり、また遊ぶにも相手が少なかったから、園子との恋愛にうつつを抜かしていたともいえた。

しかし、夏の終わりから秋にかけて人は街に溢れ出していた。復員兵、徴用工あがり、失業者が暇をもて余し、その日の食いぶちを求めて街を歩き回った。

歓楽街もたちまち復活してきた。天野はそれらに顔を出し、多くの人に気っ風を売り顔を売った。

弁舌は達者である。金離れもいい。身体こそ大きくはないが、カシメで鍛えた腕っ節があり、そのうえ智略に支えられた度胸があった。気も短い。海軍刑務所で寝袋に納まったときをチャンスと捉え、三人を叩きのめしたのはそのいい例だろう。

遊びで気っ風を売り、揉め事などで度胸を売った天野に対し、昔ながらの親分衆は顔をしかめたが、まだ戦後派という言葉はなかったとはいえ、価値観の百八十度転換を身をもって知った若い新しい世代は、天野のどまぐれ的な自由奔放な生き方に共感し、そのなかで兄貴と慕う者が出るのも当然という風潮だったのだ。

しかし天野は、その舎弟らを従え、愚連隊として徒党を組むことはしなかった。あくまで天野は自由気儘な一匹狼の愚連隊であり、行く先々や時に応じて舎弟が一緒についてくるということになった。

田川へ舎弟を連れて出たのも、そういう自然の流れだった。

目的は手に入れた贓物《ぞうぶつ》のサキソフォンを、田川伊田から日田彦山線で小倉へ出、適当に売り捌くことにあった。もちろん当時ではサキソフォンは珍しく、街にジャズのメロディーが流れ出したように、出所は進駐軍である。

ダグラス・マッカーサー連合国軍最高司令官が、コーンパイプを右手に握って厚木飛行場に降り立ったのが八月三十日。それと相前後して進駐軍は日本中に溢れかえった。九州は沖縄が近かっただけに、進駐の整備も早かったというべきだろう。

場所は福岡・博多区の雑所隅《ざっしょのくま》、つまり現在の春日市にある陸上自衛隊第四師団の敷地一帯であり、進駐軍を相手にする商売もたちまち生まれた。パンパンといわれた闇の女、バラックがぽつぽつと建ち出した福岡市の廃墟から湧いて出たような靴磨き少年《シューシャインボーイ》、似顔絵描きなどは代表的な例だが、そういう一つに進駐軍の将校たちにメイドを世話する仕事もあった。

当初、米軍が駐留する都市では、彼らが掠奪と暴行をするという噂が流れた。官庁や会社は女子職員を休ませ、家庭では女性を戸外に出さないようにしたほどだった。

事実、第三艦隊が上陸した横須賀ではそのような出来事も起きている。

《八月三十日午前十一時半ごろ、横須賀市旭町で、連合軍の兵二名が婦女に暴行、腕時計を強奪した。また同日午後六時ごろ同町で、連合軍の兵が拳銃を擬し婦女に暴行した。他に未遂二件あり。

八月三十一日午後四時半ごろには、横浜市保土谷区岩井町付近で、ビール配給会社平塚販売所の市川主任がビール二打入り五十箱を輸送中、米兵数名に停車を命ぜられ五箱を奪取された。また同午後十時半ごろ、保土谷署に米兵三名が来て机上にあった日本刀一振りを持って立ち去った。右のほか同市で物品強奪は三十一日だけでも十一件、自動車強奪も相当あり、倉庫の掠奪もあった。

これらに対しては、当局から横須賀地区占領軍バッジャー少将に抗議が行われ、米兵が日本人巡査に発砲した事件（横浜）については、総司令部のマーシャル参謀次長が謝意を表明した》

以上は二十年十月三日付「朝日新聞」の記事である。事件後の即報道ではなく、MPらの治安が行き届きはじめたあたりがミソだが、当初は戦場からいきなり占領国へ乗り込んできたこともあって、高揚したままの戦場心理から事件となったのだろう。噂だけではなく、そういう事件が起きたのも事実だったのだ。

しかし秋口あたりからは、MPの治安活動と同時に戦場心理も落ち着き、また進駐軍の日本の風土への馴れも加わって、進駐軍相手の商売も多くなり、口入れ屋的なメイドを世話する商売も必要上から生まれたのである。

GIたちと違って、将校は蒲鉾型の宿舎とはいえ住居を与えられる。独身組は基地の近くに部屋を借り、オンリーと呼ばれた女性を住まわせるが、基地生活にはどうしても手伝いの女手が必要だった。

通訳を通しての需要は個人ブローカーでは間に合わず、信用問題もあって会社組織となり、そうなれば戦後のどさくさ、また裏ではオンリーの紹介もあったのだろう、必然的に用心棒を置くことになった。その用心棒に天野の舎弟分の一人がなったのである。

そうして彼らが基地へ出入りし、馴れるに従って自由に往来するようになれば、さまざまな情報も入ってきた。それらのなかには、進駐軍の日本人相手の事件もあり、また敗戦国で物のない日本人からみれば、高価な物品が無防備に置かれているという耳よりな話だった。

一カ月少し前は鬼畜米英である。

――持っていってつかあさいとばかりに放ってあるき、これはもう仇討ちたいね、なんてほざきよって手下《てか》が持ってきよりましたち。手下はサックスとか言いよりましたけん、わしにはようわからんし、兄貴がええようにしようらんですか。

舎弟が笑いながら持参したケースを開いて天野は唸った。手入れの行き届いたサキソフォンが、拝みたくなるような金色に輝いている。こりゃあ、ええ銭になるぞ。天野は思いながら翌日の小倉行きを決めた。

そうなれば久しぶりに田川の街でビリヤード屋へ寄って、と天野は連れて行く舎弟に連絡しながら、なにが起きてもいいように最近の田川の不良どもの状勢を思い出して肚に納めた。

天野は四つ玉をいまでも二本は楽に突くが、中学時代からはじめた当時は、空白期間もあって、五十、つまり一本がいいところだったろうか。

しかし、復員服姿の多いなかで、ポーラーの派手な背広とともにその腕前は狭い店内で目立った。

天野は足を踏み入れたときから、遊び人の持つ独特の勘として嫌な雰囲気を感じていたが、折よく空いていた台で玉を突きはじめてそれが現実になったことを知った。天野のキューの先の視点に合わせるように、一人の男の視線が絡みつくのである。いうところのガンづけだった。

ははあ、原野らの一統やな。

天野の脳裏をかすめたのは、昨日のうちに肚に納めておいた田川の状勢だった。

田川は前に述べたように、伊田、後藤寺の二町が合併して昭和十八年に市制施行されたが、それは当時、伊田が田川東区、後藤寺が田川西区となって、それぞれの一統が張り合って争いを続けていた。

東区が原野の一統、西区が三木の一統で、ここからはのちに政界へ転じた名のある親分も出ているが、入った店が田川伊田の駅近くであり、天野は咄嗟にここが不良たちの溜り場ということと、それなら原野の一統と決めつけたのだった。

もちろん原野、三木の一統に面識のある者はいず、関わり合いもない。しかしいま、喧嘩を売られているのは事実である。そして喧嘩は先手必勝だった。相手が三木の者と疑っていることなぞは関係なかった。やらなければやられるのである。

「なんか貴様、わしに」

言いざま天野は、キューを持ち替えて男の頭を思い切り殴りつけ、「文句あるのか」。キューの材質はカエデなど密度の高い良質のものであり、衝撃は細身の木刀なみに伝わったのだろう。相手はギャッと短く叫んだまま、頭を抱えてへたり込んだ。それを見るまでもなく天野は、舎弟に目くばせして店を出た。さっさと田川伊田の駅近くへ行き、身をひそめて列車を待つのみである。

ところが彼らの情報伝達は素早かった。

二人がさりげなく急ぎ足になって駅近くに来たときは、すでに七、八人がどこからともなく現れ、殺気をはらんで取り囲んだ。

「おい、ここじゃ話はできんけん、ちょっとそこまで来てくれんかい」

正面に立ったいかつい男が、顎で駅近くにある風治《ふうじ》八幡神社を指した。川渡り神幸《しんこう》祭と伊《い》加利《かり》人形芝居が福岡県の無形民俗文化財になっているほどの由緒ある神社で、こんもりと繁った森のなかにある本殿裏は、ちょっとした広場になっている。天野も中学時代に煙草を吸うため行ったことがあるから、そこでやる気だとはすぐわかった。

「おう、ええよ」

ごじゃごじゃ言ってもはじまらない。天野は懐中に呑んでいた匕首の感触を確かめながら、彼らに促されるままに歩いた。舎弟も覚悟を決めたらしかった。二人対七、八人で不利は承知だが、戦わなければ活路は開けないのだ。

近くをアサリ売りが、天秤《てんびん》を揺らしながらのどかな声をあげて通り過ぎる。声のわりには眼つきの悪い男やなと思ったが、いまはそれどころではなかった。

しかも昼なお薄暗い鳥居を入り、本殿裏へ回って行くと、そこには二十人以上が待ち受けていた。相手は合わせて三十人ほどになったわけである。舎弟の足が一瞬だけ止まったが、そこからは逃げるすべがない。

天野はその瞬間に覚悟を決めた。咄嗟の作戦も立てていた。

二人は連れてきた連中に、背中をどつかれて広場の中央に立たされた。三十人余の不良たちが申し合わせたように展開して二人を大きく取り囲んだ。もう鳴き納めなのだろう、蜩《ひぐらし》がひとしきり声をあげたが、誰も耳には入らなかったに違いない。

「お前、誰か。西区のもんかい」

「わしは糸田の天野よ」

「糸田の天野？　聞かん名やな」

「聞いても聞かんでもよか。こげんこつなったら、わしも覚悟ば決めたばい。そやけ、これだけの人数とやり合うたら、わしはともかくあんたらも恥やろう。どうか、最初に一人だけわしと勝負せんかい」

天野は威丈高げに問いかけてきた男に向かってまくしたてた。男は咄嗟に返事ができない。その間合いを逃がさず天野は畳みかけた。

「わしもこのまま袋叩きに合うたら格好がつかん。出るとこへも出らんようになるばい。そやけ最初に一人だけ勝負せい言うとるんや。もしわしが勝ったかて、あとでお前たちがわしをどうしようと構わん。覚悟とはそういう覚悟たい」

天野の視線をそらした男が、皆の気持ちをはかるように見回したとき、一人が素早く進み出てきた。

「兄貴、わしにやらせてや」

みればビリヤード屋でキューを使い、へたりこませた男だった。

「おい、天野とか言うたな。わしは福田の太郎ちゅうもんや。さっきはよくもやってくれよった。ここで決着つけてやるき」

福田と名乗った男は、すぐさま匕首を抜いて構えた。

「おう、上等やないか」

天野も懐中から匕首を取り出し、鞘を土の上に置きながら秘かに一握りの砂を右手に握った。これまでのところ、咄嗟に考えた作戦通りに進んでいる。天野は福田と対峙した段階で必勝を信じた。

天野はじりっと間を詰めながら、福田も同じようにしたとき、いきなり右手の砂をパッと相手の顔に投げつけ、同時に両手で握った匕首ごと突っ込んで行った。ブスッという手応えがあり、再びギェッという声が福田の口から洩れたとき、天野は相手を押し倒して覆いかぶさっていた。

しかしその瞬間、逃げろという声が本殿のほうから駆けてきたようだった。

「サツや、一個小隊ほどくるき、やばいぞ、はよ逃げい」

天野もその声を耳にした途端、福田の体をバネにしてぴょんと跳び上がり、そのまま走り出した。警官の姿が視線をよぎり、舎弟がどうなるかがちらりと脳裏をかすめたが、もたついている暇はなかった。背を丸め、逃げ場を求めて走った。

三十人余もバラバラの方向に散っていた。走り出した天野の視線に宮司の家が入った。とりあえずそこしかない。裏手へ回り、開いていた勝手口から飛び込むと、左手奥に風呂場がみえた。

しめた、と天野は思った。風呂桶の中がこの際の格好の隠れ場所だった。蓋を取ると五右衛門風呂である。大きくて隠れているのにもちょうどいい。底蓋を上げて、その下に身をひそめるようにして上蓋をうまく閉めた。

天野は荒い呼吸を静めながら、助かったと思った。福田の太郎という男を倒したあとの喧嘩からも、警察の手からも、両方だった。

ところが間もなく乱暴な足音がして、いきなり風呂の上蓋が開けられ、天野がかぶる形になっている底蓋の上へずしんと重みが加わった。天野は上蓋が開けられたとき、警官にばれたかと一瞬だけ観念したが、様子ではどうやら同じように逃げてきた奴らしい。

「お前、誰か」

天野が圧し殺した声で言うと、上蓋がガタンとなって底蓋の重みが一度に増した。どうやら驚いて飛びあがりそうになったようだった。おそらく慌てていて、先入者がいることなど思ってもみなかったのだろう。

「静かにせんかい。誰かお前は」

「東区のもんたい、お前は糸田の」

圧し殺した声がそこで途切れた。唾を呑む音が風呂桶の中に響く。

「そうや、天野や。お前、重いな」

天野の返事に相手も安心したのだろうか。

「怺《こら》えてつかあさい。こげんときじゃき、しばらく辛抱してくれんやろうか」

「しゃあない、呉越同舟もこの際や。それよりもう喋るな。音も立てんようにな」

「はい、済まんです」

敵とはいえ、相手は天野の喧嘩ぶりを見たばかりのうえ、いまは迷惑をかけていることもあって下手に出ていた。だから底蓋を上げて二人並んで入り直すことも考えたが、いまはなにより音を立てることが危険だった。

家人に気づかれて、まだ境内あたりを捜している警官に言われたら終わりである。一緒にいる奴はともかく、天野は相手を刺しているのだ。傷害罪の現行犯であり、やっと自由な世の中になったのに、いまさら刑務所へは行きたくない。

天野はしばらく我慢することにして、じっと重さに耐えた。


「もうええやろう。気配はどうか」

「まったくないです。重かごと、済みませんでした」

天野の呼びかけに相手が小声で答えたのは、三十分ほどが過ぎた頃だった。

風呂場を出て腰を伸ばし、そっと勝手口から表を窺ったが、それらしい気配はない。

「ちょっとその物置の陰で待っとらんですか。わし、田川のもんやけ、様子ばみてきよりますけん」

相手はすっかり仲間意識で言い、敏捷な動きで境内のほうへ去り、十分ほどで戻ってきた。仲間に知らせることもあるかもしらん、と天野は警戒したが、そういうことはないようだった。もう喧嘩相手ではなく、恩人や兄貴扱いなのである。

「境内は安全ですき、暗うなるまで様子をみたほうがよかろうもん、道路や駅は駄目ですたいね。非常線ば張っちょる言うとりました」

天野は逃げるときちらりと見た警官の姿を思い出した。黒い服に腕章を付け、脚にはゲートルを巻いていた。出会ったら最後である。

「じゃあ、森のほうへ行こか。どこぞ人目につかんところあろうね」

「奥のほうに行けばええですよ。わしも日が落ちるまではヤバいですけん、もう少し隠れよりますきに」

呉越同舟どころか、二人はすっかり気を許して夕闇を待つことになった。

そのときの話と、天野があとで知ったことによれば、警察が素早い対応をしたのは密偵の通報によるものだった。しかもそれは、風治八幡の前で出会ったアサリ売りの男だったという。天野が目付きが悪いと思ったのも当然で、ヤクザの足を洗ったあと、警察のイヌになって町を歩く商売をはじめたらしい。

そういう時代だったのだ。

天野が家へ帰り着いたのは深夜だった。念には念を入れて夜が更けるまで待ち、伊田から直方《のおがた》へ行く線路を、下伊田、糒《ほしい》と歩き、糒の駅近くから左に折れて糸田まで五キロ余を一時間ほどかけた。線路まではさすがに検問はなく、明治鉱業の灯がみえればもう安心である。

小倉泊まりと言っていたので母のハルコは驚いたが、事の次第を知ると心配して、また小竹町の炭坑主のところへでも行って、ほとぼりが冷めるまで待ったほうがいいと小遣いを出した。天野の強運もさることながら、ハルコの愛情も感嘆するしかない。

それから四日が過ぎた。

糸田の天野という名前は当然ながら警察に知れていて、そうなれば家へ刑事が来ていて不思議ではなく、事がどのように進んでいるかもわかるに違いないとばかり、天野が様子見に糸田へ戻ったときだった。

もちろん田川署からは部長刑事が来ていて、天野に話を訊きたいと言ったとわかったが、天野が戻って間もなく、その部長刑事がまた訪ねてきたのである。

「義孝、押入れに隠れんしゃい。また田川署が見えたけん」

折から昼食時であり、炊事場で声をかけているのをハルコが気づき、声をひそめて言うと同時に天野は身を翻した。

「息子はまだ戻っとらんな」

「ええ、出たら最後、いつ戻るやら連絡もないけんね」

「ひと言だけ訊けばええんやが」

「この前も言いよりましたけん、義孝はここんところ田川のほうへは行きよらんですよ」

「それはわからんがな。糸田の天野ちゅう名前が出たいう話もあるんじゃき」

「作り話やないですか。それより部長さん、ちょうど時分ですけん、いま団子汁《だんごじる》でけたとこですたい、食べよらんですか」

「ほう、それはええ。腹も空いとったとこやった。ご馳走になろかい」

天野は押入れの中で聞き耳を立てながら、笑いを噛み殺していた。母もなかなかやるのである。それに傷害事件についても、天野への容疑についてもまだ固まっていないとわかったのだ。

「これはうまか、お代わりしてもええかのう」

「ええですよ、たかが団子汁ですけん、何杯でも食べてつかあさい」

団子汁とは、戦後すぐの代表的な食べ物、スイトンのことである。小麦粉を団子状にして醤油味の汁で煮ただけのものだが、当時はそれだけで立派なご馳走であった。しかも天野家のものは、まざり物のない小麦粉に、具も豊富に入れていたから味も格別であったろう。

「三杯目はそっと出しと言うがな」

「遠慮はいりませんよ。なんなら小麦粉、少しですけど持って帰らんとですか」

「ほう、それは済まんな。ま、息子にはわしが来たとだけ伝えといてくれ。事件も多いけん、もう来れんからな」

天野は再び笑いを噛み殺した。喧嘩はアサリ売りで、今度は団子汁三杯で助かったのである。しかも事件にはならなかったが、天野義孝の名は田川の不良仲間にきっちりと浸透したのだ。いわば大きく売り出したことになり、以後、天野の名は田川市一帯に広まって行く。

一方でその頃の天野は大きな問題を抱え込んでいた。天野自身はどまぐれ的発想で、なるようにしかならんと問題視はしていなくても、それは人の一生を左右する問題であることに違いはなかった。園子の妊娠がわかったのである。

園子が妊娠を告げたのは、敗戦の日から間もなくであった。ところがその頃に、園子の家では天野義孝の婿養子問題に中止の断を下していて、問題は大きくふくらんできていたのだ。

八月十五日、天野が英彦山《ひこさん》にある園子の実家を訪ねたときから、婿養子の話は一気に具体化の兆しをみせていった。

戦争も終わったし、これからは平和になるだけだから、めでたい話は早く決めたいという意向らしかったが、話は第一段階で暗礁に乗り上げてしまった。

型通りの人物調査の結果、兄・祐成の戦死で義孝が長男となり、下に五人の妹がいることはともかく、当然ながら天野に前科のあることがわかったのである。

しかも一人の男の腕を斬り落とし、その後に軍属としての逃亡罪、海軍刑務所の留置場からも逃亡のうえの刑務所歴だった。客観的にみて凶暴といわざるを得ず、名家の婿養子にふさわしいとはいえない。

結論は簡単に出た。

猛烈に反発したのは園子だった。

一年八月の刑を務めたということは、罪の償いをしたことであり、いまはきれいな身である。すでに交際期間を経て、もう離れられない感情に近い。そうして決定的事実として、妊娠を告げたのだ。

園子の家では親戚まで加わって驚天動地の騒動となった。念のため医者に診せると、妊娠三カ月とわかる。

秘かに中絶が検討されたが、素早く察知した園子は、自ら「義孝しゃんの子ば産みたい」

と断言した。

名家としては、園子に私生児を産ませることは断じてできず、そうかといって前科ある者を婿養子に迎えることもできない。まして長男となってみれば、天野家が返事をするとは限らないのである。

園子の家では堂々めぐりの説得と反発が続いた。悪阻《つわり》の時期も重なり、九月の下旬に園子はついに家出、糸田の天野のもとへ転がり込んできてしまった。

折りから天野は、人間魚雷での特攻死を免れ、復員していた重本満と旧交を温めていたことから、遊びに出ていて留守だった。

しかも、ハルコから貰う小遣銭では飽きたらず、炊事場の米を盗んで売るという挙に出ていた。

天野のやり方はこうである。

物々交換で着物一枚が米二升にしかならなかった戦後すぐでも、天野家の炊事場には四斗入りの藁のカマスに入った米が山と積まれていた。もちろん明治鉱業の寮、病院関係者、入院患者などすべてのもので、なかには幽霊人口の分などもあったろうから、余分になるものもかなりあった。しかも収穫の季節である。

天野はそうと知って狙った。先端を斜《はす》に削いだ竹筒をカマスに突き刺し、筒を伝わって流れてくる米を容器に受け、そのあと升で量って一升いくらで闇に回すのだ。

インフレーションは凄まじかった。

日銀の小売物価指数調査によれば、天野がワル餓鬼ぶりを発揮しだす昭和八年を一とすると、終戦時の闇値は四百三十一、十二月にはそれが倍の八百二十七、二十一年五月にはそのまた倍の千六百二十四となっている。

闇米は一年前の昭和十九年で公定価格の二十三倍だったのが、この年の十月には実に百三十二倍。つまり一升で八十円〜百二十円がこの頃の相場だったのである。

当時の平均的サラリーは五、六百円。身を剝いで売る竹の子生活か、なにがしかのことをしなければ食って行けない時代だった。

まして天野にとっては遊びに費やす金である。ハルコから貰う小遣銭では足りず、家の米を盗んでは資金にした。

売るのは重本の役目であり、盗ったあとの処置は天野がした。

《義孝がとった　警察は無用》

彼はがくんと減ったカマスにそう貼り紙をして、悠々と出掛けるのだ。まさにどまぐれとしか言いようがない。

ハルコは折りから転がり込んできた園子に、その貼り紙と米泥棒の現場を見せた。園子とのことは、妊娠も含め義孝から耳にしていたから驚かなかったが、結婚のことは諦めて貰いたかったのも事実である。

「こげんことばするのが義孝ぞね。園子しゃん、苦労するだけたい。苦労するのは、産んだうちだけでよかよ」

しかし園子は、それまでの苦渋の表情はどこへやら、華奢な体をよじるようにして笑いころげた。

「義孝しゃんらしか。こげん正直なんは義孝しゃん以外におらんですよ、お義母《かあ》さん。それにユーモアもあの人らしかね。うち、お義母さんには済まんですけん、なんやくさくさした気分が晴れよりました」

そうして園子はすぐ真剣な表情になり、炊事場の土間に手をついてハルコを視つめた。

「お義母さん、うち決めました。なにも跡取りとか養子とか関係ありません。姉がおるんですけん、うちは自由ですたい。いまのごたごたは耐えますき、いざとなったらうちを迎え入れてください。お願いします」

色白の顔に朱が射し、切れ長の眼には決意の光があった。

園子は一泊して結局は帰ったが、ハルコはやがて遊び呆けて戻った義孝へ詰問した。

「どうするか、はっきりきめんしゃい。お前だけやなく、園子しゃんにも悪かね」

「なあに、なるようなろうもん。来るいう者を来んなとも言えんやんか」

昭和二十年秋はこうして更けた。

そうして混乱の戦後へ天野は体ごと突っ込んで行く。

ハグリとハルコ

園子が英彦山《ひこさん》の旧家を家出同様にして、糸田の天野家へ転がり込んできたのは、昭和二十（一九四五）年初冬の頃であった。

すでに妊娠も六カ月目に入って下腹部のふくらみが目立ち、園子の家でもそうなることを願ったのかもしれない。追いかけるでもなく、従って挨拶とてなく、むしろ勘当同然にして園子の意のままにさせたらしかった。

迎えた天野家でも自然な形をとった。そもそもは天野のどまぐれが、目に見える結果となったものなのである。これまでのどまぐれは、すべて母のハルコが金や人脈で尻拭いするか、義孝自身が身をもって世間から隠す努力をしてきて、唯一の例外が一年八カ月にわたる懲役だったが、それとて天野が家から離れたのであり、時局柄もあって天野家が話題になることはなかった。しかし、今度ばかりはそうもいかない。

「義孝しゃんに嫁御がきたとね」

「義やんに跡継ぎが生まれるんかいのう。祝言はどうするんじゃ」

ハルコは知人や近所の人に訊かれるたびに、園子を紹介するように積極的に答えた。

「ええ嫁さんで、うちも大助かりですき。園子いいますけん、よろしく頼みますよ。何事もこれからは民主主義の世の中じゃいうたい、二人に任せるのがよか思うとります。ま、子供が生まれたら祝言などはっきりさせますけんね」

一方でハルコは、すぐさま炊事場に立って働こうとする園子を抑えた。

「園子しゃんね、そうむきになって働こうとせんでもよか。お産前は動くことが大切じゃいうても、体と相談しながらしんしゃいよ。人手は足りとるんやけん、当座は家に馴れるよう妹たちの面倒みてくれるだけで、うちは大助かり思うとるたい」

ハルコが園子の体を庇《かば》うのには理由があった。園子が華奢で蒲柳《ほりゅう》の質であることは前に述べたが、娘時代はその長所が見事なスタイルとなっても、妊娠が目立つようになると、普通の妊婦にはそれほどでもない下腹のふくらみが、まったくバランスを失って異常にみえてしまうのである。

ハルコは、園子が無事に出産できるかどうかを危惧したのだが、もちろんそんなことは表面へは出さず明るく振る舞った。

「義孝の子が生まれると、園子しゃん、末の妹は六つで叔母さんね。当分はお姉ちゃんいうて呼ばせないけんかいの」

祐成、義孝の下に妹は五人で、末子《ばっし》はこの年の四月、国民学校に入学したばかりであった。六三三制が公布され、国民学校が小学校の名称へ戻るのはもう少し後のことである。そうしてハルコが園子の母体を危惧するのも、当時は普通だったとはいえ多産の経験があったからだろう。その危惧は次第に現実のものとなって行く。

一方で園子はハルコの労《いたわ》りを受け、実家での鬱々とした日々は忘れたらしかった。ハルコがすぐ見抜いたように、炊事場で賄いの仕事に精を出すと、たちまち肩で息をするようになることから、言われるままに妹たちの世話に心を傾けるようになった。

なにしろ肝心の花婿、義孝は嫁を貰ったという実感がまるでなく、園子が来たからといって生活態度を変えるでもなく、相変わらず遊び回る毎日である。それも家を出ればいつ戻るかわからず、連絡すらとろうとしない。園子にとっても家族に溶け込むことが、まずは天野家の一員になる道だったのだ。すべてを自然に呑み込んだハルコの巧まざる配慮といえばいいだろうか。

しかし天野が二十二歳の誕生日を迎え、園子が天野家に馴れた十二月中旬あたりから、ハルコの危惧が徐々に形となって現れ出してきた。園子の食が細くなり、それでなくとも色白の顔が透き通るような病的なものになったうえ、脚や顔にむくみがみられ、次第に起きるのが苦痛になり出したのである。

「園子しゃん、病院は隣じゃけん、離れに住んだ思うて診て貰わんですかい」

ハルコは嫌がる園子に入院覚悟の診察を勧めた。園子はハルコに迷惑をかけることを潔しとせず、といって自分の異常はよくわかるだけに、近くの産婆さんのところで相談していたようだが、ハルコはもう園子が普通にお産をできない体と見抜いたのだ。

「赤ちゃんも大事、しかし母体も大事たいね。産婆さんじゃ手に負えなかよ、園子しゃん」

ハルコは渋る園子に命令口調で言い、自ら病院のほうの手続きを取った。

診察の結果はすぐ出た。妊娠七カ月。しかし続く医師の言葉は残酷だった。

「ハルさん、これは本人に言わんほうがよか。どげんして妊娠がわかった段階でやめるよう医者が言わんかったのやろ。あの体で子供を産むのは無理たい。早いうち堕胎《おろ》しとけばよかったけん、いまとなっては母子ともにもたんかもわからんぞ。妊娠中毒症の徴候もあるけんな」

いまならすぐにも帝王切開、子供は未熟児センターの保育器で専門医が診ることになるが、妊婦が手術に耐えられる体ではなく、当時はそれら設備さえままならなかったのだ。

ハルコはその旨を義孝に告げたうえで、園子へは希望を持つように諭した。

「このまま入院して、滋養をつけるとよか。先生がなんとか母子ともに大丈夫なようにしてくれる言うとるけんね」

「すみません、迷惑ばかけよって。うちも実家のほうの先生にそれとなく言われとったんに、義孝さんの子ば産みたい一心で」

「ええのよ、そうじゃきに頑張らんさい言うとるんやないの。義孝にも励ますよう言うたけん、間もなく見えるやろうけど」

しかし天野は、ハルコから告げられて眉根を曇らせたものの、最初のうちは毎日のように見舞って園子を元気づけたが、年が明けて新年ともなるとまた遊びに出て帰らない日が多くなった。

元来が天野は湿っぽいのが嫌いなのである。もちろん愁嘆場は大の苦手だった。だから父の葬儀のとき妹たちへきつい言葉を吐いたりもしたのだが、そのときも天野の心境は同じだったろう。

園子の危篤を天野は若松新地の遊郭で聞くのだ。しかも流連《いつづけ》中であり、報せを聞いても天野は家へ帰らない。

天野を呼びに行ったのは重本満だった。折りから重本の妻も出産が近いために同じところに入院、たまたま来合わせた重本にハルコが頼んだのである。もちろん重本には心当たりがあり、園子の体に触れられない以上、このところ入れあげている若松新地にいるに違いないと踏んでの使者だった。

重本は天野をつかまえるなり急かした。

「天野、お前の嬶《かか》が死によるぞ。早よ一緒に帰らんか」

「死によるてお前、帰ってどうするんか。それよりお前も身代《みだい》つけてやるき、泊って行かんかい」

「そうか、ならわしもそうするくさ」

使者も使者だが、天野のどまぐれには多少の注釈が必要だろう。もちろん苦手な愁嘆場からの逃避もあるが、忖度《そんたく》すれば、天野は園子の死期を知り、すでに十分な別れを済ませていたのに違いない。だからこそ、それ以上のことをするために「帰ってどうするんか」という言葉になったのであり、親友の重本もそうと知って天野の勧めに乗ったものと思われる。どまぐれならではの友情であろう。

天野が糸田の家へ戻ったのは、ハルコがすべてを済ませたあとだった。僅か一カ月余の同居のあとは入院生活であり、もちろん園子を入籍もしていない。英彦山の実家へは、病状判明と危篤時に知らせてあったから、ハルコの一存で内々に密葬を済まし、埋葬のために遺体だけを先方へ届けたのである。

どれ一つとっても細かな配慮と神経をすりへらす手続きが必要だった。しかし天野は厄介なそれらをすべてハルコに押し付け、自分は頃合いを見計らって帰ってくるのだ。

ハルコは義孝の顔をみるなり、しみじみと言った。

「義孝、お前しゃんな、親は誰もバチば当てようとは思わんきに、あんたはきっと女のバチが当たりよるけんね」

怒鳴らなかったあたりはいかにもハルコらしく、またそのほうが天野には応えただろうが、それで天野のマイペースが乱れることはなかった。

昭和二十一年の三月七日から新円切り替えになって、旧円廃止と預貯金封鎖、サラリーマンは五百円までが新円で貰えてあとは預金封鎖と、インフレも食糧事情もさらに厳しさを増したとはいえ、「米国」と読める新拾円紙幣や証紙を貼った旧百円札は賭場で乱れ飛び、米は自宅に山と積まれていて、必要に迫られれば「義孝がとった　警察は無用」の貼り紙で現金にかえられるから、天野の遊びの日々は春から夏へと続く。

そうして旧盆に入れば終戦一周年だが、その前に園子の新盆への挨拶があった。天野はハルコとともに英彦山へ行き、家への挨拶はハルコに任せ、自分は薄倖だった園子の墓参だけして田川へ戻り、筑豊線で博多へ出た。

当時の天野はすでに舎弟が十人を超えていたが、同時に「どんぶり盃」の兄弟分もできはじめ、その一人に藤江がいて、彼がいい情報があると知らせてきたからである。

落ち合う場所は進駐軍が駐留していた雑所隅《ざっしょのくま》の近くだった。藤江はのちに福岡でも有名な親分を鉈《なた》で殺害、長期刑途中で死亡するが、当時は売り出し中の若手で、情報とは「親分連中のいい博奕ができる」というものだったから、天野は咄嗟にハグリが閃き、舎弟のうち三人へも来るように命じていた。ハグリにはやはり見張りも重要なのである。

五人が集合したところで、天野は博奕の金をつかむ計画を説明した。

「わしゃまだつかんだことないけんのう。相手も親分たちじゃき……」

藤江が心細そうな声を出した。

「心配せんでええよ。わしに任せとけ。わしはつかんだことあるけん」

天野は西戸崎の韓国人寮のことや、ハグリの伝説的人物・高山房太郎のことを思い出しながら、動揺を抑えるように言った。

「ほなら天野、拳銃がいろうが。わし、心当たりがあるけん、ちょっと行ってこようか」

なおも心配そうに言ったのは藤江である。

「おう、あるんなら越したことなか。で、どこや、その心当たりちゅうのは」

「二つ先の白木原《しらきばる》や」

「よし、目的地に近いやないか。そんなら行こう。わしらホームで待っとるけん」

博多の天神を起点とする西鉄大牟田《おおむた》線は、春日市、大野城市、太宰府市、筑紫野市を縫って走るが、目的地の津古《つこ》は筑紫野市の外れにあり、白木原からなら駅で七つ目である。

天野は三人の舎弟とともに白木原駅のホームで待った。舎弟の一人は天野と脱走、脱獄を共にした元山であり、これは平然と煙草をふかしているが、あとの二人はなにやら武者震い気味だった。手筈はすでに打ち合わせてあって、二人とも見張りとはいえ、やはり緊張は隠せないのだろう。

やがて藤江が蒼い顔を横に振りながら戻ってきた。

「心当たりちゅうのは韓国の男やったが、拳銃持って東京へ行っとるいうんじゃ」

「おう、なけりゃないでええわい。最初からないのやから、わしに任せときゃええ。それより電車きよったけん、早よ乗れ」

天野は四人の背を押すように電車に乗せた。すでに夜は更けて、電車は遠近の灯を縫うように走る。津古駅からはさらに十五分ほど歩いたろうか。

「ここや、この二階でやっとる」

藤江が押し殺した声で指したのは、ちょっとましな二階屋だった。天野が忍び足で近寄って行くと、玄関と裏口から淡い灯が洩れている。

「手筈通り、藤江とお前が裏口、表は一人でええ。ええな、わしと元山がつかんで逃げてきて、追うてくるもんがいたら、その棒で足払うんやぞ。はぐれたら二日市の駅へ集合。わかったな」

天野は念を押すと、元山を連れて鍵がかかっていない裏口から入り、足音を忍ばせて二階への階段を上がった。

そこには見馴れた光景があった。笠のついた電灯を畳から一メートルぐらいまで下げ、六畳二間をぶち抜いた部屋は底のほうだけが明るかった。その灯りの焦点あたり、白く光る布の上でサイコロが跳ねている。

ざっと見回すと頭数は二十人ほどだったろうか。情報通り分厚い札束が頭や体の下に見おろせた。

「動くな！」

天野の声で暑い室内が凍りついたようだった。笠を通した淡い灯りを下から浴びた二人を、親分衆たちはどうみたろうか。

「動くと撃つぞ！」

天野の大声に、元山がカッターシャツの下のふくらみを、これ見よがしに動かした。拳銃の銃身型の木材だが、撃つぞと言われてみれば本物にみえる。

天野は脅すと同時に敏捷に動いた。盆や手前に置かれている札束を片っ端から用意の布袋に入れると、胴近くにあったテラ箱を足蹴りにした。五十センチほど飛んで倒れたそこからは、厚紙で作った金券が散らばる。

「これもコマ替えせい」

天野に呼応して、元山がカッターシャツの下の手を胴のほうへ向けた。年配の男が仕方なさそうに金を差し出す。

天野はそれをつかむなり、「行くぞ」と声をかけて階段へ向かった。元山も素っ飛ぶように階段へ向かう。

「馬鹿、お前はあとや。金つかんだわしを先に行かせんでどうするか」

天野は圧し殺した声で元山を叱り、いまつかんだ金を袋に入れながら階段を駆け下りた。元山が続く。

ところが、上がるときには気付かなかったが、勢いをつけて駆け下りた先には部屋があり、真夏のこととあって障子を開け放した室内には、蚊帳が吊られてその家の奥さんが子供と寝ていた。天野は辛うじて踏み留まったものの、元山が背後から突っ込んできて、二人は蚊帳にもたれ込んでしまった。

「馬鹿もん、裏口や、早よせい」

奥さんの悲鳴をあとに、すぐ体勢を立て直した天野は裏口へ突進し、待っていた藤江と舎弟に「俺や！」と声をかけながら突っ走った。

「つかんだ、行くぞ」

天野の声で玄関の舎弟も加わり、五人は闇の中に姿を消した。入ってから出てくるまで十分と経っていない。道に詳しい藤江を先頭に、天野は追手の足音へ耳を澄ましながら最後尾を走った。追手はなかった。階段下まではきたものの、そこで奥さんの悲鳴と蚊帳の吊り手が切れていたのに気付き、母子のほうに気を取られて追跡への僅かな隙が出たためだろうか。裏口から外へ出たところで、もう闇の中なのである。

道具をちらつかせた元山を後からにしたのは基本でも、蚊帳に突っ込んだのは怪我の功名やったろうか。天野は追手がないのに安堵しながらも、少しの反省をこめてそんなことを考えながら道を急いだ。やがて少し先に灯りがみえる。道路は二日市へ向かっているのに違いないが、案内は藤江まかせであり、天野にはそこがどのあたりかわからなかった。

しかし、灯りが見えたことで天野は、さっきからの逸《はや》る心を抑え切れなくなっていた。大国主命《おおくにぬしのみこと》の布袋ではないが、肩にかついだ布袋の中の金がいくらあるか気になって仕方ないのである。

「おい、藤江、向こうの灯りのところでちょっと休憩しようやないか。もう追手はきやせん。向かったとしても津古の駅あたりやろう。歩いて逃げとるとは思わんばい」

「そやな、でも休憩なら暗いところのほうがよかとね」

「まあ、ええ、ちょっと待て」

天野は灯りの下で立ち止まった藤江が不審そうな顔を向ける前で、いきなり布袋からつかみ出した札束を数えはじめた。

一万円、二万円と数が増えて行くに従って、藤江と三人の舎弟の口から、ヒャ、ウヒャという音が洩れだした。感嘆と歓喜の声だった。天野の口元もゆるんだ。

サラリーマンの給与が、五百円の現金であとは預金封鎖となった時代である。一万円でも大金なのに、それが打出の小槌のように増えて行く。そして七万円、八万円ときたときだった。あと僅かしか残っとらんと天野が呟いたとき、元山が叫んだのである。

「兄貴、やばい、あれ、あれ見てくれよらんですか」

「なにい、なに慌てるくさ」

言いながら天野も元山の指先へ視線をやると、そこにあるのは交番の赤色灯だった。

「あちゃー、ち、駐在所ね」

「交番の前で銭勘定したらあかん。はよ去らんですか、こげなとこ」

たちまち藤江を先頭に元の形になった五人は、二日市までの夜道を約一時《いっとき》かけて辿った。

とにもかくにも、どまぐれハグリ大成功である。

天野が思いがけず逮捕されるのは、夏が過ぎ秋も深まった頃であった。

予兆はなくもなかった。ハグリから一カ月と経たない頃、二日市あたりの顔役という人が、人を通して天野へ会いにきたのである。

天野はすぐさまハグリの件だと悟った。なにしろ覆面もせずに堂々と乗り込んだのだ。面は割れているうえ、噂を追って行けば天野ということはいずれわかる。

顔役は単刀直入だった。

「ハグリのことはよう言わん。しかし条件があるんじゃ。金を半分戻してやれ、それですべて片がつくけんな」

しかし、それで折れるようならどまぐれではない。天野はそっぽを向いて答えた。

「いや、わしは命より銭のほうがええ。半分も一銭も出せん」

「何度いうても同じか」

「百ぺん言うても同じたい」

「しょうがなか男やな」

顔役はあきれたような顔をして去り、天野はそれきり忘れて遊び回っていたが、二週間と経たないうちに、賭場で元山と遊んでいたところを警察に踏み込まれるのである。

当時の賭博罪は現行犯であり、あとから考えれば狙われていたのに違いなかった。

ハグリは、自分たちも賭博をしていることに加え、親分連中ともなれば恥もあってほとんど表沙汰になることはないが、今度の場合は金額があまりに大き過ぎたというべきだろうか。だから顔役が間に入り、半額という最低条件をつけたにもかかわらず、天野はそれをはねつけた。しかも侮辱的とも取れる態度だったことから、恥を忍んで事件にしたのだろう。いい迷惑は一緒に賭場で遊んでいた連中である。狙われたのは天野と元山だけだが、現行犯ではすべて逮捕しなければならない。十数人が福岡の所轄署へ連行され、そこで取り調べがあったあと、天野と元山だけが二日市署へ移送されることになった。残りは罰金刑で釈放である。

このあたりで天野は、逮捕が単なる賭博の現行犯ではなく、ハグリにあったと呑み込めてきたが、当時なったばかりの四十八時間勾留の道程で、藤江をはじめあとの舎弟二人も二日市署へ連行されてきて、ここにハグリ、つまり賭博強盗の容疑で逮捕されたことを天野は明確に認識した。

もう二度目の刑務所行きは免れなかったが、そこで再び奮闘したのがハルコである。天野が拘置所送りとなったところで、すぐさま当時の福岡では著名な弁護士に依頼、その足で面会、差し入れにやってきた。

差し入れの弁当といっても、米の逼迫している時代である。米を持参しなければ弁当を作れないから、ハルコは五升ほどを持参で差し入れ屋へ交渉に行ったようだ。もちろん、なくなった段階で補充する約束だから、天野は判決まで食事に不自由することはなくなった。しかもハルコの親類に、福岡県の検察事務官をしている人がいるとかで、叶うか叶わぬか、少しでも義孝の身にプラスになればと、そこへも米を手土産に挨拶に行ったほどだった。

そのうえで面会に来て、ハルコは言うのである。

「義孝、お前しゃんという人は、なんぼ母ちゃんを心配させたら済むとね。もうお前しゃんが三日も家をあけると、母ちゃんは心配で夜も眠れんたい。でも、よーく考えんでも、義孝を母ちゃんが産んだことに間違いはなかとよ。そやけ母ちゃんにでくることはなんでもしたる。弁護士の先生、親類、差し入れ屋、みーんな手配したけんな」

「わかったよ母ちゃん、言うなんな」

天野としても返すべき言葉はなかった。八万円余は皆で分け、すでに遊びに使ってしまって悔いはなくとも、ハグリを「恐れながら」と訴えられたことは計算外だった。だからなにを言っても弁解になるだけなのである。

ハルコの言葉は、手のかかる子供ほど可愛いという母性愛に満ちていた。天野にしてもそのあたりは感じるが、それは口に出せることではないし、感じるだけで十分だから「言うなんな」となるしかなかったのだ。


ハルコは、やがてはじまった公判へも姿を見せた。それは義孝の身を案じたことと同時に、自分の打った手がどの程度に生きているかを確認する意味もあっただろうか。

実際に天野は、判事の尋問に一種の好意すら感じたこともあったのである。

判事の言葉は、いまで言えば誘導尋問に近かった。

「君は金を盗もうとしたんやないか。カッパライとか」

「いえ、違います」

「なら、刃物かなんかで脅したか」

「はい、脅しました」

「うーん、なら恐喝やな」

天野がその気なら「窃盗」で済みかねなかったのだが、とにかくこれで賭博強盗の「強盗」が消えたことは確かだった。

しかし天野は、やがて迎えた求刑公判で、持ち前の正義漢ぶりを発揮してハルコを嘆かせてしまう。

検察側の求刑があった後、最後に裁判官が被告五人に言った。

「なんか言いたいことがあるなら、発言を許可する」

裁判官の視線が、まずは主犯格である天野に注がれたことで、天野は最初に言った。

「求刑は重く受け止めますが、一つだけ言いたいことがあります。というのもこれたち、ここにいる四人は、わしが煙草銭やる言うて連れて行っただけで、内容は話しておりません。だからこれたちは無関係です。これはわしが一人でやったことなんです」

この言葉は判決を大きく左右したようだった。元山はともかく、残りの藤江ら三人は、芋蔓式に逮捕されたとはいえ、天野ら以外には誰にも見られていないのである。自供以外に証拠もないのだ。

だから判決で四人は執行猶予になり、藤江に至っては拘置所を出るとき、天野の監房の食器口を開け、感極まった涙声で言った。

「天野、必ず迎えにくるけんな。わし、金持って必ず出所を迎えるけん、恩に着とる」

一方で求刑公判のあとでハルコは嘆いた。

「母ちゃんがいろいろ考えて、なんぼか罪を軽うしてやろうと努力しとるのに、お前しゃんは一人で罪かぶるごとして。それが男の値打ちかどうか知らんが、母ちゃんはもう知らんとね」

しかし、判決公判でも、さらに判決後もハルコのしてきた努力は確実に結実したとしかいいようがない。

判決は恐喝と賭博で懲役一年六月。恐喝は前述したように賭博強盗が変じたもの、そして賭博は現行犯逮捕もあって罰金二十円がついた。いまなら二十万円だが、当時では二十円が最高とはいえ、賭博強盗と賭博現行犯なら一年半では済まなかったろう。

そうして拘置所で刑務所送りの日を待っていたときだった。刑は検察庁から指揮書が送られてきてはじめて確定するが、そのときは呼び出しがあって、部長が「懲役一年六月、従って満期は昭和二十三年五月」と説明があるはずである。

天野もすっかり寒さの増した晩秋の気配を感じながら、諫早刑務所の日々を思い出し、指揮書の内容が告げられたあと、一年半がどのように過ぎるのか、などとぼんやりと考えていたものだった。

もちろん服役する刑務所もそのときにわかる。諫早のときは先に重本がいて、いろいろなことがあったが、今度はどげん先達がいるのやろうか。差し入れの本や雑誌を読んでいても、思いはやはりそこに至ってしまう。

どうでもええけん、早く決まってくれんかい。天野がそう思い出したときに呼び出しはあった。

部長が厳粛な顔で告げる。

「天野義孝、懲役十月。従って満期は昭和二十二年八月」

「はいっ」

天野は心臓に突き刺さったような声にうろたえながらも、ふとハルコの顔と検察事務官という文字が指揮書に重なって見えた。それがチラついているのは、指揮書を持った部長の手が小さく震えていたからだろうか。

天野は瞬間的に、なんらかの力が仕事をさせたのだと悟っていた。判決はどうあれ、指揮書に十カ月と書かれ、検察庁の判が朱も鮮やかに押されていれば、もう刑は動かしようもない。部長あたりが不審に思って騒ぎたてるより、ここは黙って従っていたほうが身のためなのだろう。当時ならではであった。

天野は喜びを表情に出すまいと怺《こら》えながら部長の訓示を聞いた。服役は福岡刑務所と決まった。

昭和二十一年十一月、天野は福岡刑務所へ入所した。

奇しくもその頃、のちに深い縁で結ばれる溝下秀男が生を享けている。父方にこれ以上ない立派な血筋を持ちながら認知さえなく、成年までの苦境を暗示する出生だった。

もちろん当然ながら、先のことは誰にもわからない。溝下は生まれたばかりであり、天野にいたっては、獄中でボテやんなる不可思議な人物にめぐり会って、十カ月をあっという間に過ごすのである。

ボテやん天国

当時の福岡刑務所は、俗に藤崎の刑務所と呼ばれていて、現在の西新にあった。大濠公園をさらに西へ樋井川を越えた先の百道浜に近く、西南学院大、修猷館《しゅうゆうかん》高の近くといえばわかりやすいだろうか。

いまは篠栗《ささぐり》参りで有名な若杉山を仰ぐ宇美《うみ》町に移転しているが、当時の建物は明治の初期からのもので、そこに務める住人たちもまた古強者が多かった。どまぐれはやっても、一応は整然としていた諫早刑務所とは、戦中戦後の時代的変遷があるとはいえ、まるで較べものにならない。馴れてしまえば、そこは刑務所の中の天国に近かったのである。

しかし、最初の数日は戸惑うことも多かった。第一歩となる初夜がそうである。

天野義孝が新入《しんにゅう》房から送られた獄舎は、五人定員のところへ八人が入るという雑居房だった。いかに戦後すぐは大小を含めて犯罪が多かったかの証明でもあるが、ともかく天野が入って挨拶をすると、最初は突き刺さるようだった七人の視線が、ふいに優しくなったのを感じて天野は不思議に思うのだ。

「おう、よっしゃ」

獄舎も古かったが、態度もまたまるで牢名主なみの男のひと声が、力強く響き渡ったからだとはわかっても、気になるのは、その視線の変化である。

刺すような視線の変化だから優しくなったと感じたのだが、気づいてみれば天野は、自分が好奇の眼に舐め回されている気分になっていた。なんだか気色が悪いのである。

そのむずむずする感覚は、やがて就寝の準備に至ってさらに強さを増した。新入でもあり、天野はあたり前のように末席に布団を敷いたところ、一人がそれを咎めたのだ。

「天野さん言うたかい。あんた、上に寝らんですか」

「そや、あんたはあっこがええ」

もう一人も同調して上席を指で示した。そこは一番上席にある牢名主格の次の席で、場所がぽっかりあいている。もちろん五人房へ八人を詰め込んだわけだから、空間といってもほんの布団一枚やっとだが、そうまでされては天野も従うしかなかった。

「ほんなら、お言葉に甘えさせて貰って、そうしますけん」

「おう、よか。遠慮はいらんき」

上席の男の声が、布団を敷き直す天野の背に響いた。小さな裸電球一つのなか、視線も背中に突き刺さる感じである。

なんやおかしな雰囲気やな。でもまあ、ええわい、馴れればわかるやろ。

天野は若いだけに、やがて消灯となると深くは考えずに寝入ってしまった。

異変を知ったのは、それからどのくらい経った頃だろうか。尻のあたりがむずむずする感覚で眠りからうっすらと目覚め、ふと手を当ててみるとT字型の越中褌《ふんどし》の紐が外れているのがわかった。

うわー、これやったかい。

天野は胸の中へ嫌悪の思いを吐き出すと同時にはっきり目覚め、咄嗟にもぞもぞと起き上がる形で便所へ行くふりをした。このままではオカマを掘られるのはわかっている。よく顔も見んかったが、牢名主ぶった年配男の手慰みなぞにはなりたくないわい。ねっとり舐め回すような視線の意味もわかった。そげなことさせるもんかっ。

天野は暗闇の中で水甕《みずがめ》のありかを探った。施設が古いだけに水道の設備はなく、朝の洗面などに使う水は、夜のうち甕に満たしておくのである。

誰も起きている気配はない。狸寝入りは上席の男一人のはずであった。その男も、天野が便所へ立ったと知って、素知らぬふりで背を向けているに違いない。天野は探りあてた水甕をやおら持ち上げると、二、三歩ほど寝床へ勢いよく戻った。

甕の中の水がコポコポと揺れたが、天野はその反動を使って、上席の男から入り口まで一気に水をざーっとぶち撒いた。

ひゃー。ぎゃーっ。きーっ。

上席の男の悲鳴に続いて、房内は一瞬の豪雨で次々と喚き声があがり、七人が一斉に飛び起きた。それぞれが首から上は水をかぶり、布団はおろか房内は水浸しである。その原因はつかめていない。

「雨で天井が抜けたかっ」

「なんや、なにが起きたんや」

「大変じゃーっ、洪水じゃーっ」

七人が頭から落ちる雫《しずく》に仰天して大声で喚き、たちまち看守の駆けつける足音がした。天野はすでに入り口に身を寄せ、看守の来るのを待つ態勢になっていた。問題は上席の男がどう出るかだけなのである。看守の来る前に七人がかりでリンチにあっては、いくら天野でも防ぎようがない。

しかし男は事の成り行きに呆然自失のようであった。大騒ぎのなかを看守が駆けつけてきて鍵が開けられたとき、天野は素早く進み出ていた。

「腹立てて、わしが水甕の水をぶち撒いたですけん。訳はあとで言いますたい」

「よーし、連れてけ、懲罰房や。あとは房内の後始末にかかれっ」

すでに夜半から明け方へかけては肌寒い季節である。残った七人は震えながらの掃除であり、とんだ初夜になったが、天野はこってり絞りあげられたものの、懲罰房はその日だけで済むことになった。理由が理由だけに情状酌量がなされたのだろう。

そうして新入・天野義孝の名前は、翌日にはもう刑務所内で誰知らぬものとなったが、その効果は吉凶半ばした。凶は悪い囚人ばかりを集めたので有名な竹細工の工場へ回されたことであり、吉は福岡刑務所の名物男・ボテやんが目をかけてくれたことである。

ボテやんの姓名は、刑務所側以外に誰も知らない。辛うじて今井とか今村とかいうことはわかっても、看守までが「ボテやん」呼ばわりするのだから、知る必要もなかった。

刑は二《ふた》無期。なぜそうなったかは凄まじい。

最初の無期刑は知られていないが、いずれ殺人事件などに絡むことと想像され、それで熊本刑務所へ送られ何年か務めていたところ、やがて脱獄の機会をつかんで逃走した。

逃亡に成功したところで資金が必要になる。ボテやんは酒店へ強盗に押し入った。ボテやんに土地勘があったのか、潜んでいて見極めをつけたのか、それは母娘二人が営んでいる店であった。押し入ったボテやんは、まず母親を縛りあげて娘を犯しにかかる。

母娘で切り盛りするだけあって、母は気丈だった。お願いだから娘には手を出さず、私で堪忍してくれとボテやんに頼む。身をよじり、媚態までみせての必死の願いだったろう。ボテやんはその願いを叶え、娘を縛ったうえで母親を犯す。

ところが、事が済んだところで、ボテやんは娘の縄を解き、それで母親を縛りあげるや今度は娘をも犯してしまうのだ。そうして資金をつかんでの逃亡、やがて逮捕。

つまり無期刑で脱獄、強姦、強盗で再び無期刑、二無期というわけである。もちろん天野の生まれる前の事件で、大正末期からの福岡刑務所暮らしに違いなかった。昭和二十一年当時で六十歳近くだから、どうしてもそういう計算になり、当然ながら服役囚たちの頭領格である。

もう懲役太郎なんてものでもない。雑役の上、独歩なのだ。看守なみに刑務所内のすべての鍵を腰に下げ、あらゆる場所を天下御免で歩き回る。唯一、刑務所の外へは出られないだけだが、ボテやんにとっては獄舎すべてがわが家わが庭であれば、飯の食えない塀の外へ出る必要もないし、また本心から自分の庭つき家と思っていた節もあるのだ。

なんといっても猫を飼っている。迷い猫を手懐けたのか、炊事場へ行って焼き魚などを貰ってきては、むしって食べさせているのを天野は何回見たか知れない。そうして陽だまりで猫の咽喉を撫でてやり、猫がうっとりとボテやんの膝で目を閉じている姿は、まるで隠居が廊下でくつろいでいる感じで、天野にしてもここが刑務所とは思えなくなってくるのである。

　ボテやんに目をかけられてからは、何度となくご馳走にもあずかった。圧巻は天井裏でするすき焼きである。そこには電気コンロが隠してあって、物資のない時代なのに醤油から塩、砂糖、なんでも揃っていた。そこへ肉とネギを持ち込み、鉄鍋のなかでジージーと焼ける肉を食べるうまさは、まさに天国に近い生活と思われた。

　材料は後述するようにどうにでもなった。そしてニクロム線の電気コンロだけに、焦がさない限り煙りは出ず、匂いは天井から屋根へ抜けて、下からは余程でないと気付かれなかった。また気付いた看守がいたとしても、またボテやんか、で終わりだったろう。

　さすがに酒は厳禁だったが、あとはほとんどのものが手に入った。

　天野は出所近くなった翌年の夏、そういうボテやんにお礼の意味で、手に入れたアイスキャンディを持って行ったことがあった。ボテやんは喜んだ。ちょっと口にすると冷たくて甘い。ボテやんはすぐさまそれを、皿にのせて独居の押入れへ隠したらしかった。

　夕方近くなって、ボテやんが獄舎中を血相かえて走り回っているのを天野は知った。

「誰がわしのアイスキャを食ったかあ、折角しまっといたのに棒しか残っとらんぞお」

　アイスキャンディは、すでに昭和初期には町なら出回っていたが、ボテやんの育った明治の田舎にはなくて当然で、そのときがはじめてだったのだろう。

ボテやんの獄中での正業は金貸しだった。正業というのも変だが、とにかく金持ちで、その金はいわば十日で一割のトイチなみ、期限つきで取り立ては逃亡がないだけに確実であり、金は雪だるま式に増えるのみである。

刑務所の中でどうして金を借りる人がいるかといえば、それは月に何回か賭場が立つからだった。三舎の三十二号に三十人ほどが入れる監房があり、博奕はそこで行われることになっていた。鍵は独歩のボテやんが自由自在、意を通してある部長や看守が当直のときに開かれるもので、もちろんたっぷり袖の下がはずまれるのだ。

三十人もが参加して熱くなれば、半分ほどはどうしてもボテやんを頼りにする。ボテやんはセッティングをするかわり、そこで金を貸して利益を上げるのだ。もちろん誰も逆らう者はいない。

ボテやんの呼び名も、そうしてうまい物に不自由なく、気楽に過ごしていることで次第に体型がボテッと豊かになったことから、自然に言われるようになったらしかった。

ボテやんはまた、アンコの斡旋《あっせん》もしていた。アンコとはもちろんオカマであり、新しい懲役がくると新入房へまず入れられるが、ボテやんはそこで網を張るのである。若くて美男子で、少し教えればその気になりそうなのをぱっと選んでは、自分のいる工場へくるように手配するのだ。

毎日のように必ず顔を出し、眼鏡に適《かな》った者はそうして自分の手許に温存しておく。

場が立つのは風呂の中だ。その頃は食糧不足からの栄養失調や、悪食からの回虫などで疥《かい》癬《せん》や皮膚病にかかっている者が多かった。刑務所でもそれら対策に頭を悩ませ、一つの方法として効果がある薬品を入れた疥癬風呂を数多くし、そこに患者を入れることにしていた。当然ながら一般囚人が入浴を済ませたあとで薬は入れられることになる。

風呂の回数が多くなることは誰もが歓迎だった。とくにボテやんは風呂好きであり、アンコ市場が増えることでご機嫌だった。

風呂の用意ができる。薬を入れる前に各工場の幹部二人ぐらいに連絡が行く。二人とはトップとナンバーツーという意味だ。もちろんボテやんは常に一番風呂である。しかもボテやんはそこへ、背中流しの三助役として温存しておいた若者を連れて行くのだ。

やがて各工場の幹部たちがやってくる。視線はボテやんのブリヂストンの刺青ではなく、背中を流す若者のほうだ。彼らはボテやんの傍に来ては囁く。

「じいやん、今度のはなんぼか」

「これかあ、少しはええやろが、どうかい」

「そやな、ちいとはましやな」

「そんなならラッキー二つぐらいは貰わんといけんかいのう」

「よっしゃ、じいやん、決めたで」

洋モクのラッキーストライク二箱で売買される若者こそいい迷惑だが、もちろんそのことを彼は知らないまま、買った幹部の監房へ貰われて行くことになる。当時は金次第で監房の入れ替えも自由に行われていたのだ。

そうして天野がボテやんに目をかけられたのは、その天性の快活的どまぐれぶりにもあったが、牢名主格の男がボテやんのルートではなく、しかもボテやんがその気なしと見逃した天野にちょっかいを出したあげく、どまぐれ洪水を見舞ったあたりにあったのだろう。ボテやんの心理を考えれば、ルート無視の仇を討ってくれた愉快な男が天野というわけだったに違いない。

またブリヂストンの刺青とは、そうして目をかけられた天野が、のちになってボテやんに捧げた入れ墨の愛称である。

刑務所内では何不自由ないと述べたが、刺青もまたよく彫られた。針ならいくらでもあり、墨もまた不自由しない。そこで月日をかけて彫り合いすることになるが、問題は絵心と腕のよしあしである。

ボテやんの刺青もそういう素人が彫ったもので、絵柄こそ竜が輪を作って天に昇る勇壮なものだが、なんとも絵心が拙《つたな》い。そこで親しくなった天野が冷やかしたのだ。

「ボテやん、その背中の竜はなにか。わしはまたブリヂストンのタイヤ巻いとんのかと思うたよ」

「この餓鬼、なに言うか。そげんこつ、いままで言うた者は誰もおらんぞ。でも言われてみりゃあ、わしも少しは老いぼれたけんの、タイヤごつなったかも知れんのう。それよりその魚だの豚とはなんちゅう意味かい」

「魚や豚？　あ、ブリやトンのこつかいね。ボテやん、それは聞かぬが花ち」

石橋正二郎氏の興した会社だから、と説明してはかえって混乱するばかりである。天野は吹き出すのを怺えるのが精一杯であり、そのことを喋ったことでブリヂストンの刺青は有名になったのだった。

ボテやんが金をどのくらい持ち、またどこに隠しているかは天野にもわからなかった。もちろん最初、どうして資金を得たかも教えては貰えない。

しかし、想像できるような事柄はいくらでもあった。福岡刑務所に馴れ、またボテやんと親しくなってみれば、天国の生活がいかにして営まれているかは目に飛び込んでくるのである。

ミシン事件というのもそれだった。当時のシンガーミシンといえば、二台もあれば仕立屋を開業できたほどであり、また物資のない時代ゆえ高価なものであった。それがある日、忽然と消えてしまうのである。

犯人は洋裁工場のトップだった。手口は鮮やかきわまりなかった。

博奕に負けてボテやんに支払いが溜まったか、煙草銭など贅沢品に使う金が欲しくなったのかはわからない。おそらくその双方の理由だろう。洋裁工の頭領は外掃《がいそう》と組み、舎監に話を通した。

外掃とは、工場内などを掃除する内掃と逆に、舎房や工場の外回りを掃除する雑役のことである。当然ながらかなり自由がきく。頭領はそこを狙った。

どういう時間にどう持ち出したか、彼はシンガーミシンの機械部分だけを取り外し、外掃がゴミを集めにくる時間を見計らって、ゴミの中にそれを置いた。

外掃は心得たものである。すでに竹屑などが入っている背負い籠の中へ、新しいゴミと一緒にミシンを隠し、なにくわぬ顔で裏門の外のゴミ捨て場へと持って行く。そうして、いつもならドスンと捨てるところを、そっと籠を降ろしてゴミ屑の山に埋もれるようにミシンを隠し、またいつものように塀の中へと戻ってくるのだ。

しばらくすると舎監から話の通っていた業者が来て、仕分けしてミシンを取り出し、あとはゴミと一緒に持って行くだけである。業者が売り捌いた金は、頭領、舎監、外掃へ応分に分けられて潤うという仕組みだった。

　当然ながら刑務所は大騒ぎになる。しかしミシンは忽然と消えただけであり、誰かが怪しいと思ってもまったく証拠はない。次第にうやむやになって、やがて故障廃棄かなんかで帳尻が合わされるのだろう。ミシン事件で処罰者が出たという話は聞かなかった。

　貸金の回収のため、ボテやんあたりが授けた知恵かも知れない。

　米騒動もあった。

　米がなく、一升いくらで高く売れる時代でもある。もちろん刑務所にも一人あたりにすれば僅かしか供給はない。しかし人数分をまとめると、やはり米は相当の量になる。

　この場合は炊事係と担当が結託した。担当は来るたびに膝下まであるゴム長靴を履いてきて、帰りにそこへ米を詰めて行くのだ。脚の太い細いもあるが、両足へ歩き辛くないぐらい入れれば一升は入るだろう。

　担当は交替で米持ち出しをやった。もちろん自家米以外は売って、結託した炊事係の連中に分け前をやる仕組みである。

　しかしこれも、やがて発覚する。炊事係がいくら遣り繰りしても、新しい供給がある日までには米が皆無のときが来てしまう。

　米がなければ切実である。これまた大問題となったが、やっぱり犯人はわからないし、炊事係の誰かが怪しいとなっても証拠はないのだ。といって腐敗廃棄というわけにはいかない。刑務所側がとった措置は、炊事係の全員入れ替え、保安課長の休職というものであったが、真相はついに藪の中である。

まったく現在では考えられないが、そういうことが平然と行われていただけに、ボテやんが財を成したのもわかろう。

当然のこと、天野も見習った。

ボテやんの口利きもあったのだろうか、天野は早々に悪名高い竹細工の工場から転属になった。新しい職場は、織物工場の絣《かすり》工である。といっても織るのは刑の長い熟練工で、天野は学歴を買われて帳簿係などをやらされたが、これがのしあがるきっかけになって行く。

なにしろ受刑者は監房がすし詰めになるほどだし、短期刑で出所する者がいれば、新しい受刑者も次々に入ってきて、新陳代謝はつねに行われているのだ。計数に明るいうえ、初夜の武勇談が生きていることもあって、天野は次第に兄貴格になり、織物工場のトップの座を占めるに至るのである。

新入がおりてきたらその配置をしたり、担当と売り上げの帳簿合わせをするなどの雑役がそれで、かなり楽な立場に就くことになってみれば、天野の血が騒がないわけがない。

「兄貴、なんやおもろいことおまへんか。あちゃこちゃでボロい話、わしら聞くだけでっせ」

「まあ、待てち。わしにも考えがあるけん。ボテやんのとこ、少々溜まったのか」

「少々どころではありまへん。じいやん、兄貴がおるんで強う言わんけど、次が借りにくうなりまんねん」

「なら明日あたり荷が入るき、ぼちぼちやってみようか」

「頼んます兄貴、手伝うことあったら、なんぼでも言うてや、この通りだす」

手を合わせたのは関西から来た男だった。勝手に天野を兄貴分とたて、天野もまた舎弟分として可愛がっていたのだが、このところ博奕につきがなく、ボテやんに借金が溜まっていたのだ。放っておけば利息は雪だるまのように増えてゆく。

天野にしても、血が騒ぎ出してきたときの頼みであり、当てはなくもなかったのだが、結果的には舎弟分の頼みで腰を上げたのがよかったようである。

荷はだいたい定期的にきていた。主として水巻町など北九州や久留米市あたりの委託業者が、久留米絣の素材をどんどん送ってくるのだ。素材とは絵柄を染めつけてある糸のことである。

糸といっても大きな巻糸で、それは染料などに使うチタンのノリで固めてあり、織る場合はそのノリを大型の櫛を使って落とし、絵柄を合わせて織機へかけるわけだ。

一梱包は四匹あり、一匹が二反分だから四匹で八反。それが一度にどんと送られてくる。だいたいが二十五梱包で二百反、多いときは五十梱包ほどくるときもあれば、業者の都合で途切れるときもあった。

天野が明日と言ったのは、ちょうど素材のくるのが遅れていたときで、担当へ「まだ来んが、どうなっとるばい」とやかましく催促していて、やっと返事が貰えたからだった。織工は仕事が忙しいと文句を言うが、いざ決行となれば、ゆるやかな進行では品数も帳簿面もごまかしがきかないのである。

そうして翌日、素材が送られてきた段階で天野は、思い切って五梱包ほどを荷から抜いた。抜くといっても梱包ごと隠すわけにはいかないから、担当の目を盗んで記載から外しただけで、荷はそのまま工場へ送られ、ノリ落とし、絵柄合わせと順繰りに絣工の手に渡ることに変わりはない。

それまで荷が遅れ気味だった工場は活気づいた。きれいな絣柄の反物が、次から次へと仕上がってくる。

今度は天野の指示で舎弟分がそれを少しずつ抜く番である。五梱包分四十反。つまり筒状の反物四十本を、納期まで少しずつ自然に抜き去り、終了した段階で帳簿面が合うようにすればいいのだ。

抜いた反物は舎弟が天井裏へ隠した。工場から持ち出した畳紙《たとうがみ》などを敷いて湿気や虫つきを防ぎながら、一本ずつ積み重なって行くそれは、やがて天井裏では小山ほどに盛り上がっていった。

その間に天野は、炊事係と馴染みの看守に話を通した。炊事係は反物の運び出しに一役買って貰うためであり、看守はその売り捌きに協力して貰うためであった。もちろん売り上げに応じて分け前の金額も決めた。

話はすんなりと通った。

食事の時間、天野と舎弟は反物を隠し持って食堂へ出向いた。大人の着物一枚分の反物は、筒状の幅が四十センチ弱、直径が芯を入れて八センチぐらいだから、一本ぐらいなら隠し持ってもそう不自然にはならないのだ。

一方で炊事係に湯桶は欠かせない。いまでいえばテーブルワゴンだが、当時はトロッコなみの台車にのせて運び、空になったところで持ち帰る。天野はかねてから、その空桶を狙っていたのだった。

お互いが目くばせをする。

空の湯桶を積んだ台車が天野たちの傍を通り過ぎる。その瞬間に反物は炊事係の手から湯桶に入って炊事場へ下げられるのだ。

馴染みの看守がどうして手にするかはわからないが、そのぐらいは簡単なことなのだろう。半分ぐらい渡した頃から、まとまった金額が天野に届くことになった。

「兄貴、全部売れたらえろう金持ちになりますまんねん」

「ボテやんには返済したんかい」

「じいやん、猫に魚の骨むしって食わせとったけど、ニヤーッと笑うて」

「知っとるんかいの」

「刑務所の裏側はなんでも知っとるような顔をしてまっせ、あのじいやん」

「天国の裏案内人じゃけん、ま、よかと」

天野にしても、ほくそ笑む思いである。

ところが、すべて売り捌いた頃に、思わぬところから密売の足がつくことになった。帳簿面もルートも完璧を期し、細心の注意を払った天野だったが、売り捌く時期が早過ぎたことには気付かなかったのである。

きっかけは、久留米あたりを回ってきた業者が大牟田線で福岡刑務所へ来る途中、自分が納入したはずの久留米絣を乗客が着ていたことにあった。刑務所へ納入した絵柄はその年の新柄であり、織り上がった反物は返ってきてはいても、一斉に売り出すため、量が揃うまで倉庫に保存しているはずなのである。

「お客さん、あんたこれ、どこで買いなさったか、珍しいええ柄やけど」

業者はさりげなく訊ねた。そうして紆余曲折はあっても、返ってきた答えが「刑務所の職員」だったのだろう。業者が訴え出て事件は明るみに出たのである。

「もう逃れられん」

素早く情報を仕入れた馴染みの看守が、駆けつけて経過を説明したときは天野も刑が増えることを観念した。そもそもがいつの間にか四カ月少なくなった刑期なのだ。仕方なかと思ったとき舎弟が口を挟んだ。

「兄貴、わしは五年の刑ですねん。言い出したのはわしや、多少は増えてもええでっせ。かぶりまっさ」

天野にしても心に咎めるものはあったが、動いてくれたハルコのことを思えば、ここは素直に受けるべきである。やがて看守は厳罰、舎弟分は五年の刑が六年半となった。

当時の刑務所で、殺人などは別として刑事事件で起訴になるのは珍しく、そういう意味でもいかに刑務所がしのぎやすかったかがわかるが、天野の強運はさらについて回る。

事件のあと刑務所内の賭博が発覚したのだった。出所した被害組の一人が法務省へ密告に及んだからだが、福岡刑務所へ直訴しても、握りつぶされるとわかっているからこそ法務省へ直接となったのである。これまた刑務所天国を表して興味深い。

法務省直接の捜査で、幹部職員をはじめ懲役囚からも多くの処罰者が出た。ボテやんもほんの数日だが不自由刑を味わった。しかしその賭博は天野の入所直前のもので、これまた天野は無関係だったのである。

昭和二十二年八月、こうして天野は十カ月を務めて福岡刑務所を出所した。世はまだ戦後の混乱期、天野はますますどまぐれぶりを発揮して行く。

ちなみに天野はずっと後に、ボテやんの消息を思いがけず耳にする。

それは二無期にもかかわらず、福岡県南部の土建業者が身許引受人となって仮釈放になり、倉庫番として娑婆の風を吸ったが、間もなく車に撥ねられて本当に天国へ行ってしまったというものだった。刑務所天国からの今浦島では、やはり性急な娑婆への適応は無理だったのかもしれない。

筑豊の親分たち

福岡刑務所を出所した天野義孝は、ハルコに手厚く迎えられて服役の垢を落とし、家庭の温みを味わったのも束の間、もうその夜から遊びに繰り出すことになった。

ボテやんに象徴される刑務所暮らしがいかに天国とはいっても、やはり不自由なのは女と酒であり、その自由だけは一刻も早く楽しみたかったのだ。

糸田町にも五、六人の女性を置いている小料理屋が五軒ほどあり、そこではいわば自由恋愛が公然と行われていた。制度も半ば遊郭的で、酒肴はそこそこにして二階へ上がる仕組みである。

客層は炭坑《やま》で働く男たちが主だから、天野としては田川の栄町まで行きたかったが、出所したその日から泊りがけでは、いかにどまぐれとはいえ、いろいろ手を尽くしてくれたハルコの手前からもできない。

しゃあない、手近で済ませようかい。天野としては単にそれだけのつもりだったが、そこには思いがけない上玉がいたのである。二十歳前の肉付きのいい女で、しかも勤めはじめてまだ十日ほどという。性技こそ未熟でも、その初々しさがまたいい。

天野はその夜こそ十カ月の思いを遂げただけで帰宅したが、翌日からは指名して通うようになった。天野にとって、自由と女はつきものなのである。

一方で天野は田川市へ出ることを考えていた。戦後早々、田川の伊田で原野の一統と喧嘩をして売り出してから顔も売れ、舎弟分や友達もずいぶんできたし、原野と対抗する後藤寺の三木から誘いもかかっていたのだ。

あれから二年、風治八幡の境内は変わらず鬱蒼としていても、彼らはそれぞれ原野組、三木組として愚連隊から脱皮、やくざ組織としての体裁を整え出していた。なかでも三木は炭坑主をバックに力をつけ、すでに後藤寺の三木ではなく、伊田まで勢力を伸ばすほどだった。

そうして天野への誘いとは、三木組の最高幹部の一人が天野と気が合い、兄弟分のような付き合いをしていたからである。

誘いは何度となくあった。しかし天野は、そのたびに断っていた。

「駄目や、わしに組織は合わん。どまぐれやけん、ぶち壊すのはなんぼでもするき、作ったり納まったりするのはでけんたい」

しかし、そう言って断りはしたものの、天野は誘われたことで田川市に拠点を持つことを考え出したのである。

一軒家を借り、舎弟を連れてと、いまでいえば組事務所としての進出になるが、もちろん天野にそんな考えはない。糸田の家にいては、事件を起こすたびにハルコや五人の妹たちに迷惑をかけるだけであり、年末には二十四歳になることも考えて自立するつもりだったのだ。末の妹はまだ小学校二年、ハルコにとっても、義孝が家業を継ぐ気持ちがない以上、そうなることが望ましいようだった。

天野は昼は田川市へ出かけ、夜は糸田へ帰って女のもとへ通った。

そうして秋口には田川の伊田に家を持ち、舎弟二人を抱える準備が整ったところで、女には足抜けさせることにした。糸田の店のほうは顔がきいたとはいえ、両方ともとなるとやはり金はかかる。博奕での稼ぎ、ハルコから貰った金などでなんとか工面はつけたが、糸田の女を連れて田川へ向かうときは、すでに懐中は文無しに近い状態である。

しかしその日、天野には金をつくる目算があった。糸田で親分衆の集まる賭場が立つという情報を、舎弟の一人からひそかに訊き出していたのだ。

天野は女を連れたまま、目的の家の門前に立った。屋内からは物音ひとつ洩れてこず、賭場が立っている独特の匂いがあった。

「お前な、ここで五分ほど待っちょれ。わし、裏から入って出てくるけん。なんか騒ぎがあったら、知らん顔で駅のほうへ歩いとけ。あとから駅へ行くけんな」

天野は女の耳へ囁くと、何事もなかったように勝手口へ回った。鍵は掛かっていない。後から来る客もいるからに違いなかった。

博奕の匂いを嗅ぎながら、天野は勝手口から奥座敷へ向かった。匂いは確かだった。そこにはいつも見る光景が繰り広げられていて、十数人の客がいるとわかった。

天野は懐中から匕首を出し、いきなり座敷へ踏み込んだ。

「金貰いに来たけん、みんな向こう向け。わしも血ィ見とうないけんな」

賭場に場違いな緊張が走った。しかし親分衆だけあって騒がない。

「兄ちゃん、ハグリか。金ならあとで都合するばい、今日のところは帰らんな」

「壁のほう向け言うとる。あとの金はいらん。いまいるだけや」

「やれやれ、勇ましい男やの」

親分衆は落ち着いた動作で、それぞれが壁に向かって座り直した。天野はすぐさまテラを含め、場にある金をすべてポケットにねじ込んでさっと引き揚げた。小走りに勝手口を出ても追ってくる気配はない。

地元だけに面は割れていて、天野なら仕方ないと思ったのだろうか。それにハグリ専門の高山房太郎なら、懐に手を突っ込んで洗いざらい取って行くが、天野の場合は場の金だけだった。テラは大きいが博奕はそのまま続けられるのである。

「おい、行こか。五分もかからんかったな。ま、少し早足で歩かにゃ悪かごとあるばい」

天野は女の尻に手を当て、押すように急かせると彼女は身をよじったが、さすがに天野から殺気の余韻のようなものを感じたのか、嬌声は呑み込んで早足になった。

天野が田川署からマークされているとわかったのは、その日から一週間ほどが過ぎた頃だった。

「兄貴、糸田でハグリやらんかったですか。垂れ込みで警察が知って、兄貴をしょっ引くらしいて、福田の太郎さんが心配しとりました。身を隠したほうがよか思いますけん」

福田の太郎とは、ビリヤード、風治八幡で対決した相手である。その後はすっかり意気投合して、天野が田川伊田へ出るのにも力になってくれていたが、地元だけに警察情報にも明るいようだった。

「ふーん、博奕は現行犯じゃないから捕まえられんが、賭博強盗ならしょっ引けるちゅうわけかい。なんのこつ、わしゃ捕まらん」

「兄貴、そう言わんと、折角、田川へ出たばかりでしょうが。兄貴がおらんごとなると、わしらが困りますたい」

舎弟二人は心配するが、天野は気にするでもなく遊び回っていた。天野が田川へ出たことを警察は知らないし、糸田へ行っても空振りに終わるだけなのだ。

ところが、一週間もしないうちに新たな情報が飛び込んできた。田川署が天野の逮捕状を取るため、糸田の賭博へ集まった親分衆を呼び、参考人調書を作ろうとしたところ、誰もハグリは認めず、親分衆は異口同音に言ったという。

「あの日に天野は確かに顔を出したし、金も持って行ったき、あれは天野が旅へ出るいうて相談しに来たけん、皆で餞別やりよったんや。賭博強盗なんかじゃなかですばい」

その日の博奕は、直方、赤池、糸田一帯の生粋のやくざ、博徒の親分たちだった。この一帯は親分の吹き溜まりといわれたほどで、町の世話役、ボタ山の頭領を含めた親分が多くて有名だったが、この日の集まりはなかでも親分と呼ぶにふさわしい人たちだったのだ。ハグリにやられたという恥を差し引いても、そこにみられるのは侠気《おとこぎ》そのものだろう。自分たちの端金《はしたがね》より、双方の名誉と将来ある若者が受ける傷を守ったのである。

再びの刑務所暮らしを免れたうえに、その話を耳にした天野は、二年前の秋のことをまざまざと思い出していた。園子が家に転がり込んできてなにかと忙しく、さらにその死もあって記憶の底に沈んでしまっていたのだが、やはり丹下勝太郎という親分の侠気に助けられたのだった。

その頃の天野は、園子のことはハルコ任せにして、遠賀川が響灘に注ぐ河口の芦屋町へ足繁く通った。進駐軍が来てすぐ、大型機が飛来できる飛行場が必要になり、現在の航空自衛隊芦屋基地に滑走路が拡張されることになったのだ。

博多、久留米、田川、直方の各市など、九州一帯から建設業者がやってきていた。徴用に近い形とはいえ、進駐軍の仕事であれば支払いは確かだから、進んで買って出た業者もいたに違いない。たちまち一帯には多くの飯場ができることになった。民家の土蔵やお寺に泊り込む一統もいたほどだが、その下請けの一つを重本満が任されていたのである。

飯場が寄せ集まれば、当然ながら揉め事が起こり、自然に派閥的な流れも出来て行く。そういうとき悪いことに、重本を頼って仲間を連れて働きに来た男が、やがて独立したばかりか、裏切って対立する一派に寝返るという事態が起きた。遊び呆けている天野に、重本から使者が来たのはいうまでもない。

天野はいわば用心棒的な立場でしばらくの間、飯場で重本の一統と寝食をともにしたが、揉め事のほうは間もなく解決がついた。

天野が連れて行った男と重本の手下の三人が、相手の飯場であるお寺の本堂の配置を探ったうえで、ある夜に忍んで行き、本堂の下からドスで突き刺すという傷害事件をきっかけに話がついたのだった。

あとはもう毎日が暇である。時には園子のこともあって糸田の家へ帰ったが、そうしていれば小遣銭にも不足する。そこで思いついたのがガソリンのハグリだった。

当時の車はリヤに大きな釜と煙突をつけた木炭自動車が全盛だった。燃料の薪《まき》や炭を燃やし、蒸気の動力で走るのだが、バスもタクシーもガソリンがなければ蒸気に頼るしかなかったのだ。

ところが進駐軍はガソリンが豊富である。毎朝、砂利などを運ぶトラックが五十台以上も並んでは、それぞれが満タンにして仕事へ散って行く光景が見られた。もちろん、一日で費《つか》い切ることはあり得ないから、翌日は消費した分だけ入れて満タンにする仕組みであり、天野と重本はそこに目をつけたのだった。

満タンで出てくるところを待ち伏せして、ホースで十五ガロン入りの缶に次から次へ抜き取っていく。だいたいが半分近く抜いてもその日の仕事に支障はない。やがてはハグリではなく、小遣銭ぐらい渡すようにしたから、給油で不審がられても「この車はようけ油くいよる」とかなんとか言ってくれて、二人は大いに潤うことになった。

進駐軍のガソリンは薄い桃色をしていたが、それが黄金に変わるのである。青果市場などでは、木炭車に直しようのないオート三輪があり、ガソリンは高くても咽喉《のど》から手の出る貴重品だったからいくらでも売れ、たちまち天野たちは水増しを思いつく。

水を混ぜても水は下に沈み、蓋を開けた表面はガソリンの匂いである。そのうち車がエンストを起こしてクレームがつくようになったが、闇屋などの成金はそれでも欲しいから、二人はさらに潤うことになった。

しかし、それらは遊べば消える端金である。大きい金はもっと別のところにあった。進駐軍の支払い日、飛行場正門前町の一角では大きな賭場が立った。請負業者が下請けの分も含めた賃金を手に出てきたところで、ちょっと手慰みに遊ばせるための賭場で、もちろん動く金額も大きい。

博奕の種類はヤンガミ（8《やん》が3《み》）である。三個のサイを使い、出た目の総計を三で割った残り目で勝負するものだった。割り切れたら3、残りは2か1しかなく、張り場も三つしかない。一つは親のために残しておくから残る二つ、両方に張ることは許されず、そのうち一つで親と勝負することになるのだ。当然ながら金額も大きくなる仕組みである。

天野はそこへ目をつけた。盛りの頃に入って行き、例によって匕首一丁で場と胴の前に積まれた金をハグリ、さっと走って逃げ出した。博徒が仕切る賭場であり、大金であれば追手もかかるから、天野は敏捷に道を抜け、やがて遠賀川河口に架かる芦屋橋近くの郵便局の前に来たときだった。そこにはバス停があり、バスが来れば飛び乗るはずだったが、追手もそのあたりの見当をつけたのだろう。

どういう具合に追跡したのか、日本刀を手にした二人がすぐ現れたのだ。折尾の住吉鹿之介の若い衆で、天野も顔を見知っている男たちだった。

「つかんだ金を戻さんな」

「なにい、戻せるわけなかろう」

「これで叩っ斬られてもか」

「おう、命持ってけ。わしは命より金を取るわい」

鞘から離れた二本の日本刀が、折からの西日にきらりと光り、天野も匕首を手に構えた。二対一、しかも日本刀と匕首である。といってみすみす大金を取り戻されたくはない。斬り死に覚悟で、やれるだけやってみようかい、と天野が臍《ほぞ》を固めたときだった。

郵便局の角を曲がって、ひょいと通りかかったのが丹下勝太郎だったのである。

「若い衆、ちょっと待てい」

すいと鮮やかな身のこなしで、日本刀と匕首の間に割って入ると、日本刀の二人がさっと抜身を下にして一歩退いた。天野は顔を知らなかったが、二人にとっては、自分たちの親分も頭の上がらぬ存在が丹下勝太郎という人だったようだ。

「これは丹下の貸元……」

「ハグリをやらかしたですきに」

男たちの短い言葉で丹下はすぐに事態を把握したようだが、天野も丹下の貸元と聞いて、それが芦屋の有名な親分と知ったのである。

「話はわかった。まあ三人とも、ここで抜身ぶら下げとったら話にならん。ちょっとそこまで、わしに顔貸してくれんか」

丹下はそれぞれへ穏やかに語りかけ、それでいて有無をいわせぬ強い視線を送りながら、顎で前方をうながした。二人が「はい」と姿勢を正し、素早く抜身を鞘に返して歩き出したので天野も従うほかなかった。

連れて行かれたのは遠賀川に面した割烹料亭である。

「若い衆、まず金を返してやらんか」

座るなり丹下は天野へ言った。言葉は穏やかだが、眼には路上で見せたと同じような強い光があった。天野は「ふん」とばかりに視線を川面に向けた。

「悪いようにはせんから心配するな。とにかくつかんだ金は返してやれ」

丹下の正面を向いた天野の耳に、今度はずしんと響くような声が追いかけてきた。

「ええな、もう一度だけ言う」

丹下がそこまで言ったとき、天野は手にしていた布袋を丹下の膝元へすべらせた。そうせざるを得ない場面だった。百円札がぎっしり詰まった袋がぐらりと揺れた。

「そうか、よく決心した。二人もこれで文句ないやろな」

「はい、有難うございました。すぐわしらは賭場へ戻らせて貰いますけん、貸元に収めて戴いたことは報告し、後ほど……」

「ま、ええわい、折尾の親分によろしくな」

そうして二人が去ったあとだった。丹下は座を外したあとすぐ戻ってきて、天野へ風呂敷に包んだものを手渡した。

「若い衆、悪いようにせん言うたものや、貰うといてくれ。あとはわしと一杯やるなと帰るなと、好きにしたらええたい」

天野は風呂敷の中のものが札束とわかって、すぐ礼を述べて席を立った。帰り途、こっそり包みをほどいてみると、そこには百円札がびっしりで、それはつかんだ金額より多かったのである。

あんとき斬り合っていたら……と天野は思い出しながら、また親分たちに助けられたと少しばかりしみじみした感じになった。

しかし、そんな思いはすぐ忘れてしまうのが、どまぐれのどまぐれたるゆえんである。舎弟二人を抱え田川伊田に家を持った天野が、当座のシノギにと考えたのがルーレット賭博だった。といっても胴になるのではなく、いわゆる客として合法的ハグリに出るのである。

当時のルーレットは、丸い板に釘を打ちつけ、番号と赤、黒を記しただけの即製品だった。それを客の前方に斜めに立て、大きなサイコロを入れてぐるぐる回すのだ。番号には賭けさせず、客の前にあるのは赤と黒の受け皿だけ、丁半と思えばいいだろうか。

客は金券を買って受け皿の前に行く。それ、とばかりにルーレットが回り出し、あと二回ほどで止まるとみたとき、真打ちといわれる胴師が、「はい締切り」と叫び、同時に客が赤、黒どっちかへ張る仕組みだった。

ところが天野の場合は、締切りの声は知らん顔で聞き流し、サイが止まる寸前にぱっと赤なら赤に張り、そうしては、「ほーれみい、また当たった」。

当然ながら真打ちは、「遅かったから受けられん」となるが、天野の言い分は「動いとるうちに張ったんや、当たったもんを受けられんとは何事か」と凄むのだ。しかも一般客が百円の金券なのに、天野の金券は千円である。揉めては店側の印象が悪くなり、結局は折れて払い、それを二、三回続けては次の店へ行く。ルーレット店は、当時の田川市で十五店。それはいい稼ぎだった。

毎晩のように豪遊である。栄町の遊郭で宵づけ、つまり泊りが当時で二千円以上したといっても、舎弟を連れて乗り込める。

金がなくなっても金主がいた。質屋の親父が天野を気に入って、たとえ傘一本、高下駄片方でも、「これで一万円貸しない」と言えば二つ返事で貸してくれるのだ。それを資金に合法ハグリで、文句があっても絶対に引かないから、借金などあっという間である。

しかし天野の行為は、さすがに遊技組合で問題になった。組合長は田川の親分、吉武鹿蔵の実弟である。天野にしても、吉武鹿蔵には一目も二目も置いていた。

なにしろ戦前のことになるが、有名な薙刀《なぎなた》事件を起こしている。

田川伊田には駅を挟んで風治八幡の近くに世界館、逆の南大通りに天竺館《てんじく》という二つの映画館があった。あるときその二館が興行権をめぐって、お互いに引けない事態に陥った。自らは土木業を営みながら、世界館の用心棒兼後ろ盾となっていたのが吉武鹿蔵である。

双方とも殺気立ち、いよいよ殴り込みというときだった。天竺館の前に相手が揃っていると知った鹿蔵は、薙刀を小脇に抱えるや裸馬に飛び乗って走り出した。そして天竺館の前へ着くと三十人余の相手の中へ馬ごと突っ込み、薙刀を縦横無尽にふるって斬りつけたのである。

まるで戦国絵巻だが、相手も日本刀は手にしていたとはいえ、薙刀と馬では斬られたり蹴散らかされるだけだった。鹿蔵の若い衆たちがやっと追いついたときには、死者や重傷者が十人近く横たわっていて、一帯は血の海だったという。

鹿蔵はその事件で死刑の判決を受けた。しかし、吉田磯吉の子息らが軍部に働きかけたこと、務めの態度もあって罪一等を減じられ、結局は無期刑として広島刑務所で四年余を務めて出所し、以後は土木業のかたわら、田川の顔役として数々の仲裁に尽力しているのである。

しかし、鹿蔵には敬意を表しているとはいえ、乗り出した組合長が天野との話し合いで示した案は呑めるものではなかった。カスリとして一日一軒が五百円、つまり十五軒で一日七千五百円で、合法ハグリを止めてくれないかというものだった。

「わしは舎弟二人を連れとる。そのうえで注射も打たなならん、宵づけで女もつけなならんばい。そんなもんで足りるわけがなか」

天野は即座に座を蹴って立ち上がった。七千五百円なら三軒も回れば稼げるし、傘一本でも一万円を貸す親父だっているのだ。そのあたりで小さく妥協しないのも天野ならではだろうか。

そうこうするうち、その話が耳に入ったとみえて、天野は一軒のルーレット店潰しを頼まれるのである。依頼主は、これまた三池監獄を十五年務めたことで有名な親分だった。

三池監獄とは、長期刑囚の炭坑夫務めのことである。なにしろ坑夫の歴史を辿れば、かつては藩の下罪人にはじまるように、明治から長期囚はほとんど炭坑へ送られることになっているが、その親分も戦前の十五年を毎日、地下深くで黙々と働きながらも、出所してから一本立ち、周囲から親分と立てられるようになったのだから只者ではない。

渡された手付金は、ポンと十万円。目的の店は田川後藤寺の三木が面倒をみていたから、裏では田川伊田との陰湿な争いがあったのかもしれないが、ともかく天野という男が見込まれたのは確かだった。

天野はすぐさま仕事に取りかかった。福田の太郎に話を持ちかけ、気心の知れた松村らの仲間二人を加え、総勢五人が揃うと、天野は十万円をすべて金券に換えて分け、ルーレット台に向かった。もう千円ずつなどと細かいことはしていられない。手始めに五人が三千円ずつほどを、例によって止まる寸前に張り、揉めたあげくに金券を貰うと、使いが走ったのか二度目には真打ちに三木本人が出てきた。

兄弟分のような三木組の男のことがちらりと脳裏を横切ったが、そんなことで臆する天野ではなかった。もちろん原野組の福田なんかはさらに威勢よくなったものである。

二度目、三度目とも天野たち五人は押し切った。三木がさっと表へ出て天野を呼んだ。

「義やん、なにがあるか大方の察しはついたが、今日のところはこれで帰ってくれんやろか」

分厚い札束が天野に渡され、天野は三木が「義やん」と呼んだこともあって、「ほなら」

と全員に引き揚げを告げた。決まれば金券を現金に換えるまでである。

ところが最後に天野が両替えして店を出ると、そこでは松村と二人の仲間が、分け前をめぐって取っ組み合いの喧嘩をしていた。折から初冬のしぐれでぬかるんだ道に、百円札が泥まみれになって大量に散っている。

「仲間割れはやめんかい」

天野がやっと制止して、とにかく近くの喫茶店へ入ろうとすると福田がいない。振り返った天野が見たのは、泥だらけの札を一枚ずつ丁寧に拾っている福田の姿だった。

そんな初日のあと、やがて店は潰れて天野はさらに成功報酬を受け取ったが、日ならずしてやってきたのが刺客である。

それは筋肉質の大男で、怪物みたいなところからカクリキと呼ばれていた男だった。相撲の角力を当てたものだろうか。いま考えれば、ずっとつけ狙っていたのかも知れない。

宵づけした遊郭を昼前に出た天野は、ぶらぶら歩きながら腹のあたりに違和感を覚え、ふと女の部屋に匕首を忘れてきたのに気づいた。

「しもた、道具忘れてきたばい。お前、すぐ取りに行かんか」

舎弟に命令したのが隙をみせる結果になったといえるだろうか。自分で行っていればまた違う展開になっていたのだが、角力は物陰でそれを見ていて、遊郭の前まで舎弟を追って確認しているのだ。しかも間が悪いことに、女は買い物に出て部屋のどこにあるのかわからないという。

道端でその舎弟の報告を受けていたとき、舎弟の後ろをのんびり歩いていた角力が、いきなり突っ込んできた。天野の左眼に強烈な火花が散り、体は二メートルほど素っ飛んでいた。来たか、という思いと同時に、庇《かば》い手の先に大工の道具箱のあるのが見えた。強運にも改装工事中の店先へ倒れ込んだのだった。

ぱっとノミを手に立ち上がる。のばしたあとで刺すつもりだったのか、短刀を手に襲いかかろうとしていた角力の動きが止まり、瞬間的に二人は睨み合う形になった。

舎弟たちがすぐ天野のほうに駆け寄り、角力側も後からきた数人がついた。どっちかが動けば、あとは乱闘必至である。

ところが、ここでも天野の強運はついて回った。五十年輩の男たち数人が走ってきて、さっと双方の間に入ったと思うと、小柄で鶴のように痩せた体ながら、剃った頭に白い髭、眼が異様に鋭い男がやってきたのである。当時で六十歳代の吉武鹿蔵だった。

「待て、喧嘩はならん。わしが通りかかったのもなにかの縁じゃ。角力に天野じゃったな。事情は薄々察しがつく。ここは悪いようにはせん、わしに任せい」

鹿蔵が言い終わらぬうちに、すでに角力は短刀を鞘に納めていた。そうして天野がノミをポーンと道具箱へ放り返したのをみると、鹿蔵は懐中から出した財布をそのまま供の一人に投げ渡した。

「それで天野の眼を診て貰うて来い。その間に角力には話しするけん」

天野はそれで気づいたのだが、目尻からは血がしたたり、強烈な痛みが襲っていた。それでも、医者ならええですと言おうとして、天野は鹿蔵の咄嗟の段取りのよさに思いあたって素直に従うことにした。遊技組合の件は弟から耳にしているはずだから、ここは刺客側の角力から話を訊くのが先決なのだ。しかも目見当で金を渡すのではなく、財布ごとポンと渡す気っ風をみせつけての処置だった。

天野は病院から鹿蔵の家へ連れて行かれた。すでに角力の姿はなく、鹿蔵は三池監獄十五年の親分へは事情説明に使いを出したからと前置きしたうえで言った。

「角力の話は聞いた。殺すつもりはまったくなかったそうじゃ。それで天野、お前には田川でメシ食えるようにしてやるけん、まず仲直りせい」

「それでも親分、これには後ろで誰か糸引く者がおるけん、それに話つけにゃ仲直りにならんと思いますばい」

天野も言うべきことは言っておきたかった。すると鹿蔵は、それまでの貫禄をさらりと捨てたような好々爺《こうこうや》の笑顔になった。

「天野なあ、それ言うとこの田川がぐしゃぐしゃになる。なーんも言わんと辛抱してくれんかい」

天野も鹿蔵につられて笑顔になった。そうして帰りに渡された包み金がまた十万円以上。角力との正式な和解は吉武鹿蔵系の別の親分のところで間もなく行われたが、そのとき天野は遊技組合からのカスリも認められた。つまり食えるようになったのである。

ところが天野の田川定住、擡頭を知って黙っていないのが、ハグリを見逃さざるを得なかった警察であった。すぐに官側との闘いになるが、それにしても糸田の賭場の親分たち、それに丹下勝太郎、吉武鹿蔵、この親分らの侠気はやはり筑豊の風土が育んだものであろうか。

権力と知略

田川署の天野義孝マークは執拗《しつよう》になった。巧妙に網の目をくぐってはいるが、悪事といえば必ず天野の名前が出てくるのだ。

ルーレット店潰しから、刺客である角力《かくりき》との喧嘩、吉武鹿蔵の仲裁、そして上納金が天野に入ることまでも警察ではつかんでいた。一匹狼とはいえ舎弟分の数も十数人になり、このまま放っておくわけにはいかないのである。

刑事が自分の周辺を洗いはじめたのを、天野も薄々は感じていた。しかし、そんなことで素行が改まるようなどまぐれではない。舎弟たちがそれとなく心配しても、なーんち、捕まえたきゃ捕まえてみい、そげんことでくるわけなかと歯牙にもかけず、金回りがよくなったこともあって博奕と女の日常を変えなかった。

毎日が刺激的である。賭場がたてば夜を徹し、なければ遊郭の宵づけで昼頃に起き出しては街に出て油を売った。後藤寺の三木組、伊田の原野組との関係もスムーズだった。三木が

「義やん」と呼んだように、原野も「義やん」呼ばわりで気心が通じ、もとからそうだが怖い者もいない。

〽啼くな小鳩よ　心の妻よ

〽あなたと二人で来た丘は　港が見える丘

ヒット曲が流れるなかで与太話が弾み、その合間に儲け話の情報が流れたりした。ひょいと大きな賭場がたつ情報も入る。もちろん、カスリが入るだけにハグリをかけるのではなく、客として行って打つのだ。

その夜の博奕も、夕方の雑談のなかで知ったものだった。あいにく持ち合わせは五千円ほどしかなかった。五千円でも大金である。

昭和二十二年の九月、日雇い労働者の賃金が一日二百四十円となったばかりで、なんとなくニコヨンという言葉が定着してきた頃であった。五千円はその二十日分で大金でも、博奕で遊ぶには心もとなかった。しかも、情報を得たのは伊田でなく、後藤寺まで足を延ばしてのもので、金を取りに帰る時間が惜しい。天野は教えてくれた知人に頼んだ。

「それじゃこの足で打ちに行くけん、手持ちが五千円じゃ足りん。どうかい、一万円ばっか回してくれんたいね」

「義やんに言われりゃ断るわけにもいかんばい。そいじゃき忙しい金じゃけん、明日にでも返して貰えんやろか」

「おう、受かったら今夜にでも返すけん、ちょんの間と思ってええよ」

知人は財布から、きれいに折った百円札の十枚束を一、二、三と数えるように取り出した。天野は当たり前のように礼も言わずに受け取ったが、思えばそれが長い昭和二十三年のはじまりだったのである。

その夜、博奕で負けた天野は、一万円の借金などきれいさっぱり忘れてしまっていた。一万円は大金でも、天野にとっては日銭ぐらいの価値しかない。どこかに借りた記憶は残っていたろうが、出会ったら返せばいいという感覚でしかなかった。

しかし、貸した当人にしてみればそうはいかない。翌日にでも使いが来ると思っていたところ、使いどころか音沙汰なしである。たかられたという思いが強かったのだろうか、ふと周囲に洩らした愚痴が警察の耳に入ることになった。

あっという間の恐喝事件成立である。糸田町のハグリで追い込めなかっただけに、田川署の執念が実ったともいえるだろう。

もちろん、宵づけの遊郭で目覚めたところを踏み込まれた天野には、文字通り寝耳に水の話である。

「カツアゲやない、借りたんや」

「一万円、じゃあ返したか」

「返しとらんが、そのうち返す」

「誰でもそう言うて逃れようとするが、被害届も出とれば、もう逃れられんぞ」

「そら無茶苦茶や」

しかし無茶でも苦茶でも被害届が出て、天野が一万円を手にしたとわかれば、状況は明らかに天野に不利だった。さらに担当した検事が、天野にとってはまことに都合の悪い相手だったのである。

それは昭和二十一年夏のことであった。例の八万円ハグリ事件の前になるが、天野は些細な傷害事件で留置場へ放り込まれることになった。些細といっても傷害は傷害である。しかも名うてのワルであり、警察では起訴へ持って行くべく、一泊、二泊と取り調べを重ね出した。

担当は切れ者と評判の水田検事である。当初はひと晩も泊まれば帰れると思っていた天野も、妹が差し入れにくるハルコ手作りの弁当を、のんびり食べているわけにはいかないことに気づいた。

三日目、天野は面会の舎弟分に頼んで手に入れた注射器と、ハルコ手作りの弁当を使って細工した。

まず、弁当の飯を水に漬ける。二、三時間もすると飯がふやけ、やがて異臭がして表面がどろっとした糊《のり》状になってくる。天野はその上澄みを注射器に吸い取って、自ら血管注射を行ったのだ。

血液中の異物に対して、白血球は猛烈な戦いを挑む。そのときにどうなるかといえば、高熱と吐き気だ。真夏というのに体に震えがきて、夕方に熱はたちまち四十度に達した。

「おーい、おーい、来てくれ」

天野は叫びながら吐いた。

駆けつけた看守は、ひと目で留置人の異常をみて取った。すぐに手配がなされ、医師の診察がはじまった。医師としては首をひねるばかりだが、看護婦に命じて痛いところがあるかどうかを探させる。高熱の原因が不明では診断も下せない。

寝かせた天野の膝を立てさせ、看護婦が触診をはじめた。押したり離したりしながら、天野の反応を待つ態勢だった。

天野としては困るばかりだが、高熱のなかでも閃くものがあった。胃から右脇腹の触診に至って、うっと呻《うめ》いてみせたのである。

「こりゃ急性虫垂炎や」

「盲腸ですよね。早く手術せんと、熱も高いですし」

レントゲンやCTスキャンなど、設備が整ったいまなら考えられないことだが、当時では当然のように診断が下されたのである。高熱、嘔吐、そして患部の痛み、もちろん血液検査をすれば、白血球は異常に増えているから、医師と看護婦の診断は誤診とはいえないが、天野にしてみれば、盲腸は不要の臓器、執行停止のためなら切り取ってしまってもいい、というのがどまぐれ的本音であった。

ただちにハルコのもとへ連絡が取られ、警察との折衝の末に手術はハルコが賄いをしている病院で明日の午前十時からと決まった。夜の八時過ぎには執行停止も決まり、糸田署へ送られた天野を、妹と舎弟分がリヤカーを曳いて迎えに来た。

しかし、その頃になって天野の状態は落ち着きをみせだした。大量の白血球が異物を退治し、ほかに病原がなければ熱は下がり、嘔吐感もなくなるだけである。

もちろん、署を出るまでは下腹部を押さえ、高熱で震えがくるような所作をしていたが、署を離れてしまえば血管注射をする前の天野に戻るだけだった。

しかもリヤカーは、馴染みの小料理屋の前を通りかかる。

「おーい、ここで降ろせ。ここへ上がって寝て行くたい」

「お兄ちゃん、盲腸というのにどげんするとか。ますます悪うなるに決まっとるね。あたし、もう知らんけん」

「いや、あれは仮病や。ちょいと細工したら、医者も看護婦もけろりと欺《だま》されよった。でも手術は受けるけん、母ちゃんに言うといてくれ、恩に着るけんな」

「もう、お兄ちゃんたら、知らん」

呆れ果てたように兄をみていた妹が、腹立ちまぎれに空のリヤカーを音立てて曳いて去って行くと、天野は残った舎弟分に言った。

「おい、やっと出てきたんや。いい思いせないかんたい。ヒロポン買うてこい」

ヒロポンは戦後に流行した覚醒剤の一種で、打つと体がカッと熱くなるため、徹夜麻雀や遊郭などへ行くときに使用することが多かった。化学的にはフェニルメチルアミノプロパンの一つで、Philopon《ヒロポン》は日本で作った商品名。もちろん連用すると中毒になり、戦後の一時期には中毒患者もよくみられたものだった。

一方で女と一夜を明かした天野は、ハルコに言われてきた妹に連れられて、九時半には病院へ向かった。ハルコが睨むなか、家へも寄らず豊国炭坑の病院へ直行である。

警察とハルコからの連絡もあり、準備を整えていた病院での手術は予定通り行われた。陰毛を剃られ、ヒロポンのせいで麻酔がきかずに痛かったが、淡々と手術をすすめた顔馴染みの医師は言った。

「義孝さんの盲腸はきれーいな盲腸ですね、少し長かですけん」

虫垂炎でないことは、内密と断りながらも、前夜かその日の朝のうちにハルコから告げられていたのだろう。医師は「きれーい」をとくに強調して笑った。

やがてガスが出て、傷口が塞がったあたりで、天野は水田検事の呼び出しを受けた。用件は事件を不起訴にするとの決定であり、自分も結核を患って丈夫でないせいもあってか、検事は前後にしみじみと言った。

「天野、盲腸でよかったけん、体だけはくれぐれも大事にせいよ」

さすがのどまぐれも首をすくめたが、事の真相を舎弟が得意げに喋ったからたまらない。とくに、「兄貴はこないして検事を欺してきた」というあたりは、水田検事が切れ者だけに噂になりやすく、やがてその噂が田川署に届き、検事が烈火の如く怒っているとの噂も天野の耳に伝わってきていた。

盲腸事件から一年半、そして担当が水田検事だった。それは天野の事件と知って、自ら買って出たものかも知れないのである。

水田検事は盲腸事件にはひと言も触れなかった。しかし表情は、怒りを秘めているのか厳しくみえた。

当然ながら取り調べも厳しかったが、天野としては否認するのみである。事件としては単純であり、被害届が出ているうえ、状況証拠なども揃って検察としては起訴できるが、それにはやはり天野の自供が必要だった。それだけに天野としては、うかつなことは言えない。日々があの手この手の押し問答が続けられた。

天野としてはなんとか窮地を脱したかった。留置場での生活そのものは苦にならなかったが、水田と角突き合わせるように毎日を過ごすのが苦痛になったのだ。

それに較べて、留置場の寝起きにそう不自由は感じなかった。点検もなんのその、起きたいときに起き、煙草も自由である。

折りから昭和二十三年は、GHQの指令に基づいて旧警察法が施行された年だった。つまり、市と人口五千人以上の町村は市町村警察を設置し、それ以外を国家警察が管轄するという、自治体警察との二本立て制度の誕生である。

この旧法は占領解除後の昭和二十九年、現行警察法になるが、それまでは市警だ、国警だとややこしいことが続き、とくに施行された当初の一、二年は、同じ警部補でも市警と国警では格が違ったり、国警と市警にわかれたため、急普請の留置場を作ったりと笑えない出来事も多かったのだ。

天野の留置場生活も、そういう制度の岐《わか》れ目であり、なにかと指揮系統が乱れがちのところから監視も甘くなっていたといえた。

もう少し後のことになるが、天野が糸田署の留置場へ泊められたときのことである。突貫工事で作ったことを知っている天野は、その建築具合を暇を幸いに点検してみた。するとと舎房の上の窓に異変を感じた。横長の窓へ、縦に鉄棒が十五、六センチ間隔ではまっているのだが、飛び上がって触ってみると、そのうち一本がゆるんでいるようなのだ。天野は何度も蛙のように跳び上がった。

小野道風と蛙の故事ではないが、努力はやはり実るようである。その一本は急造工事のためか、上の穴を深くえぐり過ぎていて、はまっている鉄棒を持ち上げると、それは簡単に外れることがわかったのだ。

天野は夜になるのを待って、敏捷な体を生かして窓に挑戦した。鉄棒にぶら下がる形で問題の鉄棒を外すと三十センチ以上の穴があき、あとは懸垂《けんすい》の要領で窓に首を出せば、小柄な身体が幸いして肩から胴へと抜け出せた。もう飛び降りるのみである。

天野はさっさと馴染みの小料理屋へ向かった。仕組みは遊郭と同じで、女を指名して二階の階段を上がって行く。

一方、糸田署では夜半の見回りで当直が天野の姿がないことを発見した。懐中電灯で照らすと、舎房の窓の鉄棒一本が外れ、ぽっかり穴が開いている。いわば脱獄だが、天野とは顔見知りだけに慌てないあたりが愉快というものだろうか。

当直はぴたりと小料理屋に照準を合わし、二軒目で天野が上がっていることを突きとめるのである。彼もまた階段を上がった。

「義やん、おるのわかっとるぞ。早く済まして帰らんかい」

「どしてここにおるのがわかったんや。もうこげん時間やいうきに」

「行くとしたら、決まっとるがな」

「なんち、不粋な男やな。どうか、身代つけるけん遊んでいかんかい」

「そういうわけにはいかんばい。それより早く済ませてくれよらんか、下で待っとるけん」

「そう急かすなちゅうに」

もうまるで漫画だが、やはり当直としてはむかっ腹も立てていたのだろう。連れ立って糸田署へ戻ってきたところで、今度は落語的な結末が待っていた。

天野が当直に続いて表門から入ろうとすると、彼はキッと振り向いて、「義やん、あんた、出たところから入らんね」。

これは単に牧歌的な留置場だからというわけではない。これよりもっと後に、天野は博多の土手町にあった福岡拘置所も経験しているが、ここでもしたい放題なのである。

場所は大手門にあるいまの検察庁の近くであり、裁判所と遠くないところといえばいいだろうか。そこもまた風紀はかなり乱れていたのだった。

折りから厳冬期であり、寒さしのぎに丹前の差し入れが大目にみられ、さすがに雪駄までは認められないから、派手な丹前にゴム草履という珍妙な出立《いでた》ちで所内を闊歩するばかりか、点検もなんのその、寝たいときに寝て、起きたいときに起きる生活なのだ。もちろん煙草も自由である。

しかも土手町の拘置所は、裏に女性拘置所が隣接されていて、そこが満杯になると隣接する男たちの舎房が使用されることになるからたまらない。

満杯というのは、売春婦たちの一斉狩り込みであり、当時は彼女たちをパンパンと呼び、一斉とは路上で客を引く彼女らの不意を襲うもので、パンパン狩りとして月に一、二度行われていたが、そういうときは女性拘置所に入り切らず、男たちの本監房を使って臨時収容するといっても、それは担当台を境界にカーテンが吊ってあるだけなのだ。当然ながら彼女たちが入ってくると騒々しいのですぐわかった。

「おーい、女ご入っとるんか」

「今日は多か、二、三十人はおるんと違うやろか」

「よーし、いっちょ拝み行こか」

耳敏く聞きつけた天野たちが押しかける。そうして担当が見回る隙をみては、カーテンの下をひょいとくぐって、向こう側へ入り込むのだが、彼女たちも強者《つわもの》であり声ひとつ立てるでもない。

「なによ、あんたたち」

「なによはないやろ、ベコ見せろ」

「はいよ。でも差し入れに来たんやないの、なに持ってきよったのよ」

「ほれ煙草、憩《いこい》や」

「あら、嬉しか。はいーっ、よーく見らんとね」

まるでストリップなみに開けてみせるが、時には風呂へ入っていず臭気が発散する場合もあって、それでまた騒ぐのである。

まったくいまでは信じられぬ状況であり、田川署はそれほどではないといっても、それなりの自由はあったから苦にはならなかったが、やはり水田検事の態度は不気味だった。

そこで天野は先制攻撃に移ることにした。面会はかなり自由で、差し入れも雑役に話を通してしまえば簡単である。天野は舎弟分に注射器とコンドーム三つを差し入れるように指示した。

あとは演技よく実行するまでである。翌日の午前中、取調室へ行く前に天野は注射器で自分の血を抜き取った。それをコンドーム三つの先端部分へ多めに入れ、糸できっちり絞ったうえで余った部分は切り捨て、三つの血液球として手に持ち、呼び出しに応じることにした。

「一万円を手にしたのは事実だね」

「そやから借りた……ゴホッ」

天野はコンコンと何度か咳き込んだ。水田検事が不審そうな眼で天野を見る。ゴホッ、コン、コンコン。風邪か、なんかおかしな咳やな、その眼はそう問いかけていた。自分が結核をしているだけに、咳に敏感なはずと天野が察しての演技だった。しかし、水田検事は盲腸事件があるだけに、意地でも同情の言葉はかけない。

「でも返済していない。それに貸したというほうは、出せと凄まれた言うとる」

「そりゃあ、言葉の行き違いです」

検事は調書へ眼を落としながら、なおも天野の言葉を書きとめようとしていた。いまだ、と天野は作戦を実行に移した。手にした血液球三つを素早く口に入れ、二つを奥歯で思いきり噛み切ると、口中に溢れた血を、咽喉《のど》でググッ、コンと咳しながらガバッと調書の上に吐き出したのである。

水田検事は椅子ごと飛び上がったようにみえた。自分の手にかかった血を拭おうともせず、調書に散った鮮血と、まだ血のしたたる天野の口元を驚愕の眼で凝視しているのみだった。

天野が残り一つを噛み切ってまた咳き込む。

「おーい、看守はおらんか。天野を連れて行け。それから医務の手配をせい」

水田検事がやっと叫んだ。

知略の勝利だった。というより、悪知恵の限りというべきだろうか。血を吐いている以上、医師も結核を含めた病の疑いを認めざるを得ない。その日のうちに、天野の在宅調べは決定した。

舎弟らに迎えられて田川伊田の家に帰った天野は、その夜のうちに栄町へ繰り出した。もちろん宵づけで遊郭へ上がる。

そうして翌日になって、糸田の豊国炭坑の病院へ診療手配の真似だけはするが、本気で診察して貰う気はなかった。もちろんハルコに知らせれば動いてはくれるだろうが、そうそう迷惑はかけられないのである。昨年の十二月で満二十四歳、母に頼んで偽の診断書など出して、自分の素行からバレたりしたら取り返しがつかない。

それより起訴になるかならぬか、まずは水田検事との角突き合わせから逃れ、いまは在宅調べの自由を楽しむほうが先決といえた。

一方で水田検事も甘くはなかった。切れ者といわれるだけに、そうして盲腸事件で一杯くらっているだけに、留置場からは解放したものの、天野の出方を秘かに探らせていたのに違いなかった。

在宅調べとはいっても取り立てての調べもなく、天野はのうのうと遊び暮らしていたところ、いきなり起訴となったのだ。証拠は被害届と被害者の証言で十分とみたようであり、暗に天野のした吐血が作為的なものと見破っての措置もこめたようだった。

それこそ形ばかりの公判が二月にあり、あっという間に求刑公判を迎えた。

「一万円の借金で、そげん馬鹿な裁判があるか。義やんが借りた後藤寺のあいつ、三木が後ろで糸引いとるのと違うか。わしらも傍聴に行くけん、義やんも頑張りない」

ルーレット店潰しが尾を引いているのではないか、と勘繰ってみせた原野組の原野らも憤慨し、天野もまた水田検事に対し腸《はらわた》が煮えくり返る思いだった。

それが爆発したのは開廷直後だった。検察側の冒頭陳述で、水田検事が「被告は」というべきところを、なんと「お前は」とやったのだ。盲腸事件に続き、偽の吐血を吹きかけられた天野へ求刑するという心情が、つい私情となって噴出してしまったのだろうか。

一方で「お前」呼ばわりをされた天野の怒りが爆発する。

「なにい、俺がお前なら、お前は貴様や、貴様たい!」

歯を剝き出さんばかりに、大声で水田検事に嚙みついたのだ。

「休廷! しばらく休廷にします」

思いがけない展開で、動きが止まったようになった法廷に裁判長の大音声が響いた。法廷に動きが戻ったのは、裁判官が退場して数分たってからである。

そうして再開された法廷で、天野は一年六月の求刑を打たれ、やがて判決は十カ月の懲役となった。判事らも水田検事と天野の確執の経緯を、うすうす感づいていたというべきだろう。

田川署に狙われたとはいえ、一万円の借金のつもりが恐喝容疑となり、起訴、求刑一年半。それが十カ月と軽くはなっても、天野にとっては重い判決であった。

護送される間にトイレへ行くと、ずっと傍聴にきてくれていた原野がすいと寄ってきて天野へ囁いた。

「ま、決まったものはしゃあない。十カ月いうたらあっという間じゃ。でもな義やん、もうあんた黙っとかんなち。検事にあんだけ毒かましたけん、ようけ打たれたばい」

「わかっとるち」

「じゃ、すぐ会えるけん、ま、達者で行ってきんさいよ」

「おう」と天野は答えたものの、苦い笑いを噛みしめるしかなかった。

そうして務めが決まったのが、昨年の八月に出た藤崎の刑務所だった。前回も十カ月、半年たってまた十カ月。出所の頃には昭和二十三年が終わり、二十四年になっている。

ま、しゃあない。なんちかんち言うても、なるようになるしかなか。天野としてはそう考えるしかなかったが、それでも舎弟らに田川伊田の家の処分や、ハルコへの連絡などを最後に頼んで福岡刑務所の門をくぐったのは、昭和二十三年三月、春まだ浅い日であった。

待っていたのはボテやんである。

ボテやんの最期はすでに述べたが、このときはまだ半年目だった。少し老けた感じはしても、所内独歩の元気さは失われていず、天野を見るとたちまち相好を崩した。

「おう、また来たか」

「うん、また来たばい。爺やんもどうな、元気かい」

「わしゃ元気じゃけん。でもな、ちいとばっかしのぎ辛くなっとるけん、お前もあんまりどまぐれたらいけんぞ」

「わかっとる。わしが出るときの法務省の調べやろ。ちいたあ厳しくなったとね」

「あげん頃のようにはいかんたい。ま、一週間もすりゃわかるやろ」

ボテやんの言う通り、一週間もするうちに刑務所内の風紀はかなり厳しくなっているのがわかった。看守と組んだ久留米絣《がすり》の反物《たんもの》売り捌《さば》きの件で、天野が覚悟した罪を被ってくれた大阪の舎弟分が懐かしそうにやってきて、その後のことをいろいろ語ってくれたからである。

まず、さすがに国の調査が入っただけに、あれほど盛んだった博奕は完全にできなくなっていた。そうしてボテやんは言わなかったが、ボテやんの隠し金もほとんどが没収されたそうである。もちろん天井裏の密室への出入りも禁じられ、すき焼きなどは出来なくなった。さすがに独歩を取り上げなかったのは、二《ふた》無期への同情からだろうか。

　刑務所内の金策にも厳しい目が光るようになった。いまの保安課の前身である戒護課が徹底的に粛正をはかり、ミシンの故障廃棄などあり得ないという。もっとも賭場がたたず、業者を通じての食料買い入れも出来ないとなれば、必然的に金銭は無用になってくるわけである。

　そういう意味で体質改善は徹底されたのだが、暮らしはじめてみれば、藤崎のそもそもの体質がなくなっているわけではなかった。遊んでうまい物を食べてとさえ思わなければ、楽なことに変わりはないのである。しかも半年前の顔があるから、ラッキーストライクなど簡単に入ってくるのだ。

　天野が入った雑居房は六人で、舎房で吸う場合は一本の半分を順番に回した。最初に吸うのを誰も嫌がり、結局は新入りとなるのだが、天野は別格でつねに最後だった。なぜ最初を嫌がるかといえば、最初はニコチンが少ないからなのである。そういう点ではみみっちくなったが、自由な点は変わらなかった。

　愉快だったのは、新入りが目を輝かせて吸いつくときである。二、三服を飢えたように呑み込むと、ふらふらと立ち上がって水を求め、杓子で汲んで渡しても飲めず、口から垂れ流したあげく、またふらふらと壁伝いによろよろ歩き回るのだ。留置場から続いた飢煙を癒した途端に目を回すわけだが、そんな笑いは何回も弾けることになった。

ボテやんのアンコ手配も続いていた。天野は興味がないから噂で聞くだけだったが、愉快なのは出所したアンコたちが、ボテやんへ面会に来ることだった。

これればかりは好奇心の強い天野が興味を示し、婆婆へ出てもボテやんが懐かしいのだろうかと思ってみていると、なんとボテやんは面会へ行くときに、炊事へ行って特大の握り飯を作って貰っているのだ。つまり、彼らが婆婆で飯にありつけないからで、隠し金を没収されたボテやんのしてやれる好意は、飯を直接渡してやることだったのである。

まったく婆婆と刑務所が逆であり、また面会が限られている現在では考えられないが、それが戦後の実情でもあった。

そうして十カ月は瞬く間に過ぎた。世間では六・三制のスタート、太宰治の情死事件などいろいろあったが天野に関係はなく、強いてあげれば五月六日から九月九日まで、サマータイムが実施され、刑務所でも一時間繰り上げになったことくらいだろうか。しかし、それとてどうということもなく、天野はやがて出所する。

昭和二十四年、天野を待っていたのは土屋新蔵親分との縁であり、天野の本格的やくざ修業への第一歩でもあった。

やくざ修業

天野義孝が親分として仰ぐことになる土屋新蔵は、当時で六十代だったが、別名が「火吹き達磨《だるま》」または「キューピーダルマ」といわれたように、剛のなかにも、川筋者の一本気が可愛くみえるような情を併せ持つ気性の人であった。

背は低くてずんぐりむっくり、髪は白髪まじりの五分刈り、そうして丸顔の鼻から下は髭もじゃであり、座ればまさに達磨そのものだったが、剛柔二つの別名がついたのは、達磨絵がそうであるように、眼光鋭い目があるときは光が違うようにみえ、またあるときは柔和になるからだったろう。

直方《のおがた》の人で、生家は小商いをしていたらしく、川筋者との関連は薄くても、長ずるに及んで土地柄の影響もあって素質は開花していったようだ。もちろん明治生まれだから、大正から昭和初期にかけてが青年時代であり、伝えられるエピソードは数少なくても、それだけ強烈に開花期を物語っているといえよう。

何度も述べるように、筑豊一帯は博奕の盛んなところだった。とくにその中心である直方市あたりではよく賭場がたち、そうなると土屋新蔵の出番がくる。いわゆる賭博強盗のハグリであり、主だった賭場では必ず見張りを要所に置き、頬かぶりに尻をからげ、雪駄履きの土屋の姿を遠方に認めると、すぐさま見張りは伝令に早変わりした。

「おい、新ちゃんが来よる、新ちゃんが間もなく来よるぞ」

そのひと言で、賭場は警察の手入れを知ったようにたちまち空になるのである。むしろ警察より徹底していたというべきだろうか。警察なら賭博の証拠を隠して何人かがお茶でも飲んでいればそれまでだが、土屋新蔵がハグリに来ればそんなことは通用しないからだった。

一方で若き日の新蔵は、大きな賭場がたつという確かな情報が、何度か空振りになったことでマークされていることを知り、今度は作戦を大幅に変更した。

直方市を流れる遠賀川《おんが》は、溝堀《みぞぼり》の少し下流で彦山川と合流して本流となるが、その溝堀あたりを流れる遠賀川上流にかかる勘六橋《かんろく》の袂《たもと》に、新蔵は同じ姿で佇むのである。

市内でたった賭場の帰り、また逆に繁華街へ向かう博奕帰りの勝ち組などは勘六橋を渡ることが多く、彼はそこに目をつけたのだった。夕方から夜更けにかけて、たとえ冬の寒い日でもじっと獲物を待ち、賭場帰りの知った顔とみると寄って行って声をかけるのだ。

「おい、顔に勝ったと書いてあるけん、なんぼか銭やれ」

「銭やれ」とは、ここにいる俺に銭をやれ、つまり恐喝《かつあげ》である。しかし「なんぼか」と言うあたりが憎めず、声をかけられた者は浮き銭のなんぼかを渡すことになった。

しかし、それも度重なるとそうは通用しない。勘六橋に近づく賭場帰りの客は、遠くから頬かぶりに尻からげの男の確認をし、認めれば今度は口々に囁くのだ。

「おい、新ちゃんがいよる。新ちゃんがおるけん遠回りたい」

腕っ節も強く、度胸がよかったからこその勇名だったが、実際に事件も起こして四年の刑を受けている。

喧嘩で相手を叩きのめしたあとのことだった。徒党を組んだ相手が殴り込みに来ると知った土屋新蔵は、二階の座敷に一人、日本刀を左に置いて静かに待った。

やがて音立てて階段を上がってくる気配があり、土屋は日本刀の鞘を払って座ったままで身構えた。上がってきたところで動くつもりだったが、階段の上がりはなに顔を見せるや、さっと座敷へ踏み込んできたのは、日頃から横柄に構え、なにかと土屋のワルを暴き出そうとしている警官だった。土屋が蛇蝎《だかつ》のごとく嫌っていた男である。

「新蔵！……」

警官が大声をあげたときだった。中腰になった土屋の日本刀が一閃、うっと呻いた警官が右腹を抱えてうずくまり、血はたちまち右脚を伝わって流れ出した。それは殆ど同時に上がってきたもう一人の警官が、言葉を挟む間もない瞬間の出来事だった。

警察にしてみれば、殴り込みの情報をつかんでの先回りだったろうが、土屋にとってはいい機会とばかり蛇蝎に刃を向けたのである。裁判で土屋は、「殴り込みに来たと思うてから に斬りかかりました」と終始一貫したが、当時で四年という刑を務め、ずっと後になってから真情を吐露して、土屋らしいエピソードとして有名になった。

土屋新蔵はやがて、直方市に隣接する赤池町へ出、そこで博徒の親分であると同時に青木炭坑の炭坑主となる。青木炭坑は溝下秀男が小中学生時代を過ごした小峠の炭住近くにあり、坑員六十名ほどの中規模炭坑ながら経営は順調だったから、博奕好きとはいえ、事業に専念していたともいえよう。後には赤池町の公安委員長を務めているように、いわゆる町の世話役、顔役的な親分でもあった。

当時の川筋一帯に隠然たる勢力を持っていたのは渡辺茂太郎《もたろう》親分である。博徒の元老的存在で、いわばナンバーワン。といって現在のような組織的なものではなく、どんな大親分でも部屋住み数人というところだが、やはりなにかがあれば、その顔が大いにものをいうのである。土屋新蔵はこの茂太郎親分の舎弟として売り出した。

ここで当時の筑豊親分地図を述べれば、渡辺茂太郎と並び立つのが、若松の人で糸田に隣接する金田町神崎《こうざき》に矢頭《やがしら》炭坑を持つ矢頭高治である。若い時分から吉田磯吉の系譜を引いて武勇伝を数多く持ち、この時代は財産家でもあり一頭地抜けていたといえよう。金田町町長も務め、やがて金田町の名誉町民となっている。

この二人に次ぐのが、茂太郎親分の舎弟・赤池の土屋新蔵、そして土屋の兄弟分であり、のちに市会議員を務める中間《なかま》の司馬盛繁、夭逝したが、国会議員で赤絨毯《あかじゅうたん》を踏んだとき、「松尾、ただいま着炭しました」と言って話題になった人の息子で、大物になるといわれていた飯塚の松尾悟。

さらに有力親分では、やはり中間の大野留吉である。のちに山口組の九州進攻作戦となった「夜桜銀次事件」の仲裁人として名を高めるが、当時は博徒と同時に芸者置屋を住居としていたことから「検番の親分」といわれたものであった。しかし、競馬場などで大野が土屋に会うと、土屋が炭坑主ということもあって、「大将、見えとりましたか」と言うなり大野は座っていた席を譲ったという。また、同格なのが飯塚の萩原万吉。

ただし大野留吉の場合は、ご意見番格の渡辺国三がいてその下に、代貸格の竹下浅市、美衛門兄弟、三宅武夫、原田大五郎らの四天王がいて博徒一家を成し、後述するように天野たちも賭場で闘うことになる。

またこの昭和二十四年当時は、工藤連合草野一家の名誉総裁・工藤玄治（工藤會初代）が、草野高明（工藤會二代目）らと工藤組を結成した頃であり、折尾《おりお》の炭坑主でやはり大野らと親しい住吉鹿之介らとともに売り出し中であった。

もちろんほかにも、たとえば赤池は親分の吹き溜りと前述したように親分衆は多かったとはいえ、以上が筑豊を代表する親分たちであり、さらに博奕好きの炭坑主も数多くいたから、筑豊と博奕という関係はずっと受け継がれてきたといえる。

とくに大きな博奕では、それら炭坑主たちが集まることになるから、大炭坑はともかく、手持ちの中小炭坑がひと晩であっちへ行ったりこっちへ来たりと行き交うことになった。つまりバッグ一杯に詰め込んだ札束がなくなり、若い衆の使いも元手がなくなってみれば、ついには炭坑自体を賭けることになるのである。

もちろん名義変更といっても、博奕場なら保証人も印鑑証明もいらない。すべてが約束の世界であり、のちに見合う金額が支払えなければ、権利書などすべてを差し出すだけである。それを逆に考えれば、世間で十万円借りるためには実印や保証人がいるが、賭場では一切なしのうえ期限までは利息もつかないから、せこい奴は少しの金で遊びに来て胴元に十万円を借り、二、三万円を張って負けたあとは残金を持って帰って忙しい金に充てることも可能なのだ。

実際にそうする人もいたようだが、土屋新蔵は炭坑経営のかたわら、そんな世界で大親分とたてられていたのである。そして天野はその土屋のもとで修業をはじめたのだった。

修業といっても、もちろん組織だったものではないから、天野のどまぐれぶりは少しも変わらなかった。

そもそも、きっかけといえば、藤崎の刑務所を出て糸田へ戻ってみたら、幼馴染みの重本満が先に赤池の土屋新蔵についていただけなのである。

重本は暇を持て余している天野へ、なんの気なしに声をかけた。

「どうか義やん、お前も来んか。土屋の親分なら申し分なかろうが。兄貴分の茂太郎親分は添田町で料理屋しとるいうても、いまでも筑豊ばかりか九州全土に睨みはきくけんな」

「それはわかっとるち。そやけ、わしが人の下につくちゅうことができけんのはお前もわかっとろうが。後藤寺の三木のときやって、組織いうただけで壊すのはでくるけん、作るのはだめや言うて断っとるんや」

「そやけ言うとるんや。そげん堅苦しいもんやないち。達磨さんごつ親分の傍《そば》におるだけなんや。義やんのダンスホールかて、留守の間も舎弟が取り仕切っとったけん、なーんも問題はないやないか」

「そうやな、ま、暇は暇やけん、お前と一緒ならここは土屋さんについてみよか」

例によって天野の即断即決で、誘った重本も驚いたほどであった。

ちなみに天野のダンスホールとは、戦後の流行に合わせて天野が赤池につくったもので、五十坪ほどのフロアと二階に鰻《うなぎ》の寝床のような居室を只同然で建てたのだった。もちろん音響装置などの金はかかったが、木材などは赤池炭坑の庶務課長に頼んで伝票を切って貰い、用度係の倉庫からすべて運び出し、大工は営繕課の者に頼んだのである。

オープン当初はかなり繁盛した。戦後とはいえ夫婦以外はまだ並んで歩けない時代であり、踊りに行けば男女の出会いがあるとばかりに若者が集まったのだ。

曲はジルバ系が多く、当たったのは天野の発案でラストダンスに照明を消したことだろう。スローな甘いメロディーに、そのときばかりはホール内が熱気でむれたほどである。

しかし天野は隣町の糸田にいることが多く、さらに刑務所、田川進出、刑務所となかなかダンスホールにまでは手が回らない。そこで当初から信頼できる舎弟に任せていたのだが、一時のブームは去ってもそこそこの経営であり、重本もそのことを指して言ったのだった。

しかも土屋新蔵の家は、ダンスホールから歩いて二分ほどである。細い溝に畳一枚ほどの板の橋を渡れば二階建ての家の玄関で、天野と重本はその二階に部屋住みすることになった。

しかし部屋住みとはいっても、親分について博奕に行く以外はかなり自由である。天野にしてみれば糸田のハルコにも土屋さんについたことで安心させられるし、ダンスホールも近いことから即決したのだろう。実際にそのダンスホールで後に事件は起きるのだが、まずはその部屋住みで驚いたのが土屋夫人、つまり姐さんの気っ風である。

挨拶もそこそこの夕暮れ、階下から姐さんの大声が響く。

「重本ーっ、天野ーっ、風呂がわいたけん入れーっ」

「はい、すぐ行きまーす」

ともかく返事だけして降りて行くと、居間に土屋の背中が見える。まだひと風呂浴びた様子はない。一番風呂は一家の長、親分であり、天野は不審そうに姐さんに訊いた。

「親分はまだでしょうが」

「そんなもん関係ないーっ、ええから先に入れーっ」

声は少し低くなったが、台所からのそれはやはり大声である。天野は思わず土屋の背中へ声をかけてみたが、返事は簡単だった。

「ええよ、先に入れ、遠慮するな」

一事が万事である。食事も親分と変わることはなく、二階で寝起きする限りそれは同じだったのである。

一方で博奕は競馬場行きがつきものだった。祖父・虎吉の隠居所がある津屋崎《つやざき》に近い宗像郡福間町の競馬は開催のたびに行き、ほかに佐賀、熊本県荒尾、山口県宇部の競馬にまで足をのばした。

福間の競馬にはすぐ馴染んだ。泊りがけといっても地元みたいなものであり、津屋崎の宮《みや》地《じ》岳、そして海水浴場がすぐで土地勘もあったうえ、そこでは前述した司馬盛繁、萩原万吉の両親分が、鰐皮《わにがわ》の大きなボストンバッグを持って現れ、いまでいうノミ屋を共同でやっていたからである。

当時の地方競馬は一種のブームで、福間競馬場の観覧席だけで二万人からの人が入り、場内はまさにラッシュなみ。当然ながらバッグの中身は百円札の束でぎっしりだった。

競馬場での天野、重本の役目は、親分の言う通りの目をそのノミ屋へ入れに行くことである。土屋、司馬は兄弟分であり、兄弟分の場合は後に感情的なしこりが残っては困るので、土屋名義では受け付けないから、たとえ土屋の金であっても天野か重本の名前で入れるのだ。もちろん司馬、萩原の二人も承知のうえで受け付ける。

「はい、天野さん1―5が一万円」

「重本さん、1番の単が三万ね」

声こそ小さいが景気のいい調子で百円札の束を受け取ると、そのままバッグへポンポンと放り入れるのだ。

最初は二人ともノミ屋への入れ方に馴れず、一度など締切りぎりぎりに言われたため間に合わないことがあった。

「おい、どげんする。もう馬が走りよるぞ。親分に謝り行かんか」

重本が息を切らして言うが、そこからが天野の本領発揮である。

「いまから戻っても、もうそんときはゴール近くたい。いっそのこと当たりそうやったら、その寸前に戻って正直に謝りゃええ。そんで来んときは、わしらが司馬さんたちのかわりになるたいね」

「おう、そげん考えもあるな」

呼吸もぴったりで親分の席近くまで戻り、ゴールを見ていると命じられた馬券は外れである。天野が重本へ笑いかけた。

「ほれみい、当たりやないか」

「阿呆ぬかせ、親分のは外れや」

「ま、両方とも正解やが、なんや濡れ手の三万やったな」

二人は漫才なみにやり取りしながらも、すぐに笑顔を嚙み殺したのである。

そうして味をしめた二人は、しばらくして次の機会を待った。やはりノミ屋の締切り間近になって親分の命令が出た。といって今度は小走りにさえなれば十分に間に合う時間だった。

ところが、親分の目は人気薄の穴目である。

「重本、こんなもんどうか、来るわけないやろが」

「わしも来んと思うたい」

「じゃ握っちゃろうか」

「でも入ったらでかいぞ」

「なあに、来るもんか」

ところが例の調子で観覧席の上段で見ていると、その穴馬券がゴールしたのである。

「どげんする、天野」

「どげんするもなか、走らんかい」

二人は階段を転げるように降りて、息を切らしながら土屋の前に立った。

「親分、大きなことした」

「なにが、当たったことかい」

「そやない。混んどって間に合わんごとした」

「なんやて、こいつらが」

土屋新蔵はまさしく火吹き達磨のように顔を赤くしたが、それは一瞬のことであり、すぐ元に戻って、「間に合わんもんはしゃあない」と静かに言ったのみだった。赤池での天野のワルぶりは有名であり、それを知って引き受けたと思われるだけに、土屋としては見抜いていたに違いない。

だから半年ほどして再び握った馬券が入り、息せき切って同じように言ったとき、土屋はキューピーダルマそのままの顔で、天野の額をこづいて笑った。

「お前ら握っとったんやろ。たいした金やないけんええが、二度とするなよ」

一方で二人は、その頃になると百円札十枚の束から一枚ほどを抜くことをはじめだしていた。やる気になれば、一万円の束から千円ほどが抜ける。一日ニコヨンの時代であり、何度か繰り返せばやはり大きく、この場合は親分の損にはならない。

司馬、萩原の共同私設馬券でも時には試みたが、主としては県外の親分のノミ屋で行うことが多かった。佐賀、荒尾、宇部にしても状況は同じで、入れた番号は復唱して確認しても、札束は改めもせずにバッグへポンポン放り入れることに変わりはなかった。

だから当たらなければそのままで、的中して払い戻しがあった場合には、自分たちの分があるから目の前でしっかり数えればいい。

「あれ、この束は一枚足らんばい。ほら調べてや、悪かごとする奴おるねえ。ほら、こっちもや、どげん奴たい」

かなり図々しいが、先方は支払いだからきっちり一枚足して千円の束にしてくれるのだ。

ときには親分の目の前でもやった。もちろん大きな配当があった場合であり、持って帰る途中でさっき足して貰った分を抜き、親分の前で数えながら同じ台詞《せりふ》を言うのである。いうところの往復ビンタで、これも結構な小遣いになったものであった。

競馬が終われば必ず賭場がたった。福間の旅宿に土屋、司馬、萩原、大野留吉らをはじめとする筑豊の親分や馴染み客が集まり、かなり大きな博奕ができたのだ。

合力は大野留吉の四天王が務めた。手本引は一から六まで六枚の札のうち胴が選ぶ一枚を当てる賭博で一枚から四枚まで張ることができ、その枚数、張る札の位置により、例えば一番上に張る天が一割四分付けなど配当が異なることから場を取り仕切る合力次第で進行がなめらかで白熱したり、逆にとげとげした雰囲気になったりしがちだが、その点で博徒一家の四天王・竹下兄弟、三宅、原田らが場を取り持つのは上々といえた。

親分や馴染み客が大きく張り、胴が手持ち札を開けると同時に当たりへスムーズに配当をつけて行くのはもちろんだが、その間にも札の吹き替えなどイカサマが行われていないかどうか、どの客がどのくらい浮いたり沈んだりしているかなどにまでさりげなく気を配っているのだ。

天野と重本も末席ながら張り方に加えさせて貰った。末席は当然とはいえ、それは二人が望んだものでもあった。大銭打ちはできないといっても、小金ならその日の競馬で札束から抜いたり、私設馬券の締切りにわざと間に合わなかったりで、なんとかシノいで溜め込んでいる。

問題はそれを減らさないことだった。なんとか増やして遊興資金にしなければならないのだが、それには末席が最も都合よかった。合力の視野の死角にあたるような目立たない席で、しかも小金で遊ぶことこそが目的を叶えるたった一つの条件だったのである。

胴の出す目は、どうしても大金を張ってくる客に向けられる。末席の小金を張っている若い衆などは眼中にない。天野と重本はそこに眼をつけて、ついている客に乗る形になったり、大金張りとは違う目で勝負した。

だいたいが三点張りか四点張りである。目が出てプラスになればそのままにっこり受け取ったが、問題は少し多めに勝負して、しかも四点張りなのに目が抜けた場合であった。

天野も重本も、昨日や今日に覚えた博奕ではない。筑豊の風土のなかでさえワルといわれた存在である。しかも場所は合力の死角にあたる末席であった。自然に手が一番上の天へ伸びて素早く札を吹き替えた。あとは素知らぬ顔で一割四分の配当を受けるのみである。

だから次第に札束が座った膝頭の前に増えてくる。すると近くにいた四天王の一人が、ちらりと横目で見ながら、こちらも素知らぬ顔で呟くのだ。

「若い衆、もうそれだけシノいだらよかろうが。帰って女ご買いにでも行け」

二人とも言われれば言葉もない。死角とか小銭とか策を弄したつもりでも、四天王はすべて見通しなのである。遊び代に困らないだけ溜まったところで、それ以上の悪戯は場を汚すという意味であり、いわば若い衆への愛情の無言の表し方でもあった。

しかもその金額は一万や二万などというものではなく、だいたいが五万円から七万円。ニコヨン勘定からいっても豪遊ができた。

競馬と博奕の旅から帰ると、土屋は何日か炭坑経営のほうに精を出すことになる。だから天野はその足で赤池から田川へ出、栄町で流連《いつづけ》を決め込むことになった。

さらに当時は昼の十二時頃から、夜七時ほどまでの常盆もあった。

天野がよく通ったのは、飯塚の萩原万吉の常盆、それに後には赤池町の町議から町会議長まで務めた水上丑之助が、田川で開いていた常盆であった。水上は飯塚で萩原万吉関連の事件を起こし、命を狙われて逃亡、田川の顔役が仲裁して客分になっていた人だが、それがやがて町議になれる風土と時代でもあったのである。

だから水上の場合は、赤池の者が賭博の現行犯で逮捕されたとなると、よく貰い下げに走り、町議の顔役としてすぐ連れ帰ったものである。常盆などは常連客でいまならパチンコ屋なみの気軽さだが、時にたつ賭場ではいろいろ問題が起き、あげくは密告となることがあり、そうなると警察は踏み込まなければ問題になるから逮捕者も多かったのだ。

この水上丑之助はこのあと、天野の喧嘩に大きな関わりを持つことになるが、ともかく昼は常盆、夜は栄町の宵づけと遊び、ちょうど金のなくなる頃が、土屋の炭坑《やま》の仕事が一段落するという具合だった。

そうして再び競馬、賭博の生活が続くのだが、それほど規則正しく日々が流れていたわけではなく、赤池近辺で土屋が開く賭場の手伝いや、賭場へ行く土屋のお供をする場合も多かった。

もちろん炭坑が行ったり来たりする賭場だけに、天野たちの出番はまったくない。仕事といえば走り使いである。

しかしその仕事が重要だった。

たとえば土屋の胴が負け込み、金が残り少なくなったときなど命令が出る。

「おい天野、胴がくさりよったけん、金田の高《たか》ちゃんのところへ行って、ちいと金ば貰うてこい」

天野は返事と同時に金田町へ走る。赤池からなら糸田町を抜けたところが金田町で、「高ちゃん」とは、前述した矢頭炭坑主の矢頭高治であり、茂太郎親分と並び称された人だが、土屋は彼を「高ちゃん」と呼び、矢頭は土屋を「新ちゃん」という仲だった。茂太郎の舎弟ばかりでなく、土屋新蔵の筑豊での貫目を示して余りあろう。

だから矢頭のほうも、天野の姿を認めると、「おう、新ちゃんとこの若い衆やったな」と屈託がなく、自分から用件を切り出してくれるのだ。

「そうか、親分の胴がくさりよったか。そうやろ」

そうして「はい」という天野の返事を聞くまでもなく背を向け、奥へ行って金を用意してくれたうえに、天野へも何がしかの心付けをくれるのである。

心付けといえば、夭逝した飯塚の松尾悟が凄かった。金の貸し借りではなかったが、やはり賭場の用事で出向いたところ、用件が終わった段階での動作が奇妙だったのだ。

「話はわかったと土屋の親分に伝えてくれ、よしなにな。これは駄賃や」

言いながら近くの長火鉢に手を伸ばし、ポーンと小さな物を一つ、天野へ向かって投げて寄越したのである。天野が咄嗟に右手で受けとめて掌を開いてみると、それは貝の光沢の見事な厚い碁石だった。

「なーんち、こげなもん」

見事な碁石とはいえ、碁石は烏鷺《うろ》を戦わせる以外に用はない。しかし駄賃と言われて貰った以上、捨てるわけにもいかず、天野は向かっ腹を立てながら賭場へ戻り、顔見知りの連中にそのことを話した。

「わしゃもうカブりよった。駄賃が碁石とは聞いたことないけんな」

「なんち言うたか、お前。それは松尾親分の碁石やないけ。盆へ行きゃあ、一コが一万円たい」

「ほう、碁石が一万円か！」

カブりよった、とは腹が立ったというほどの意味だが、天野はカブったのも忘れて驚いたものである。駄賃が千円でなく一万円、それも札束でなく碁石でポンというあたりの気っ風が親分らしかった。もちろん松尾悟にしかない特有の碁石で、賭場では金券として通用したのだが、大物になるといわれた人らしい片鱗といえよう。

天野、重本二人の部屋住みは、こうして博奕で親分について歩くことからはじまり、次第に「火吹き」「キューピー」両達磨の人間に触れて行くことになるが、一方で土屋は親分宅での食後のひととき、さらに旅への途中などで、二人へ「五条の道」ということを何度となく教え込んだ。

「五条の道」

一、神仏を敬え

二、親分、姐を大事にせよ

三、取持ち叔父貴にそむくな

四、兄弟仲よく

五、人のものに手を出すな

「この五つは守れよ。人の道の基本じゃけんな。ま、わしは大事にせんでもええけん、こういうことを大事にするんが極道いうもんなんじゃ。忘れるでないぞ」

別に暗唱させたりすることはなかったが、そう言われながら畏《かしこ》まって聞くと、親分の言葉は身にしみ、五つの言葉はいつの間にか脳裏深く入り込むのだった。

そうしてあとは言葉ではなく、自分の背中を見て学べというように二人へ対するのである。

ライバル登場

昭和二十四（一九四九）年から二十五年にかけて、天野義孝と重本満は土屋新蔵親分の鞄《かばん》持ちとしてみっちり修業することになった。

福間、佐賀、荒尾、宇部はもう顔馴染みである。競馬も毎レース見ていれば仕組みもわかり、百円抜きや締切りに間に合わないふりのノミ行為ばかりでなく、馬券でもそこそこの小遣銭は稼げるようになっていた。

親分たちも「土屋さんの若い衆」として、顔見知り以上の扱いをしてくれた。競馬や博奕で大勝したときなど、きちんと天野や重本まで小遣いが手渡されるのである。それもこれも、「火吹き達磨《だるま》」と怖れられ、「キューピー達磨」と愛された土屋新蔵の人間性と貫目にあったといえよう。

だから毎日が楽しかった。折りから「青い山脈」が映画、主題歌ともヒットし、街には〽若く明るい歌声に――のメロディーが流れたが、その健康さとはまったく逆でも、もともとがどまぐれ的陽気さを持った二人だけに、朗《ほが》らかに日々を過ごした。

そういうなかで印象的だったのは、晩秋の宇部競馬へ行ったときのことだった。

山口県の宇部市は筑豊一帯からも近いが、大阪あたりからも格好の遊び場所になる。もちろん名目上の目的は競馬でも、筑豊の親分たちが競馬に大金を賭けていながらも、目的がその夜に開かれる賭場にあったように、宇部にも大阪などから名だたる博奕打ちがよくやってきていたのだ。

その日もそうだった。昼間の競馬はそこそこの成績で賭場へ座った土屋新蔵は、その夜、手本引の読みも勘も冴え渡った。大阪から来たというはじめて見る顔の胴師たちは、天野がいち早く訊き込んだ噂によれば、阪神一帯ではかなり名が売れていたらしいが、その夜の土屋は筑豊を代表する博奕打ちにふさわしかったのだ。いってみれば「冷徹達磨」だったろうか。

天野たちは、例によって合力の死角で目立たないように稼いでいたものの、この夜ばかりは合力にさりげない切り上げを催促される前に、自ら席を去って親分の勝負を息を呑んで見守る側に回った。

天野たちばかりではなかった。それまで二つの胴が土屋によって喰われ、以後は何人かの親分たちが加わってはいても、場は明らかに土屋対胴師のサシの様相を呈しはじめていたのである。

後ろ手で札を繰る胴師の視線が、さりげなく場を見回しているようでも、一定のところで土屋の視線とかち合っては火花を散らすようなのだ。冷徹達磨は鋭い眼光を胴師一点に絞って身じろぎもしない。その瞬間は、まさに面壁《めんぺき》九年の達磨を彷彿《ほうふつ》とさせた。

場は押したり引いたりしながらも、次第に土屋の前に札束は集まっていき、三つ目の胴が落ちたとき、札束は後ろに控えた天野と重本のところに数え切れないほど積まれていった。胡座《あぐら》の間にも前にも置くスペースがなくなり、土屋はそれを無雑作に二人へ投げて寄越すのである。

そうしてクライマックスは、夜も更けた頃にやってきた。健闘していた四つ目の胴に翳《かげ》りが見えたと土屋の勘が働いたのだろう。札こそ二点張りだったが、土屋は再び膝の間に溜まった札束の全てを、両手で寄せ集めて押し出したのだ。無言ながら大勝負である。

土屋の気迫に場は一瞬ざわついたが、あとは虫の音も聴こえぬほどの静寂が訪れた。旅館の二階、耳を澄ませば秋の虫が鳴いていないはずはないが、緊張感がすべての音を誰の耳からも抹殺したらしかった。

やがて、「おっ」という全員の声に静寂は破られた。

「土屋さんじゃ」

「胴を四つも喰いよったぞ」

「なんちゅう夜たい」

胴師の札と土屋の天の札が、きっちり一致していたのである。

賭場が引けてから、天野と重本は大童《おおわらわ》だった。キューピー達磨に戻った土屋が、ポンポンと気前よく他の若い衆に祝儀をはずんでも、宿泊先である新地の遊郭まで持ち帰れないほどの札束の山が残っていたのだ。風呂敷やバッグにはとても入り切らない。

「おい天野、あれがええ」

重本が指したのは衣桁《いこう》の下の衣裳箱に、丹前と一緒に畳んであった浴衣だった。

「おう、ええとこ目をつけたばい」

二人は糊のきいた浴衣を広げて札束を入れ、両袖と裾を器用に結んで大きな荷物二つにした。まさに布袋《ほてい》さんか大国主命《おおくにぬしのみこと》のスタイルだが、二人とも親分の迫力と勝負に酔い痴《し》れていて重さは感じなかった。

愉快だったのは、新地の遊郭に帰り着いてしばらく経った頃のことである。

一緒に来て別の遊郭に宿をとっていた中間《なかま》の大野留吉が、いきなり丹前と下駄履きのまま音立てて土屋の部屋へ飛び込んできたのだ。息遣いも荒い。天野は閃くものがあった。

「どげんしたですか、親分」

「おう、わからんのが仰山おったけん」

天野と重本は大野の言葉を最後まで聞かず、階段を降りて表へ飛び出して行った。

「来たぞ、逃げろ！」

「若い衆や。道具持っとるかも知れん、はよ散れ」

電柱についている二十ワットほどの灯りの下を、七、八人の男たちの黒い影が、口々に声をかけながら散って行く。天野が閃いた通り、宇部市近郊にある小さな炭坑《やま》で働く不良坑夫たちに違いなかった。応対次第では血の雨も降りかねないのである。

「貴様たち！　二度とするなっ」

二人は小さくなる影に向かって怒鳴りはしたものの、追うほどのこともないと考えて部屋に戻ったのだが、大野の親分によれば、供の者たちへ土屋が祝儀をはずんだこともあり、礼を言いながら今夜の話でもしようと訪ねてきたところ、遊郭を冷やかし終わった連中と遭遇したのだという。遊ぶ金のない彼らは気も立っていたのだろう。肩をぶつけたところで大男の大野へほざいた。

「この親爺、よう肥えとるけん、ずぶっと行ったらよう入るやろな」

匕首《あいくち》ぐらいは持っているはずとみた大野留吉は、無用の喧嘩沙汰は避けるに限るとばかり素早く輪をくぐり抜け、「待っちょれ、いま若いのを寄越すけん」と言いながら駆け上がってきたというわけだった。

それで旅の親分と気づいた彼らは、天野たちが駆け降りてくるのを見て、若い衆と察して逃げたのだろう。天野はさすがに難を避けたとはいえ、大野の親分がはじめて見せた狼狽ぶりに人間味を感じて好感を持った。なにしろ中間の大野家へ土屋の使いで行くと、よく出来た姐さんが玄関で三つ指ついて迎えてくれ、現れた大野といえば、しばらくは厳粛な表情を崩さなかったのである。

またこの旅では、帰ってはじめて土屋に叱られたことでも思い出に残った。というのも、他の若い衆に気前よく小遣いをはずんだ土屋だったが、天野と重本への分は彼らの半分しかなかったのだ。

「お前らようけ貰うて、わしらみてや。うちの親分、俺たちには半分たい」

重本がなにげなく言った愚痴が、土屋新蔵の耳に届いたのだろう。家に帰り着いたとき、二人は土屋の前に正座させられた。

「重本、お前はなにを考えとるか。つい口がすべったのやも知れんが、わしがよその若い衆にようしとけば、よその親分が勝ったときお前たちに返ってくるんやぞ。ええか、肚で聞けよ、天野もわかっちょるな」

「はい、わかっとります」

火吹き達磨まではいかなかったが、眼光に射すくめられた二人には言葉もなかった。

実際にその通りであり、土屋はその前もその後も、実に二人へは情をかけてくれるのである。天野や重本が遊びで金を使い果たして戻り、しょぼんと二階にいるときなど、「おうい、降りて来い」と呼んでは言うのだ。

「また文無しになりよったんやろ、これで博奕にでも行って来い」

真冬に佐賀の競馬へ行くときもそうだった。天野は遊び呆けたうえに博奕で負けて着るものとてない。下着と胴巻きだけの状態でいるとき呼ばれて行くと土屋が言うのである。

「二階の部屋にわしのオーバーがあるけん、あれを着て行かんかい」

衣桁のハンガーに吊るされていたオーバーは二着。どちらも土屋の外出着だが、一着は新調のお気に入りだった。天野はためらわず古いほうを着て階下へ降りる。すると土屋はちらりと見て手を出すのだ。

「それはわしが着るけん、こっちへ寄越せ。お前はもう一つのほうを着りゃええ」

一事が万事である。ハグリの新ちゃん時代の苦労が生きたといえばいいのか、背中を見て学べというように、一つ一つが若い衆の実になるような土屋の親分ぶりだった。

天野が土屋新蔵の後ろ姿からなにかを学んでいった頃、糸田のハルコのところでは変化がみられた。

津屋崎へ立派な隠居所を建てて悠々自適の生活を送っていた祖父・虎吉が、八十歳を過ぎてからというものみるみる元気を失《な》くし、糸田の家へ連れ戻すことになったのである。

しかも若い頃から大酒を呑み、芸者衆に送られて帰宅していたことからもわかるように、昭和十一年に妻のツルを亡くしてから六年後の昭和十七年、七十歳を過ぎて一人では身がもたず、同じツルという名の五十歳代の後添いを貰い、入籍までしての隠居生活だった。当時は跡を譲った友次郎が明日をも知れぬ病床の身だったから、いざとなればハルコの負担を軽くするため、自ら復帰する気持ちもあったのかも知れないが、それほど壮健で元気だったのである。

しかし慶応三年に生まれ、明治、大正、昭和と生きてきてみれば、老いは確実に忍び寄ってきていた。さらにこの年には後妻のツルも六十六歳、いまならいざ知らず衰弱しつつある虎吉の世話もままならぬ身だった。

だからハルコは津屋崎の隠居所を閉め、虎吉夫妻を糸田の家へ引き取り、二人の面倒をみることにしたのだが、考えてみれば、なにかと厄介事を持ち込んだ義孝がやっと土屋新蔵のもとで落ち着いたところで、より大きな荷物を抱えることになるのだ。この年、ハルコ四十七歳、明治生まれならではの気性、根性といえようが、五人の娘を育てながらだから、根っからの働き者だったのだろう。

しかし、ハルコの奮闘にもかかわらず、虎吉の老衰は日増しに進んだ。足腰も弱って起きあがれない日が続き、秋立つ頃には床ずれを訴えることも多くなった。

昭和二十四年十一月三日、日本中は湯川秀樹博士のノーベル賞受賞に沸いた。この年は七月に下山事件、三鷹事件が連続して起き、八月には松川事件と続き、そのあとやっと水泳の古橋広之進選手がロサンゼルスの全米選手権で世界記録を連発、フジヤマのトビウオといわれるなど、大震災とオウムのあと野茂の活躍に光をみたときの感じとよく似ていたが、そこへ日本人初のノーベル賞だった。

しかし翌日の新聞が大きく伝えるのを知ることもなく、虎吉は十一月四日の夕方、享年八十二歳の生涯を閉じたのである。もちろん天野も赤池から糸田へ駆けつけ、臨終から大きな葬儀までハルコを助けたが、大柄な虎吉の棺が重かったのが印象に残ったという。

遺《のこ》された後妻のツルが死亡したのは、それから約一年後の昭和二十五年十二月二十日未明。これまたハルコが病がちのツルをなにくれとなく世話し、最期を看取ったのである。虎吉の場合はともかく、ツルにまで生母のように尽くしたハルコの情には、義孝ならずとも頭の下がる思いがしよう。

そうしてこの昭和二十四、五年は、石炭産業に明るい萌《きざ》しがみえてきたと同時に、その活気がもたらした現象でもあるのか、筑豊一帯には無法の嵐が吹いた頃でもあった。

昨日はあれが死んだ、今日はこれが殺されよった、そういえばあいつの行方が知れんなあ。そんな感じが筑豊一帯に蔓延《まんえん》していたのである。

もともとが、男と男がぶつかり合ったら血をみる風土であり、なんちかんち言いなんな、理屈じゃなか、の気性のみなぎる一帯であった。毎日のように喧嘩はあり、そのうえでの行方不明者が出ても誰も不思議に思わず、さらに博奕の負けや金をかっさらっての逐電《ちくでん》組も多かったからだろう、この二年ほどの間には多くの行方不明者が出て噂になった。

筑豊の場合、死体を隠す場所はいくらでもあった。

まず無数にある廃坑がその一つである。多くの廃坑は、かつて動力で地下水を上げて掘り進めていたが、もうポンプ自体も取り外されているから水が満杯なのだ。もちろん深さはそれぞれでも、だいたいが百メートルとみていいだろう。そこへ死体に重しをつけて放り込めば、水圧でバラバラになってまず発見は無理という。

一方、同じ廃坑でも地下水は湧いていず、落盤を防ぐための枠だけが残って、ぽっかりと口を開けている横穴状もあり、そういう場所では奥のほうに死体を置き、そこにダイナマイトを仕掛けて導火線を引けば、死体が吹っ飛ぶと同時に落盤があって、やはり発見は困難ということになる。

また耐火煉瓦《れんが》の原料であるシャモットを使うこともあったようだ。耐火煉瓦は、石炭のように光沢がないくすんだ色のシャモットを、石炭を使って一週間ほど焼成《しょうせい》したところで赤土を混ぜるときれいな煉瓦色になるが、そのシャモットの焼成過程で死体を投げ込むと、それは火葬の際の火力の何倍にもなるから骨も残らないのだという。

ボタ山やボタ場もある。

ボタ山はご存知のように、大手の炭鉱が坑内から上がってくる石炭を、ベルトコンベヤーの上で選炭夫に選別させ、燃えない不用品であるボタを捨てさせたのが大きな山となったものだが、ボタ場は、クラッシャーをかけて小さくした原炭を水洗にかけ、軽い石炭は浮いて流れるのに対し、ボタは沈んで溜まるから自然にやはりゴミ捨て場のような小山となってボタ場と呼ばれるようになったものだ。

ボタ山はともかく、そのボタ場に死体を隠した例は、もう少し後のことになるが、「カマス事件」として有名になった。

ある男が喧嘩かなにかで狙われた。狙った男は卑怯にも銭湯で彼を待った。そうとは知らない彼は、赤ちゃんを抱いて風呂に入ろうとした。男が「覚悟せい」と匕首を手に突っ込む。無防備のうえ、赤ちゃんを抱いていた彼は、咄嗟に「この子を頼む」とポーンと近くの人へ投げたところで、構える間もなく腹を刺され、心臓にも傷を受け、出血多量もあって死亡したのだ。犯人はそのまま逃走、警察も犯人を断定できない。

怒ったのは彼の友人たちである。葬儀までにはなんとか犯人を突きとめ、せめてもの供養にしようと目撃者に聞き込み、ついに一人の男を突きとめ、生け捕りにして彼の家の二階へ連れ込んだ。

階下で読経が流れるなか、暴力的訊問がはじまった。

「殺ったんはお前やろ」

「顔は割れとるけん」

「いい加減に白状せい、仏さんが浮かばれんやろが」

リンチもいいところだった。ところが男は口を割らない。実際に真犯人はあとから検挙されたのだから無理もないが、ぐったりと息も絶えかかった男をみて、友人ら数人はこのまま帰せる状態ではないとみて取った。そしてどうしたかといえば、男を毛布に包んだうえでカマスに入れ、水洗場のボタ場に捨てたのである。

大手のそれではないといっても、一日に百トン近くを扱う水洗場であり、細かいボタは家ぐらいには溜まった。普通なら埋まってそれまでだったが、その時に限って大雨が降ったのだ。ボタ山でさえ崩れて災害を起こす場合もあるほどだから、ボタ場の隅のほうが流れ出すのも当然で、その跡にカマスだけが残ったのである。

やがて陽が射し、子供たちがカマスに飛び乗ったりして遊ぶ。二日目、異臭がして犬が吠え、子供たちも騒ぎ出して死体発見に至り、犯人は両方とも検挙されたわけだが、発見される例は希というのが当時の筑豊だったといえよう。

いま廃坑やボタ山、ボタ場跡はきれいに整地され、工業団地などになっているが、そのときよく骨が出て来なかったものだと当時を知る人はいうだけに、やはり凄まじい時代だったといわざるを得ない。


ところがそういう時代を、どまぐれとはいえ体を張って生きながら、天野の場合はさらに、土屋に付いたことでライバルともいえる男の登場を迎えなければならなくなった。

もちろん天野自身がそう思っているわけではなく、相手もそうだっただろうが、ライバルと名付けたのは溝下秀男であり、言われてみれば、そうしてこの年代を俯瞰《ふかん》した場合、そうとしか言えないようなのである。

相手はハグリの伝説的人物で、冒頭でもその人物像を述べた高山房太郎。この頃ですでに五十近く、しかも土屋新蔵の舎弟であり、二十代半ばの天野にとってライバルとは言いにくいが、後の事件を考えるとやはりライバルそのものといえた。

土屋新蔵が高山房太郎を知ったのは、赤池に来て青木炭坑の炭坑主となった頃だろうか。

房太郎も赤池の大きな農家の息子、しかも戦前の当時からハグリの常習者として名を売っていて、ハグリの新ちゃんとしても、その経験上、また情においてつねに気になる存在だったことは容易に想像できる。土屋はなにかと房太郎をかばってやったのだ。

その最初は昭和十年代早々のことである。渡辺茂太郎《もたろう》の上に宗という有名な親分がいたが、やはり房太郎のハグリに遭って我慢ができなくなったのだろう、動向を追っていたある日、赤池の土屋の家の二階で房太郎が博奕を打っているのを突きとめた。のちに天野と重本が住み込むことになる部屋である。

宗親分は土屋の家の溝の外に立って大声で怒鳴り立てた。

「新蔵、そこに房太郎がおるのを確認した。房太郎だけを残して、新蔵、あとはみんな下に降りろ」

驚いた土屋が障子を開けると、そこには猟銃を構えた宗がいたのである。距離は溝を距《へだ》てて七、八メートル。撃てば散弾で二階は蜂の巣になること必至だった。

「親方、待ってくんさい、いまわしが下に降りますけん。それまで撃たんでくださいよ」

土屋は言いながら階段を駆け降り、宗の前に立ちはだかってともかく猟銃を奪い、諄々《じゅんじゅん》と無謀を説いた。引き金を引けば警察沙汰になる、房太郎には二度としないよう言い含める、顔の立つようにするから、ここは自分の顔に免じて堪忍してくれ。

また同じ頃に房太郎は、田川市近郊の町の炭坑主で、町長も務めながら博奕打ちとしても有名だった岸本という人の金もつかんでいた。田川後藤寺の三木一統のバックにいた人の常盆で、岸本が丁半ですっかりいかれ、女房に言いつけて金を取りにやらせたのが午後の三時頃だったが、房太郎はそれをしっかりと見ていたのだろう。

彼女がハイヤーで戻ってきたのが四時近くだったろうか。常盆は昼頃から夕方の六時過ぎまでやっていたから、遊ぶ時間は二時間余はあり、資金もまたたっぷり用意してきたはずだった。ところが車を降りたところで、じっと動かずに待っていたのがその房太郎である。

「おい姐さん、その金、わしにやれ」

もちろん匕首を突きつけてだった。これはもうハグリ、賭博強盗というより強盗そのものである。大金を奪われた岸本は怒ったが、その頃には房太郎は田川市から姿を消していて消息もつかめない。

しかし、間もなく房太郎は数々の容疑で逮捕された。赤池へ来た田川署の面々が、「高山房太郎を召し捕ったあ」と連呼しながら歩いたとやはり冒頭で述べたのはこのときで、なにしろ田川署と書かれた提灯に火が入り、ゲートル巻きの警官が意気揚々と歩いたさまは、後々まで語り草になったのである。

そうして打たれた刑が十年。当時としては殺人にもあたる長期刑で、あれもこれもが重なったものだろう。大阪相撲あがりの大男であり、鬼瓦なみの顔から頭にかけては刀傷だらけで、それはまるで梨の食いかけのようだったというから累犯の数も知れようというものだが、十年という刑は戦後の出所を意味するのだ。

一方で大金をつかまれた岸本は、その金がよほど大事のためのものだったのだろう、当時の口惜しさを忘れてはいなかった。さらにいえば、土屋新蔵や天野義孝のハグリの場合、つかむのは必ず盆の上の金と決まっていたが、房太郎のそれは懐中にまで手を突っ込む、つまり洗いざらい盗って行くというやり方なのである。岸本の場合にしても、二度三度と重なっていたのかも知れない。

房太郎が宮崎刑務所を出所するとの報をつかんだ岸本の若い衆たちは、その段階でいきり立った。あっさり計画も決まった。宮崎を出たところで殺り、逃げてしまえば足跡も残らないというものだった。

恨みを持つ者は数知れず、そのうえ戦後の警察の弱体ぶりもある。そうして出所の日時は、いまと違って筒抜けであり、計画は完璧に実行されるはずだった。

しかし、それを土屋新蔵が小耳に挟んだ。

「鬼のスターもいよいよお陀仏《だぶつ》か。それにしても十年待つとは岸本の連中も執念深いのう」

そんな片言だったが、それで土屋は動いたのである。宗親分のときと同じように、岸本に会って土屋は諄々と説いた。まず出所早々に詫びに行かせ、今後のことは自分の舎弟にして責任を持つ、などというものだった。

土屋新蔵にそこまで言われては、岸本としても引き退《さ》がらざるを得なかった。しかも土屋の耳に届いているということは、房太郎を殺った場合、噂で岸本の名前があがるのは必至なのである。土屋は口にこそしなかったが、そのあたりも含めて説いたのだった。

高山房太郎は、そういう裏事情も知らず宮崎刑務所を無事に出所した。出迎えた土屋に諭《さと》され、岸本のところへ詫びに行き、土屋の舎弟として炭坑の仕事などをしながらなんとか歩みはじめた。

天野と房太郎の出会いはその直後、昭和二十年晩秋から初冬のことである。

天野が重本に頼まれ、芦屋の飛行場へ滑走路拡張工事に行っていた頃のことだった。当時は妊娠して天野家へ転がり込んでいた園子のこともあり、折りをみては糸田へ帰るようにしていたのだが、そのときも夜に重本とトラックで帰り、朝の十時頃に赤池の重本を拾って芦屋へ向かおうとしたときのことだ。

もちろん無免許運転だが、当時は検問などあるはずもなく、天野は草野一家入りしたあとフィリピンで国際免許を取るまで無免許で通しているから、そんなことは関係なく赤池から直方《のおがた》市へ出る道を走っていた。直方から中間市、遠賀《おんが》町を抜ければ、響灘《ひびきなだ》に面する芦屋町である。

小春日和で運転席も暖かく、なんとなくのんびりした気分だった。しかし、のんびりしていたのは気候のせいばかりではなかった。やがて前に米俵を積んだ牛車が現れ、道路の真ん中をゆっくりと進んで行くのだ。

牛車を牽《ひ》いている野良着姿の男の隣には、田舎《いな》丹前《かたんぜん》を着た大きな男が並び、何事か喋りながら歩いている。まさに小春日和にはよく似合う風景だが、天野は次第に苛立ってきた。

思いっきり、クラクションを鳴らす。しかし牛車も大男も気づかないように、道端へ避《よ》けようともしない。

天野は二度、三度とクラクションを鳴らしたあと、振り返りもしない大男に腹を立て、スピードをほんの少し上げて牛車の後部へ突っ掛けて行った。

軽い手応えがあって、牛車が揺れると同時に前方の牛がバランスを崩し、よたよたとよろけたのが見えた。

「なんかーっ、貴様！」

横の大男が振り向きざま吠えた。

「どげんして牛車にトラックぶつけるんか、誰か貴様は」

「なんかとはなんかい、誰かちゅかて、運転しとるのはわしたい」

運転席の開いていた窓から顔を出した天野は、大男の大声に対し、低い声ながらも十分に応ずる構えで答えた。手にはすでにクランクを握りしめていた。

クランクとはL字型の上に、もう一つ逆に一の字がついたような長い金属棒で、ボンネット正面の穴にそれを差し込んで回すとエンジンがかかる仕組みの道具である。エンストのときなどよく回しているのを見かけたが、東京五輪あたりから見られなくなり、いまでは死語に近い。しかし五十センチ余の金属棒は立派な武器になる。

天野がクランクを握ってドアロックを外し、地面へ飛び降りようとしたときだった。助手席の重本が天野へ抱きついてとめた。

「おい、やめれ、房《ふさ》やんじゃけ」

「房？　知らんな。とにかくやる」

「やめとけ言うてるのに。訳はあとでよーく話すたい。ここはわしが行くけん」

言うが早いか重本が飛び降り、野良着姿と顔馴染みでもあったのだろうか話をつけ、やがてトラックは牛車を追い抜いて走り出したのだが、そのあと重本の話から、高山房太郎が長期刑で出所したばかりだと知ったのである。

言われてみれば、思い当たることは数々あった。長期不在のため噂話はあまり聞かなくなっていたが、幼い頃にはそのハグリ伝説は茶飲み話の一つでもあったのだ。まして、「高山房太郎を召し捕ったあ」という場面は、誰もが見てきたように話していたのである。

しかし、この段階で天野は房太郎のことを特に意識することはなかった。なにより日々が忙しく、園子の死やら八万円のハグリ、そして十カ月の刑が二度などのほかに、数々のことがあって、重本の縁で土屋新蔵のもとで修業をすることになったのだが、そこには土屋の舎弟、つまり天野からみれば叔父貴としての房太郎がいたのである。

そうして天野が力をつけるようになって、次第に房太郎と正面からぶつかることになるが、その前に昭和二十五年六月、朝鮮動乱がはじまって、まず時代が動いて行く。

特需景気

昭和二十五（一九五〇）年六月二十五日早朝、朝鮮動乱の火蓋《ひぶた》は切って落とされた。五年前、日本の敗戦によって解放された朝鮮だったが、その後は内部の政治路線の対立と同時に、三十八度線を境に南北へ進駐した米ソ両軍の冷戦の影響もあって、二年前、南には李承晩大統領の大韓民国、北に金日成首相の朝鮮民主主義人民共和国が成立、互いに睨《にら》み合う形となっていたのが、ついに火を噴いたのである。

三十八度線を挟《はさ》んで対峙していた両軍が数カ所で起こした衝突は、ただちに南に米軍を中心とする国連軍がつき、北には人民志願軍を派遣するなど中国が支援、一方でソ連は武器弾薬などの支援物資を提供したほか、軍事顧問、パイロット、医療部隊を派遣して、ここに冷戦構造を背景に同族相殺の戦争に至ったのだ。

戦場は朝鮮半島全土にわたった。

勃発直後の七十日間は北が圧倒的優勢のうちに進展した。三日後の六月二十八日には首都ソウルを陥落させ、九月初旬には南を大邱、釜山一帯にまで追い詰めたのである。

九月中旬には南が反攻した。仁川に大部隊の奇襲上陸作戦を敢行したのち、十月初めにはソウル奪還、三十八度線も突破して平壌を占領したばかりか、一部は鴨緑江岸まで到達したほどだった。

しかし十月末には中国人民志願軍の大部隊が鴨緑江を越えて参戦、北は十二月に平壌を奪回、翌年一月にはソウルを再占領する。

そして三月に南がソウルを再奪回、あとは三十八度線を境に激闘が続き、六月以降は双方とも強固な陣地を築き、激しい消耗戦を繰り返すなか、戦線は膠着《こうちゃく》状態となってゆく。

一方、一年で荒廃した朝鮮半島とは逆に、国連軍の九十%以上を占める米軍の基地、補給基地となった日本は、米軍が求める物資、労働力で特需景気に沸いた。

当時の資料によれば、一、二年目は自動車関係や繊維関係が大きく伸び、三年目に兵器がトップに至るが、問題の石炭は二年目で二位にのしあがるなど、やはり朝鮮特需の恩恵に大いに浴することになった。

福岡県の石炭生産は、戦前最高となる昭和十年に二千二百五十万トンから、昭和二十年には九百二十四万トンまでに落ちていたが、ようやく前年の昭和二十四年に千五百万トンと立ち直りを見せて活気づいたところで、昭和二十六年は戦後最高の千八百万トンを記録するに至るのだ。全国が四千六百五十万トンだから、四割近くが福岡県となり、筑豊地帯がいかに活気づいたかがわかろう。

金ヘン、糸ヘンに次いで、石炭は黒ダイヤと呼ばれ、炭坑節も流行したばかりか、昭和二十六年には炭坑主が全国長者番付のトップになったほどである。

天野義孝もまた、炭坑主ほどではなくとも、その恩恵をたっぷり味わった。土屋新蔵が青木炭坑に本腰を入れ、天野も博奕の鞄《かばん》持ちばかりしているわけにもいかないし、なにより周囲は朝鮮特需で沸きはじめているのだ。電力会社は火力発電のために少しでも多く石炭が欲しく、知り合いが札束を持って天野のところへまで頼みにくるほどだった。

天野の頭脳はフル回転した。炭坑《やま》がなくても石炭を売る方法を考えればいいのだ。人脈はいくらでもある。

天野はその人脈を頼りに一仕事を企《たくら》んだ。小炭坑《こやま》から原炭を買ってきて、石炭積み出し用の引込み線がある場所近くに貯炭場をつくったのである。

原炭は前にボタ場のところで説明したように、クラッシャーをかけて小さくしたうえで水洗にかけなければならない。つまりそこで、燃えない不用品であるボタは重くて沈み、軽い石炭だけは浮いて流れ、樋《とい》を通して貯炭場へ運ばれる仕組みだから、貯炭場をつくったということは、同時に水洗場も近くにあるという意味だが、天野はその業者にも顔がきいたから、絶好の場所に貯炭場を持つことができたのである。

なぜ絶好かは、引込み線が近くて積み出しに便利というだけではなかった。引込み線があるということは、そこに中大手の炭坑がやはり水洗場と貯炭場を持ち、その場合は貨車への積み出しが機械化され、引込み線の上に貯炭場からつながる漏斗《じょうご》式のポケットがあって、遠隔操作で貨車へ石炭を流せる仕組みになっていたからであり、天野はその操作責任者とも気心を通じていたのだ。

臨時的にはじめた天野の石炭会社は、原炭買いや原炭掘りをさせても、一日に四トンか五トンがせいぜいである。ところが天野は積み出し作業に入ると、自分の貨車には底のほうに気持ちだけ積み、あとは操作台の上にあがってハンドルを握り、貨車が下へくるごとにドーッと石炭を落としたのだ。

それも一回や二回ではない。四トン貨車で一日に約二十台。もちろん中大手の貯炭場は、次から次へ送られてくる石炭で、そのくらいかすめ取られてもまったくわからない。

四トンの石炭が八千円。一日二十台として十六万円。原炭掘りや原炭買いに一トン二千円、水洗に二千円払ったとしても、そんなものは問題にならない金額だった。

当時の記録によれば、大学卒初任給二千二百円、東京の六畳間の借り賃が月に三百五十円、映画、散髪代六十円、東京―大阪間の汽車賃六百二十円というから、日銭十六万円がいかに莫大かわかろう。

しかも天野は、ピーク時には最低の良心である原炭も間に合わず、小峠あたりのボタ山のボタを持ってきて混ぜたから、利益率はさらに上がることになった。後年の書物などによると、水洗炭業の繁盛ぶりとともに、うわべは石炭、中身はボタという化粧炭まで飛び出した、とあるから、天野の場合は混合しただけまだ良心的だったのかも知れない。

しかし、それでも石炭の需要は続き、化粧炭や混合炭ぐらいで取引中止などと文句をいう手合いはいなかった。当時の若松は駅から船積みまで石炭の山で、まさに筑豊の石炭はそっくり若松へ移動、そこから需要地へ散っていくことになったといえた。

天野もまたよく働いた。人手は雇っても、ポケットのハンドル操作など肝心のところは自分でやらなければならないから、作業着に地下足袋姿、それに頭には筑豊でバッチョ笠と呼ばれる菅笠《すげがさ》をかぶり、日が照れば日除けに、雨が降れば雨傘がわりにして働いた。

もちろん夜は疲労でぐったりとするが、若いだけに現場から田川伊田あたりへ繰り出すことも多かった。なにしろ日銭十万以上、使いではたっぷりある。飲んでも女を抱いても大盤振る舞いだった。

しかし、現場からの直行だけに、服装はそのままである。笠だけはかぶらず、背中へくくりつけたから、石炭の粉塵《ふんじん》とともに、それは後に起きたベトナム戦争での解放戦線の兵士たち、通称ベトコンにそっくりだったから、天野たちは当時のいわば特需戦士の姿を思い出して笑ったほどだった。

とにかく天野たちでさえ月に三百万円は稼いだのだから、炭坑主たちの景気はさらに凄まじかった。筑豊から飯塚の先の八木山を越えて、博多の高級料亭やキャバレーには、新品のキャデラックやクライスラーが夜毎にずらりと並ぶことになったという。そうして迎えるBGMは炭坑節という笑えぬ話も伝わっている。

ところが、石炭の特需景気は長続きしなかった。金ヘン糸ヘンは三年以上続き、また兵器とともに三年目からトップに立った建設なども昭和三十年あたりまでに足場をしっかり固めたのに対し、石炭は需要こそ二位を保ち続けていたが、前述したように昭和二十六年六月以降、三十八度線が膠着状態となり、ソ連の国連代表がラジオで休戦を提案、七月十日から開城で休戦会談がはじまったあたりから特需景気は翳《かげ》りをみせ、昭和二十七年は一気に不況風が吹き出すのである。

朝鮮戦争そのものは、局地的な激しい戦闘のなか断続的に交渉が行われ、昭和二十八（一九五三）年七月二十七日、板門店で休戦協定調印にこぎつけ、勃発以来三年で戦火に終止符を打つことになっていくものの、石炭は特需景気を最後の炎のように、昭和二十七年以降、衰退の一途を辿るのだ。

なにしろ昭和二十六年は炭価が四割も上がり、二十七年はさらに高騰した。経済界はこれを非難したばかりか、当然ながら割安な外国炭に眼《め》を向け、重油への転換に傾き出したのである。

またこの朝鮮戦争は、特需景気のほかに警察予備隊を発足させ、戦後日本の政治、経済にとって重大な転機となった。マッカーサーが「警察予備隊七万五千名の新設、海上保安庁七千名の増員」を吉田茂内閣に指示、これが保安隊から昭和二十九年七月、防衛庁―自衛隊となるのは周知の通りだが、石炭だけは特需を契機に流れに背を向けるのだ。

理由はさまざまに語られる。しかし一つには、後に再び述べるが、賃上げを要求していた炭労が昭和二十七年十月に六十三日間のストライキを敢行したことにもあったようだ。もちろんストは非難されるべきものではなく、労使双方の交渉の行き詰まりからの結果だったが、なにせ参加人員二十八万人、九州十五万人という数字は、需要サイドからみた場合、高値と同時に石炭への不安をつのらせ、重油への転換に拍車をかけさせる結果へつながったのだ。

炭鉱労働組合の結成は、昭和二十年の秋からはじまり、二十二年には九州で組織率九割に達していたのである。一般工場労働者で約五割という時代だったから、筑豊を中心にしたそれは、戦後日本の労働運動の核心ともいえ、それが逞《たくま》しく育ってきたとき、特需景気と重油・石油化という時代の波とぶつかったというべきだろうか。

そうして天野義孝、土屋新蔵にもこれら時代の波は微妙に関わっていく。土屋には青木炭坑の対労組問題が起こってくるが、天野の場合は収入源の問題である。

日銭十万以上を稼いでいても、蓄財という感覚はまるでなく、もうどまぐれ放題に使っていったから、昭和二十七年後半、炭坑に不況風が吹き出すと懐中はたちまち苦しくなった。飯は土屋新蔵の家へ戻れば食べられ、博奕があれば小遣銭は貰えたが、不況風に脅《おび》えてか大きい博奕も立たなくなった。

そういうときに限って、常盆へ顔を出せば負けが込み、さらに大盤振る舞いの余韻は金なしで我慢ができない心理状態をも生む。天野は博奕のタネ銭に、料理屋の馴染み女から金を借り、それも尽きると衣裳に手をつけ質屋通いをすることになった。

しかし、そういう場合もだいたいは目が出ないと相場は決まっている。追い詰められた状態が無理な勝負へ行き、欲が冷静な判断や勘を鈍らせるのだ。

やがて大晦日《おおみそか》がやってくる。

「あんた、どうしよう。紋日《もんび》やいうに、うち着る物ないけん。なんとか質屋から出すことでけんの。もう正月がくるの嫌や」

行くあてもなく顔を出した天野を見て、女はついに泣き崩れるのだが、天野にしてもどうすることもできない。最後の最後は母のハルコだが、満で二十九歳になったばかり、数えで三十の大台である。いまさら頼って行くわけにもいかないのだ。

「そう言われても目の出んときはしゃあない。ま、夜まで待っとれ。あてのないこともないけん」

愁嘆場の苦手な天野は、それでぷいと飛び出したのだが、出合い頭にぶつかったのが赤池の昔からの知り合いだった。

「おう、義やんかい。小峠の祝い博奕に行かんのか」

「小峠の？　祝いて誰のや」

「ほれ、仕操斧《しくりおき》投げて、破れ日本刀で膾《なます》にされた喧嘩があったろうが」

「おう、あれの全快祝いか」

「そうや、ええ博奕できよる言うてた。ようけ集まるらしいで」

「小峠のどこか。行ってみるけん、教えてくれんかい」

「おう、わしも小峠の近くまで行く用事があるけんな」

「それじゃ家だけ教えてくれりゃええ、近くまで一緒に行かんばい」

冒頭の「筑豊の風と土」の章で述べた筑豊ならではの喧嘩をご記憶だろうか。場所は小峠池の堤上、溝下秀男が住んでいた近くで、幼心にも記憶に残っているという決闘事件である。

破れとは刃が鋸《のこぎり》のようになった状態、仕操斧とは、坑道に必要な木枠を作るための用具で、斧《おの》の部分は二十センチほどだが、髭《ひげ》も剃れるほどの鋭いものだ。

果たし合いがはじまった頃には、炭坑住宅側の高い土手には見物人が集まり、そんな中で、仕操斧の男がチャンスとばかりにそれを投げつけたところ、うまく躱《かわ》した相手が武器を失った男に対し、破れ日本刀で膾のごとく切り刻んだのである。

話はその傷が癒《い》えた全快祝いの博奕のことであり、そこで天野が活躍すると書いたように、天野は耳にした途端、天佑《てんゆう》とばかり、久しくやらなかったハグリで金を作ろうと決めていたのだ。

天野と知人は赤池から小峠へ向かい、坂のところで別れた。

「あそこの家じゃけん、いまが盛りの時分たい。勝って帰らんね、じゃあ」

「おう、わかっとるわい。恩に着るけん、いずれな」

天野はさりげなく言ったが、そのあとは懐中の匕首《あいくち》を押さえ、小走りになって真っすぐ目的の家へ躍り込んで行った。

「金をつかみに来た。抵抗する奴は斬る。動くな！　動くでないぞ」

言うのと行動は一緒で、天野は凍りついたような場の金をさーっと搔《か》き集め、テラの金もつかむとあっという間に表へ飛び出して走った。その間、一分もかからなかったろう。

追っ手が出たのはひと呼吸おいたときだった。何人かが仕操斧や鶴嘴《つるはし》を手にしている。天野は下り坂を駆け降りた。すぐに岐《わか》れ道があり、左へ行けば飯塚、真っすぐは通称・地獄谷である。振り返るとカーブの関係で追っ手が視野から瞬間的に消えた。

天野は迷うことなく飯塚への道を取り、少し走って藪《やぶ》の中に身を隠した。そっと気配を窺《うかが》うと、追っ手は真っすぐ地獄谷へ向かって走り去った。冬の午後の淡い陽《ひ》でも、仕操斧の刃がキラリと光るのが見えた。追っ手としても天野が飯塚のほうへ逃げるとは思わず、ちらりと確認して姿がないので直進を選んだのだろう。天野の思い通りだった。

天野は遠回りして女の許へ帰り、つかんだ金はすべて与えた。それは質代を遥《はる》かに上回り、正月用の仕度にも役立つことになって天野は男をあげたのだが、問題は年が明けてのことである。

ハグリをかけたのが天野であることは当然ながらわかっていて、祝い博奕だけに許せないと、元締めが土屋新蔵のところへ苦情を持ち込んだのだ。土屋の命を受けて、舎弟の房太郎がここしかないとばかり、小料理屋にいる天野のところへやってきた。

「おい、親分が呼びよるぞ。お前、なにか悪かごとしたな」

「なんち、なに言うとるかわからんばい。でも用事なら行くけん」

「ふん、偉そうに言うて。お前、小峠へ行ったんやないか。小峠から苦情きよったぞ」

「ふーん、小峠なら赤池から近いけん、用事があれば行くわい」

「へらず口叩くな。とにかく親分が呼びよるけん、一緒に行こか」

「いや、わしの用事やけん一人で行く」

「ま、そう言うなち。わしもお前が怒らるるの見たいけんな」

房太郎はでかい図体を折り曲げるようにして天野の顔を覗き込み、梨の食いかけのような頭に手を当てながら楽しそうに笑った。

天野は頭に血が上る思いだったが、小峠から苦情が来ているとなれば、まずは親分への謝罪が先であり、ここで腹を立てているわけにはいかない。仕方なく房太郎に連れられるようにして土屋宅の敷居をまたいだ。

「おう天野、来たか。新年の挨拶はええぞ。それで小峠でつかんだ銭はどうした」

「着物の質出しにして一銭もありません。ご迷惑おかけしました。この通りです」

天野は深々と頭を下げた。しかし、土屋はさっぱりしたものだった。

「女ごか。そうやろう思うた。もう話はついたけん、これからするなよ」

「はい」ともう一度、頭を下げながら、天野はこの親分のためなら死んでもいいと思った。話がついたということは土屋が金を払ってくれたことであり、頭も下げたのに違いないのだ。金銭にはきれいな親分だったが、それを恩に着せようともしない。

たまりかねたのか、それとも成り行きの予想が裏切られたからか、傍《そば》にいた房太郎があっけらかんとした調子で口を挟んだ。

「兄貴、これだけ迷惑をかけたんじゃけん、天野をもっと怒らんな」

「房、お前かて身に覚えがいくつもあるやろ。しかも博奕ばかりしとって人のこと言えるか」

笑いながらだったが、房太郎は核心を衝《つ》かれて今度は頭の切り傷を手で掻いて照れた。

その房太郎は、戦後の出所以来、土屋の舎弟分になったといっても悪事癖は一向に修まらなかった。

福間の競馬にも、天野たちが土屋の鞄持ちとして行く前はよく顔を出した。といって馬券で勝負するわけではなく、競走馬を持つと銭になると知恵を授けられ、やっと手に入れた一頭の馬が出走するのを手助けに行くのである。

手助けというと厩務員《きゅうむいん》か調教助手のように思えるが、房太郎にそんな手腕はない。だからどうするかといえば、当時はまだ現在のようなゲートがなく、スタートはロープを引いただけだったから、彼はそれを緩めて自分の馬がスタートしやすいように前に出すのだ。係員なんかひと睨みである。

草相撲あがりの大男のうえ、いかつい顔に刀傷だらけ、しかも怒らせたら手がつけられないという噂は鳴り響いていたから、スターターも見て見ぬふりをするしかなかった。

しかし、やはり観客は騒ぐ。見かねて佐賀の名門一家が注意、大揉《も》めに揉めて土屋新蔵が苦労した話も残っている。

赤池の町会議員選挙に立候補した話も傑作だ。なにしろヤクザの親分がよく市会議員や市長になる風土であり、時代であったから、房太郎がその気になったとしても決して不思議ではない。いろいろ頼んだり圧力をかけて開票の日を待った。

彼は若い者を十五分ごとに町役場に走らせて開票結果を報告させた。しかし、当然ながら票は伸びない。最終結果は四十九票、もちろんあえなく落選である。

「わが嬶《かか》もあきれて入れんのに、それでも入ったほうやないやろか」

そんな噂が流れたが、房太郎は当選を信じていたのか憮然《ぶぜん》としていたという。

お家芸のハグリも、決してやめることはなかった。なにしろボタ山の上でカンテラの灯を頼りに博奕をやるときでさえ、房太郎のハグリ防禦《ぼうぎょ》のためにだけ、周囲に落とし穴を作ったほどなのだ。その話も前に述べたからご記憶だろうが、出所して最も大きなハグリは天野が土屋新蔵についた昭和二十四年頃のことだった。

筑豊の親分同士が揉め、仲裁人を金田町の矢頭高治がつとめたあとの祝い博奕である。いうなら総長賭博であり、筑豊の名だたる親分が一堂に会した大きな博奕だったが、そこへ房太郎が乗り込んでハグったのだ。

その金額は八十万円。のちに噂になってわかったのだが、房太郎にしては珍しく、というよりさすがに親分連中であるため、懐までは手を突っ込まなかったから表沙汰にならなかったとはいえ、盆とテラの金だけで八十万円とは、筑豊の当時の賭博がしのばれる話ではあるまいか。

もちろん、これまで述べてきたように天野のハグリも負けてはいない。

「重本、つかんだらすぐ出てくるけん、お前は入り口のほうを張っとれ」

重本が天野の口真似をして述懐するように、戦後すぐの頃は二人つるんでのハグリも多かったのだ。だから高山房太郎と天野義孝はその意味でもライバルと言えるが、前に溝下秀男がライバルと名付けたと書いたのは、このあと二人の対決が連続してあるからである。

序盤戦が牛車へのトラック追突、そして、なんとなく天野の態度が気に入らない房太郎が、土屋に怒られる天野を見たいという心理戦あたりだろうが、第一回は房太郎が赤池の自宅で開いた博奕にはじまった。

赤池には天野の叔父がいる。祖父の虎吉が隠居する折り、糸田の豊国炭坑や病院の賄いを長男・友次郎に継がせ、天野が育った赤池のほうを次男に継がせたのだが、友次郎が若くして死去したのに較《くら》べ、次男、つまり天野の叔父のほうは虎吉の長命の血を引いたのか長生きし、当時はまだ壮年で事業も遊びも盛んな頃であった。

もちろん赤池の房太郎とは面識もあり、誘いがあれば三回や四回に一度は房太郎の賭場にも顔を出した。それが炭坑の町の付き合いであり、勝っても負けてもきれいに遊んで帰るのが堅気の事業主たちといえた。房太郎もまた、土屋の舎弟分となってからは、そういう風土を呑み込んでテラを稼ぐようになっていたのである。

後年の話になるが、後述するように草野高明は、堅気の客を大切にするので有名だった。堅気客や素人客がたまたま勝ち運に乗って勝つ。すると草野は頃合を見計らっては言うのだ。

「ツキ目もぼちぼちやけん、頼んます、このあたりで止めて帰ってくんない」

普通の客は、もう一度、もう一度と思って結局は負けた経験を持ち、さらに勝ったときに帰るような勝ち逃げは賭場の雰囲気からできないと思っているから、草野の言葉には感激して帰り、結局はその金を再び持って次の開帳に来ることになるのである。

もちろん負けた素人客には、自分の金を貸したうえで勝ったときに同じことを言っては感激させるのだ。

ところが房太郎の賭場で、天野の叔父は逆の立場にさせられた。そもそもが夜に大事な客が訪ねることになっていて、その旨を言ったうえで加わっていたところ、その日に限ってツキ目に乗ったのである。

しかも、時間が限られている分だけきれいに遊ぼうと、いつもより乗せて賭けているから勝ち金も大きい。だから叔父は刻限を過ぎても帰ると言い出せず、三十分ほど過ぎて家から使いが来て席を立つことにした。

「じゃ、勝ち逃げみたいで悪いんじゃけん、前から断り入れておいたことでもあるし、これで帰らせて貰いますたい」

その挨拶に怒ったのが房太郎だった。

「そげんこつは、天野さんが一人で決めたことじゃろう。大金ば持ち帰って、負け組ばかり残ってどうなるんじゃい。テラだってあがらんやないか」

鬼瓦《おにがわら》のような顔を真っ赤にさせてのいちゃもんだった。結局のところ叔父は、使いに言い訳の伝言を持たせ、さらに一時間ほど遊んで少しの浮きで帰ったのだが、その話がしばらくして天野の耳に入ったからたまらない。

そうでなくても、日頃からなにかと天野に突っかかる言動をとる房太郎である。叔父貴かコジキか知らんが、少なくとも土屋の親分がいう五条の道「取持ち叔父貴にそむくな」の取持ち叔父貴でないことだけは間違いないのである。

天野は久し振りに叔父の家に顔を出し、さりげない雑談のなかでそのことを確かめた。

「まあ、事を荒だてるほどのことじゃないけん、房やんにも困ったもんよのう」

「ほんまや、土屋の親分の名折れにもなるたい。誰かが懲《こ》らしめんといかんくさ」

天野はそれだけのことで帰ったのだが、心中では自分が仕掛けるつもりになっていた。大男で喧嘩は強い言うても、自分の客の堅気衆にまで横暴をするのは許せん。不意をついてひと突きだけ天誅《てんちゅう》を加えちゃろうかい。

そう考えた天野は、その夜から房太郎の家に張りついた。高山家は大きな農家で、坂道の途中の小高いところに家はあった。天野は房太郎が不在なことを確かめたうえで、その坂下のところにひそんで帰りを待った。

ところが悪運が強いのか、その夜の房太郎は遊郭で宵付けでもしたのか帰らず、二日目の夜に現れたのは、叔父と田川の常盆のところで前述した水上丑之助であった。このときにはもう赤池町の町会議員になっていて、なにかと揉め事の頼まれ役をしていたのである。

誰かが天野の姿を見たのか、話したものの甥《おい》の性格を知るだけに心配になった叔父が水上に知らせて駆けつけたのかはわからないが、ともかく叔父は天野の日本刀を取り上げたうえで、「喧嘩になりゃわしにとばっちりがくるけん」と諫《いさ》め、水上丑之助は町議として赤池で事件を起こす愚を説いたのだ。

「土屋さんの公安委員長ちゅう立場はわかっとろうが。その土屋さんの舎弟と若い者が喧嘩して血いみたら、どげんするたい。それに叔父さんかて自分が原因いうて、町の人に顔向けできんじゃろう」

天野はそれで折れた。説得には聞く耳を持たなかったが、待ち伏せ現場を押さえられたのでは気勢も上がらないのである。

しかし、今度は房太郎のほうから仕掛け、二人は衝突することになる。

決闘事件

天野義孝と高山房太郎。溝下秀男が名付けたライバル二人の決闘ラウンドは、石炭の露天掘りをめぐるトラブルから起こった。

昭和二十七（一九五二）年四月のサンフランシスコ講和条約の発効で日本が独立、そして翌年七月の朝鮮休戦協定調印と時代は動いても、石炭不況はそれらに背を向けられるばかりだった。六十三日間のストが明けた昭和二十八年春は、あてにしていた出炭増どころか、スト対策用の外国炭輸入がかち合い、重油化への転換と重なって不況に追い討ちをかけたのだ。

しかも六月二十五日からの豪雨は、筑豊一帯に未曾有の水害をもたらした。福岡県の被害七百九十三億円。筑豊でも八十三の炭坑が水没したと記録に残る。経営基盤が弱く、しかも排水ポンプの少ない中小炭鉱は被害をもろに受け、それでなくても炭価は下降線を辿《たど》っていたから、坑口を閉じるところも相次いだ。

「福岡県議会史」によれば、二十八年中の完全休廃坑六十一、坑口閉鎖七十八、失業者七万人、潜在失業者十五万人という。

生き残った炭坑でも賃下げや給料遅配などが重なり、八月には三井三池が百十三日間の長期ストに突入している。

しかし、それらは時代の趨勢《すうせい》であり、やがて社会問題に発展していくと「福岡県の歴史」は捉《とら》えていても、その日その日を炭坑《やま》に生きている人たちは、そんな眼《め》で毎日を見てはいない。炭価が多少は下がったとはいえ、重油化や外国炭のみで日本の産業が成り立つわけもなく、減ってはいても出荷は毎日のように続いているのである。企業としては行き詰まっても、石炭はまだ確実に売れたのだ。

年末のハグリ事件以来、天野は、女のところを転々としたり、土屋新蔵のところで博奕の鞄《かばん》持ちをしたりしていたが、やがてダンスホールの鰻《うなぎ》の寝床を居室にして日々を過ごすうち、そこへ目をつけるようになった。

朝鮮特需のときのように、他人の石炭を売るようなことはできなくなっていたが、良質の石炭なら値もいいのである。そして天野はそれがどこにあるかを熟知していた。

生まれ育った赤池、いまは叔父が賄いなどを一手に引き受けている明治鉱業の赤池炭坑がそこで、上《うわ》っ層《そう》と呼ばれている石炭群がそれだった。

炭坑はポンプで水を汲み上げながら、地下へ地下へと掘りすすめるが、上層部分はかなり厚く残しておく。そうしないと地下水が上層部を突き破り、炭坑を水浸しにする恐れがあるからで、つまり地下水を地下に閉じ込め、ポンプで吸いあげるため上層部はあるともいえよう。

江戸末期から慶応、明治初期はそれが逆だった。石炭はほんの少し土を掘ればいくらでも出たから、そのうち三十センチほどの塊炭《かいたん》を採るだけだった。いまも田川市の「石炭記念館」へ行けば大塊炭が見られるが、メートル級のものはともかく、良質で持ち運びいいものを採るだけだったのである。

それが機械文明とともに地下採炭法がすすみ、上層部分はいつの間にか風化したり土に埋まったりして、草が生え、木が育つまでになった。団地や工業団地化される前のボタ山が緑化したと同じといえばいいだろうか。

赤池炭坑の上っ層にはいい石炭《すみ》があるのに違いない、という天野の目は確かだった。幼心に祖父などから聞いたことがあるのかも知れないが、試みに土を掘ってみると三十センチを超えるあたりで、昔の採炭跡にめぐりあった。塊炭の逆は粉炭というが、赤池炭坑のそれはもちろん粉などではなく、十センチ以上もある粒揃いの良炭だった。

天野は閉坑などで増え出した失業坑夫を集め、夜陰にまぎれてはそれらを掘り出していった。地下でなく地上で掘るから通称は露天掘りである。いわば盗掘で、掘り進めれば危険でもあるが、赤池炭坑の上っ層は厚く、範囲は広かったから、それらはいい稼ぎになった。

もちろん天野なりの時代展望もあった。いずれ炭鉱経営は行き詰まる時代がくる。赤池炭坑にしても、その時代の波は避け得ないだろう。その前にはきっと上層部へ手を付けるはずだ。だからいまのうちにというわけだったが、時代の波は意外に早く押し寄せることになった。

天野が手をつけ出して一年もしないうちに、明治鉱業は将来的な赤池炭坑の閉山を決め、露天掘りを全面的に開始しだしたのである。そうして悪いことに、坑区見回りについたのが高山房太郎だった。つまり坑区内の盗掘阻止のため、土屋の舎弟分としての房太郎を、明治鉱業は捨扶持《すてぶち》を与えて雇ったことになろう。

ここに決闘事件への芽が出る。

当初は天野も叔父貴分の顔を立て、一応は下手に立った。人夫を雇っての露天掘り請負人として房太郎へ願い出たのだ。

「どげんもんやろ。わしにも露天掘りさせて貰えんやろか、頭下げますけん」

しかし房太郎は、ここぞとばかり天野を見下して野卑に嘲笑《あざわら》った。

「ふん、お前がちゅうのか、お前はまだそれまでのもんやないやろ」

つまり貫目足らずだと言うのである。天野はかっと頭に血がのぼった。「そんなら見ちょれ」という言葉を呑み込んで房太郎を睨《にら》みつけた。

「それならしょうがないたい。でもあんたの役目は、いずれわしが代わるけんな」

天野にも意地があった。そもそも赤池炭坑の上っ層に目をつけたのは自分なのだ。盗掘とはいえ、露天掘りをはじめたのも、いずれそのときには請負人として許可を貰う自信があったし、あわよくば手を回し、坑区見回りの任にだってなるつもりだったのである。それが思うようにならなかったのは、時代の波が早過ぎたのと、自分が少欲に甘んじて遊んでいたせいなのだ。

よし、見ちょれ、わしのやりたいようにやっちゃるわい。

天野は覚悟を決めると同時に、露天掘りの夜間盗掘に一層の拍車をかけた。なにしろ三十センチも掘れば、そこには慶応、明治の人たちが残していった良炭がそっくりあり、それは鶴嘴《つるはし》で掘るというより、掻《か》き板ですくい上げればたちまち山となるのだ。

天野は先人たちの遺産に感謝しながら、集めた石炭を夜明け前に来たトラックに積み、盗掘現場は土を入れ、一切の道具は木で覆ったりして外見からはわからないように工夫した。

さらに天野は、もっと大掛かりな大胆な作戦も時折行った。炭鉱側が一面に土を削り、いよいよ明日から石炭を出すという前日の夜半、小峠一帯の前科者たち六、七人を雇い、さっさとトラックで積み出してしまうのだ。石炭がこぼれ落ちないように、五トン車に四トンほど積んで二十台分。人夫賃やトラック代を差し引いても、ひと晩の稼ぎは十万を超えた。

一方で高山房太郎は、ひそかに天野をマークしていたらしかった。多少は鈍いといっても、やはり悪事には目が肥えている。そうしてそれが、彼の力とともに明治鉱業側が経理の臨時簿に捨扶持を加えた理由でもあるのだ。房太郎は、やがて天野の露天掘りの現場跡を発見した。

受け持ち坑区内に不自然な地形があり、木やらゴミなどを払い、掘り返された形跡のある軟らかな土を掘ってみると、そこからは露天掘り用の道具が出てくるのである。

彼は何日かしてそれが天野の仕業であると確認したあと、天野たちがいない昼前、道具類を埋めておいた入り口一帯にダイナマイトを仕掛け、轟音《ごうおん》とともに吹っ飛ばしたのだ。

ドカーン、ドーン、ドカーン。

一帯を震わせた時ならぬ轟音は、すぐに口の端にのぼり、仕掛けた場所と仕掛人の名を天野も知るところとなった。

天野は覚悟を決めながらも、あとは相手の出方次第だと思った。

「天野さん、高山さんが家で呼んどりますけん、来てくださらんですか」

使いの者が来たのは、それから間もなくだった。天野も待っていたとばかりに、ダンスホールの二階にある鰻の寝床なみの居室を出た。朝からの曇り空は夏の陽《ひ》を遮《さえぎ》り、それでも暑さは蟬《せみ》の声とともに襲ってきたが、天野は匕首《あいくち》一本を懐に汗もかかずに歩いた。

天野の覚悟とは、まず指を詰めることにあった。喧嘩はいつでもできるが、まずは客観情勢が圧倒的に天野に悪いのである。許可のない露天掘り、即ち盗掘。しかも天野家がなにかと縁があり、天野も世話になっていた明治鉱業の炭坑で、叔父が賄いなどを一手にしている赤池炭坑の所有だった。

どまぐれ的発想と、房太郎への対抗心から続けてはきたが、それは客観情勢として通用しない。ここはまず、指を詰めて謝意を表してからだと、懐中の匕首には新しい手拭いも添えていたのだ。しかし、それが通じる相手かどうかもまた、天野にはよくわかっていることだった。

だから出方次第だと思っていたのだが、高山家で迎えた房太郎は、天野を見るなり威丈高になって怒鳴るように言った。

「天野、今日のこつはわかっちょろうな。わしは天野、お前のお葬式代に小遣い銭やりよったんやないぞ。胸に覚えがあろうが、ええぞ、いつでも来いっ」

「ふーん、そうなん」

天野は軽くいなしながらも、血はすでに逆流していた。どまぐれらしくもなく自分の非を認め、さらに叔父貴分であり坑区見回り役の顔を立ててやろうとした思いが、通じるような頭の構造でないことは明らかなのだ。天野は次第に激しく渦まいていく血を抑えかねた。

「よし、わかった。果たし合いならいつでも受けるけん、時間と場所、決めない。こら、房太郎」

「なにい、天野、叔父貴に向かって呼び捨てしたな、青二才のくせして」

「おう、房太郎で悪かったか、この房《ふさ》、梨の食いかけ頭が」

「よーし、夕方六時、ダイナマイトの現場へ来い」

「おう、受けたばい。もうちいとましな男やと思うとったが、こげん奴とは同じ星の下におられんのがよーくわかった。どっちが死ぬかやってやろうやないかい」

「天野、ほざくな、そんときを待っちょれ。そげん口を切り裂いちゃるわい」

天野は房太郎の怒鳴り声を背後で聞きながら高山家の坂道を下りた。

心は激していても、歩いていると逆流していた血が次第に治まり、鰻の寝床に帰り着いたときは、これからどうすべきか冷静に考えることができた。

時計を見ながら一服し、天野は戸棚から一丁の猟銃を取り出した。鹿撃ち用の一発弾がこめられているのを確認、それを用心深く取り外した。一発弾では当たり所が悪ければたちまち殺人刑は必至である。

天野は同じ棚から猟銃用の散弾を取り出した。散弾なら至近距離以外は致命傷にはなりにくい。天野は再び用心深く散弾に詰めかえる作業に入った。

そのとき階段の下で声がした。

「おーい、天野、天野、おるかあ。わしやけどおるかあ」

「なんないや、おるけん上がってきないや」

声は町議の水上丑之助だった。以前、天野が高山家の坂道下で房太郎を待ち伏せしていたとき、勘よく発見、諫《いさ》めて連れ戻した張本人である。あとから知れたことによれば、房太郎と天野の叔父の博奕の件を耳にしたうえ、天野の舎弟の動きがおかしかったことから叔父に連絡、勘どころを押さえて高山家へ来たらしかった。

天野は嫌な予感がしたが、すでに房太郎がダイナマイトを仕掛けたことは知れ渡っており、天野義孝と高山房太郎の因縁を考えれば、水上丑之助が訪ねてきても不思議はなく、ということは、すでに二人の間に決闘が行われることを水上が耳にしたとも考えられた。さすがにヤクザ上がりの世話役的行動力でもあった。

だから天野は嫌な予感はしても断る理由はなく、またそのことで説得されても、今度ばかりは撥《は》ね返す自信があった。男と男の決闘の約束であり、仲裁が入るのは許されない。

下駄の音も高く階段を上がってきた水上丑之助は、しかし天野が猟銃へ散弾を詰めているのを見ると、浴衣にぐるりと巻いた総絞りの帯へ両手を差し入れたまま佇《た》ち尽くした。

「天野、お前……話は聞いたけん。この前も言うたけど、土屋さんの公安委員長ちゅう立場はわかっちょろうな。でも鉄砲使うのはわからんち。槍《やり》も刀もええけど、鉄砲は絶対に駄目ぞ」

「水上さん、仲裁なら今度ばかりはいかんけんな。房もわしも決めとるばい」

「そやけ天野、鉄砲使うたらお前、勝っても赤着物《あかぎもん》を着らなあかんし、負けたら白着物《しろぎもん》になるんじゃ」

「囚人服は覚悟しとるたい。そやけ殺さんようにバラ弾に詰めかえよるんや。それにわしが負くることなか。白装束にはならんわい」

「なんち理屈ばこくか。こげん馬鹿馬鹿しいことはもうやめんかい」

「ほたら言うても、わしももう始末つかんごとなっとる。もうしょうがないやない。わしは誰がなんち言おうと絶対に退《ひ》かんけんな、理屈じゃなか」

「…………」

水上町議は黙って天野の顔を睨みつけていたが、「理屈じゃなか。しょうがなかか」と言うなり、くるりと背を向けて階段を降りて行った。五十年配とはいえ、いなせな浴衣姿の肩が、ちょっといかつく感じだったのは、後から考えればすでに一つの決断を秘めていたからだったろう。

事実、水上丑之助はそのあと素早く行動を起こすのだ。

まず房太郎を訪ねて天野の様子を伝える。

「高山さん、あんたに預けて貰うた喧嘩やけど、いま行ってみたら天野はバラ弾詰めかえよった。これはもう始末がつかんばい。最後まで任せてくれよるな」

そしてその足で駆け込んだのが赤池町の派出所だった。そして町会議員として朝からの一部始終を話し、事件を起こさぬための助力を求めたのである。

もちろん天野は水上の素早い動きを知るよしもない。折りから天野の部屋へ戻ってきた舎弟分を事件に巻き込ませないためにも、決闘の時刻を告げずに、金田町にいる舎弟へ明日にも応援にくるようにとの伝言を持たせて使いに出し、喧嘩仕度になる前に一服していたときだった。

いきなり階下の道路あたりへ車が何台か急停車する音がして、ダンスホールへ十数人の足音がなだれ込んでくる気配がした。

天野は咄嗟《とっさ》に机上に置いてあった猟銃を手にし、階段上から下へ向けて構えた。目に飛び込んで来たのは制服警官だった。

「天野、わしや、わかるか。わしや、撃つでないぞ」

先頭に立ち、階段に足を掛けて叫んでいるのは、日頃から天野へなにかと目をかけてくれる田川署の部長刑事である。

「天野、わかるか。撃つでないぞ」

「…………」

「絶対にわしが悪いようにせんけん、ええな、銃を引け」

「わかっとるよ」

天野は観念していた。一瞬は房太郎が来たかと思ったが、車が数台ということは、水上丑之助が密告《チンコロ》した可能性もあると次の瞬間には判断もしていたのだ。

天野は銃を引き、同時に駆け上がってきた警官数人に逮捕された。しかし手錠は掛けられなかった。警官の一人が取り出したところで、部長刑事が止めたのだ。

「掛けんでええ、わしが責任持つ。悪いようにはせんと言うたばかりや」

だが、あくまでも逮捕は逮捕である。天野は田川署のジープへ部長刑事と一緒に乗せられた。朝からの曇り空は、この頃になって小雨となっていた。腕時計へ目をやると針は間もなく五時を指すところだった。あと一時間、雨中の決闘となるところだったか、と天野が唇を嚙《か》みながら考えていると、ジープは赤池町の派出所へすぐに着いた。

派出所の前には水上丑之助が立っていた。一度戻って出直してきたのだろう、番傘を手にした総絞りの帯の浴衣姿は、さすがに博奕打ちらしかったが、このときばかりは、房太郎を打ちのめす機会を失った口惜《くや》しさ一杯で、天野はジープを降りながら水上を睨みつけて言った。

「チンコロしおって、今度はお前の番や。首洗うて待っとけよ」

派出所での型通りの取り調べのあと、田川署へ連行されるときになって、天野は派出所の前が騒がしいのに気づいた。

まさか房太郎が冷やかしに来たわけでもあるまいし、と天野がひょいと首を出して見てみると、ジープの運転席で派出所の巡査と揉《も》めているのは、金田町へ使いに出した舎弟分だった。兄貴分の動きに只《ただ》ならぬ気配を感じ、とにもかくにも用件を伝えて大至急で戻ってきたところ、逮捕されたと知って駆けつけたらしかった。

「こら、派出所のおやじ、兄貴を釈放せい」

「お前、馬鹿なこと言うでないぞ」

「兄貴を出さんうちは、わしゃこのハンドル、死んでも離さんけんな」

「馬鹿、お前まで逮捕されよる」

「わしゃそれでもええ、兄貴と一緒に行くけん」

「わかった。お前の兄貴思いは、このおやじが天野によーく伝えとくけん、なあ離せ」

天野は二人のおかしいながらも涙ぐましいやり取りを聞き、部長刑事をうながしてジープへ乗った。

「兄貴!……」

「もう心配せんでええ。わしなら十日もせんで帰れる思うけん、ダンスホールのほうの留守番、きっちり頼むぞ。そやけ、はよ戻れ」

「ほれみい、天野かて言うやないけ、さ、ハンドル離せ、な」

舎弟分はそれでジープを降りたが、目には涙さえ浮かべていたのである。

一方で天野が「十日もせんで帰れる」と言ったのには、天野自身に秘めた決意があったからだった。

田川署の調べで天野は、露天掘りの盗掘の非を認め、高山房太郎との諍《いさか》いに至る経過もちんと喋《しゃべ》るつもりだった。しかし盗掘の非とはいっても、それは許可を願い出たのに房太郎の個人的感情で認められなかったのであり、やむなく少しだけ無許可で採掘したに過ぎないこと。それを房太郎が坑区見回り役としての注意を与えずいきなりダイナマイトを仕掛けたうえに、詫びに行ったつもりが決闘を申し込まれたこと。そして許可済みの猟銃を単に手入れしていたのを水上町議が勘違いして騒ぎを大きくしたことなどだった。

つまり罪は無許可の露天掘りだけであり、もちろん事件はまだ起こしていないのだから、取調べの段階で保釈を申請すれば必ず許可になるというもので、それが認められないなら、ジギリでもなんでもして出てやろうというのが秘めた決意だったのである。

逮捕三日目、保釈願いは予定通り申請された。しかしそれはただちに却下されることになった。決闘騒動のほとぼりも冷めないうちに、名うての無法者を自由にすることはないのである。

天野はその日から絶食をした。

留守のほうは、土屋新蔵がなにくれとなく面倒をみた。天野はその生涯で数々の女と関わっているが、正式の結婚は三度、それぞれ三人の男子をもうけている。つまり二度の離婚を経ることになるわけで、当時は昭和二十八年に結婚した妻がいて、土屋はその妻子の分も含め、自宅を出て青木炭坑へ行く途中、通り道のダンスホールへ寄って一日分の生活資金を渡して行くのだ。

「ええか、これはみんなの分、こっちは天野の差し入れ分。わかっちょろうな、一度に渡すほうがわしも簡単やけど、そうすると天野は留置場でもすぐ使ってしまうけん」

土屋新蔵は天野逮捕を知った翌日にダンスホールへ来て、キューピー達磨《だるま》の温顔になって舎弟分たちへ噛んで含めるように言い、それは天野が保釈になるまで毎日続くのだ。

天野はそのことを面会に来た妻から聞いて知った。さすがに心の中で手を合わせる気分になったが、そのためにも一日も早く保釈を認めて貰わねばならない。

しかし天野がジギリをかけた真の狙いは、決闘の前に逮捕という絵図を描いた水上丑之助への怒りであった。房太郎へ散弾銃を浴びせかけ、二度とでかい態度を取らせないことを阻止されたばかりか、密告の事前逮捕という屈辱は絶対に晴らさねばならないのである。

一日目、二日目、水だけの生活を続け、三日目から天野はその水も減らし、もう起きて動けないふりで五日目には水も絶った。その間には妻が福岡の検察庁まで行き、「あのままでは夫が死によります」と頼んで回ったりした。

絶食によるジギリは、「〈兇健〉と呼ばれた男」（幻冬舎アウトロー文庫）でも筆者は詳しく書いている。〈兇健〉大長健一の死をも見据えたジギリは、まさに凄まじいの一語に尽きるが、大長もまた天野と同じ大正十二年生まれの同世代なのだ。筑豊と門司で互いに面識はないが、この世代の死を賭けた意地は全く同じ気骨によるものと思われる。

ともかく、絶食一週間で天野の保釈は認められた。いわゆる執行停止、状況保釈である。田川署としても音を上げたばかりか、憔悴《しょうすい》しきった天野の心身では、すぐ事を起こすこともないと判断したのだろう。

しかし、十日ぶりで赤池へ戻った天野は、その時点で動いた。

「あんた、お帰りなさい。保釈金も土屋の親分がすべて用意してくれなさって」

「兄貴、おめでとうございます」

妻や舎弟たちの挨拶もそこそこに、天野は全員に命令した。

「ええか、まず女子《おなご》らは重湯《おもゆ》を炊け。それでわしの腹ごしらえができたら、今日はお前たちに腹いっぱい喧嘩させよるけんな」

もちろん重湯は、一週間の絶食後のための食事であり、喧嘩は水上丑之助へただちに仕掛けるものである。絶食の間、その戦略は十分に練ってあった。

女性たちがいきいきと働きはじめた。胃を刺激しないための薄い重湯のほかに、男衆のための食事も用意され出した。

保釈を知って、祝いに訪ねてくる者も何人かいた。

「房やんを叩くええ機会やったのにのう。でもまあ、よう帰りんさった」

「町議がこそこそ動き回るけん、いらんことしたばい。でも義《よし》やん、ここはじっと怺《こら》えんしゃいよ。聞けば飲み食いせんで出よったらしいで、まず身体を大切にな」

いろいろなことを言って行くが、そのなかで天野の動きを察知した者がいても不思議はなかった。そうしてそれは、おそらく好意からだろうが、小峠近くの青木炭坑にいる土屋新蔵のもとへ知らされたのだろう。

食事の仕度もほぼ出来上がる頃、突如として、いま炭坑《やま》から降りてきたばかりという仕事着姿で土屋新蔵が現れたのだ。

「天野、来い！」

土屋の顔はすでに火吹き達磨だった。天野としても観念するのみである。

「お前、なんの不服があって水上さんへ仕掛けるんじゃ」

「…………」

天野に答える言葉はなかった。そして別室へ入るや否や、火吹き達磨はまさに烈火の火を噴いた。

「帰ったその日から、もうこげん始末しおって！」

同時に天野の両眼に火花が散った。迫力達磨の両手がパパーンと天野の顔面に炸裂《さくれつ》したのだ。

「済んませんでした。やめます」

天野は頭を下げるのに精一杯だった。土屋新蔵に叩かれたのはこのときがはじめてである。火花の先で、これまでにかけられた温情の数々が、くるくると回っていた。

新品のオーバーのこと、小峠のハグリ事件の金や小遣いのこと、そしてこの十日間も毎日だった。さらに事を起こせば、親分が出してくれたという保釈金も……。

「わかったか！　天野」

「わかりました」

「少しは頭を冷やして静かにしておけ。わしも房に言うてあるし仲直りの動きもある。それがどういう結果になるかは、天野！　わかっちょろうな、お前の行動ひとつじゃ」

天野はひたすら頭を下げ続けるのみだった。すべて土屋新蔵の言う通りで、天野が留置場にいる間、事はいろいろと動いていたようなのである。そうしてそこに、土屋の存在は不可欠のはずであった。

数日後、直方市の遊郭で天野義孝、高山房太郎、両者仲直りの宴がもたれた。土屋新蔵、水上丑之助ら関係者をはじめ、警察関係者らの出席もあった。

天野は若い衆ら五人ほどを連れて行き、女たちに囲まれて大いに羽根をのばしたが、房太郎は若い衆一人のうえ、なんとも宴になじめないようであった。

宴が盛りとなってどんちゃん騒ぎになっても、房太郎は一人の女になんとなく喋りかけるだけで、宴は甥《おい》分にあたる天野が終始リード、盛り上げるのである。対等の仲直りのうえ、そこにはすでに叔父貴分としての貫目も失っている房太郎の姿があった。

無理もなかった。この頃には関係者の間で、当日の水上丑之助の行動がすっかり明らかにされていたのだ。決闘を申し渡しながら仲裁を受けた房太郎。そして仲裁は許されないと勇み立つ天野が猟銃にバラ弾を詰めていると知り、再びすべてを任せた房太郎のことは関係者の誰もが知ることになっていたのである。

とくにその裏事情に対して敏感に反応したのが赤池炭坑側であった。この日の費用も赤池炭坑持ちだったが、出席者は房太郎へは形だけの儀礼で、陽気に座を盛り上げる天野に調子を合わせてくるのである。

それればかりではなかった。当時を知る数少ない関係者の記憶によれば、この時点で捨扶持は天野に渡ることになったという。つまり坑区見回り役の交替であり、天野は後日、それを知らされることになるが、それは客観的にみて天野の勝利宣言といえた。

ライバルと命名した溝下秀男は、のちに天野を「そのときでもう喧嘩相手がおらんようになってしもうたのよ」と述懐したが、その溝下も昭和二十八年に小学校入学、やがて天野は土屋新蔵の死を経て、わが家の風呂へ入りながら遊びに来る溝下少年を知ることになっていく。

土屋親分の死

炭鉱不況の波はじわじわと筑豊一帯にしみ通り、賃上げや待遇改善をめぐる動きは、中小炭鉱にも影響を与え出した。

昭和二十七（一九五二）年十月に炭労が行った六十三日間のストに続いては、三井三池が二十八年八月七日から長期ストに入った。

六月の大水害もあって、企業整備のため鉱員千八百十五名の指名解雇を企業側が打ち出したのに対し、十一月二十七日、ついに指名解雇撤回で妥結するまでのそれは、組合側が「百十三日間の英雄なき闘争」と評価した新しい戦い方であり、その影響は中小炭鉱にも広がっていったのである。

いわゆる企業組合主義ではなく、産業別統一闘争の形を明らかにし、大衆行動を背景とした交渉によって解決しようとする職場闘争が総評によって推進されたからだが、それはやがて家族ぐるみ、町ぐるみで闘うという「ぐるみ闘争」へと発展、力のなかった中小炭鉱の組合もそこに活路を見出したからであった。英雄はいらず全員で戦い、背景には炭労や家族、町ぐるみとなれば、中小炭鉱の力も倍加する。

土屋新蔵の青木炭坑もその例に洩れなかった。坑員六十名余とはいえ、社会の追い風のなかで団結すれば強く、さまざまな戦術は炭労からやってくる指導者を中心に練られたから、昔気質の土屋新蔵は毎日が「火吹き達磨《だるま》」と化した。

そうでなくとも金銭欲はなく、やくざのほうの子分として天野や重本へ小遣いをはずむばかりか、炭坑《やま》のほうでも配下へ自分なりに目をかけているという自負が土屋にはあったのだろう。だから無機的に経営者対労働者としかみなくなった数々の戦術や交渉に、土屋は苛立っていったのに違いない。

もちろん愚痴をこぼすような人ではなかった。時に顔を合わせる天野らにも、組合との交渉についてはなにも話しはしない。しかし天野は小峠近くの知人などから、青木炭坑では毎日のように親分が、「火吹き達磨」になっていることを聞くのである。

なにかで発散させないと、六十代の身にこたえると天野も思ってはいた。しかし土屋は労使交渉で一日のエネルギーを費《つか》い果たしてしまうのか、好きだった博奕にも手を出さず、天野にお呼びもかからないばかりか、酒をくらって荒れたという話すら伝わってこない。しかも暑い夏、それまでなら事務所を任せて博奕の旅や休みを取るのに、毎日のように小峠通いが続いていたのだ。

そうして夏が過ぎ、秋の風が肌に冷たく感じだした頃だった。天野は青木炭坑からの急報を受けた。懸念していたように「親分倒る」の報であった。

天野は小峠へ急行した。土屋新蔵は応接間の椅子に横たわっていた。鼾《いびき》をかいて昼寝をしているようにも見えたが、顔色はすでに赤黒くむくんだようになっていて、すぐさま駆けつけていた医師は天野の視線に、眉をひそめて軽く首を横に振って呟くのみである。

「脳溢血じゃ、興奮の極に達して切れたんじゃろう。いまは動かせんばい」

あとから知ったことによれば、土屋は他社のように労務担当へ任せることを潔しとせず、ずっと自らが交渉の先頭に立ち、その日も組合幹部のあまりの暴言にいきり立ったところ、突然倒れたということだった。応酬は激しいものがあったらしい。

天野はなんとか赤池の土屋宅へ連れて帰りたかったが、動かせば危険とあっては仕方がなかった。この頃には、天野らを「風呂入れーっ」などと威勢よく命じていた姐さんは土屋のもとを去っていたから、付き添いは天野や重本らがするしかない。本姐、つまり本当の奥さんには使いが出たばかりという。

土屋が彼女と別れた理由はまったく知らされなかったが、石炭不況と労働争議も背景にあったのだろう。こげん大事なときにおってやらんで、と天野は口惜《くや》しく思いながらも、応接間に畳と布団を入れ、医師を半ば拘束して看病にあたらせた。

病状は次第に悪化した。倒れた夕方から夜こそ平穏にみえたが、次の日は失禁状態が続くばかりか、呼吸が次第に荒く不整となり、不整脈もみられるようになった。高熱も出ているようだった。

呼吸がひきつるようになると、天野は医師から受け取ったカンフル剤を、自ら土屋へ皮下注射した。なんとか本姐の到着まで保たせなければならない。

眠くはなかった。医師が用事で束の間ながら医院を往き来する間も、天野は眠る気になれずにいた。世話になった思いもなにも浮かばなかった。ひたすら、この親分のためなら死ねるという思いの千分の一も返していない、という思考で脳内はいっぱいであった。何度も何度も祈るようにカンフル剤を打った。

三日目、本姐が間もなく土屋宅に着くという報せと同時に、医師が天野の両肩をつかんで首を再び横に振った。

「つまらん……」

つまらん、とはもう駄目、臨終が近いという意味である。

天野は用意させておいた担架へ土屋を乗せ、土屋宅へ帰ることを命じた。土屋の体は少しずつ温みが失せ、すでに冷たく感じる部分もあったから、その部分には湯タンポを入れた。肌へ直接つけても、土屋はぴくりともしなかった。意識はとうとう甦らず、僅かに呼吸だけを断続的に続けているのみである。四人の坑夫が持った担架の横を、天野は離れずに炭坑《やま》を降りた。

小峠から赤池までは、坂の下り上りはあってもそう遠い距離ではないが、担架を揺らさずに歩いたから三十分はかかったろうか。道行く人が心配そうに訊《たず》ねるが、日頃は饒舌《じょうぜつ》な天野も口を開こうとはしなかった。

口をきいたのは、担架が玄関前の溝を渡って家へ入ろうとしたときである。坑夫らが土屋を乗せた担架を頭のほうから玄関口へ向かったからであった。

「馬鹿たれ！　お前らなんも知らんのか。足から入れい。頭から入れるのは死んだときやぞ。まだ親分は死んどらんけん、足からじゃ。ほんまなにもわかっとらんで。親分をこげん体にしたのはお前らじゃろうが。理屈ばかりこきよって、情も作法も知らん」

天野にしてみれば、青木炭坑は土屋新蔵の事業であり、口を挟むことではないと黙っていたのだが、口惜しく思っていたことがつい怒鳴り声となってしまったのだった。しかし心配して事務所へ詰めてくれていた彼らは、いわば昔からの子飼いであり、怒鳴られるのは心外であったとはいえ、その言葉は心に響いたのだろう、すぐさま口に出して詫び、向きを入れかえて玄関を入った。

土屋新蔵は、家で死なせてやりたいという天野の願いを知っていたかのように、それから間もなく、慌ただしく到着した本姐に手を握られて息を引き取った。

「キューピー達磨」に戻ったような、穏やかで静かな死だった。唯一、痛々しかったのは、体を清める湯灌《ゆかん》のときに見た肩と足の火傷のあとだった。湯タンポのせいに違いなかったが、だから家まで保ったのだろうと考えると、それも納得ができたものである。

その夜、土屋家へ直方《のおがた》から不思議な和尚が現れた。

「あら、河野さん、もう来てくれよって、ほんま有難うさん。うちもやっと間に合ったんじゃけん、使いが遅れて申し訳ないけど、ま、会うてやってくれよるですか」

「死に目に会えんのは残念やったが、まあ、わしも坊主の端くれたい。枕経《まくらぎょう》でもあげさせて貰うばいね。ほんま、兄弟とは現世でいろいろ思い出も多かけんのう」

「ほんまですよ。新蔵も河野さんに枕経あげて貰えば、安らかに成仏できるでしょう」

本姐と話しながら土屋新蔵の遺体のところへ来た河野という和尚は、本姐が白布をとった顔へ手を合わせたあと、やがて静かに深く、時には朗々と経をあげ出した。

天野は途中で茶菓の用意に立ち上がった本姐について台所へ行き、不審に思っていたことを訊《き》いた。

「あの人、誰な。坊さんで兄弟ちゅうとるが、どげん関係ですたい」

「河野さんちゅうて、昔は悪かったんよ。いまもあの袈裟《けさ》の下は、体中が入れ墨でいっぱい。そやけ、なんかあったんやろね。堅気になりはったばかりやなく、頭丸めて袈裟着るようになったんよ。もう前のことやけど、お経も上手になったわね」

「それじゃ熊谷次郎直実たいね」

「そう、平家物語の筑豊版かも知らん。ほらあのお経、なんともいえん有難い声や」

天野はまた遺体の傍《そば》に戻り、土屋新蔵の生涯や河野という和尚の転機について考え、しみじみとした思いになった。


土屋新蔵の葬儀は盛大に執り行われた。肩書は赤池町の公安委員長、炭坑主、それに博徒の親分も加わったから、町長をはじめ教育委員長になった水上丑之助ら町の実力者が顔を揃え、炭坑経営者関係、大野留吉ら博徒の親分たちも遠近《おちこち》からやってきた。

天野と重本、それに高山房太郎も葬儀を手伝った。すでに房太郎に往年の力はなく、この頃は「(天野には)喧嘩する相手がのうなった」と溝下秀男がのちに述懐したように、もう天野の天下になっていたから、天野は姐さんをたてながらも腕をふるったが、哀れをとどめたのは房太郎だった。

天野との喧嘩は客観的に敗《ま》けとされ、赤池炭坑の坑区見回り役も天野に渡っていたうえに、唯一の後ろ楯である兄貴分の土屋を失っては、もうただの人なのである。房太郎は大きな体を小さくして、ひたすら隅のほうで目立たないようにしているのみであった。

天野はそういう房太郎を無視した。というより自ずと裏方の責任者的立場に立たされ、雑事のなかで房太郎へ目を向ける暇もなかったからである。

そうしてその立場は、土屋の葬儀が終わったあとも自然に天野のものとなった。いわば一帯は天野の天下であり、天野は土屋新蔵以外に親分を持つまいと決めていたが、親分を持つ必要もなくなったのである。改めて一家名乗りをしたわけではなくとも、それまでの舎弟分のほかに、多くの人間も天野の下に集まり出したのだ。

戦後の影を引きずっていた時代も、朝鮮動乱を経て大きく変貌して行きつつあった。映画は総天然色がカラーと呼ばれ、大画面のシネマスコープも登場した。昭和二十八（一九五三）年末の「聖衣」がそれで、二十九年十月にはシネスコ上映館が全国で百館を数えるに至ったほどである。

テレビもNHKが二十八年二月、日本テレビが八月に本放送を開始、それは街頭テレビ時代と並行しながら一年後の二十九年二月に一万世帯を突破したあと、三十年三月に五万三千世帯となって異常な普及率で伸び続け、三十二年末に百五十六万世帯、三十四年末に三百三十万世帯へと増加した。

ラジオも現在のテレビのように一家に何台も置かれだし、三十三年頃にはトランジスタに化けて人々のポケットにさえ入るようになっていった。

これら電波とともに、電気製品の普及もめざましかった。朝鮮動乱の昭和二十五年が家庭電化の「紀元元年」であり、三十一年には電気洗濯機、テレビ、電気冷蔵庫が「三種の神器」とされたほどだった。

背景にあるのは三十年頃からの「神武景気」であったが、筑豊もまたその恩恵にあずかった。折りから三十一年の経済白書は「もはや戦後ではない」とうたったが、五割増加の設備投資の背景もあって、石炭需要は急増したのである。

一方でエジプトがスエズ運河の国有化宣言したのを受け、イスラエル軍がシナイ半島に侵入した「スエズ動乱」も石炭の後押しをした。中東の原油入手に不安を持った石油業界、また深刻な渇水に悩んでいた電力各社が国内炭を求めたからだった。

歴史的にみれば、それは蠟燭《ろうそく》の炎のように石炭の最後の輝きだったとはいえ、石炭は掘っても掘っても売れた。業界は三十二年度上半期のトン当たり炭価を五百円値上げ、年度目標も七千二百万トンという大規模なものにしたほどである。

そうなれば再び天野が腕をふるう番だった。休眠中の中小炭鉱が起き出し、露天掘りや盗掘が再び盛んになったが、天野は赤池炭坑の坑区見回りを務めながら忙しく飛び回ることになった。

さらに再び遠賀《おんが》川を黒く染めだした洗炭業にも目を向けた。一度は見捨てたボタを洗い、なかに混じっている石炭を選び抜く洗炭業はこの時期に一気に増え、筑豊だけで五百六十余の業者がひしめき、月量七万八千トン、労働者は七千人という大規模炭鉱なみになっていたのである。

天野は八面六臂《ろっぴ》の活躍をした。日銭がまたうなるように入る。夜の田川行きも復活した。畳のへりに折った千円札を差し込み、着物の裾をはしょった女たちが、下の口でそれを咥《くわ》えれば進呈するという遊びも夜毎だった。

昭和二十八年に小学校入学、四年生になった溝下秀男が天野宅へ訪れるようになるのもこの頃である。

当時の生活を、二代目・溝下秀男総長が誕生したときの「親分交友録」インタビューで、筆者はこう書いた。

《小学校四、五年生で独立するのだから凄い。場所は炭鉱の長屋。父母を慕って泣く幼い二人の妹たちをかばい慰めながら「世帯主」となるのだ。（略）学校から帰ると買い物に行き、水道のない時代だから担《いな》い棒にバケツを下げて水汲みに行く。新聞社のカメラマンが格好の被写体として狙い、「それを怒ったことがあります、見世物やない」。

夜は通称タヌキ掘りだ。七輪に石炭ガラで火を起こし、ご飯に味噌汁、おかずを作って三人で食べ、妹たちを寝かせたあと、山師がひそかに掘った地下百メートルほどの坑内へ這いずり降り、「手ぼからい」といって竹籠に二十キロ以上の盗掘石炭を入れて貰って「肩にかろうてあがってくると一杯十円」になるのだ。五十杯がノルマで「当時五百円の日当は相当な金額です」というように、ニコヨン、つまり労働者の日給二百四十円強の時代である。当然ながら朝までかかって、家へ帰ると段々長屋の下の同級生の家はまだ起きていず、「まだ寝とるなと思うたら、やっぱりもうね」》

厳しい生活だったが、当時を知る天野家の人たちによれば、すでに黒の詰襟の服を着ていて、痩せてはいても色白で眼《め》のくりりとした可愛い少年だったという。

炭鉱の長屋とはいわゆる炭住であり、雨戸は板で下から突っかえ棒で押して開け、それを外せばパタンと閉まる仕組みで、冬は寒く夏は暑い。しかも場所の小峠は通称・地獄谷である。周囲には前科持ちが多く、気質も荒いだけに、前に述べたように仕《し》操《くり》斧《おき》と破れ日本刀の決闘事件なども起きたのだ。

その全快祝いの博奕を天野がハグリにかけ、土屋新蔵が弁済してくれたのも前に述べた通りだが、そのときハグられた一人に実延《じつのぶ》という人がいて、その息子・実延国重がその当時、天野の舎弟分になっていたことから、家が近いこともあって溝下少年を連れて天野宅へ来るようになったのである。

溝下にとっては、そういう厳しい生活のなかの息抜きでもあったろうか。顔を出すのは赤池の映画館へ行くためであり、当然ながら妹たちを寝かせつけたあとの夜であった。

天野家では、環境に拗《す》ねず、明るく逞しい性格の溝下少年を可愛がり、とくに当時の天野の妻は溝下が来ると喜んで世話をした。

「秀ちゃん、早よ風呂入りんしゃい」

「秀ちゃん、風呂出たらご飯用意しとくから食べんしゃい。映画はじまるまで、まだ時間あるけんね」

それは天野がいてもいなくても変わらず、映画館は顔パスであり、また天野家には無料のビラ下がつねに束になってあったから、溝下は月に二、三度は楽しみに天野家へ来ては映画館へ通ったのである。

映画もまた前述したように黄金時代を迎えつつあり、三十年に日本は、長中篇の劇映画製作本数が四百二十本と世界最高記録をつくったほどであった。溝下の映画好きはこの頃に根差していることになろう。

溝下は二代目襲名のあと、天野の別れた妻へ電話で報告をして、彼女は電話口で涙がとまらなくなったというが、それもこれも当時のことを思い出したからであり、またきちんと報告するところに、少年時代から苦労を重ねた溝下らしさが表れているといえる。

一方で石炭の輝きは本当に最後の炎になりつつあった。「スエズ動乱」が終息し、原油の値が下がれば当然の帰結だった。五百円の値上げは、翌三十三年に三百円、三十四年に二百円の値下げとなっても筑豊は貯炭の山となり、「石炭斜陽」と「エネルギー革命」の言葉は同時に語られるようになったのである。

その斜陽化へ向かう寸前、なにか危険が迫ると警察が刑務所へ送って身の安全をはかってくれたこれまでのように、天野は短期刑ながら宮崎刑務所送りとなった。もう折角の文明生活のために揃えた「三種の神器」も、田川の夜も関係はなく、すべて不自由生活に逆戻りである。

しかし天野はめげない。どまぐれ特有の陽気さは、獄中に活を求めるように常に楽しみを見つけ出してしまうのだ。

このときの短期刑でそれは、のちに山口組顧問として平成五年に死去する伊豆組・伊豆健児組長とのコンビと煙草の調達だった。

当時の伊豆組長は三十の声に間近い頃で、別府の石井組・石井一郎組長とは兄弟分になっていて、この服役のあとしばらくして山口組入りすることになるが、すでに天野のワルぶりは有名であり、また共に陽気な性格から二人はたちまち意気投合することになった。

しかも護岸工事の外役が一緒である。ギラつく夏の陽の下、褌《ふんどし》一丁の丸裸で護岸工事に従事していた二人は、一服したくなると徐々に仕事場を堤防寄りに移した。

やがて堤防の上に人影が現れる。暑いだけに足取りは緩慢だから、ちらと横眼で見上げて男なら下を向いたまま呟くように言うのだ。

「おい、煙草落とせ」

「マッチも落とせ、気づかれんようにな」

相手はぎくっとする感じになるが、すぐ声の主が服役囚であると気づき、素知らぬ顔でポケットから煙草を出し、自分が火を点《つ》けながらさりげなく要求通りにしてくれる。

一本のときもあれば、二人を見て二本のときもあり、箱ごとというときもあった。多いときは雨が降らないことを祈って、草叢《くさむら》や石の下に隠して翌日に備えるのである。

煙草を手にすると天野が行動を起こす。五歳上と刑務所歴が長いだけに経験も豊富なのだ。一帯を見渡せるところにいる担当をちらっと見ながら腰をさする。

「じゃ健ちゃん、わし先に行きよるばい」

「おう、先に行きないよ」

ここまでは小声で、そのあとは大声で手を挙げながら、「すまんでーす、便所願います」。

担当の返事と同時に天野は見当をつけていた藪の中へと分け入り、褌を外して野糞の体勢になるのももどかしく一服するのだ。もちろん戻れば間をおいて交替である。

ところがある日、煙草に飢えていた天野は思いがけない失敗をしてしまう。午後になってやっと手に入れたのはいいが、しゃがんで息つく間もなく煙りをたて続けに吸い込んだため、もう舞い上がってしまい、立とうとしたときくらっときて、自分の糞の上へ尻餅をついてしまったのだ。生温かく柔らかい感触に驚いてすぐ起き上がったものの、臭気は一面に漂った。

近くの葉で拭き、赤土に尻をこすりつけ、なんとか事後処理をしたところで褌をつけ、足早に戻って声をかけた。

「さ、健ちゃん、行かんな」

しかし伊豆は大きな鼻をうごめかすようにして、「義やん、あんた、なんか臭いな」。

「いや、臭うか。実はあんまり急いで吸うたけん、手前糞の上へ尻餅ついた」

「そげんこつやろう思うた。義やん、早くそこの川で洗わんな、臭うてたまらん」

この臭いエピソードを伊豆は生涯忘れず、最期となる病床でも、天野が見舞いに行くと口にしたという。よほど印象、というより臭気が強かったのだろう。どまぐれならではのエピソードである。

短期刑から戻れば、昭和三十一年に成立していた売春防止法が、汚職事件もあったりしながらやがて罰則規定の施行となった。昭和三十三年四月一日から赤線の灯は消えたのである。前後して話題は沸騰、赤線で働いていた彼女たちの更生、さらにあっという間に広がった抜け道など、折りから出版社系週刊誌が創刊されだしたこともあって、話題はさまざまな角度から語られていった。

天野はそれまでに何度も女の足抜けを成功させていた。惚れて金を払ったときもあれば、なんとか隠して逃げ切ったこともあった。しかし今度は大手を振ってできるのである。

狙いは小料理屋の女たちだった。いわば遊郭と同じ仕組で売防法に抵触するが、飲食目的の客と恋愛が成立したという建前なら売春ではなくなるのだ。だからそれら小料理屋はそのまま店の灯を消さず、各地にはその方式を真似た店も数多くできて話題になったのである。

天野はほとぼりが冷めた頃、かねて目をつけていた小料理屋の女を別宅へ連れ帰り、計画を実行に移した。翌日から店へは出さない。当然ながら経営者が苦情を言ってくる。

「義やん、彼女を戻してくれんな」

「戻せいうたかて、彼女が帰らんいうとるもん、しゃあないやないか。戻れば売春させらるけん、嫌じゃいうとる」

「そんな、じゃ足抜きやないかい」

「違う。店を辞めたんじゃき、給料貰わんだけのことやけんな。それとも売春させるための支度金のことというとるのか」

売春、という言葉に経営者は怯《おび》え、やがて赤池町の派出所長に仲介を頼んだのだろう、経営者は旧知の警部補と一緒にやってきた。

「天野、お前、こうやって頼みに来とるやないか、帰してやらんかい」

「帰さん、女が帰らんいうとるのに、どうやったら帰すか」

「そんなら天野、金払うてやってくれんか」

「うーん、金か。所長がいうなら払うてやってもええけど、いまちょっと都合悪いけん、一日五十円か百円ならどうな。毎日、本人が取りに来てくれるなら払うばい」

それが天野の切り札だった。五十円や百円のために、日掛けなみに経営者が足を運べるわけはなく、なにより売春という弱味があるのだ。話はそれまでだった。やがて昭和三十四年、天野は身辺が忙しくなったところで彼女を親元へ帰し、それで終わりである。

天野は毎日が忙しかった。

石炭の輝きはすでに燃え尽き、閉山のニュースが相次ぎだした。もう赤池炭坑の捨扶持《すてぶち》もあてにはできないし、もちろん石炭で稼ぐことなど無理である。

天野は後にも先にも、正業といわれるものはダンスホールの経営しかしていない。それも戦後、数年のことで、あとは土屋新蔵についた時代を除き、その場その時の裁量である。もちろん母のハルコに負うところも大きかったが、太いカネはすべて天野の裁量で入り、どまぐれ的太い費い方で消えていった。

だからワルはワルなりの評価も定まり、時に太いカネが底をついて忙しくもなるのだが、そのときは田川伊田のパチンコ店の揉め事に成り行きで関わり、しかも顔を逆撫《さかな》でされる事態になっていた。

天野の心中は煮えくりかえった。舐めたらどげんこつなるかみちょれ、とばかり血も逆流した。天野はただちにパチンコ店襲撃のための若い衆を六人ほど集めた。

「ええか、今日は思い切り暴れてええぞ。台やガラス割りだけじゃだめや。ボックスの中へ入って機械ごと叩っ壊せい。タクシーは二台。待たせとって津屋崎《つやざき》へ逃げる。ええな」

津屋崎は祖父・虎吉の出身地であり隠居所のあった土地でもあるが、当時の妻の実家も津屋崎であり、逃亡先にはもってこいである。天野としては少々は臭い飯は食うことになっても、まずは暑い夏を海水浴で過ごし、あとは成り行きまかせの気分であった。まさかこの日以来、十年余り帰れなくなるなど思ってもみない。

タクシー二台に分乗した天野ら七人は、それぞれが丸太棒を持ってパチンコ店に殴り込みをかけた。

「客はどけい！　お前らにゃ恨みはなか。わしらこの店が気に入らんのじゃ、さあ潰せ！」
先頭を切った若い衆の声で、客が慌てて立ち上がって散らばった。入り口近くの客は表へ逃げ、中ほどの客は奥へとなだれ込んだ。出玉をしっかり抱えた者が多い。おりゃーっ、行くぞ、ガッシャーン、バリバリバリ。
掛け声とともに入り口から台のガラスを突き破り、たちまちボックスの中に入って機械の心臓部分を叩き壊す。パチンコ玉が床に溢れ返った。
玉売り場の機械も叩き壊され、玉はドアから表へと音立てて流れる。
おりゃーくそっ
ドーン、バリバリ、ガッシャーン
ドカン、ガシャン、バリバリ
物凄い騒音と若い衆の怒声のなかで、六列のボックスはたちまち内部から破壊されて行く。歯向かう店員はいず、暴れ放題だった。天野が用心深く周囲に気を配っていると、自分たちに危険がないとわかった客たちは、それぞれが床に溢れた玉を拾い、表でも放り出された玉売り機と、店内から続々と流れてくる玉に客が群がって拾い集めていた。
通報、警察の出動を考えると限度は十分から十五分までである。しかし、十分もたたないうちに店内は滅茶苦茶だった。パチンコ台はベニヤ材のうえボックスも安普請であり、すでに廃屋なみである。

「よーし、引き揚げるぞ、ええか」

天野の合図で半長靴スタイルの若い衆が、散らばるガラスをバリバリと踏み砕きながら、足早に表へ出てきてはエンジンを切らずに待っていたタクシーへ走り、やがて天野の合図で津屋崎への道を走り出した。

遠くでパトカーのサイレンが聞こえたが、追いかけられる心配はない。顔が割れているから、いずれ指名手配になっても当分は逃げ切れる自信はあった。

しかし、その津屋崎で天野は、大きな事件の渦中へどまぐれ的に自ら飛び込んで行くことになる。

撃て！　出た！

パチンコ店襲撃事件で指名手配された天野義孝は、そげんこつどこの話かとばかり、逃亡先の津屋崎で海水浴に明け暮れていた。

炎天の日中は海で遊び、派手になりはじめた水着姿の女の子をからかい、夜は飲む打つ買うである。もちろん合間には親類の映画館で暇もつぶすし、夜釣りで一挙両得、食べきれないほどの漁獲を持ち帰る日もあった。津屋崎は祖父・虎吉の頃からの馴染みの地であり、翌年、拘置中に入籍することになるが、当時は身重だった内妻の出身地でもあったから知り合いは多く、そこでの日々は逃亡というより避暑気分に近かったろう。

時代も明るかった。

長嶋茂雄が巨人軍に入団したのが前年の昭和三十三年、秋には新人王になり、九州出身の川上哲治は引退を表明するがプロ野球ブームが起きていて、なによりこの年の春、昭和三十四年四月十日には皇太子殿下と正田美智子さんのご成婚がテレビ中継され、人々を茶の間に釘づけにしている。

しかも美智子妃が皇太子について「ご清潔でご誠実で」、「ご信頼申し上げている」と語ったのがそのまま流行語になったり、またロカビリーが全盛期を迎えてハイティーン、ローティーンが騒ぎ、石原裕次郎のセリフ「イカス」も海水浴場で聞かれない日はないほどだった。

そうして経済も秋からはじまる「岩戸景気」がすぐ近くまできていて、この年の夏は明るく騒々しくはじまり、天野もまた逃亡を忘れて遊び暮らしていたのである。

ところがその夏には、殺人容疑になる事件を起こし、秋には逮捕、拘置所送りとなるのだ。順序は逆になるが、その逮捕がいかにも天野らしく、また逮捕後の留置場でいかにも天野らしい体験をするのである。

逮捕は事件を起こして逃亡、再び津屋崎に戻って親戚筋の映画館経営者宅に身を隠していた九月中旬のことだった。

その日も天野は、漁師と一緒にイサキの夜釣りに行き、早朝に戻って眠りに就いた。相変わらず夜は遊び、昼は寝ている生活であり、なかでも夜釣りは夢中になれて楽しいし、とくにイサキは塩焼きにするとうまいのである。舟が出るとわかると、天野は博奕も女も放って連れて行ってくれるよう頼んでいたのだ。

そうしては朝になって、映画館経営者のところに戻り、ぐっすり夕方まで眠ると心身ともにしゃっきりする。住まいは映画館の筋向かいにある経営者宅の一室で、裏口からこっそり海水浴客にまぎれてしまうのはともかく、大手を振って歩かなければ、まったく人目にはつかない。

その日も天野は四時近くまで眠り、目覚めたあとは日課である夕刊が来るのを待ち、今夜はなにをして遊ぼうかと考えていたところだった。

漁師によれば、その夜は予報通りに海が荒れるため舟は出さないとのことであり、映画でも観たあとは博奕ぐらいしかすることがなかった。誰に誘いをかけようかと思案していると き、表で天野を呼ぶ声がした。

「義孝しゃーん、電話ですよ。折尾のテツさんからやて。義孝しゃーん、電話。聞こえとりますか、映画館のほうですけんね」

「はーい、いますぐ出ますけん」

呼んでいるのは経営者の妻だった。天野は一瞬、冷たいものが意識の底を走った感じがした。「折尾のテツ」とは聞かぬ名でもないが、天野の居場所は知らないし、また極秘の電話なら映画館のほうへはかからないはずである。

天野は嫌な予感を振り切るように、ともかく部屋を出て道路を横切り、映画館の事務室へ行った。置いてある黒い送受器を手に、「もしもし」とやろうとした途端、送受器から洩《も》れてきたのは、すでに通話が切られているツーツーという音のみだった。

しまった、やられた……。

天野の頭はめまぐるしく回転した。この場合は「そげん人おらんです」と言っても同じことだったろう。要は不審な電話が天野に取りつがれ、天野がどう行動を起こすかを見ているのに違いないのだ。

サツの手が回った……天野は確信すると同時に部屋へ取って返し、脱ぎ捨てたままになっている漁師スタイルのボロ着をつけ、手拭いで頬被《ほおかぶ》りすると素早く裏口から海辺へ出た。

予想通りだった。風が出て白い波頭が目立つ夕闇の玄界灘を背景に、海岸線いっぱいに非常線が張られていた。表の道路際も、目立たないように警官が張りついているのだろう。天野は観念した。指名手配はパチンコ店襲撃事件ばかりでなく、殺人容疑が主なのである。

合同捜査とみられる数人の私服が天野を取り囲んだ。懐中電灯が顔にあてられ、「天野義孝君、間違いないね」。

「おう、天野や」

同時に一人が天野の手首を握り手錠を掛けようとしたが、そのとき田川署で顔を知っているだけの刑事が、「なにい」と身構えた天野とその刑事の間に割って入る形になった。

「手錠はかけんでください」

「えっ」

「いえ、私が責任持ちます。これは手錠かけるとどうにもならん。田川署ではいつもそうしてます」

天野は内心でニヤリとする思いだった。高山房太郎との決闘事件以来、田川署では天野の扱いに対して、内々に不文律ができていたらしいのである。天野のどまぐれ極まれりというべきだろう。

異変、が起きたのはいくつかの留置場をたらい回しにされたあと、博多臨港署へ移送されて二、三日たった夜である。水上署だけに留置場の規模は小さく、監房は三つ並んでいるだけだった。前には看守室があり、当直看守が二十四時間体制で勤務している。天野が入れられたのは、三監房の真ん中でもちろん独居だった。

入り口から向かって右奥が一段高くなったトイレである。入り口もトイレのドアも、前の看守室から見えるように、大きい窓がついていた。三監房とも、容疑者がなにをしているかわかる仕組みだった。

逮捕から約二十五日、十月十日前後になって夜は肌寒い季節になっていたが、その日が特別にどうということはなかった。いつものように一日が過ぎ、いつものように就寝しただけである。

ところが夜半、天野は形容しがたい気配を感じて目覚めた。寝床でゆっくりと首を回して房内を見る。

トイレのガラス窓が白く明るかった。なんや、電気もついとらんのに、と疑念が湧きかかったとき、天野は不思議な気配がそこから漂っているように感じた。

そして感じたと同時だった。白い明りはたちまち人の形に変幻した。足があったかどうかは定かではない。しかし、タンクズボンは見たような気がする。

見間違いないのは、白い人形《ひとがた》が白いカッターシャツになったことだった。

――あいつっ。

わかった途端、天野は叫んだ。

「こら、貴様ーっ！」

同時に飛んできた看守がドア越しに怒鳴った。

「天野、なんかあったか」

「いや、なんもないぞ」

「でも、いま大きな声で叫んだろうが。貴様ーっちゅうて」

た。

「いや、知らん。そっちこそ舟漕《こ》いで空耳《そらみみ》聴いたんやないか」

「馬鹿な、とにかく夜中に大声は出さんようにな。なんかあったらまたくるぞ」

もう天野は返事をしなかった。撃たれた瞬間の、男の驚愕した顔がまざまざと甦ってい
た。

天野は殺人容疑の取り調べに対し、「喧嘩の仲裁に行った」の一点張りで通した。仲裁に行ったところ、先方が襲ってきたので確かめに行ったとき、相手が勘違いして発砲事件につながったと主張していて、決してそれは間違ってはいなかったのである。

犯行は天野と若い衆、天野の兄弟分の三人だった。夜半ながら、相手が騎手の身につけるようなタンクズボンにカッターシャツを着て、腰に拳銃を無造作にはさんでいるのが灯りで見てとれた。天野の右後ろには、日本刀を持った兄弟分、左後方に拳銃を持った若い衆がいても、逆に撃たれる場合もあるのだ。

天野は用心深く相手の名前を確認した。その時になって相手の男も、自分たちが逆襲されそうになっていると察知したのだろう。いきなり腰の拳銃に手をかけて叫んだ。

「動くと撃つぞ!」

撃てるもんなら、天野は咄嗟にその言葉を飲み込みざま「撃ってみい」と叫んだ。

しかし、それは口から迸《ほとばし》ったとき、言葉の抑揚も力の入り具合も変わっていた。

「撃てい！」

「助けてくれーっ！」

叫びは同時だったが、とたんに天野の左耳へガーンと鼓膜の破れるような炸裂音がして、一メートルほど前にいる男の胸部に向かって火の箭《や》がボッと走り、すっ飛ぶ男へ白刃が光っていたのだ。男の驚愕した顔が歪んだように見えた。

そのときの表情が甦り、タンクズボンは朧《おぼろ》ながら、カッターシャツは間違いなかった。はっきりとこの眼で見たのだ。

とすれば幽霊。貴様ーっ、もう出たか。

天野はかつて、狐《きつね》に化かされて馬の尻に指を突っ込んだことをちらりと思い出したが、そんなものとは比較にならない不思議な体験だった。貴様ーっと怒鳴ったとき、それは一瞬にして消えていたが、霊が形になるとしたらそれに間違いなかったろう。

幽霊なぞ信じやせんが、と思いながら天野は再びトイレを凝視した。しかしそこは暗くなんの気配もない。天野は視《み》つめ続けているうち、いつしか深い眠りに入っていた。

天野は気にもかけなかったが、それは事件から四十九日前後の計算になるのだ。「中陰の思想」によれば、死者の霊がさまよって、やがて成仏する日にあたる。天野が見たのは、その最後の霊ということになろうか。

まさにどまぐれならではの逮捕、発砲事件、幽霊体験だったが、そのあとはなんの異変も起きず、天野はやがて長い拘置所生活へ入って行く。

警察署の留置場をたらい回しにされ幽霊体験も経たあと、起訴された天野義孝が送られたのは、通称で土手町《どてまち》といわれた拘置所だった。裁判所並びの天神《てんじん》寄りにあったが、藤崎の刑務所、拘置所とともにいまはもうない。昭和四十七年、福岡市が政令指定都市となって以来の変貌は激しく、当時は天神にいまの市役所と並んでいた県庁も、県警本部とともに東公園に面して聳《そび》えているほどである。

拘置所に送られて、天野は多少なりとも肩の力が抜けていた。どまぐれ的に過ごしていたとはいえ、博多臨港署のように、二十四時間びっしり監視の眼《め》が光っていてはやり切れないし、検事調べもまた苛酷だったのだ。

仲裁に行ったの一点張りで通す天野に手を焼いたのだろうか、毎回のように同じ問答を繰り返したあと、検事はちょっとくだけた口調になりながらも、表情だけは硬くしたまま言うのである。

「天野、お前そう言うけどな、仏さん、気の毒と思わんのか」

「仏さんて、なんですか」

「被害者に決まっておろうが。お前、これでも気の毒に思わんのか」

これでも、に力を込めて検事が天野の眼前へ突き出したのは一枚の写真だった。

天野にはひと目でそれが解剖台に乗せられた裸体とわかり、咄嗟《とっさ》にあの男と察しはしたが、検事の手口に反発して訊《き》き返した。

「これがどうしたとですか」

「どうしたかて、これが仏さんよ。お前たちが殺《や》った被害者だ。奥さんがおるんやぞ、気の毒に思わんか」

「殺った言うても検事さん、何度も言うようにわし関係ないですもん。止めに行ったんやけん、仲裁に行った者がどうして気の毒に思わないけんちか」

「またか天野、いいか、そう言わずにじーっとよく見い」

天野は再び眼前へ突き出された写真を凝視した。臨港署の留置場、トイレのガラス窓のところに浮かび上がった白いカッターシャツと、「貴様ーっ、もう出たか」と思わず叫んだことがふと脳裏をかすめたが、それと解剖台の証拠写真は関係ないのだ。天野は素知らぬふりで眺め続けた。

しかし、それを何度もやられるとやはり気分はよくない。やがては白いカッターシャツが出たのが先か、解剖台の写真を見せられたのが先か混濁するような気分にさえなったところで、拘置所送りとなったのである。

検事調べという苛《いら》ついた気分から逃れ、多少なりとも身構えていた肩の力が抜けたのも、馴れ親しんだといえるかどうかは別にして、勝手知った藤崎のほうではなかったが、拘置所でありさえすれば、天野は「ボテやん天国」なみにする自信があったからなのだ。

しかし、当初はなにかと面喰らった。なかでも公判に出廷するときの厳重な警戒ぶりには驚かされた。拘置所の正門から出るとばかり思っていたところ、連れて行かれたのは女監があるほうの小さな裏門で、しかも数人の護衛つきなのである。

訊いても答えてはくれなかったが、護衛たちの行動や拘置所内の噂を総合すると、それは天野への襲撃を警戒してのものとわかった。つまり報復に対する防備である。

天野にはピンとくるものがあった。事件の前に佐世保へ行ったとき、兄弟分の一人から、名を聞いたことのある男が、前手錠、腰縄つきで看守とともに裁判所を出たところ、いきなり躍り出た男に正面から射殺された話を耳にしたばかりだった。犯人は兄弟分を射殺された敵討ちとして、拘置中の男を狙ったのだが、そういうこともあって、天野のような事件の場合は厳戒態勢が敷かれたのだろう。

来たら来たでええやないか、天野はそう思ったが口に出すほどのことでもなく、そのかわり裏口からでも堂々と胸を張って出た。それが天野なりのプライドだった。

年が明けてからは、思いがけない面会人が現れて天野を驚かせた。昭和二十一年の夏、八万円のハグリ事件で行動を共にした藤江だった。交番の電灯の下で札を数え、気がついて慌てた忘れられない事件だが、芋蔓《いもづる》式に逮捕された残りの藤江ら四人に対し、天野は求刑公判で言っている。

「四人はわしが煙草銭やる言うて連れて行っただけで、内容は話しておりません。四人は無関係です。事件はわしが一人でやったことなんです」

正義漢ぶりを大いに発揮して、陰で動いていた母のハルコを嘆かせた証言だったが、それが効いて藤江らは執行猶予になり、拘置所を出るとき、彼は天野の監房の食器口を開けて、感極まった涙声で言ったのだ。

「天野、必ず迎えにくるけんな。わし、金持って必ず出所を迎えるけん、恩に着とる」

それが昭和二十一年十月。藤江とはそのとき以来、十三年ぶりだった。つまり二十二年八月、天野の出所にも放免祝いどころか音信不通、人を介しての挨拶すらなく、今日に至っているのである。天野が怒って縁を切ったからだが、面会に現れたのにはそれなりの理由があった。

藤江はそのとき有名な親分を鉈《なた》で殺害、長期刑必至のうえ体を悪くしていて、いずれ拘置所や刑務所で舎弟分らを含めて会うことになる挨拶と同時に、藤江なりに感じていた別れのためでもあったろう。事実、藤江は十五年の刑を受けたあと、間もなく執行停止になったものの病死している。

藤江は舎弟分らと面会に来て、当時の事情を縷々《るる》説明してから頭を下げた。

「謝って済むことじゃないけん、それにこげんときに来られたもんじゃないけん、そこのところをなんとかわかってくれ。もう兄弟とは呼べんが、昔のよしみでな、この通りや」

「しょうがないやないか、誰かて事情はあろうもん。それより体のほうは大丈夫か」

「済まんなあ、あっさり断りを許してくれたうえに、心配までしてもろて」

「なんの、昔のことより、これからのほうが大事じゃろうが」

話がわかれば、あとはわだかまりをきれいに捨てるのが、どまぐれのいいところである。藤江は今度こそ本当に感極まった表情で、「済まん、恩に着るけん」と何度も言って舎弟らと去って行った。

面会には、さすがのハルコもあまり顔を見せなかった。見放したというより、殺人事件ではもう動きようはなかったろうし、我が子可愛さにも限度があったのだろう。

その代わりに成長した妹たちが、ハルコの代理としてよく面会に来てくれることになった。舎弟や子分たちと合わせれば、三日に一度は誰かが必ず顔を出し、天野はそのたびに我儘《わがまま》を言うのである。

それは天野の妻にしても同じだった。舎弟や子分を指揮しては、天野の命令をいろいろ工夫しては実現するべく努力した。それが間もなく、天野の「ボテやん天国」へ向けて大いに役立つのだが、そこには天野ならではの綿密な計画があったのである。

土手町天国

天野は土手町の生活に馴れるにつれ、次第に身辺の身づくろいに精を出して行った。といって居住まいを正すのではなく、むしろその逆といえばいいだろうか。いわば枕や床が変わったときに、身体が自然に反応して、もぞもぞと寝心地のよさを作り出してしまうように、天野は状況に応じて身づくろいの仕方が閃《ひらめ》き、その閃きがまた天才的ともいえる綿密な計算を伴ってしまうのである。

天野がまずしたのは、日常的に胃痛を訴えることであった。週に一度は医務課長へ不調のことを申し出る。

「この鳩尾《みずおち》のへんがキリキリと痛むんやけど、なんか薬ありませんか」

「便はどうか」

「時に下痢することはありますけん、そげん悪いわけじゃなかです」

「差入れの弁当を少し控えたらどうな」

「それが、腹が空くときのほうが痛みは強うなります」

「ふーん、鳩尾じゃ十二指腸やないし、じゃ吐き気はどうか」

「あるときもありますけん」

「神経性かも知れんな。ま、ようく寝ることっちゃ。安静が一番ええ」

差入れを注意されては困るから、天野が適当に言えば、医務課長も天野の元気そうな顔色を診て、何事かを考えて仮病を申し立てているぐらいにしか受け取っていないから、こちらも無責任な返事しかしない。

しかしそれが繰り返されれば、独居の天野が慢性の神経性胃炎を持病にしていて、医務課長から安眠が養生の一番と言われているぐらいのことは、看守のすべてが知ることになる。

それが天野の身づくろいのスタートだった。

六時半や七時の起床でも天野は絶対に布団から出ない。見回りの看守がきても、寝床から片手だけ出して挙げ、「起きてますよ」という合図をするだけである。

「そうか、天野は安静か。食事すりゃ治るなんて都合のええ病気やな」

虫の居所でも悪いのか、時には皮肉を言う看守もいるが、天野は知らんふりだ。もちろん当直の看守が交替する九時の検房も同じである。

寝床から「わかってますよ」とばかり手を挙げれば、看守はなにも言わないばかりか、異常を点検する木槌《きづち》の音も、トントントン、と少し小さめにする気配りさえ見せてくれるのだ。それが定着すれば、もうこっちのものである。

天野はある日、医務課長に胃腸薬のワカモトを差入れとして許可されることに成功した。普通は却下されるが、胃痛が治らず、最近の消化不良や下痢気味を強調すれば、時間をかけて訴え続けてきた効果はてきめんなのだ。

「ひと瓶やぞ。そうそうは許可できんから、大事に使えよ」

「わかっとります。薬があると思うだけで気が安まりますけん、恩に着ますたい」

天野はとびきりの笑顔で礼を言うと、早々に面会へ来た妻に差入れを頼んだ。妻は頷いたものの不審そうに訊いた。

「胃が痛むんなら、きちんと調合して貰うほうがええやないんですか」

「そげん言うたかてお前、これでもやっと許可貰うたんや。それにわしは、ワカモトが好きなんよ、前からそうやないか」

「あ、そういやそやったわね。じゃすぐ手配して次の面会のとき持ってきよります」

妻はちょっと不審そうな表情を見せたが、すぐになにかを感じたのか天野の言葉へ口調を合わせた。

やがて密封を確認されたワカモトが天野のもとへ届けられた。その頃には、差入れで頼んでいたリンゴも五個ほど溜まっている。準備が整えば、いよいよ「ボテやん天国」へ向けて実行あるのみだった。

天野はこれまでも伏線として胃痛、消化不良を理由に炊事へ頼んでは何度かお粥《かゆ》を作って貰っていた。粥腹は長くもたんから少し多目にと言うと、炊事からは大きな薬缶《やかん》に入ったものが届いていたのだ。冷めないようにということと、器へ移す場合、注ぐだけでいいという理由からだろうか。天野はそこに目をつけていたのである。

今度も同じように頼んだ天野は、夕食の粥が届くまでの間に、ワカモトの錠剤を八、九錠とり出して、細かく砕いてサラサラの粉末にして待った。

そのうち待望のお粥が運ばれてくる。天野は食べるのは少しにして、頃合を見計らって用意した粉末を混ぜ、薬缶ごと布団の中へ押し込んだ。夜も布団にくるみ、朝になると自分の股の間に入れては、例によって胃痛で安静のふりをする。

「天野、今朝も安静か」

布団から伸びた手で起きている旨の合図をすれば、もう看守も怪しみはしない。

ところが、薬の成分には胆汁分泌促進作用などのほかに、腸内の酵素へ働きかける成分が入っているのか、やがてお粥はブツブツと熱を持って発酵しだすのだ。そしてそのときに強烈な異臭を放つ。

天野はかねて用意したリンゴを丸いまま上下に糸を通し、まるで干し柿のように五つぶら下げて入り口近くに吊るした。リンゴの爽やかな香りが、辛うじてその付近では異臭を救ってくれる。

起床時間の見回りは、それでなんとか防げたが、問題は九時の検房だった。天野は発酵中の薬缶をしっかり股で挟んだまま、隙間から異臭が洩れないように布団を頭から被り、手首だけちょこっと出して異常のない旨を告げる。

しかし、壁や鉄格子などに不審な点はないかと確かめていた木槌の音がふと止まり、看守の声が布団の中へ響く。

「なんか臭いな、この独居は」

「リンゴ吊るしとるのも、防臭用ちゅうわけかいの」

「天野は胃病やけん、息が臭いばかりやなく、体臭にまで出とるんやないか」

「トイレは異状ないけんのう」

「ま、本人がいつものようにしとるけん、大丈夫なんやろう」

「よし、検房終了！」

天野は木槌の音が隣房から次第に遠くなって首を出し、にんまりとしてからやっと起き出すのである。

そうして一週間、薬缶の中のお粥と胃腸薬は見事などぶろくに仕上がるのだ。異臭は消えて、原酒の匂いがなんともいえない。しかもそれは娑婆《しゃば》の匂いでもあった。どぶろくは、この日のために取ってあった空き瓶に詰めた。桃屋のラッキョウの瓶詰めなどが主だが、多少の残り香は酒の匂いが消してくれる。

試飲の日が楽しみだった。

「差入れ屋に言うとけ、今夜は刺身が食いとうなったけん」

面会に来た妻に天野が言えば、夕食の膳にはしっかりと刺身一皿が別個にくるから、それを肴《さかな》に一杯やるのである。酔いは本当に五臓六腑へしみ渡るようであった。

もちろん瓶詰めを一人占めにするようなことはしない。同じ事件で土手町にいる兄弟分や舎弟にも回すのだが、まずは隣房にいる藤江の兄弟分へ分けてやった。

藤江は藤崎へ回されたが、共犯の兄弟分は土手町へ来て、しかも天野の隣へ入れられたのだ。天野は面会に来た藤江が頼んだことを実行に移し、拘置所の先輩としてなにかと面倒を見てやっていたのである。

それも生半可なものではなかった。出入り口に向けて敷いた布団の前、つまり隣房との境になる壁に小物が行き来できるほどの穴を開け、その穴を雑誌のグラビアページで隠していたのだ。もちろん隣房のほうも同じにしてある。

問題は検房だった。その周辺を木槌でコンコンと叩かれれば、壁は弾力を持って木槌をはね返そうとはせず、その付近では不自然な抜けた音がするはずである。それがまた、木槌検査の目的なのだ。

しかし、検房のときに木槌検査はされなかった。素早く新しく貼られたグラビアの写真を眼にとめはしたが、三人の検査官は誰も咎《とが》めなかったばかりか、ニヤリとして言っただけなのである。

「おっ天野、胃弱の割にはこげんいい女の写真ば貼って、体力は大丈夫か」

「わしかてまだ三十半ばや。寝るときに顔ぐらい見な眠れんわ」

「みんな悩みは同じじゃのう」

彼らは単純に拘置された者の同じ悩みと受け取ってしまい、以後は見向きもしない。そうして完成した穴から、出来たてのどぶろくを煙草と同じように回すのである。

煙草は容易に手に入った。週に二回、田川から面会にやってくる妻が、「差入れ」に来るのだ。もちろん正式ではなく、そこは頭の使いようなのである。

「じゃあ時間ですけん。胃腸もそうやけど、体に気いつけてね」

「おう、みなたちにもよろしくな」

いつものようにそう言って短い面会時間は終わるが、そのときにはすでに、打ち合わせ通りのサインで煙草が用意されているのを知った天野は、足早に面会室を出ると、監房へ戻る途中に二階の窓へ頭をくっつけるようにして外の風景を注視するのだ。

やがて窓から見える裁判所の庭のほうに、いま別れた妻と舎弟分の姿が現れ、それは隣接する拘置所の塀に近寄ってくる。そして塀際で二人が見えなくなったところで、ふわりと塀を越えた物体が拘置所の敷地にすとんと着地するのを見届ければいいのだ。

あとは独房に戻り、干した布団を取り込みに行くなどの理由をつけてそこへ行けば、十個ずつ二列にしてきつく紙で巻いた煙草がそこにあり、布団と一緒に持ち帰るだけである。

四百本の煙草は、天野の関係者や顔見知りへ渡り、それは所内の渇煙組を大いに潤すことになるばかりか、天野にとっては一杯飲んだあとの一服と、「ボテやん天国」を満喫することになるのだ。

どぶろく作りでは用心をしたこともあって失敗はなかったが、煙草では馴れて強引になったゆえの失敗もあった。

それは拘置生活も一年を過ぎた冬のことである。

その日は面会の終わったのが三時過ぎということも悪いほうへ重なった。例によって煙草のサインが出され、天野は二階の窓から確認するや否や、独居に戻って布団へ故意に水をかけて担当を呼んだ。

「面会で気持ちが弾んだのやろう、誤って水桶に蹴つまずいて布団に水をこぼしたばい。いまから布団ば干さしてくれんな」

「なに、水。ほう濡れとるな。そやけ天野、いまから干すいうても、もうすぐ日が落ちよるぞ、一時間も干されんばい」

「それでも濡れとるけん、一時間でも仕方なか、干さんよりええやろう」

「しかし、お前、夕方やぞ」

「夕方かてなんかて、少しでも干さなどうもならんやろう」

「じゃ、仕方なか、担いで行け」

なんとか許可された天野は、布団を肩に目的の場所へ向かった。担当は渋い表情でついてくる。その頃には天野の煙草所持は有名になっていて、未決囚のなかには羨望するばかりか、嫉妬する者もいたのだろう。もちろん看守も彼らからの声で事実を知ったが、半ば黙認していたのが現実といえた。

それが面会を終えた途端、短い冬の日が落ちる寸前の不自然な布団干しである。監房の窓には多くの好奇の眼が覗くことになった。まして彼らのなかには、静寂を打ち破るように、どさっと何かが落ちた音を耳にし、塀の際に異物を発見していた者もいるはずであった。担当としても、その多くの眼は気にしないわけにはいかない。

しかしどまぐれは、そんなことに無頓着である。それに加え、途切れがちだった貴重な煙草が、一夜を越せば霜でしっとりと湿ってしまう恐れがあった。

天野は布団を干す動作のなかで、まずは素早く煙草の包みを手にし、丹前の懐中深くねじり込んだ。

担当はさすがに見逃さなかった。

「天野、その懐中のもの戻してくれ。そうせんとわしたち首や」

「……そう言うたかて」

「見てみい、監房であれだけの眼が見ているんや。今日ばかりは見逃したら首や。頼むから戻してくれ」

「そやかて、これは」

わしの物ばいという言葉を飲み込んで、天野はさっと監房へ歩みを返した。とにかく手にした二十個をなんとかしなければならないのだ。

しかし担当にも立場があった。すぐさま保安課へ報告したのだろう、天野が枕のジッパーを開け、スポンジの中へ煙草を押し込んで元の位置へ戻したところで、特警、つまり所内の特別警備隊が五人ほどでドドドーッと足音も荒くやってくることになった。

「天野、煙草を入れたそうやな、早よ出さんかい」

「そげんもん、ないわい」

「ないとは言わさん。出さんと送検するぞ」

言うなり先頭の一人が入り口の戸を開け、敷居がわりの石にゴム草履の汚い足を掛けた。

それを天野が見逃すはずはなかった。

「貴様、わしの城へ土足で入ったね。そこから一歩でも踏み込んでみいっ」

天野は理屈で因縁をつけると同時に、おまる型の便器を手に持った。昼食後に出た大便と小便がチャプチャプと音を立てる。

「お前たち、一歩でも入ってみ、こいつを頭からいくぞっ」

土足を掛けた特警がひるみ、続いて入ろうとした者たちもお互いに顔を見合わせた、そのときだった。折りから所内巡視中の保安課長が通りかかった。

「どうしたんね、この騒ぎは。天野君、どうしたんか」

「わしの城へ土足で入ろうと……」

天野が説明するのを引き取って、担当が一部始終を報告した。もちろん非は天野にある。

「天野君、煙草を出しなさい。出さなければ僕が入ります」

天野は無言で身構えた。

「出さないんですね」

言いながら保安課長が石を跨《また》いだ途端、天野は「入ったなーっ」と叫びながら、便器の中身を保安課長めがけてドバーッとばかり浴びせかけた。糞尿《ふんにょう》を頭からかぶった課長は悲鳴をあげ、飛沫を浴びた特警たちは飛び退《の》いたものの、もう臭気があたりに立ち籠《こ》めて収拾がつかない。

結局は天野が担当に煙草二個を差し出したことで一件落着となったが、天野はそれで懲罰も食わなかったのだ。規則破りにもどまぐれ的明るさが憎まれなかったか、懲罰をかけていたらきりがないと思われたかのどちらかというより、二つ相俟《あいま》ってのことだろうか。

だから天野の拘置所生活は、まさに「ボテやん天国」なみになった。

朝は起床時間が来ようが、九時の検房があろうが起きず、十時近くにやっと起き出すと報知器で担当を呼ぶ。担当が来ればこうだ。

「済まんが、ちょっと出してくれんかい」

「どこへ行くんか」

「うーん、そうやね、今日は○○房がええやろうかね」

それで顔見知りの舎房へ行くと、鍵を開けさせて入り、世間話などをしながら持参した煙草を吸う。やがて昼時になったら、再び担当を呼んで鍵を開けて貰って出て、独房へ戻って昼食である。午後も同じ。そうしては時間を潰し、夜はどぶろくがあれば飲み、なければ折りをみて作るのみだ。

さすがに「撃てい!」との声で発砲した舎弟や、そのあと斬りつけて共犯とされる兄弟分のところではそうもいかないが、それでも煙草やどぶろくは切らさないように回した。

舎弟の処遇に関しては、担当と取っ組み合いの喧嘩もしている。自分にくらべてあまりに厳しいので文句をつけたところ言い合いになったのだ。

「なんか天野、でかい顔してくさって。担当に文句つけられる身分か」

「なにい、も一度言うてみい」

天野が言いながら一発見舞うと、その手をつかんだままねじり合い、階段のところで上下を繰り返しながら、あわや転げ落ちるところで駆けつけた看守らに引き離されている。

それどころか、懲罰を受けた者を保安課長に掛け合って期間を短縮させたことも何度かあった。たとえば一カ月の懲罰を打たれた者でも、天野の交渉で免罰が一週間ほどつくこともあるのだ。

「あいつ真面目にしとるけん、もうたいがいのところで免罰よかろう。行状報告もええんやないですか、考えてつかあさいね」

天野の言葉で保安課長が担当の行状報告に目を通し、本当によければ一週間どころか十日ほど短縮になって懲罰房から出されるのである。

また、別の事件で藤崎の拘置所にいる別の舎弟の面倒を見たこともあった。といって藤崎へ手を回すわけではなく、藤崎から公判で裁判所へ来るとき、十時と一時からの公判待ちの間、隣接する土手町の拘置所を利用するのを狙うのだ。

藤崎からバスで移送されてくる日時はわかっている。やがてバスが着き、未決囚の舎弟が拘置所の監房へ入るのを見計らって天野は藤崎の担当にまで声をかけるのだ。

「ちょっと、ここ開けてくれんか」

「なにを言う、そげいなことできるわけなかろう。無茶言うな」

「無茶やない、開けてくれ」

その無茶が通るのである。もう「第二のボテやん」として鳴り響いていたのかも知れない。天野は監房に入るや、舎弟が持参している差入れの弁当箱に、素早く隠し持った煙草を入れて持ち帰らせるのだ。

藤崎の担当としても、鍵を開けて入れてしまった以上、あとのことは自分の責任になるから深く追及はしない。

まさに拘置所も天国にしてしまった感があるが、前に述べた売春婦の一斉取締りで、女監に入り切らず、二監房を使ったカーテン仕切りのところへ行き、煙草をやりながら女の肌を満喫したのもこの土手町の生活のなかで起きたことなのである。

「ボテやん」という先輩を得、学び、生かしたともいえるが、よき時代でもあった。いまとなってはなかなか信じて貰えまい。

しかし、当時の二代目工藤連合草野一家松本組組長・松本光将は、土手町時代の天野を実際に見ていて、のちに天野が草野一家入りした際、「天野さんて、あの天野さん？　土手町では凄かったですね」と絶句しているのだ。「拘置所天国」も極まれりというべきだろう。

天野は結局、一年十カ月たった昭和三十六年夏に求刑八年、一審判決後に控訴、さらに一年を経て三十七年夏、懲役六年の刑で宮崎刑務所送りになるが、その間二年十カ月、公判は三十回近くに及んだものの、「仲裁に行った」を押し通しながら、そうして天国を闊歩《かっぽ》しながらも、懲罰を一度として受けることなく過ごしたのである。

宮崎刑務所がどんなことになるかは推して知れよう。

宮崎専売局

昭和三十七（一九六二）年秋、宮崎刑務所へ下獄した天野義孝は、ここでもすぐさま身辺の身づくろいに精を出した。といって拘置所のようなわけにはいかないだけに、目的は工場の雑役夫である。

刑務所内の各工場には、必ず衛生夫と作業雑役夫が二人ないし三人ほど任命されていて、それぞれが役務をこなしながら作業の円滑をはかることになるが、雑役の場合は職務柄、なにかと自由がきくのだ。

もちろん、なろうと思っても簡単になれるものではなかった。しかし天野には過去の積み重ねがあった。ボテやん天国の藤崎刑務所時代に織物工場の帳簿係などをすぐさまこなしたように、何度かの懲役でも三、四カ月で目的はすぐさま達成していて、その経歴も物をいうのである。

天野が配属になったのはいわゆる軍手、つまり作業用の手袋の目刺しをする工場だったが、その計数についての明るさはたちまち目立ち、昭和三十八年の新年を迎える頃は早くも目的を達成することになった。

作業雑役夫は工場内外の掃除を含めたもろもろの雑用、そして各人が製品をいくつ仕上げたかを記録する日課表の作成などが主な仕事である。

天野は手際よく仕事をこなした。担当が天野の作成した日課表を持って上がるのは、だいたいが午後三時半だったが、その時間寸前に天野はきっちり仕上げて担当を待った。

日課表といっても簡単ではない。製品を数えるだけでなく、各人の経歴を含めたノルマがあって、そのプラス、マイナスの割り数も出すのだ。つまり、何割の仕事をしたかというものので、一日に二十ダースの者が三十ダースの目刺しをすれば五割増だし、そういう積み重ねが、僅《わず》かな金額でも加算されて出所時に受け取ることになるし、また二十割以上をこなす者は一等工としての名誉も付いてくることになる。

だから間違えることは許されないし、さらに複雑なのは、そのダース数が博奕のタネ銭がわりにされることだった。賭けの対象はナイターと相撲で、ラジオ放送がいわば賭場がわりである。

プロ野球が一日六試合、大相撲の場所中は取組表を毎日書き出して、各人が思い思いに賭けるのだ。これはもう天野の独壇場となった。自分はやらなくとも、ダースごとの勝ち負けをきっちり記帳して、すべて天野が預かることになっていく。プロ野球や大相撲に詳しく、勝負運の強い者のなかには、最高で三百ダースを保管した場合さえあったほどで、こうなるとノルマは簡単になる。

軍手の糸目を刺して、上からゴムをかけ、ミシンをかける単純な作業の一つ一つを数えるうえ、それら博奕のやりとりも計算のうちに入るのだから、天野がすぐさま認められたのも当然だったろう。担当としては、それらも見て見ぬふりで計算に入っていたのかも知れない。しかし、天野にとってはすべてが身づくろいのうちだった。目まぐるしく回転する頭脳は、獄舎で快適に過ごすためにはなにをなすべきかをすぐさまキャッチし、目標に向かって突き進むのである。それはもう、計算などを超えた本能的なものだったろう。

そうして雑役という身づくろいを整えた天野は、次の目標を煙草の持ち込みに定めていた。酒類は無理としても、禁煙の辛さから脱出しなくては身づくろいとはいえない。

天野は、ひそかに妻へ連絡を取った。満期出所や仮釈放の服役者へ頼んで、田川にいる妻のもとへ伝言を届けさせたのである。

面会は天野ら四級の者には月に一回、手紙も月に一回が許されていて、それが三級は面会、手紙とも月に二回、二級はそれぞれ週に一回となり、一級は希望すれば毎日でも許可になる制度だが、天野は月一回の面会にすべてを賭けた。

面会受付けは午前九時である。諫早《いさはや》刑務所のときも、母のハルコが夜行列車で早朝に辿《たど》り着いたように、宮崎へも田川から夜行で妻が若い衆を伴って来た。

若いだけに疲れた様子はなく、その娑婆《しゃば》の匂いが天野には月に一度とあって眩《まぶ》しく映った。

「どうな、みんな元気か」

「変わりありませんよ。お母さんが胃腸のほうを心配しちょりますけん、様子ば訊《き》いてきてくれちゅうて」

「土手町《どてまち》のときは特別やったけん、もう心配いらん言うといてくれ」

「ワカモトとか、薬はもういらんのですやろか」

「ああ、いらん。ほしい言うても許可にならんやろ。不自由刑やもん」

「そうよねえ……」

まったくありきたりの会話だったが、そこで天野は妻の視線に伝言が届いているのを感じていた。妻が胃薬のことを持ち出し、天野が不自由刑について言及することは、双方の意中に伝言の煙草があることを意味し、妻はそれを今日、実行に移しているということに違いないのである。そのあたりは、土手町の拘置所時代から以心伝心であった。

妻と若い衆が、いつ実行したかはわからなかった。拘置所より刑務所の警戒は厳しく、土手町のように裁判所の庭からというわけにはいかなかったが、どこにでも抜け穴というより、暗闇にまぎれて物を投げ入れるぐらいの場所はあるのである。

翌日、天野が工場へ出て洗面所で顔を洗うふりで窓から外を見ると、指定の場所にそれはさりげなく転がっていた。予測しているからこそ見えるのであり、注意を払わなければ、それはただの土くれにすぎなかった。

よし、入っとるばい！

天野は肚のなかで小躍りするように叫ぶと同時に、箒《ほうき》を片手に担当へ申し出た。

「これから裏のほうを掃いてきよります。風で綿屑が飛びよりますけん」

隣は綿打ち工場である。雑役ならではの権利であり、ささやかな自由だったが、天野は足取りも軽く裏庭へ回り、そこで手にした目的の土くれを解体にかかるのだ。

ハンマーで叩く。土の上だけに、土くれは土にめり込んで反応は鈍いが、そのぶん音は響かないから目立たなかった。

何回か叩くと、赤土の中のセメントが割れて、中から板切れと同時に紺色も鮮やかなピース缶が顔を出した。冬の陽《ひ》に蓋《ふた》の部分が白く光った。

五個、二百五十本である。

それは天野の指定を、妻なりに考察、具体化したものであった。つまり、ピース缶を横に五個並べ、薄い板で囲って箱状にしたところでセメントで塗り固め、乾いたところへ草の根などがついた赤土をこすりつけ、刑務所の庭に落ちていても目立たないようカムフラージュしたうえで、風呂敷に包んで持参したというわけである。

六メートル余の塀を越し、天野が指定した場所へ投げ込むのは若い衆の役目にしても、そう簡単にできるものではなかった。一度などは洗面所の水が流れる側溝の縁に当たり、赤土が飛び散ったばかりか、セメントが割れていて冷や汗をかいたこともあったほどである。天野は五個のピース缶を頬ずりしたい思いで眺めたあと、このときのために考えていた綿打ち工場の近くに隠した。あとは目立たないように少しずつ持ち帰るのみである。

もちろん天野一人で一カ月に二百五十本は、場所や時間的制約からいって吸い切れるものではなかった。残りは土手町のときと同様に、親しい者や工場の仲間に回されることになったが、春先までについた天野のニックネームは、なんと「専売局」、当時の専売公社をもじったものであった。

刑務所ではまず考えられない極上の缶入りピースが潤沢になったことで、天野を拝む者が出ると同時に、妬《ねた》む者が出るのもまた当然の成り行きというものだろう。

天野と気心が合った者たちは、休憩時間のトイレでピースの回し喫《の》みをしたり、バラで貰ったりしては口々に言った。

「済まんな、恩義は忘れんばい」

「この余徳は一生忘れんけんな。天野さんのためなら、なんでもするき」

問題は最初から反りの合わない男たちである。それでなくとも、入獄早々から態度が大きい天野なのだ。冷やかな視線を投げる者もいたし、敵意を剝《む》き出しにする者もいたが、天野はそれらを一切無視してきた。

それというのも、天野は以前の宮崎刑務所務めのとき、凄《すさ》まじい喧嘩で懲罰をくっているが、その原因が相手の敵意を挑発したからだった。

その男は最初から孤立していた。寡黙のうえ性格が暗く、さらに狂気を秘めた眼《め》とされる車輪眼が異様で、誰もがなんとなく近づかなかったのだ。

車輪眼とは、黒い瞳の部分が茶色で、その茶色に自転車のスポークのように放射状に線が走っている眼をいうが、じっと視《み》据えられると異様さにおぞ気が走るのである。

天野もだから、最初のうちは異様な視線は感じていても、皆と同じように無視して過ごした。しかし、それでは飽き足らなくなるのも、どまぐれならではだったろう。

ある日のこと、天野は当時の履物である草履の紐《ひも》が切れたので、新品に替えて貰うために担当のところへ行った。前もって伝えてあったため、担当は新品を用意してくれていたが、そこに折悪しくいたのが車輪眼の男だったのである。

「おう天野、大事に履けよ」

「はい、それじゃこれ、古いの」

天野は担当へ差し出そうとした古草履を、本当に何気なしに、といっても意識の底では、一度はからかってやろうと思っていたに違いなかったが、ほいとばかりに車輪眼の男の頭へのせてしまったのである。

「なにさらす、この!」

一瞬はあっけにとられた彼だったが、自らの屈辱に気づくと同時に天野へ殴りかかってきて、天野がその一発を右手で躱《かわ》した途端にもう取っ組み合いの殴り合いになった。

しかし、場所は担当の前である。非常ベルが鳴らされると同時に担当が割って入り、お互いに十発ほど殴り合ったところで、駆けつけた特警に引っ立てられることになったが、そこでは凄まじい懲罰が待っていた。

叩かれたり投げられたりするのではなく、担当の前での喧嘩ということもあって、いきなりの鉄砲手錠だった。右手を右肩から後ろへ回し、左手を左腋下《わきした》からその右手へ背中でつなげる。つまり鉄砲をかつぐ形から名付けられたものだが、それだけでもボキボキと骨が鳴って痛いのに、そこへ手錠をかけるのだ。

その懲罰がどれほどのものかは、手錠を外すときの処置でもわかる。いきなり外すのではなく、係官が腕を揉《も》みながら、ゆっくりと元へ戻して行くのだが、そうしないと肩が抜けたり骨折を伴うからだという。

しかもその鉄砲が三時間半。ちなみに当時の福岡刑務所のそれが四十分だったから、宮崎の懲罰がいかに凄まじかったかがわかるが、痛みもさることながら、長時間での問題は生理現象にもあった。尿意はもう我慢がならないのである。

二時間が過ぎた頃だった。天野はついに怺《こら》え切れなくなって男へ声を掛けた。

「おい、小便しとうないか」

「……したい」

「そんならどうや。わしはもう我慢できんけん、先にする。後ろ手でも指先は動くやろ、後ろへ回るけん、前あけてチンポ出してくれんな」

「……う、うん」

男は不承不承ながらも頷いた。自分もそうして貰わない限りは漏らすしかないのだから、当然といえば当然だったろう。

天野は鉄砲手錠を掛けられるとき、背中へ両手が届かないため、転がされて足で締めあげられた部分の痛みに耐えながら男の背後へ回った。男が天野の腰の部分へ指を当てようと腰を屈《かが》める。

「おっ、もちっと下、そこや」

奇妙な具合になったなと思いながらも、天野は男の指に当てがうように腰を押しつけ、男は苦痛の呻《うめ》き声を出しながらも、なんとか天野の一物を引き出すことに成功した。

放尿気分は最高だった。さっぱりしたところで、まだ少しは滴のついた一物を男になんとか元へ戻して貰い、今度は天野が男にしてやる番である。

男が呻き声を出したように、これがかなり難しく苦痛を伴った。背後は振り返れず、指先に力を入れようとすれば、肩から腕へかけてがキリキリと痛むのだ。しかし男がしてくれた以上、天野もへこたれるわけにはいかない。なんとか男の一物を引き出し、その放尿音を聞いてまた元に戻したときまでには二十分を要したろうか。吹き出した汗は、なかなか引かなかった。

そうしてもう限度と思われたときが、所定の三時間半だった。曲げた腕を揉みながら、看守が少しずつ元へ戻してくれる。下から背中へ回した左腕は、肩がゴキゴキと鳴っても比較的楽に戻ったが、上から背中へ回した右腕が厄介だった。肘《ひじ》も肩も固定したように動かないのである。手錠をされるまでも痛かったが、天野は同じ苦痛でやっと両手を下に垂らせたときは、本当に五体満足の喜びを知ったと思ったほどであった。

しかし、懲罰はそれで終わりではなかった。くどくどと注意がなされたあと、係官が告げたのである。

「ええか、わかったな。仲直りせいよ。しっかり見届けるけんな」

今度は抱き合わせ手錠だった。お互いが向き合い、片腕を肩越しに、もう一方を腋の下に通した形で、双方の背後で手錠がかけられたのだ。まさに抱き合わせであり、鉄砲手錠のときはお互いに離れ、そっぽを向いていられたが、今度は嫌でも男と頬すり寄せる形である。つまり仲良くなるしかないといえばいえるが、それはまた喧嘩になりやすい形でもあった。

頬が触れないように首を傾《かし》げ、ちらりと横目で男を見ると、男も同じようにしたとみえ、妖しく光る車輪眼が十センチのところにあった。

オチンチンを探り合った親近感は一瞬のうちに消えた。天野はチッと舌打ちしてから呟いた。

「なんでこげんこつなるんや」

「……お前が、馬鹿にしたからや」

男はむっとしたように体で反応したあと、ひと呼吸おいて鬱憤《うっぷん》をぶちまけた。天野も黙ってはいられない。

「なにい、お前が殴りかかったのやないか」

「草履をのせたのはお前たい」

「口で言えば済むことやないけ」

「……済むか！」

男の体に漲《みなぎ》った怒りが、天野の体に電流が走るように伝わってきた。先に行かないかん、と思ったとき、天野は男の耳に思い切り嚙《か》みついていた。

ギャッギャアー！

想像を絶する叫び声があがり、二人はたちまち引き離されることになったが、抱き合わせ手錠である以上、使えるのは足と口だけであり、足をかければ勝負はつかず、天野の咄嗟《とっさ》の判断はまさに天性というべきだろう。

しかし、そのために天野は懲罰二十日を打たれ、男はその性癖もあって移監となった。のちに天野が耳にしたことによれば、車輪眼の男は出所後しばらくして、地方都市の映画館で発砲事件を起こし、流れ弾で要人の子息を死亡させたという。

そういう経緯もあって、天野は冷やかな視線や敵意は無視してきたのだが、今度はそれにピースへの妬みも加わったのである。

しかも天野の場合、無視したといっても、車輪眼の男の頭へ草履をのせてしまったように、ついどまぐれ的な行為が出てしまう。トイレで煙草を吸っているときでも、そういう連中が物欲しげな眼で見ているると知っていながら、無視するばかりか、まだ半分も残っているピースをぽいとトイレの中へ投げ捨ててしまうのである。

「回して貰えんやろか」

そう言って頭を下げられれば、天野は気分よく吸いかけを渡したかも知れない。しかし、物欲しげな眼に哀れみをかけてやるようなことを、天野は絶対にしないばかりか、逆に相手を刺激してしまうのだ。

そのなかの一人に、痩身《そうしん》ながら百八十センチ近い大男がいた。陰気な男で反りが合わず、視線が合ってもぷいと横を向いて、知らん顔をするような男だった。もちろん天野も同じで、ピースが入ってからは、煙は吹きかけても吸わせてやることはなかった。

ところがある朝、工場の仲間が大男へ視線を走らせながら囁《ささや》くのである。

「天野さん、あいつが今日、誰かを行かせるかも知れん。用心しとったほうがええですけん」

「ふーん、来る気になったか、上等やないか」

「道具ば持っちょるかも知れんですき、用心にこしたことはなかです」

そうまで言われれば、天野としても心構えをせざるを得なかった。しかし休憩時間もトイレも、大男らに不審な動きはない。そのうち日課表をあげる時間が迫ってきた。

いつもの通り手際よく軍手のあがりを数え、工場の机に向かったときだった。時刻は三時半少し前、もうすぐ担当が来る、と天野は思いながらペンを走らせていると、いきなり背後に気配があって右頰に熱い痛みが走った。しまった、油断したかとすぐさま振り向いて身構えようとしたとき、今度は額の右へ白い光とともに同じ痛みが来た。

「貴様ーっ、やったな！」

天野は身構えるというより、振り向きざまに飛びかかった。しかし相手はそのときもう跳び退《の》くようにして逃げ出していた。足なら天野も負けていない。開いている工場の表戸へ向かう相手を追いかけ出すと、仲間の一人が天野へ抱きつくようにして止めに入った。

「天野さん、道具を持っちょらんでしょうが」

「なーに、あんな奴、道具はいらん」

「やばいです、どうせ捕まるです」

数瞬の揉み合いだったが、そのとき非常ベルが鳴り渡り、表戸へは特警が駆けつけてくるところだった。

「自分がやりましたーっ」

相手は逃げながら大声で叫び、特警のほうへ向かって行く。天野に捕まるより特警の懲罰のほうが安全と思ったのだろう。大男の姿は見えず、天野の額と頰からは血が噴き出していた。

道具は鋏《はさみ》を二つに分解して、髭《ひげ》も剃《そ》れるほど鋭利に研ぎ澄ましたものだった。すぐさま手当てを受けたものの、その傷は思いのほか深く、三十余年を経た今も残る。

結局、喧嘩両成敗ということで天野を刺した相手は移監、天野も軽罰を受けたが、大男はその後の出所に際し、保安課を通して天野へ泣きついてきた。

「天野、あいつがお前に断りしてから帰りたい言うとるけん、どうな、水に流してやってくれんかい」

「だめや。陰で糸ば引いて陰険な奴や。いらんことせんでええ。わしはここでなんもせんけど、外でするんやけん」

天野はきっぱり断ったが、後年、北九州市のキャバレーで出会った大男は、天野の強烈な復讐《ふくしゅう》を受けることになる。

喧嘩の件はそれで済んだが、ピースの分け前に与《あずか》れない者たちの妬みは、やがて保安課への密告となり、刑務所側としてもなんらかの処置を取ることになるのは当然の成り行きだったろう。喧嘩の原因も煙草の妬みとわかればなおさらだった。

突然の身体検査、房内検査でも煙草は発見されなかったが、その流れのなかで保安課はある一点に注目した。

天野は房内で看守の目を盗んで一服すると、揉み消した吸い殻を、床板の節穴の抜けたところから床下へ落としていたのだが、その節穴に係員らは異常を感じたのである。場所も独居の枕元、鼻を近づけて臭いを嗅《か》いでみれば、おそらくヤニ臭くもあったのだろう。最終的には舎房の床板を剝《は》いでの検査となったのだった。

そうして発見されたのは、節穴の下にピラミッド状に積もった吸い殻の山であった。何百本とあったろうか、それは天野が作業雑役夫となって以来の月日の積み重ねでもあったはずである。

それまでの検査や取り調べで天野は、頑強に喫煙を否定してきた。

「証拠がないだけで、状況証拠は揃っとるんや。吸うてるのを見たいうもんは何人でもおる。天野、吸うてるだろうが、煙草はどこから入れたんか」

「吸うてない。そやけ煙草も入れん。わしはなーんも知らんぞ」

その問答の繰り返しだったのだ。それだけに保安課は吸い殻のピラミッドに勇み立って、工場から天野を引き立てるように連れてきて詰問した。

「天野、よーく見い。これ全部お前が吸うた煙草の吸い殻や。ものはピース。これでも吸わんと言えるのか。ピースはどこから入れたんか、白状せい」

「なーん、どしてこれがわしの吸うたもんと言えるんや。前の入居者のものかも知れんやないか」

「なにを吐《ぬ》かす。ピラミッドの上のほうは新しいぞ。よーし、徹底的に絞るけんな、取調室へ来い！」

それからは連日の取り調べだった。同じことが問われ、天野の答えも同じである。

「知らんもんは知らんばい。何度言うたかて同じや」

「それじゃ、言いとうはないけど言うぞ。お前を刺したのは、煙草をくれん恨みじゃと彼が吐いとるんや」

「それはこじつけでしょうが。最初から反りの合わん者たちやったけん、移監が決まって最後っ屁《ぺ》をかましたんやないか。なんなら対決させて貰うばい」

「とにかく、状況証拠のうえに、はっきり証拠まで出たんや。天野、もうええ加減に白状せい。いつまでも保安がおとなしくしてると思うたら大間違いやぞ」

「そやけ、吸うとらんもんは白状もなんも、しようがないばい」

「そうか、お前がいつまでも吐かんのなら、仕方ないな。覚悟を決める」

「ええです、やってつかあさい」

天野はどんな拷問にも耐えるつもりだった。海軍刑務所以来、強引な取り調べにはすべて耐えてきたのだ。

しかし、取調室へ入れられたきり、二日ほどはなんの音沙汰もなく過ぎた。覚悟を決めると言うたのにおかしいやないか、と天野が不審に思い、その不審にいらいらが重なった頃に、副官が一人でひょっこり顔を出して言った。

「天野、ちょっと来い。お前に見せるもんがあるけんな」

「……はい」

天野としては腑《ふ》に落ちないが、来いというものは仕方がない。取調室から出されて、長い廊下を歩いて行き、副官が立ち止まったのは独居房の前だった。

「天野、ちょっとここ覗《のぞ》いて見い。なんでここへ連れて来たか納得するはずや」

真冬の深夜だった。裸電球の明りを頼りに天野が覗いてみると、若い男が素っ裸でガタガタと震えながら座っている。

それが誰かはすぐわかった。田川へ残してきた若い衆であり、面会に来る妻の供もしているのだ。

「天野、見たか。ええ若い衆やないか。親父を工場へ帰せいうてな、食べもんも食わん、着るもんも脱いで、いくら入れてやっても外へ投げ出して、褌《ふんどし》もつけんのや。見てみ、震えで歯がガチガチ鳴っとるやろ」

天野はすべてを覚《さと》った。保安のいう覚悟とはこのことだったのだ。おそらく重箱の隅をほじくるような事件で逮捕、そのうえで天野へ煙草を隠し入れた疑いがあるとして連れて来たのに違いなかった。といって吐くような男ではない。だから体を張って意地を通しているのだろう。

「親父に関係ないやないか、早く工場へ帰せいうてな。お前、これ見てなーんも思わんのか、可哀そうや思わんのか」

それはまさに、保安の意地をかけた生贄《いけにえ》だった。天野が認めることで彼も釈放されるのである。しかし、すべてを認めることは、煙草のルートも認めることだった。

天野は少しの間、考えをまとめてからどまぐれ的に明るく言った。

「わかった。わしはちょこっと喫うた。これぐらいだけ喫うた」

「おう、天野は喫うたか、やっと認めよったか、これぐらいな」

人差し指と親指で二センチ余の隙間を、天野と同じように副官も作ってみせて笑った。天野としては、それで煙草のルートは否定したことになり、保安としては天野が認めたことで、証拠とともに自供が得られたことになるのだ。その結果が、懲罰二カ月。六十日は最高刑である。ルートは問われなかったが、保安では天野が大量の煙草を入れた張本人と断定したことになろう。

保安課長は宮地勝といい、時折の吃音《きつおん》とともに温情の人として有名だった。

天野の出所後、その人物を表す出来事が起きている。宮崎刑務所の火災に際し、保安課長は独断で各舎房の鍵を開け放ち、服役囚を塀外のテニスコート、裏の運動場へ出したのだが、逃亡者は一人も出なかったのだ。

これは江戸大火の際、伝馬町の牢屋敷に類焼の危機が迫ったときにとった牢屋奉行、石出帯刀《たてわき》以来といわれ、宮地は熊本刑務所の管理部長へ栄転となったのである。管理部長は所長に次ぐ要職で、まさに人物を見込まれての栄転であった。

どまぐれ天野も、この保安課長だけには一目も二目も置いていたし、煙草ルートも問われなかったことから、懲罰房の日々に耐えて真面目に過ごした。その結果、態度良好とされ免罰二十日、つまり四十日で工場復帰が叶《かな》ったばかりか、思わぬ朗報を手にすることになるのである。

溝下、天野コンビ

最高刑六十日の懲罰を、免罰二十日を貰って四十日ぶりに工場へ戻ることになった天野義孝は、保安課長の宮地勝に呼ばれて挨拶に行った。お礼くらいは言わねばならない。

ところが深々と頭を下げる天野を手で制して、宮地は思いがけないことを口にした。

「天野、真面目に過ごしたようやな。そう、それでええ。だからな天野、もう、ええ加減に煙草やめんか。入れたらいかんぞ。お前がやむる言うたんならね、ええか天野、約束でくるか」

天野としては頷《うなず》くしかない。

「うん、約束でくるか、そうか。ほなら工場で一カ月ほど辛抱せい、行きとうところへ行けるかも知らん、天も見捨てんぞ」

「……はい」

天野は保安課長がなにを言おうとしているのか要領を得なかった。

運動もせず、懲罰房にじーっと座って四十日。以後の二十日間が免れ、工場で気が紛れるだけでも有難いのに、一度頷いただけで保安課長は、なにやら先行きとてつもない希望がありそうなことを言う。そげんこつがあるわけはなか、という天野の思いが表情に表れたのだろうか、宮地は念を押すように強く言った。

「わかったな、天野、見とるぞ」

「……あ、はい」

「よし、工場へ戻れ」

隠し置いた煙草はまだ残っていた。こっそり持ち出して、今夜あたり一服と思っていた天野は、ふと考えを変える気になった。免罰がなければあと二十日は吸うに吸えなかったのだ。しかも禁断の苦しみは、四十日の間に薄れていて、ないと思えば吸わずに済みそうにも思えた。

一方で、わからんように吸うんやけん、ええやないか、仲間も待っとることやし、と、どまぐれ心がむらむらと胸へこみ上げる。しかし宮地課長の言葉も頭から離れない。

ええい、賭けてみようやないかい、一カ月。仲間にも次の面会まで入らん言えば済むことたい。天野は自分にもピース缶はなきものと言い聞かせて覚悟を決めた。

決めたことに対して天野の意志は強い。どまぐれ的な発想や行動で見逃されがちだが、これまでも自分の意志は曲げずに貫いてきているのだ。まして一カ月の禁煙である。

免罰分の三週間がなんとなく過ぎ、日課表の作成やはじまった秋場所の勝敗などに紛れて次の一週間もあっという間に経った。

そうして迎えた二十九日目のことだった。気心の知れた保安係が呼びに来て言うのだ。

「おーい天野、大穴が出たぞ」

「なんや慌てて、どうしたな」

「どしたもこしたもあるかい。大穴や言うてるけん、天野。お前が拘置監の雑役になるぞ。一カ月前まで懲罰房に入っとったお前がや。これが大穴やなくてなにが大穴か」

――行きとうところへ行けるかも知らん。

天野は宮地課長が、日頃の吃《ども》り癖も出ずにすんなり喋った言葉の意味と、その温顔を思い出していた。控えめに言ったが、あのとき決めてくれていたのかも知れないのだ。

拘置監の雑役は、どんなに成績がよくてもなかなかなれるものではない。服役囚が配置を希望するのは、一に拘置監の雑役夫、または医務の看病夫、そして次が職員の炊事を受け持つ官炊《かんすい》か自分たちの分を作る炊事係なのだ。もちろん天野にとってはそのどれでもいいが、性格からいって看病夫や炊事より、拘置監の雑役が合っている。

のちの火災に際しての処置から栄転するこの宮地勝という人物は、思うに心の幅が広く、度量、識見とも優れた人であると同時に、どまぐれ天野が憎めないというより、可愛いという感情さえ抱いていたのではなかろうか。若い頃から接してきた服役囚の数を考えれば、そうしてさまざまな癖を持つ彼らの性格を考えれば、どまぐれ的悪事のなかに天野の持つ天真爛漫《らんまん》さを認め、それを温かく見守る感じになっていたとしても不思議ではないのである。

やがて天野が四級から三級に昇級、最後は六カ月の仮釈を貰えるのも、陰になり日向になってくれた宮地勝という人があってこそだった。まさに幸せな出会いといえたが、この人がいなければ、天野は仮釈どころか、刑務所内の喧嘩などで出所が数年は延びた可能性だってなくはないのだ。

天野は出所後しばらくして、舎弟分が殺人事件に絡んで宮崎へ送られたのを機に面会に行き、宮地課長へもお礼の面会を果たしている。もちろん火災の前だが、宮地はたちまち満面の笑顔になって吃った。

「お、あ、天野、ど、どうしよるか」

「ええ、元気にやっとります。ほんまその節は、いろいろお世話になりました。今度は舎弟が入りよりまして、また」

「あ、あれは始末悪いぞ天野、喧嘩ばかりしよる。いずれ送らなならんな」

宮地は天野の言葉を途中で遮って言った。移監は決めているのだろう、頼まれては困ると言外に匂わしたのだが、そういう人でもあった。天野とは別に熊本刑務所へ入った兄弟分は、薪で同僚の頭を叩き割って広島刑務所へ移送されている。もし拘置監の雑役夫への配置換えがなかったら、天野がそうならないという保証はどこにもなかったのである。

天野にとって、宮地勝という人はその意味で恩人といえた。

一方、拘置監へ「出勤」することになった天野は嬉々として働いた。宮崎刑務所へ送られて約二年、昭和三十九（一九六四）年、東京五輪の余熱さめやらぬ晩秋の頃である。

拘置監は、同じ刑務所の敷地に塀一つで距《へだ》てられているといっても、刑務所からはドア一つで行けた。そして本監、つまり刑務所は不自由刑であるだけに、許可された目的がなければ歩行さえままならないが、ドア一つ距てたそこは、入ってしまえば自由が溢《あふ》れる天国であった。

仕事は雑役夫であれば雑役全般、それこそ「付け出し」といって、拘置者の注文受けから掃除までなんでもこなした。仕事というより自由に歩き回れることが嬉しく、また仕事といっても楽なのである。

舎房を弾むように歩く。

「×番、なに買うか」

「便箋に封筒、切手も頼んます」

「一冊に一ケース、切手も封筒分だけやね、わかった」

「次は×番、注文は？」

「夕食に刺身が食べたい」

「おう、わかった。酒はないけん」

次から次へ付け出しをして、メモを整理、会計へ回すのも仕事なのだ。手があいたら外へ出て掃除をするといっても、箒《ほうき》を持って遊んでいるようなものである。

当然ながら「宮崎専売局」も続行を開始した。例によって拘置監の雑役夫になったことを妻へ連絡、投げ入れる場所を拘置監の特定場所に定めてしまえば、刑務所のときより持ち込みは簡単にできた。

「ボテやん天国」ほどではないが、天野の身づくろいは保安課長を裏切ることになっても、環境も含めて完全に整いだした。

刑務所では絶対に手に入らない食べ物でも、拘置者のなかに気心の合う者もできて、次第にお裾分けに与れるようになる。もちろん交換条件として煙草を分けてやるのだ。

しかし、天野には気になることがあった。それは拘置監に尊属殺人などで二人の死刑判決を受けた被告がいたことだった。金銭問題に絡んで共謀のうえ親殺しをしたとされ、宮崎に高裁があったため、控訴しながら公判を重ねていたのである。

当然ながら領置金はなく、娑婆《しゃば》からの食べ物は一切入らない。いずれは再び死刑判決が出され、上告しても福岡拘置所へ送られ、やがては死刑なのだ。義俠心とはいわないまでも、天野はせめて宮崎にいる間にうまい物を食べさせてやりたかった。

ところがその頃、宮崎空港で逮捕された若いスリが送られてきた。これが初犯で要領を知らないのか、いきなり報知器で天野を呼んで言うのである。

「雑役さん、あの、煙草を貰えんですやろか」

「なにかお前は、塀の中へ入ったら煙草はご法度《はっと》や。とぼけたことを言うな」

天野はあきれたうえ、苦心して入れているピース缶を軽々しく扱われて腹も立ったのでそう言うなり戻ってしまった。

ところが、戻るなりまたスリ男の報知器がおりる。仕事だから行くと男は頭を下げて懇願した。

「何度も済まんです。でも教えられたんですわ。あの雑役さんに頼めば、なんでも買うてくれるさかいて」

「ふーん、そやけ煙草がご法度いうことは知っとるんやろ」

「はい。雑役さん、金はありますさかい、いろいろとお願いします」

それで男に訊《き》き、また領置金がいくらあるか調べてみると十万円以上あることがわかった。

当時の十万円は大金だった。

ちなみに当時は国立大学の授業料が一万二千円、入学金は千五百円である。入学金は二年後の昭和四十一年に四千円になり、また授業料の値上げ反対ストが早大で起こり、警視庁の機動隊が出動するが、いまの国立大の授業料四十四万七千六百円と比較してみれば約三十七倍。その他の値上がり状態と比較して額面通りとはいかないにしても、四百万円ほどの価値は十分にあった。使い出があることおびただしい。

男の付け出しで、毎日毎日、差し入れ屋へ大量に注文した。死刑判決の被告二人、拘置監雑役の相棒と天野の四人の散財がはじまった。もちろん男は男で注文する。

鶏のもも、オムレツ、羊羹《ようかん》、缶詰類……差し入れ屋が用意できるありとあらゆる娑婆の美味が胃の中へおさめられ、それは肌の色艶《いろつや》となって表面に出てきた。

死刑判決の被告は涙ながらに感謝した。領置金を使われているとは知らない男も、天野がピース缶一つを大盤振る舞いすると、これまた飛び上がらんばかりに感激した。

しかしそれは一カ月余りしか続かなかった。男が天野を呼んで言うのである。

「雑役さん、あたしが頼んだもの来とらんさかい、なにか手違いあったんやろか」

「なに、来とらん？　あ、それは領置金不足や、のうなったいうこと」

「え、領置金不足ってなんですのや。のうなったいうて、十何万費《つこ》うたいうことでっか」

「そうやろな。お前さんにピー缶かてやったやないか。それに死刑打たれた可哀そうな被告も二人おるんや。わしらもちょこっと分け前に与らして貰うたけんな」

「そ、そんな、十万以上ですわ、まさか」

「そのまさかやけん」

天野がさも楽しそうに笑って戻ると、すぐさま報知器である。天野が行くと男は怒った顔も見せずに再び懇願した。

「金、作るあてがあるんですけど」

「おう、誰ぞ頼める人おるんか」

「はい、大丈夫思いますさかいに」

「ほんなら電報打て。電報為替で送金してくれよるけん。いま電報用紙もろてくるき」

天野が教えた通りにすると、やがて大阪から男のもとへ電報為替がくる。天野は男が受領の拇印を押したところで問いかけた。

「なんぼ来よったか。まさか千円単位の端金《はしたがね》やなかろう」

「いえ、その端金ですねん」

「お前、わしが知らんと思うちょるのか。どうな、またちょこっと費うてええか」

「雑役さん、今度ばかりは堪忍してください。頼みます、これですわ」

男は手を前に合わせて天野を拝んだものである。

そんなこんなで月日は意外に早く流れた。その間にも控訴審で再び死刑判決が出た二人は上告して福岡拘置所へ去り、スリの若い男も小便刑で刑務所送りとなった。

そうして三年目を過ぎる頃から、天野は体中の脂肪が落ちてくる気配を感じた。スリ男にさせて貰った贅沢《ぜいたく》も一過性であり、なにより酒っ気が皆無、脂っ気も少ないことから、血中脂肪どころか皮膚の下の脂肪までなくなる感じで、肌が乾くうえ少しの寒さも身に沁《し》みるのである。

天野は冬の晴れた日には、つとめて外の掃除に出るふりで日向ぼっこをした。これは太陽の恩恵を受けると同時に、一挙両得の恵みがあったからだった。

当時の宮崎刑務所は、駅の裏側へ歩いて数分のところにあった。宮崎駅では最終列車が発車すると、どういうわけか「哀愁列車」のメロディーをスピーカーから流し、それが舎房にいてもよく聴こえるほどなのである。

駅の反対側にある正門の前は刑務所の田畑があり、そこを見下ろす形で女子商業高校があるが、ここの女生徒たちが結構ワルで、日向ぼっこには眼福も加わるのだ。服役囚たちが農耕に出る。

すると休憩時間の彼女らは、キャッキャ騒いで彼らの注意を惹きながら、二階の窓に額縁よろしくつかまり立ちし、スカートを意味ありげにすーっとまくって見せるばかりか、なんと制服の胸をはだけて、乳房をポロンと出して見せたりするのだ。

服役囚たちは固唾《かたず》を飲んで見守るだけである。口笛でも吹いて景気づけをしたい気分になっても、社会との交わりは絶つ建前だから、社会の人間と話すことはもちろん禁じられていて野次ることもできない。

前回の宮崎刑務所務めのとき、天野はまだ若かったからカッカッと頭へ血がのぼったり、女生徒たちを心中で罵《ののし》ったものだが、今回は刑務所で不惑を超えていた。といって血の気まで失せたわけではなく、まだまだ若く気分は青年そのものだったが、そこはやはり不惑、事態を冷静に眺められる年齢になっていたといえた。

だから日向ぼっこも女子高の休憩時間をみはからって出て、正門あたりで服役囚と女生徒のやり取りを見物するのである。伝統は受け継がれていて、額縁ショーさながらはちっとも変わっていない。

おう、やっとるばい。しかしこれじゃ農耕のもんはたまらんやろうち。天野は日溜まりに箒を抱えて腰をおろしながら、女子高と田畑を交互に眺めてはニヤつくのである。

冬の淡い陽は暖かく、目の前の珍景はなにやら心までほのぼのさせてくれるのだ。まさに一挙両得の恵みであった。

またこの頃には、天野は担当の看守部長ともすっかり気心を通じていた。ヒラの看守ではなく、部長というところに天野の面目もあったが、海軍刑務所以来の身分帳や、宮崎へ来てから天野が起こした事件もあって、刑務所側からみて妥当な選択であったろう。

というのも、この看守部長は体格はがっちりしていながら、どことなく垢《あか》抜《ぬ》けたところがあり、他の看守のように威張り散らすところがなかったからだった。しかも任侠好きらしく、無法男の扱いにも手馴れていて、抑えつけたら反発するという者には、気持ちで接するなど、頑固者ながら人情に厚い面があったのである。

天野の担当になったのは、保安課長・宮地の線が濃いと思われるが、それだけに天野も胸襟を開き、看守部長もまた天野には一目置いて面倒をみてくれたのだ。三級への昇級、仮釈六カ月も宮地の力とはいえ、看守部長の進言が重きをなしたのに違いない。

そうしてこの頃から、天野と溝下秀男との不思議な縁は微妙に絡み合っていく。

話は前後するが、天野は出所して間もなく、看守部長が副看（副看守長）になるための研修を福岡で受けていると知って、すぐさま上野《あがの》焼《やき》などの土産を持って訪ね、担当時代のお礼を述べて昔話に花を咲かせている。それは宮崎で天野がいかに看守部長に世話になったかの証明でもあるが、なんと十余年を経て溝下秀男もまたこの看守部長の世話になるのだ。

天野の草野一家入りが昭和五十三（一九七八）年十一月、溝下が翌年の年末。天野は草野一家本部長兼田川支部長、溝下は預かりで田川支部に入り、一カ月ほどで田川支部理事長になり、そうして八カ月で末席から若頭補佐に抜擢されるまでの間、二人は筆舌に尽くし難いハチャメチャぶりを発揮するが、それはともかく、その頃から元は一つであった工藤会と草野一家の仲がこじれだし、溝下の配下、極政会組員の発砲事件をきっかけに大きな抗争へ発展していくことになり、その途中で溝下は逮捕されるのである。そうしてあと二日で釈放というとき、溝下は再逮捕された。いわば出獄させれば抗争拡大につながるとみた当局の策戦だろうが、再逮捕に際して小倉署へ向かった溝下は、車中で刑事から「天野さんも来とるばい」と聞かされて、あちゃーとばかり絶句するのだ。

つまり田川支部時代のハチャメチャぶりの、あの事かこの事かと逮捕理由に思いをめぐらせたわけで、筆舌に尽くし難いと書いたのもそのためだが、結局、天野の容疑は溝下が獄中で知った小倉・堺町の乱射事件に絡んだものであり、溝下の容疑はシンナーを吸った若い者を殴ったものとわかって心労は杞憂《きゆう》に終わっている。

しかし容疑は重箱の隅をほじくったものとはいえ、そうして溝下も公判で闘いはしたが、結局は計八カ月の刑となったところで、移送先が宮崎刑務所、担当にはすでに副看になっていた看守部長ともう一人がついたのである。それもいきなり対面監視の厳正独居、名札も貰えないし、表へ掛ける称呼番号も置いていない。つまり最初から危険分子扱いであり、だからこそ選ばれた副看が担当についたのだろう。

面会へ行くときも、運動場の脇を通って大きく遠回りさせるばかりか、担当のほかに特警がついてくるのだ。一人にさせないうえに、人とも交わらせないのである。

そういうある日、副看が溝下へ向かってしみじみと言った。

「わしは天野と縁があるんよね」

つまり溝下と天野の関係を知っての言葉だったが、それはまた「そういう縁だから安心しろ」との意味でもあったろうか。

「わしゃ、ずっと天野の面倒をみたよ。煙草は入れるし喧嘩はするし、どうしようもないワルやったが、憎めんとこもあってな。だから拘置監へやって仮釈まで面倒みたわ」

溝下は短期刑だけに、拘置監も仮釈も無関係だったが、長期刑の場合はそうすることもできるということを言外に含んでいたのに違いない。溝下もまた気持ちで接して貰ったといえよう。

愉快だったのは、対面監視で一緒に座っていて保安課長が来たときである。普通ならパッと敬礼するが、この副看はぷいと横を向いて知らん顔を決め込むのだ。

好まぬ上官にはすべてこの態度であり、それがまた服役囚の心をつかむのである。天野に言わせれば昔からのことで、さすがに宮地へは違ったらしいが、出世欲もあまりなかったのだろう。

宮崎に家作と田畑があり、出世にともなう転勤を嫌ったともいわれたが、昔からとなるとやはり性格かもしれない。溝下の担当になった頃は退職間近であり、それはさらに顕著になっていたとみてよく、当時はヤクザなら知らぬ者はないほどの名物男であった。

話は前後したが、その名物看守が担当のうえ、拘置監雑役夫という天国にいて、天野を過ぎる歳月は流れるように満期へ向かっていった。しかも仮釈放六カ月の朗報である。天野は指折り数えてその日を待ち侘《わ》びた。

昭和四十二（一九六七）年十一月。殺人事件で逮捕されてから丸八年が過ぎ、三十五歳だった年齢も、あと一カ月で四十三歳を迎えるまでになっていた。厄年もくそもなかったな、と天野は思いながらその日を迎えた。

朝食を済ませて待機する。しかし当日出所の者には次々と呼び出しがかかるのに、どういうわけか天野には来ない。

仮釈放の場合は取消しもあるから、天野の気分は次第に苛立っていった。時刻が午後に入った段階で、天野は保安課を呼べと騒ぎ立てた。理由を訊かなければ釈然としない。

ずいぶん待たされたあげく、やってきた係官は慰め口調で言った。

「天野、今度ばかりはお前が悪いんやない。仮釈が取消しになったわけやないんやから、まあ、もう少し待て」

「なぜか。理由を聞かなわからんばい」

「言うわけにはいかん、待つんや」

苛立つ天野へ係官は、それだけ言うとすぐ立ち去ってしまった。天野としても、仮釈が取消しではないというだけに、苛つきながらも待つしかない。

天野はあとから知ったことだが、実はこの頃、塀の内外で意外な騒動が持ち上がっていたのである。

天野の出所を知った関係者のそれぞれが、車を連ねて出迎えに来たため刑務所側とひと騒動あったのだ。つまり大掛かりな出所出迎えは売名行為というわけで、このままでは、天野の仮釈は取消す、と刑務所側が態度を硬化させたのである。

結局はさまざまなやりとりのあと、刑務所側が出所を楯に押し切った。放免迎えの車のナンバーがすべて控えられ、それが都城《みやこのじょう》と延岡《のべおか》の検問を全車通過した時点で天野を出すというのが刑務所側の条件だったのだ。

だから天野が、妻と若い衆一人に迎えられて娑婆の空気に触れたのは、もう初冬の夕闇がしのび寄る頃であった。この大掛かりな放免迎えを売名行為と断定したのは、全国初、第一号だったとされる。

天野が逮捕された頃が高度成長へ向かう頃であり、その昭和三十四年の乗用車生産台数が八万台弱なのに、三十八年では四十万台余と四年で五倍の伸びを示し、翌年の東京五輪の年には名神高速道が開通と、この頃にはモータリゼーションは驚異的に発展しだしていたことから、車を連ねた放免迎えも派手になり、また昭和四十年の頂上作戦もあって売名行為うんぬんも適用されたのである。

しかし天野は、その経験をのちになって十分に生かした。前記した溝下秀男が宮崎刑務所を出所するに際し、天野は満期が近づく一週間前から刑務所の正門、裏門一帯を極政会組員中心に張らせたのである。

例の女生徒らとの遭遇もあったろうが、狙いはずばりだった。溝下は隠密裡に宮崎刑務所を出され、福岡刑務所へ空路送られたのだ。すぐ近親者の面会措置がとられ、出所のときは準備万端、溝下は草野高明初代と太州会・太田州春初代の乗る車に移り、烏尾峠《からすお》で盛大な放免祝いが開かれたのである。

翌日が幹部会で、溝下は「堺町事件」で空席となっていた若頭に就任、以後、天野らと共に一家の発展に尽くす。昭和五十六年八月のことであった。

話がたびたび前後したが、出所した天野は刑務所の垢落としも束の間、たちまち行動を開始した。もちろん、どまぐれならではの今浦島もあった。

八年の留守にもかかわらず、天野の妻は出所のときのためにかなりの金額を貯《たくわ》えていた。それは娑婆の風に馴れるまで遊び、そのうえで仕事をする資金になるほどのものであったが、天野は狂ったようにその金額を三カ月ほどで費《つか》ってしまうのである。

原因は飯塚にできていたオートレースの車券だった。土屋新蔵親分について歩いていた頃の競馬に較《くら》べると、スピード感、強烈なエンジン音、カーブで散る火花など、どれを取っても迫力が違うのだ。

天野はたちまちのめり込んだ。今浦島なみにひたすらびっくりして、我を忘れてしまったといえばいいか、試走もみずに穴場へ突っ走っては外れ車券を手にするのである。

いまは転倒しても火傷で済むが、当時は選手の死亡事故も多かった。きついカントへ突っ込んで、ポーンと飛んで落ちて死亡する例が重なった頃であり、天野は「今日も一人死んだぞ」と興奮するのだ。いわば車券は、レースに熱中する手段だったともいえよう。

のちに天野はハーレー・ダビッドソンで田川を走り回ることになるが、これでは金がいくらあっても足りるものではない。

もちろん博奕もやりだしたし、中学生の頃に会って以来の溝下秀男とも再会した。溝下は上京してボクシングジムに入り、六回戦まで行って将来を期待されたところでジムの裏側を知り、結局は帰郷していたのだが、「小峠の秀ちゃん」は細身ながら筋骨逞《たくま》しい青年になっていた。

天野の舎弟分であり、溝下の兄貴分でもあった実延《じつのぶ》国重と炭坑の労務をしていた頃になろうか、溝下、天野コンビが呼吸ぴったりでイカサマ退治をしている。

相手は満州浪人の生き残りといわれた「満州コーノ」という男だった。といってもすでに老境にあり、いかにも好々爺然としていたから、天野、実延、溝下もころりと欺《だま》された。勝てそうでいて惜しいところで負ける。全国に名が通っていたというが、なんとも老練な胴師ぶりだった。実延に至っては、妻に家へ金を取りに行かせる始末である。

熱くさせて巻き上げ、金が残り少ないとみたところで見切りどきだったのだろう。

「さあ、もう終わりにしよう」

満州コーノのひと声で場はお開きとなった。しかし、そのとき天野は素早くイカサマ札を発見するのだ。満州コーノと供の博徒はすでに表へ出て車に乗るところだった。

「やられた、仕事や、イカサマ札や」

天野の声を聞くまでもなく、天野の手付きで事態を覚《さと》った溝下が素っ飛んで行った。

「おい、このままでは帰らせせんばい」

「兄ちゃん、そげなことしていいか」

溝下が満州コーノを車から引きずり出し、匕首《あいくち》を突きつけたところで虚勢を張ったものの、溝下のドスのきいたひと声で勝負は終わりである。

「命か金か、このイカサマ爺《じじ》い」

供の博徒は手出しもできない一瞬のことであり、二人の持ち金はすべて没収された。

赤池の陸橋近くが現場だったが、このあと天野は赤池、直方《のおがた》に賭場を持ち、それが三年を経て草野高明との舎弟盃へとつながっていく。

舎弟盃

オートレースへ入れあげたり、博奕をしたりで出所後の日々を過ごしていた天野義孝は、昭和四十三（一九六八）年に入って本格的に賭場を開いてシノギをするようになった。いわば亡き親分、土屋新蔵なみに本格的な博徒への道といえたが、土屋がそうであったように改めて組名乗りはしなかった。四十四歳、すでに舎弟の数は多く、枝わかれした舎弟の若い衆の数を含めれば、それはさらに広がりを見せ、ひと声かければ天野組結成も容易な状況にあったとはいえ、天野はあえてその挙には出なかったのだ。

生来のどまぐれ体質、組織などという面倒なことは好まぬからだったが、もう一つ理由をあげれば九州の伝統もあったろう。大親分といわれる人でも、若い衆は鞄持ちや供の二、三人のみで、部下の勢力で力を誇示するのではなく、あくまで己の顔、それは義侠心や世間の潤滑油的な人の世話で養ったものだったが、その威光がすべての話を容易にし、顔はさらに広まって名が通るのである。

土屋の兄貴分だった渡辺茂太郎をはじめ、筑豊にはとくにそれら親分衆が目立ったから、天野も少なからず影響は受けていたのだろう。そのうえで戦後の風潮に乗った愚連隊ふう一匹狼、若い衆は供の二、三人というのが天野の自由奔放な生き方であり、それがまた性分に合っているといえた。

だから本格的に賭場を開くといっても、天野組は名乗らず、天野個人の生き方そのままである。若い衆のほかに慕ってくる者を使えば、人手に困ることはない。

そのかわり、賭場は天野なりに厳選した。

赤池町の賭場は、堤防下にあった小料理屋の一軒を選んだ。売防法以前はもちろん、それ以後も自由恋愛の場として天野がよく遊んだあたりで、そこは隣に広い空地のあるのが選んだ理由だった。

すでに狭い地域の特定人種による博奕の時代ではなくなっていた。発展したモータリゼーションによって、いい賭場と知れれば遠隔地からも客は集まってくるのである。空地は駐車場となり、たちまち北九州や福岡ナンバーがずらりと並ぶことになった。

もちろん天野の顔があってのものだったが、それだけに天野は手入れへの警戒も怠りなかった。賭場へ通じるベルを戸外に設置し、危険とわかれば外の見張りが押せるようにしたうえで、ベルの鳴ったときの対策も入念にした。

実際に手入れは何度もあった。駐車場が満杯になり、地元以外の車が目立って路上駐車も出れば、警察としても黙ってはいられない。田川署が非常招集をかけてトラックでやってくるのである。

ベルが危機を伝えると同時に、盆はたちまち片付けられ、小料理屋で使っていたテーブルが並べられるのだ。三つも並べれば、賭場にいた客はすべて席につけるうえ、それぞれが自分の使っていた湯呑み茶碗をテーブルに乗せたところで、すでに賭場の匂いはない。

捜査員らは、まず玄関を上がったところで、丸窓のある粋な部屋を見て毒気を抜かれ、それっとばかりに二階へ駆け上がれば、そこでは大勢が静かに白い眼《め》を向けるのだ。

「賭博開帳図利……いや、博奕をしとると通報があって来たが、貴様たち、ここでなにをしよるか」

「急に上がり込んで来て、あんたたち、迷惑たい。そう思わんか。わしたち、いま無尽の相談しよるのに、なにが博奕か」

「無尽……？　どげん無尽か」

「刑事さん、それをいま相談しよるとこや。時は高度成長、みんな早い資金が欲しかですたい。どうな、一丁乗らんね」

「馬鹿も休み休み言え。とにかく博奕しとったんやないんやな。調べさせて貰うぞ」

「無尽を調べてどうなるもんでもあるまい。無茶ばしよるとこっちにも考えがあるけん」

顎《あご》の勝負は天野の勝ちである。多少の調べでは盆の影など見つかるものではない。踏み込まれた場合、逃げ場がない場所ゆえの天野の作戦勝ちでもあった。

直方《のおがた》市の賭場は常設ではなく、三日ほどの短期間に大きな博奕を開くためのものだったから、隣がガソリンスタンドの目立たない仕舞屋《しもたや》を借りた。そこでは三十人以上が集まって、賭け金も大きくなるのである。

そうなれば胴へ落ちる金額も大きくなり、天野は赤池の賭場と、年に数回開く直方の賭場ですっかり実入りがよくなって、再び遊び暮れる日々がはじまった。

もちろん、付き合いもあるからあちこちの博奕へも顔を出し、田川栄町の歓楽街でも札ビラを切った。

暴飲暴食、不規則生活。そのうえで賭場では客へ神経を使う。娑婆《しゃば》不在八年の身体は、急激な変化にいつ異常をきたしても不思議ではない。二年を過ぎた頃から、天野は次第に胃のあたりに異状を覚えるようになった。胃のあたりが吐き気がするようにむかつき、押さえると痛みが走るのだ。

それが顕著になったのが、昭和四十六年の夏だった。

折りから直方で例の大きな博奕がはじまり、天野は念のため市内の病院へ入院して賭場の仕舞屋へ通った。

医師はすでに危険信号を告げていて、天野の無茶を諫《いさ》めた。

「天野さん、このまま入院して手術したほうがよか。大事な仕事いうても、外出なんて滅相もない、やめんですか」

「そやかて先生、そうはいかんばい。わしが行かんとどもならん」

「それなら天野さん、いざというときの輸血の手配ばしちょってくれんですか。どうも触診の感じじゃ、破れるかも知れんし」

「じゃ先生、破れるとどげんなるんですか、その状態いうか、症状は」

「そりゃ激しい痛みで、胃を押さえてしゃがみ込んだきり、もう立てんようなるたい。悪いこと言わん、無茶が一番悪い。もう出かけるのやめんですか」

もちろん天野は、そのぐらいの脅しに聞く耳は持たない。賭場へ行っては病院へ戻り、また翌日は賭場へ出勤する。

ところが賭場が今日で終わりという日だった。なにしろ夏場ゆえ、隣がガソリンスタンドの敷地で広く、塀もあるため様子も洩《も》れないとばかり、表も裏も開け放って勝負、勝負と白熱が続いたことから密告する人が出たのだろう、手入れがあったのである。

直方の場合は初めてであり、もうすぐ終わるという油断もあった。三十数名が一網打尽で、なにしろ警察側がこれだけの人間がいるとは思わなかったと驚いたほどである。

もちろん客のほとんどは、簡単な事情聴取のあと留置場一泊で帰されることになるが、首謀者の天野には厳しい取り調べがはじまるはずだった。ところが三日目に天野の病状は急変するのである。

いつものより強い吐き気がむーっと胸を突き上げたと感じたとき、天野はコーヒー状の液体を大量に吐いたのだ。コーヒーもコーラも飲んどらんし、おかしいとは思ったが、医師のいう症状とは違うからと少しは安心したところで、まだ胃のあたりに吐き残したものがある感じがする。だから天野は、ちょうど手許にあった差し入れの清涼飲料水を咽喉《のど》に流し込んだ。

その瞬間だった。胃部の痛みとともに強烈な吐き気が続いて二回きたのである。今度は明らかに吐血とわかった。しかも激痛が襲ってくるようだった。

天野はすぐ担当を呼んで、病院へ帰せと怒鳴った。担当も大量の吐血を見て容易ならぬ状態と覚《さと》ったが、処置までは手が回らない。

「早く責任者を連れて来い。貴様らーっ、わしを殺す気かーっ！」

コンドームで作った血球を口内で嚙み切って検事に吐きかけたり、盲腸の症状をつくり出して留置場を出たことは何度かあったが、今度は正真正銘の病気だった。

天野の気配にすぐタクシーが呼ばれ、天野は直方の病院へは戻らず、直方署が指定した病院へ入院、妻と糸田へ連絡が取られた。

当時はすでに炭坑も閉鎖、母のハルコは賄いの経験を生かし、糸田で飲食店を開いていたが、手術に際しての輸血のこともあって万全を期したのである。

病院ではすぐさま輸血態勢がとられた。といって手術のための大量輸血ではなく、天野の病状説明とこれまでの経過から、胃潰瘍か腹膜癒着が考えられ、まずは手術に耐える体力作りが先決とされたようである。

ところが、一週間もしないうちにそれはまったくの無駄とわかった。少量ずつとはいえ、病院側の輸血はそっくり下血となって流れ出していたのだ。

ただちに緊急手術が行われることになった。手術台の横に血液型が同じ二番目の妹が呼ばれて横になり、直結の輸血をしながらの開腹手術の結果は、やはり胃潰瘍が膵臓《すいぞう》に癒着していたもので、手術は難しかったようだったが、成功との報を麻酔の覚めかかった耳元で聞いて、天野は朝まで眠り込んだ。

手術成功、あとは術後の回復を待つのみとわかれば、もう天野の天下である。午後には一人でトイレへ行き、看護婦にたしなめられたのを皮切りとして、医師から「風呂やサウナだけはやめるように」と注意されたのをきっかけに、さっさとサウナへ行って垢を流したばかりか、今度は自分で車を運転して中間《なかま》市あたりまで走ってくる無茶ぶりだった。しかも首謀者としての賭博開帳図利容疑は、入院と同時に在宅起訴に切り換えられ、当分は留置場や拘置所からもお呼びはかからない。天野としてはゆっくり病院にいればいいのだから、入院生活を楽しむばかりである。

そういうとき、ひょっこり見舞いの果物籠《かご》を手に訪ねてきたのが重本満だった。竹馬の友として過ごし、諫早《いさはや》刑務所で再会したあと、戦後は芦屋町の駐留軍の仕事のかたわら、水増しガソリンで稼いだり、土屋親分に二人でついて修業したりと、なにかと縁のある相棒だったが、お互いに刑務所の出入りが交互になったりで顔を合わせる機会が少なく、消息だけを耳にしているという間柄になっていたときである。

重本は早くから草野高明の舎弟になっていた。土屋新蔵の死後いろいろあってから、小倉に出ていたときに出会ったのが縁という。

重本の彼女がいまでいうスナックを経営していた頃で、その店で重本と草野の若い衆らが喧嘩になり、派手にやり合ったところで草野が重本を認め、「うちへ来んか」と言ってくれたうえ、店名に草野高明と名入りの暖簾《のれん》を贈ってくれたのだ。以降、店で暴れる者がいなくなったのはいうまでもないが、それから十年余を経て、重本は古参の腹心の一人になっていたのである。

　二人は十数年ぶりの再会を喜び合った。

　積もる話は山ほどある。それぞれのこと、身内のこと、お互いの知人のこと、また刑務所のことから新しい知人や草野のことまで話はめまぐるしく飛び交った。

　病気とはいえ天野は元気そのものである。一時間以上も話して疲れることもなかったが、

「ところで」と天野は話の核心に触れた。重本が小倉から訪ねてくる以上は、見舞い以外に重要な話があるに違いないのである。

「今日はなんか大事な話があるんやなかったんか、重本」

「それや天野。実は草野の兄貴がな、一家の者と縁組みせんかいうことなんや。天野、お前と草野の舎弟が兄弟分になってやな」

「わかった。意味はわかったけん、それは誰な」

　重本が挙げた名前は、天野にとって意外な名前だった。顔の広い天野はいろいろな情報に通じていた。九州の極道なら、だいたいは知っているし、顔見知りでないにしても噂は耳に挟んでいる。ところが重本が挙げた名前は、縁組みする相手にしてはイメージが違い過ぎていた。

　天野もどまぐれで通り、愚連隊の一匹狼、「破《やぶ》れ」で通っている。しかし天野には矜持《きょうじ》が

あった。土屋新蔵について多くの俠客の薫陶も受けているし、「破れ」を通していても、生き方として筋は曲げていない自信があったが、相手は、その意味で天野が嫌うタイプなのだ。

「重本な、わしも破れやけど、それだけの価値のもんか。草野さんに、わしがそう言うたと伝えてくれ。はっきりな」

「わかった、義やん。はっきり、その通り伝えとくばい」

重本も天野の気性は知り尽くしている。天野の返事は想像できたものであったろうし、それだけに話の核心に入るのが遅れたのかも知れなかった。重本の心境も複雑なものがあったに違いない。

工藤連合草野一家の草創は、名誉総裁・工藤玄治と初代総長・草野高明が知り合ったことにはじまる。戦時一色の頃ながら、それが親子の縁になるのは地元の親分・田中利が引退、田中を大切にしていた工藤が、草野を若い衆として博徒一家を成すことになったからだった。つまり、親分、姐さん、子分の三人が四畳半で生活することがスタートだったのである。九州ではよくある形だった。

その後は草野の出征、終戦、復員と続き、殺伐とした世相のなかで、正式に工藤組が結成されるのが昭和二十四年。工藤組長、草野若頭として、工藤組は時代の流れに沿って小倉を中心に徐々に勢力を広めて行く。

　ところが、工藤組が北九州一帯にしっかり根をおろした頃に異変は起きた。昭和三十八年、山口組の九州侵攻にからみ、十一月には工藤組幹部が小倉北区のクラブ前で射殺される事件が起き、報復に走った工藤組組員が山口組組員二人を殺害、小倉南区を流れる紫川に捨てたのだ。

　いわゆる「紫川事件」であり、この事件で草野は殺人教唆として懲役十年の刑を言い渡されるのだが、再逮捕などのあと、昭和四十一年六月二十二日、行橋署の留置場で草野は、「世の中のことを考えて」にはじまる「工藤組脱退・草野組解散」の獄中声明を小倉署署長へ提出するのである。

　このとき工藤へはひと言の相談もなかったことから、のちに二人の関係は断絶ばかりか悪化するのだが、草野にとっては断腸の思いの獄中声明だった。というのも、当時の工藤組は正業として新日鉄の下請けや数々の公共事業に関わっていて、警察はそこを突いてきたのである。

　折りから頂上作戦の時代であり、警察の圧力は工藤自身と工藤組の存亡に関わると受け取った草野は悩んだに違いない。もちろん工藤に相談すれば、工藤は組織を捨てても、草野の面子《メンツ》を選ぶことは目に見えている。そうして悩んだ末の結論が、断腸の思いの脱退・解散だったのだ。

それから長い控訴審のあと、やっと十年の刑が確定したのがこの年、つまり昭和四十六年夏のことで、草野は下獄に際して、歯の治療のため四十日の刑の執行停止を許可され、小倉へ戻ってきたところで、拘置中にでも考えていたのだろうか。天野との縁持ちを実行に移そうとしたのである。

二人はそれまでに面識はなかった。しかしそれは挨拶をしていないというだけで、天野は土屋について福間の競馬場へ行っていた頃、やはり工藤玄治と来ていた草野を見かけているし、草野もまた「破れ」天野の噂を聞く一方で、賭場などで見かけていたのかも知れなかった。

また天野は草野の獄中声明の真相は別として、紫川事件やその後のことは宮崎刑務所で耳にしているだけに、解散声明をした草野が縁持ちを呼びかける意味を天野なりに理解し、一方の草野は、「破れ」が組織に入ってどう変貌するかを見抜いていたに違いない。

のちに草野は、冒頭でも記したようにしみじみ述懐する。

——「あれが来たら早くさよならせい」と言われたのがおったけん、うちに来たらころっと生まれ変わりよった。わしも好きになってな。

故・伊豆健児組長との対談の席の発言で、もちろん天野のことを指したのはいうまでもないが、だからだろうか、天野の「拒否」の返事を持って帰った重本は、翌日になって笑顔で現れて言うのである。

「おい、天野。帰ってからにお前の言うた通り、兄貴へ言うたぞ。そしたらな、やっぱり親方や。こっちから持ちかけた話を蹴られたんじゃ格好がつかんやろうが、俺とならええやろ、そう天野に言うてみ、こう言いよった。天野、お前どうするか」

「それやったらええぞ」

「ならお前、会うてみらんけ」

天野も重本も即決である。重本としても、自分が草野の舎弟である以上、こうなるのが筋だとばかり、天野の言葉をやや誇張気味に伝えたのかも知れず、それが思い通り草野の返事となって、天野の答えも確信してのことだったろう。すぐさま日時も決定した。

翌日、小倉へ出た天野は、ホテルのロビーで草野に会った。もちろん、ついてきた重本も同席した。

草野は天野より一歳上だったが、俠客然とした昔タイプの親分だった。噛んで含めるようにゆっくり話す言葉も、わかりやすく胸に響いた。

「天野、お前の評判は、博奕場では無茶ばっかりしよるらしいいうけど、会うてみるとそうは思えんな」

「いや、悪さはするですけん」

「ガリ札使うてな、三が出たら六を三にして、三やったらつけんかい、はい、つけんか。よくやりよるらしいです」

天野が照れるのへ重本が混ぜ返して、座が和んだところで、草野が早速、本題に入った。

「それで言うたように、執行停止でここにおる間に盃しよう思うんよ。合田の親分の取持ちで。どうか、天野」

合田の親分とは、合田一家の初代・合田幸一である。下関の籠寅こと保良《ほら》浅之助《あさのすけ》のもとで戦前から侠名は響いていたが、工藤玄治が合田の叔父貴分にあたる関係もあって、草野はずっと親しい関係を続けさせて貰っていたのだ。もちろん天野とて申し分のない話である。しかし天野は草野の立場に思いを馳せた。

「その執行停止ですけん、出とる間に兄弟盃をしたとなったら、こんな時世やし裁判所が黙っておらんでしょうが。解散声明を受け取っとる警察かてどう動くか」

「それは考えんでもなかったんや」

「帰ってからで、ええんやないですか。拘置も長かったし、もうそんなに」

「そうやな、じゃそうしよう。帰ったら合田の親分に頼んで全国的にやろう」

「お願いします。それがええです」

草野としても、その選択しかなかったはずだが、話を持ちかけたこともあって、天野を待たしては悪いと考えたに違いなかった。そしてそのあたりを咄嗟《とっさ》に判断して配慮するのもまた、天野ならではといえた。

しかし逆に、ここで草野の行動を考えてみれば、この段階で獄中声明は偽装だったといえるのではあるまいか。博奕が好きで、博奕の音を聴かないと眠れないと言っていたほどの草野である。獄中声明で博徒をやめるなどあり得ない選択なのだ。

天野への縁持ちも、前述の性格変貌の見通しはさることながら、博徒として後事を託したい思いもあったろうし、草野としては、吐いた唾は呑めないとはいえ、出所頃には工藤の誤解もとけるか、あるいは覚悟さえ定めていたのかも知れない。

ともかく、明日から務めに行くという日曜の夜、草野の送別会が開かれ、天野も重本に誘われた形で参加した。舎弟分の話は何年か先の約束でもあり、もちろん誰にも話してはいない。しかし草野は別れ際、天野の手を握って厳しく温かな眼でじっと見つめた。それは無言ながら、博徒・草野高明の覚悟を語っているように天野には思えたのだった。

出所三年半余、四十七歳にしてはじめて天野は未来に確たる要素を見たわけだが、この頃になって天野は歳月の速さが身にしみるようになった。半年、一年は瞬く間に過ぎ、過ぎてみればそれは、まるで一カ月前のことのようにも思える。とくに娑婆に馴れた二年前、四十五歳あたりから速さは増したのではないだろうか。

もちろん、時代もかなりのスピード感で変化していた。

天野が娑婆に馴染んで驚いたのは、昭和三十年代早々の三種の神器、つまり電化製品の電気洗濯機、テレビ、電気冷蔵庫が、あっという間に普及したのはともかく、いまや「3C」の時代になっていることだった。出所のときにも感じたようにカーがまず第一で、クーラー、カラーテレビが普及し、消費生活はさらに豊かさを増していたのである。

ちなみに天野の出所の年、昭和四十二年は国民総生産（GNP）が自由主義国家のなかで、米、西独に次いで第三位になった年でもあった。西独を抜くのは時間の問題で、やがては世界でも米、ソに次ぐ三位へ到達するのである。高度成長は経済大国ニッポンを世界へ印象づけて行く。

ミニスカートも天野の目を楽しませた。膝上十センチなどという言葉も生まれ、昭和四十年代は全盛期といってよく、のちには景気のバロメーターともいわれた。つまり景気が上がればミニ、下がればロングスカートが流行《はや》るというわけで、この流行は昭和四十九年のオイルショックまで続く。

また入院してわかったのだが、医学の進歩や医療設備も普及していた。もちろん食生活の充実もあるが、出所の四十二年に日本の人口は一億人を突破し、四年後のこの年には平均寿命も男六十九・三三歳、女七十四・七一歳となり、二年後の昭和四十八年には、男七十・四九歳、女七十五・九二歳へとさらに伸びるのである。

出所してすぐ「昭和元禄」なる流行語も知っただけに、日々は駆け足で過ぎていても、天野はなにか凄い時代を走っている実感があった。ベンチャーズやビートルズの来日は塀の中だったが、その影響でエレキギターが全盛で、全学連台風のあとはフーテンやヒッピーも登場していた。

まさに昭和元禄ならではの世相だったが、犯罪も昭和四十三年二月に、静岡県寸又峡《すまたきょう》温泉に人質を楯にこもった金嬉老《きんきろう》事件は、犯人がマスコミを通じて語りかけ、それがテレビ中継されるなどの特異性をみせたばかりか、十二月には東京・府中の三億円強奪事件も起き、その金額が話題になったものである。

そういう世の中を走ってきて、手術というやむを得ない事情でひと休みをした天野は、再び走り出すことになった。本来なら全快と同時に賭博開帳図利罪による収監が待っているはずだったが、いつもは警察による逮捕や収監が生命を守ってくれたといえるのに、今度は病気が収監を防いでくれるのである。

いかなる好運を天が与えてくれたというべきか、最後にはその天の声をお届けしなければなるまいが、天野は在宅起訴のまま、なんと刑に執行猶予がついて務めは免れることになったのだ。

入院中も赤池の賭場は若い衆に任せてあり、自分も時に出向いては様子をみていたからなんの心配もないが、執行猶予となれば退院して走り出すしかない。

再び赤池の日々がはじまり、時に直方のような大きな博奕を開く日常が戻った。ところが好運ばかりでなくというか、やはりというか、やがて赤池の賭場で言い逃れできない事態が起きるのである。

手入れの合図に、いつものように会合の席にしようとしたところ、客のなかに麻薬中毒の者がいて、踏み込まれたときは注射器をはじめとする証拠を持っていたばかりか、すでにハイに近く、あらぬことを口走っては、賭博開帳を認めてしまったのだ。

「クスリは、わしがお茶がわりにやったんや」

天野としては、現行犯を覚悟した段階で、客を救うしか道のない場面だった。もちろん執行猶予中である。長い公判はいろいろ頑張り通したが、結局は三年の刑が確定した。

しかし、天野が拘置所、福岡刑務所にいる間、つまり昭和四十八年末から四十九年にかけての社会は、オイルショックによるトイレットペーパー、洗剤、砂糖の買い占め騒動から、物価急騰、不況と大きく揺れ動くのだ。

天野はこの荒波を避けたばかりか、藤崎などから移って新設された宇美《うみ》町の刑務所では、溝下秀男と再会することになるのである。長い人生の流れ、コンビという縁からいえば、やはりこの時点の収監は好運のほうに捉えるべきであろう。

しかも銃刀法など三年の刑で先に来ていた溝下はすぐに頭角を現し、作業課の事務を任されるなかで、班長として運搬業務を中心にこなしている。

モノトラックと呼ばれる荷台付きのオート三輪を駆使し、各工場へ材料を運び、またできあがった製品を運ぶ仕事だが、それだけに若い看守より権限も持っていて、自由自在に刑務所内外を走り回っていたのだ。

だから天野が配属された十二工場へも、溝下は仕事にかこつけてはよく遊びに来た。とくに宇美の刑務所は太宰府の北方、篠栗《ささぐり》の若杉山も望める山間部に属するだけに冬期は寒さが厳しく、ストーブなしでは過ごせないことから、溝下、天野コンビはたちまちストーブ係に熱中することになった。

木工所から板切れや木端《こっぱ》を溝下がモノトラで運んでくる。待ち構えていた天野がそれをドラム缶にくべるのだ。ぱっとあがる火の手と暖かさは気分を明るくする。

「そういや満州コーノを締めあげて、わしが銭とり返したあと追善興行の博奕で負けてな」

「ああ、実延《じつのぶ》も一緒に三人で博多行ったことがあった」

「あっこで、兄弟分代くれちゅうて、もう銭ないもんやけん」

「もうギャングやったな。兄弟分代まで銭にして」

天野のどまぐれ旧悪を溝下が肴《さかな》にしても、もう火に笑いがはじけるのみである。そのうち、火の材料がなくなれば、製品に使う材木から、ひどいときには、できあがった木工品までくべてしまうのだ。

しかし、その厳冬の昭和五十年二月、草野が取持人を依頼しようとした合田幸一が七十三歳で歿する。

そして昭和五十二年三月、溝下が出所、二カ月後の五月に草野が出所、時は現在へ向かって一気に動く。

天からの声

昭和五十二（一九七七）年三月、溝下秀男が宇美町の福岡刑務所を出所した。出所近くまで天野義孝とストーブ係として笑いを弾けさせていたのはいうまでもない。

拘置生活を含めて四年、溝下はそれ以前から愚連隊を率いていて、当初は八十個つくったバッジが足りず、四十個余を追加したほどだったから、その「溝下グループ」が迎えることになったが、天野はまだ塀の中である。

そうして桜が終わり、新緑が目に眩しくなった五月十一日、草野高明が高知刑務所を出所した。重本満からの連絡もあって、当時の天野の妻が若い衆を連れて高知まで放免迎えに出向いた。

草野は着流し姿で出所、出迎えの面々へ懐かしそうにひとわたり挨拶したあと、再び彼女のもとへ戻ってきて訊《き》いた。

「天野は、どしたんか」

「いま、入っとります」

「いつ帰ることになっちょる」

「あと一年少しです」

「……そうか、一年か」

そのとき笑みを浮かべていた草野の眼《め》がふと曇り、小さく短い言葉を呟いた。それが「またか」であったか、「馬鹿な」であったかはわからないが、いずれにせよ両方ともに、どまぐれ天野に対する草野の思いであることに間違いはなかったろう。

しばらくして面会に来た妻が、珍しく愚痴めいた口調で言った。

「女はわたし一人やったけん、恥ずかしかったよ。そやけ草野さんも言葉のみ込んで、もう格好悪いったらなかったもん」

「うーん、それは悪かごとしたばい。ま、重本を通じてよろしく伝えといて貰え」

天野は草野との別れ際に交わした握手の温もりを思い出しながら、妻への労《いたわ》りと草野への謝罪の意味を同時に伝えるべく言った。

それから一年余、昭和五十三年十一月、天野の出所を迎えた草野は、天野をいきなり草野一家本部長、田川支部長とするのである。天野、五十四歳。どまぐれは変わらないとはいえ、年輪、経験、貫目とも増し、草野もそれなりの処遇をしたのだろうが、天野の出所を待ち兼ねていたのは間違いなかった。その顔の広さは本部長としてうってつけであり頭の切れは右腕として欠かせない。

　事実、天野は草野一家入りするなり、それまで曖昧模糊《あいまいもこ》としていた草野と太州会・太田州春初代との兄弟盃をまとめているのだ。草野が「もうすぐ天野が帰るから待て」と言った期待に応えたわけだが、天野はこの本の冒頭で述べた兄弟盃、お互いが「ちゃん付け」で呼び合う太州会・松岡正勝と話し合って筋の通るものにしたのである。

　それでいて草野は天野に言った。

「天野、一家ちゅうもんはね、いろいろ役者が揃うてはじめてできあがるんよ。そげん、お前みたいな破れもおらないかんわけや」

　もちろん笑いながらだったが、天野は草野が褒めたように、いくら一家入りしてころりと変わったとはいえ、破れやどまぐれは天性である。草野が折角つくったいい博奕を小耳にすると、ちょっと覗いては大金を負け、胴へ借りの形にして草野を嘆かせるのだ。

　当然ながら草野は手下から取り立てるようなことはしないし、本人にも直接は言わない。しかし「天野が打って打って打っちゃらかして」という声は耳へ入ってくる。

　本部への敷居が高くなった天野は、田川支部長として逼塞《ひっそく》することになるが、どういうわけかそういうときに限って、事件や揉《も》め事が必ず起きるのだ。すると真っ先に駆けつけるのは天野である。つねに一番乗りが誇りでもあった。

天野自身の往き足が速いうえに、配下がまた精鋭揃いだった。長い間の顔もあって、草野一家天野組結成時には、殺人前科を持つ舎弟分を含めた血気盛んな若い衆が集まり、事があるとわれ先に名乗り出るのである。そうして若手は先輩たちを見習うのだ。

そもそも組織嫌いを公言し、兄弟分や舎弟分は各地にいても自らは破れ愚連隊で通していた天野が、なぜ草野一家入りしたかは田川周辺でも謎であった。あの天野さんが、義やんがよう入ったね、と誰もが首を傾《かし》げて囁いたが、天野にしてみれば草野に惚れたのひと言だったろう。

その証拠に天野は、草野を「兄貴」と呼んだことは一度としてない。いつも「親方」である。だから当時の草野一家若頭・佐古野繁樹が天野へ不審そうに訊いた。

「叔父貴、なんで兄貴じゃなく親方っちゅうですか。わしら不思議でならんです」

「それはお前、わしはな、なにか一つ手柄をたてたとき、そう言おうと決めとるからや」

しかし、それは天野の本心ではなかった。生年では一歳上、学年で二歳上と同年代の天野が親分と立てることで草野の貫目が上がることは意識したとはいえ、天野は送別会の無言の握手で、すでに草野に惚れ、渡世を草野に預けようと決心していたのである。それゆえの「親方」だったのだ。

そうして一年。昭和五十四年初冬、今度は因縁の糸がずーっとつながっていた溝下秀男が草野一家入りする。そのあたりはエッセイストでもある溝下秀男著『極道一番搾り』に詳しいので引用してみたい。溝下はその前に草野を留置場と拘置所で二度みかけている。

《……出所したら三十歳になっていたわしは、もう愚連隊でもないしと考え、政治の道に走ろうかと迷っていたときであった。以前から非常にお世話になっている堅気の人が、「どうするんか」と声をかけてくれた。自分としても答えられない。当時でまだ若い衆が三十数名いて、簡単に自分だけ政治の道へというわけにはいかんかったのだ。

「正直いって自分でも迷っています」

「ほんなら一度、草野の親分に会うてみるか。昔からよう知っとるから」

迷いをみかねたのやろう。その人が勧めてくれて、はじめて挨拶をしたのが、いわば三度目ということになる。もちろんこっちが迷っているときだけに、顔合わせ程度のものであった。当時の親父は五十半ば、男として完成された人という印象を強く抱いた。

そうこうしているうちに、草野一家のある組とうちが揉め事を起こした。心配して間に入ってくれたのが太州会やった。その一連の過程で、迷いがふっ切れたといえばわかってくれるやろうか。

一時は若い衆だけでも草野親分にお願いしようと考えていたのが、よし、みんなと一緒に行こう、そのかわり中途半端はしないと決心がついたのだ。二代目極政会を継いだ江藤、そして西田らを前にして「みんな一家の捨て石になれ」と決意を表明できたのである。三十二歳と遅い業界入りだった》

このあと、佐古野若頭との愉快なエピソードが続くが、それは本書で読んで戴くとして、この時期が大変な時期だったのである。

前回述べたように、草野の「工藤組脱退・草野組解散」はやむにやまれぬ偽装だったが、草野の思いはやはり工藤へ伝わらず、出所に際しても出迎えたのは、獄中でも面会に来てくれた山口組であり、工藤会と改称していた工藤からの挨拶はなかったのだ。

一方で山口組三代目・田岡一雄は草野を高く評価していたようだった。草野が放免祝いのお礼に神戸を訪ねたときなど、三代目は自ら座布団をすべらして挨拶したほどという。

そういう縁から、福岡市の山口組伊豆組・伊豆健児組長との兄弟盃が生まれてくる。草野には工藤玄治という親がいる以上、山口組の代紋をうけられないのは当然であり、そのかわり親戚付き合いができるようにと三代目自らが望んだのである。

その兄弟盃の行われたのが、溝下が「極政会」を率いて草野一家入りした直後の昭和五十四年十二月だった。

そういう草野をみる工藤の胸中は複雑なものがあったろう。出所して草野一家を結成しても、無断で脱退・解散声明を出した以上、当然ながら声をかけられない。といって四畳半の結成時から苦労を共にしたかつての一番若衆である。工藤は反山口組色の濃かった当時の関西二十日会の長老でありながら、この兄弟盃に招かれて出席したのだが、それこそ複雑な胸中を語って余りあるといえる。

お互いにわだかまりを抱えていても、草野は言い訳になり、工藤は意地でも声はかけられない。いわば男の達引《たてひき》の見せ所でもあったが、お互いの情は、出席を請い、承諾したことで通い合っていたとみるべきだろうか。

しかし同じ小倉市内に、冷やかな関係にある組織が共存できるはずもなかった。草野の出所から二年半、骨肉の意識もあってそれは次第に敵対関係へと発展して行く。まして工藤会は歴史的背景から力をつけ、草野一家も天野に次いで溝下らが続々参加して組織を拡大しつつあった。

溝下は当初こそ天野の預かりの形だったが、一カ月前後で田川支部理事長になっている。いわばコンビはここにつながったのだが、歴史はこのあたりから急展開を見せるのだ。

ここで再び『極道一番搾り』から引用をしてみたい。急展開ぶりがよくわかる。

《(田川支部理事長になり)そして一年で末席から若頭補佐にされた。わしが襲撃される事件が起きて、それが発端で抗争がはじまるが、わしは逮捕されて拘置所を含め八カ月の刑、どうにも身動きがとれん。

佐古野若頭が「堺町事件」で死亡したと知ったのは昭和五十六年、そういう務めのさなかだった。独居に入って三日間を喪に服したが、辛い思いなんてもんやなかった。

組織はまだ完成されていず、海のものとも山のものともわからんときに飛び込んで行って、しかも激動の時代を迎えるきっかけを自分がつくっている。さらにあと二日で釈放というとき、かつてシンナーを吸った若い者を叩いたという暴行罪で再逮捕、法廷で悪くないと堂々と主張したが、結局、計八カ月の懲役となった。覚醒剤や麻薬は、家族を滅ぼし国をも滅ぼすのだから、いまも思いは変わっていない。

出所した翌日が緊急幹部会だった。そこでいきなりわしを空席だった若頭にすることが親父から告げられるのだ。未完成組織と激動期の大役。さすがに緊張したが、同時にやり甲斐があるとも思った》

以上を補足するには二つの大きな事件をあげる必要があろう。

一つは舎弟盃直後の五十四年十二月、工藤会で頭角を現していた田中組組長・田中新太郎が、草野一家極政会組員二人に小倉北区赤坂の愛人宅で射殺された事件である。この事件をきっかけに双方で発砲事件が続き、天野も活躍するなかでそれは一年余も続くのだ。そうして溝下は若頭補佐へ異例の抜擢の後に逮捕されることになる。

もう一つが溝下も述べている堺町事件だ。昭和五十六年二月四日午前零時過ぎ。小倉の繁華街・堺町一丁目の路上で、双方の若頭ら五人ずつがばったり出会い、若い者たちのちょっとした口論から揉み合いになり、ついに凄まじい発砲事件に発展、工藤の跡目と目されていた矢坂組組長・矢坂顕と、草野一家若頭、大東亜会会長・佐古野繁樹が相撃ちの形でともに死亡するのである。

抗争はこの事件を契機に、工藤―草野時代からよく知る稲川会・稲川聖城総裁が仲裁に動き、図式としては関西二十日会対山口組と捉えられることもあって難しいものだったが、稲川会が合田一家とともに双方の根回しに動いたうえで、事件から三週間後の二月二十五日、ついに和解の席がもたれることになった。溝下は獄中だったが、天野が裏方として活躍したのはいうまでもない。

そうして八月、溝下が一家入り一年八カ月、三十四歳で若頭となり、その後は極政会会長として田中組長の墓参、そして三代目田中組を継承した野村悟と兄弟盃を交わすなど和解ムードは加速され、工藤会の関西二十日会脱会などの流れもあって、一本化の動きが強まってきたのが、昭和六十年代に入ってからであった。

以下、本書の冒頭までを列記すると――

昭和六十二（一九八七）年五月十一日　小倉北区神岳に草野会館落成（草野の出所十年目

を溝下が選んだ）

同年六月二十一日　工藤連合草野一家が誕生。総裁・工藤玄治、総長・草野高明、若頭・溝下秀男

平成二年十二月九日　二代目工藤連合草野一家　名誉総裁・工藤玄治、総裁・草野高明、総長・溝下秀男、若頭・野村悟、総長代行・天野義孝

平成三年四月五日　草野高明死去、享年六十九歳

そして平成六年三月二十一日が太州会・松岡正勝と天野義孝の兄弟盃であった。その四カ月前の十二月十一日、つまり天野の古希、七十歳の誕生日を、一家は事始式を二日繰り上げ総出で祝ったのも冒頭で述べた通りである。二代目溝下や若頭・野村の肝煎《きもい》りあってのことだが、いかに筑豊のどまぐれが皆に愛されているかの証しだろう。

天野は一時期、他団体との友好にあたり「宴会部長」を自称したところ、「宴会部長では香典が少のうなる」と言われ、以来は総長代行に徹しているが、そのどまぐれぶりは変わらない。

ちなみに、溝下体制で相談役になった重本満とのコンビも相変わらずで、二人一緒に上野焼きで骨壺を作り、溝下に文字や絵を入れて貰ったところ出来栄えがよく、置き物として床の間に飾ったそうである。

ところで擱筆《かくひつ》にあたり、天野の一家入り後が駆け足に過ぎたのは、それがまた別の物語になるとも思うからだが、それより擱筆を前にして、天野へ対する天からの声が腕を突き動かそうとするのをもう防ぎようがない。祖父・虎吉、父・友次郎、兄・祐成《すけなり》、母・ハルコの遠くて近い声。ここは手の動きに委《まか》せるしかないだろう。

おーい、義孝あ、こらっ義孝。わしの声が聴こえんのか。祖父《じい》ちゃんじゃ、虎吉じゃ。みんなおるぞ、父ちゃんの友次郎、兄ちゃんの祐成、それに祖母《ばあ》さんのツル、同じ名前の後添いの婆さんもな。

わしが昭和二十四年、後添いのツルが二十五年、ずーっとわしらが新参者やったけんの。なにしろ祖母さんが昭和十一年、友次郎が十七年、祐成が戦死で二十年。みんな逆縁で先に来ておった。今度はな、ちゅうても平成二年やき、もうそっちでは七回忌になろう。やっとハルコが来おってな。どうじゃ義孝、忘れもしまい。母ちゃんの命日。

十二月十一日、義孝の誕生日じゃ。苦労かけたろうが、母ちゃんに。そやけ、わしらみんなで協力して、絶対に忘れん日にしたんよ。ハルコもそう望んだと友次郎が言うでな。

ま、ハルコにはみーんな世話になった。あの大変な時代にの、天野家を一人で切り盛りしてくれたうえに、ツル、友次郎、わし、それに後添いのツルまで最期を看取ってくれよった。

祐成だけは口惜《くや》しがってるがのう。

お前の妹五人も、みーんな立派になっとる、文句なか。ハルコのお蔭よのう、お前の若いときも、よう守ってやったし。なんせハグリ八万円の刑期まで短くしよったんや。

そやけわしも友次郎と協力して、ハルコに元気をつけさせようとお前を守りよった。思い当たることも多かろう。大村航空廠。人様の片腕斬り飛ばすのは義孝の責任じゃけん、諫早《いさはや》の刑務所におらなんだら、祐成より早く空襲で死んどったかも知れん。ま、そのため刑務所暮らしが多うなったき、それでもボテやんに会うたし、最後は拘置監の雑役夫や。

守らなんだらどうなってたか。

祐成が来てからは、つまり戦後のことになるけん、思い当たることはもっとあろう。田川の風治《ふうじ》八幡の決闘。アサリ売りの密偵が警察呼んで助かったのう。どまぐれが！ 敵と風呂桶ん中へ隠れおって。そのうえ捕まえに来た刑事は、ハルコの団子汁で丸めよった。義孝は押入れから覗いとったろう、丸見えや。

親分衆にも際どい場面でばったり遭うたのう。丹下勝太郎。日本刀持った二人にハグリを追いかけられて、観念ちゅうとき親分が角をひょいと曲がってな。友次郎が後押ししたようなもんたい。吉武鹿蔵もそうよ。カクリキちゅう大男と寸前のとき、ひょいと現れ、最後は田川のカスリまで行きついたの。祐成が友次郎を真似て親分の背中を押したんじゃ。

高山房太郎との決闘も思い当たろう。なぜ用もないのに町会議員がひょっこり顔出すんじゃ。偶然では済まされんじゃろう。最後はまた赤池炭坑のカスリが義孝のもとへ行き、朝鮮動乱で大儲けじゃけんな。

そのあとは、石炭斜陽じゃ宮崎刑務所、オイルショックで福岡刑務所。みんなかわしよった。ま、これは時代ちゅうもんやけん、わしらの力じゃ及ばんが、守ってやろうしとると、そげん流れになりよるんよ、のう。不死身、命知らず。みんなわしらの力じゃ。

義孝はそれを強運じゃ悪運じゃ言いよるけど、それればかりじゃなかったことが、よーくわかったろう。ほかにも思い当たることが、いーっぱいあるはずや。お前が言わんでも、命を狙われとったとき、塀の中へ入って逃れたことが何度もあろうが。逆もあったの。兵隊行かんかったのはそのいい例たい。ハルコが来て、ようわかったわ。

ま、なんちかんち言うてもお前の人生や。破れやろうと、どまぐれやろうと、天野家さえ絶やすことなく守ってくれりゃそれでええ。

それにしてもそもそもは、義孝の小さいとき、わしが糸田へ引き取ったのがどまぐれのはじまりやった。わしが義孝を可愛くて赤池から連れてきたのは事実やが、本当いえば、お前が祐成兄ちゃんの鼻へ嚙《かじ》りついて泣かすからや。目え離せんで糸田のわしんとこへ連れてきたというのが真実やったよ。

こらっ義孝、聞いとるんか。それからはもう女《おな》ご先生のトイレに石ばぶち込む、崖の上から先生めがけて小石ば降らせる、中学ではストライキまでやりよった。

その延長が義孝の人生やが、溝下さんと知り合うたのも不思議な縁やな。ハルコは秀ちゃん言いよったけん、田川支部におったときのことはじーっと天から見とったぞ。

博奕場でおかしなことやりよった奴を、義孝がビール瓶で頭叩き割ったあとはハチャメチャやったな。お前の舎弟かなんか知らんが、ついていった人間がこそっと先回りして、俺が話つけてやるばいとかうまいこと言いよって、金を欺《だま》し取りよった。汚い奴がおるわい思うとったら、やっぱりわかってもうて秀男さんが生け捕ったやろ、鼻髭《ひげ》の男。

さあどないするかと見とると、二人して手錠で事務所の柱へ縛りつけおった。なんち、どつくのか思うたら、この鼻髭が可愛げないね、なんて言うて、近くにあったプライヤー持って、そう針金はさんだり切ったりするペンチや、それを手にして、頭押さえて二人で二、三本ずつぜーんぶむしって、鼻の下、もう真っ赤に腫れ上がってもうた。

男、帰り途《みち》で泣きよったわ。

注射ボケの男もおったの。秀さんになんか絡みよって、秀さんが部屋入るなり鎧《よろい》通しで突き入れよったろ。秀さん、パッと躱《かわ》して近くにあった灰皿でパーン。それで奥の部屋から日本刀持ち出したら男は逃げた。それを捕まえて所払いにしよったんやったな。

ところが男は一週間で泣き入れよった。指詰めるけん許してくれい言うて来たんやろ。しかし男は情けない。すでに指がないから力が入らんのか、途中でまた泣きが入った。堪《こら》えてくれんですか言うても罰は罰や。それで俎板《まないた》とノコギリ持って事務所へ来て、目の前で指を引っ切れば許すというと、男はその気になったけん、ノコは事務所の折りたたみ、錆びついてるやつや。そんときはもう血だらけなのに、誰も止め手がおらん。

二人ともじーっと見よったな。でも男はやりかけては泣きを入れ、結局そのまま病院へ連れて行かせたろ、金持たせて。よしよし、それでええ思うとったら、男はいつまでたっても帰って来ん。病院で貧血起こして輸血しとったんよ、二人とも後から知ったようやけど。ま、コンビでハチャメチャやりよったが、抗争中に秀さんが再逮捕されたことがあったやろ、あんとき刑事に天野も来とる言われて、秀さん目を剝《む》いとったばい。義孝と組んでやったことですぐ思い浮かぶのは、鼻髭か指詰めや。結局はシンナー吸った男をこらしめた件やったけど、秀さん、心中でアチャー思うとったろうち。

なんかい、お説教のつもりが隣におる友次郎と祐成に乗せられてもうた。ハルコも笑うとるたい。

やい義孝、抗争中もよう見とったぞ。お前が女をつくるのは見飽きたけ、あれはなんじゃ。

お父さん、うちから離れんごとして、うち、いつでもお父さんの弾除けになるけん。いつもそう言ってくっついていた女がおったろう。祐成がボヤいとった、わしらよう女も知らんのにて。それがなにか。二人でホテルのサウナに入りよったら、熱線かなんかがショートしたんやろな。

青い火花がサーッと走って、大きな音がパンパン、パーン。扉の前に並んで座っとった女は、速かったきの。弾除けもくそもあるかちゅうて、裸のままバーンと飛び出して行きよった。ま、義孝がその場で、お前、もうつまらん言うて別れたのはよかったけん。

それに較《くら》べて前の女房は強かったの。義孝の留守をしっかり守ったばかりか、ピース缶を塀の外から投げ込むし、抗争中は炊き出しもようやってたわ。車で走り回っとったんは、道具運びもやっとったんと違うか。天野組の往き足が速いんで言うとったな、お父さん、危険手当を貰いんさい。

ま、それだけ気性が激しかったけん、夫婦喧嘩もようしよったが、検察庁のときは凄かったのう。あれは堺町事件があって、和解が決まったあとやったかい。ハルコが秀ちゃんが出所した八月のことやった言うとるが、そやった、秀さんの出所の翌日が緊急幹部会で、義孝は秀さんが若頭になるのを見届け、十五日に佐古野さんの初盆の焼香を済まして検察庁へ向かったんやったな。例のフィリピンの国際免許、いうたら無免許の件やったか。収監状が出ておっての、大事な用件を二つ済ましてもうええと検察庁へ行ったんやが、そこに前の女房が張っておって、のう。

複数の女との浮気がばれよったんかいな。義孝はそれを目の端に捉えたところで、どまぐれが！　検察庁の中に入って逃れようとした。わしら笑うたよ。でも前の女房も負けん。その前に大の字に寝転んで、殺して行けえーっ。一緒に来た秀さん、往生したろう、抱え起すのに必死やったもんな。

秀さんにしてみれば、小学生の頃に晩飯ご馳走になって、風呂へ入ってという縁があるき、彼女のほうに同情はしても義孝のどまぐれぶりも承知しとるけん、難しい立場よ。

義理と人情を秤《はかり》にとはいかんし、それもこれも義孝が悪いち。笑うとったわしら、最後は泣けた。まして二代目継いだあと、秀さんが電話で報告したら、彼女は泣いて喜んでおったんで、また泣けたわい。

そやった、抗争の話やった。友次郎や祐成が早く言えと突ついておる。ハルコや女どもは相変わらず笑うておるぞ。天野家は子々孫々大丈夫と思うておるんやろうな。

だが義孝、そうはいかんぞ。抗争中なのに夜中でもほっつき歩いとるざまはなんな。二丁拳銃で、ドットドットと博奕打ち回りよって、もうハラハラしとったぞ。

それにあの夜はなんじゃ。いくら骨肉の争い言うても、呉越同舟のなかで相手から、本部長、それ威力あるですかと親しみをこめて言われたのに、なにい、試すかとばかり的を外して三八口径を撃ちよったろ。

バーンッ。音もでかいが、みんな肝っ玉が縮み上がったのやないか。警察に踏み込まれたら一網打尽や。その夜、遅う帰って草野さんの隣に寝ながら、義孝がそのこと話したらさすが草野さんや。翌朝すぐ若い者を派遣して、弾道通りにすーっと焦痕がついた畳を取りかえさせ、敷居にめり込んどった弾をほじくり出して持ち帰らせよった。弾、傷だらけやったもんな。ほっとしたち。

ま、和解まで草野さんの隣に寝床敷いて、いろいろ話をできたのは義孝の大きい財産になったろう。佐古野さんの後任の件なども話し合えたようやし、なにより尊敬でくる人と寝起きできたのがよかったばい。

それまでは草野さんに仲裁の奔走人を命じられて、双方の我田引水に腹立てての、自分の指詰めてポーンとやってまとめたはええが、あとで一緒に手打ちの席へ行った秀さんに迷惑かけたろう。お前はふてくされて二階で裸になって寝てしまうし、あんときもハラハラしたぞ。おまけに草野さんへ、親方、もう喧嘩の仲裁はこれっきりにしてつかさい。わしは崩すのは上手やけど、まとめるのはこりごりや。

ま、発砲事件と同じやき、その後に草野さんとよく話せるようになったのはほんまよかった。

　そやけ、あんときはどげんしても義孝を守ろうと三人で力を合わせた。忘れんやろうが、堺町の発砲事件のときよ。なんせ夜の街の撃ち合いで、発射光が照明弾あげたように明るくなってな、高みからは眩しくて義孝が見えん。でも祐成は夜戦もしとるきな、抜群の働きやった。

　パーンという弾が義孝へ。お前も撃たれた思うたろう。でも、シングルの背広のボタンがパチンと弾けただけで、二二口径の弾丸はその抵抗で横へそれた。こらあ義孝、覚えちょるか。祐成はな、敵弾を鉄兜《てつかぶと》の真ン中へ受けとるんぞ。ちょっとでも左右へすべっとったら助かっとるんや。義孝に同じ口惜しさを味わわせたくないと言うとったわ。もう付け加えることはなーんもない。

　ま、苦労かけたハルコには、高齢になってからはよく孝行できた。妹をつけさせて医者に往診させたり、最後は一日一万円の個室へ入れてな。それに義孝が六十のとき、二十一歳で結婚したいまの奥さんもよく看病した。八十九でこっちへ来る前の年に、最後の孫が生まれたのも孝行のうちやろう。米寿の祝いも盛大にしてやったし、葬儀も大きかったけんそこは偉い。

　それにその孫のことや。わしからは曾孫《ひまご》じゃが、めんこいのう。秀さんがどまぐれ二世いうとるそうやけん、なーに男の子はそのぐらいでよか。祐成の鼻を嚙ったお前によう似とるわ。

慶応生まれでの、明治、大正、昭和も戦後まで生きて、天野家分家の初代として基礎を作ったわしとしてみれば、日本男児は元気がなによりじゃ。義孝の前妻の子たちを含め、心配はしとらんぞ。

というたところで、ハルコが最後に言いたいことがあるそうじゃ。なになに？　義孝、お前、真夜中に秀さんへ電話したろう、大ごとじゃ言うて。秀さん、頭抱えとったそうや。なんせカミさんのお腹に、また、わしの曾孫が入っとるいうんやき、なあ。義孝も七十三歳、どまぐれもいい加減にせいと反対される思うたんやろが、秀さんは言うたんやろう。義孝がわしらの仲間入りするようなっても、ちゃーんと成人するまで面倒みてやるけん、産めとな。有難いことやが、そやけまたエッセイに書くて秀さんは言うとるそうじゃ。

でもなあ、わしら知っとるけん、二番目はカミさんの勘違いや。医者へ行って確認せい。

義孝も即断即決はええが、慌てちゃいかんばい、どまぐれが。

ま、義孝は土屋さん、草野さん、そして秀さんらいい人にめぐり会えたのもよかったが、なんといっても、どまぐれが通用する時代を生きてこられたのが強運といえば強運やろう。二番目はともかく、もう無茶はせんやろうし、これからは長生きせいよ。守ってやるけんな。

本作品は「実話時代BULL」（メディア・ボーイ）に平成六年十月号から八年十月号まで連載されたものを改題し、加筆修正しました。

GENTOSHA OUTLAW BUNKO

命知《いのちし》らず

筑豊《ちくほう》どまぐれやくざ一代《いちだい》

本堂淳一郎《ほんどうじゅんいちろう》

平成14年6月25日　初版発行
平成19年5月10日　2版発行

発行者――見城　徹
発行所――株式会社幻冬舎
〒151-0051東京都渋谷区千駄ヶ谷4-9-7
電話　03(5411)6222(営業)
　　　03(5411)6211(編集)
振替00120-8-767643
印刷・製本―株式会社　光邦
装丁者――高橋雅之

幻冬舎アウトロー文庫

ISBN4-344-40255-3　C0193　O-57-2